C.S. QUILL

CAMPUS drivers

GOOD LUKE

5

Image de couverture : Shutterstock ©4 PM production
Couverture : Ariane Galateau
Collection créée par Hugues de Saint Vincent et dirigée par Arthur de Saint Vincent
Ouvrage dirigé par Marine Flour
www.hugopublishing.fr

34-36, rue La Pérouse
75116 Paris

ISBN : 9782755665680
Dépôt légal : septembre 2023
Imprimé par Corlet
N° d'impression : 23010728 - septembre 2023

NEW ROMANCE®

C.S. QUILL

CAMPUS drivers

GOOD LUKE

5

Hugo Roman

À Ramos Fernando,
le vrai héros de cette série.

Prologue

Luke

Un début de migraine tambourine sous mes tempes, et le brouhaha formé par la foule qui s'épaissit autour de moi n'arrange rien. Le soleil d'août me tape derrière la nuque. J'y passe une main moite, en prenant de longues inspirations. Même mes lunettes de soleil posées sur mon nez semblent peser le double de leur poids. Je n'arrête pas de les faire remonter dans un geste nerveux. Je suis sur le qui-vive, attentif à ce qui pourrait me tomber sur le coin du crâne sans prévenir. Lorsqu'une portière claque derrière moi, je fais un bond en protégeant ma tête sous mes mains, attirant sur moi des œillades circonspectes. *C'est en train de me rendre dingue.*

— Sérieux, mec, arrête de baliser… je m'ordonne à moi-même.

Je suis tellement stressé que j'ai envie de sauter dans ma voiture pour me tirer loin d'ici, alors que je viens tout juste d'arriver. Pourtant, je devrais être ravi de revenir en Floride après trois semaines de vacances chez mes parents. Qui plus est ici, à Fort Pierce, parmi les meilleurs joueurs de base-ball universitaire du pays.

En dehors de mes études et de ma place chez les Campus Drivers, je joue pour les Golden Panthers[1]. C'est ma troisième année, les deux premières n'ayant été qu'une succession de succès qui ont fait de moi le lanceur vedette de l'équipe.

---

1. Équipe de l'Université Internationale de Floride.

Le format de ce *summer camp* intercampus est plutôt inédit, et c'est une chance pour moi de figurer parmi le peu d'élus à y avoir été conviés. La chance, ouais... Je la connais bien, elle me colle à la peau depuis plusieurs années. Trois, pour être exact. *Je suis capable de tenir les comptes parce que ça n'a pas toujours été le cas.* Désormais, ma réputation me précède : pas mal de ceux que je croise depuis que je suis sorti de ma caisse me balancent un « Hey, Lucky Luke ! » en me pointant d'un doigt plein de respect. J'affiche un rictus poli en carrant les épaules pour feindre l'assurance de l'inébranlable Luke Winchester. Pas question qu'ils puissent deviner les doutes qui me hantent depuis le mois d'avril. Plus exactement, depuis ce dimanche matin à Tampa où un papillon a dû battre des ailes de l'autre côté de la planète, provoquant une catastrophe immédiate.

Je venais de me lever, je me suis assis sur une chaise pour prendre le petit-déjeuner avec mes amis, et celle-ci a craqué sous mon poids. Les deux pieds arrière ont cédé, et j'ai basculé à la renverse. La tasse que je tenais a suivi la même trajectoire et s'est renversée sur ma poitrine. Mon crâne a cogné contre le rebord du plan de travail derrière moi, envoyant valser l'assiette de pancakes qui en dépassait. Mon dos s'est écrasé par terre, et un pancake encore tiède et dégoulinant de sirop d'érable a atterri sur mon front. Je pourrais en rire encore, si ça n'avait été qu'un épisode isolé, mais ce jour-là, mes potes ont compris avant moi que quelque chose venait de débuter.

— Par pitié, j'veux une petite semaine de répit, je maugrée dans ma barbe.

Crevant de chaud, je cherche de l'ombre et me cale sous un arbre. Depuis cet emplacement, je vois tous les sportifs arriver, prêts pour six journées d'entraînement intensif et de perfectionnement. Nous sommes les meilleurs dans notre *league* et avons toutes les chances d'être les professionnels de demain. Durant ces prochains jours, nous allons forcément nous scruter les uns les autres, cherchant les atouts à contrer et les failles à creuser chez chacun lorsque le championnat reprendra en février. Sans compter l'attention des recruteurs qui sera braquée sur nous.

D'un côté, je suis heureux d'être là, c'est une énorme opportunité. Mais de l'autre… ça ne pouvait pas plus mal tomber. *Si jamais ils…*

— Ça va, Lucky ?

Je me retourne et imprime un énième sourire crispé sur mon visage lorsque je reconnais celui qui m'a hélé.

— Jarod, mon pote, je suis content de te voir.

Jarod est l'un des receveurs de mon équipe, autant dire mon binôme de choc en tant que lanceur. On s'est très vite liés d'amitié tous les deux. Pourtant, j'ai menti, je ne suis pas du tout content de le voir. Sa présence fait redoubler mon appréhension.

— J'arrive pas à croire qu'on soit ici ! il s'extasie en observant les joueurs se masser devant l'entrée. Enfin, toi, ça m'étonne pas, avec ton cul bordé de nouilles !

Comme si je ne bossais pas comme un damné pour exceller.

— Ça n'a rien à voir avec la chance, je contre en lui fichant un coup dans l'épaule. Je suis l'un des meilleurs *pitchers*[2] de la côte Est, mes efforts paient. Toi, par contre, c'est clairement un coup de bol, je le taquine.

— Pourquoi tu crois que je te colle aux basques, Lucky ?

— Parce que je suis d'une merveilleuse compagnie ?

— Pour que ton aubaine m'éclabousse !

2. Lanceurs (en anglais).

En temps normal, je serais venu frotter mes miches contre les siennes en feignant de lui communiquer un peu de cette veine, mais une pointe de panique me pique la poitrine, et je m'étrangle avec ma salive.

— Ça va ? il se marre, tandis que je tousse.

— Ouais.

Non, ça m'obsède. Je ne peux pas lui dire que cette fameuse veine me joue des tours ces derniers temps. Comme beaucoup d'autres joueurs de base-ball, il est très superstitieux et viscéralement attaché à cette fameuse chance qu'on m'a attitrée. Si je lui explique que, depuis la compétition de Rafael à Tampa, j'enchaîne les désagréments, je crains qu'il ne me regarde plus de la même façon. Pire, s'il en parle au reste de notre équipe, je suis un homme mort. *Voilà, je recommence à stresser !* Je n'accorde pas de crédit à ces croyances, contrairement au monde dans lequel j'évolue, et ça m'a bien arrangé jusqu'à maintenant d'être perçu comme un foutu leprechaun[3]. Si les Golden Panthers commencent à s'inquiéter, je risque de me retrouver relégué sur le banc, et le préjudice serait énorme. Idem si les autres joueurs présents ici s'en rendent compte et répandent la nouvelle à travers le pays. Les joueurs de base-ball guignards n'ont jamais fait de vieux os. Alors, mieux vaut garder le silence. C'est sûrement une passade, de toute façon… Une poignée d'épisodes malchanceux ne vaut rien face à trois ans de bonne fortune.

— On y va ? m'invite Jarod d'un mouvement du menton.

Je lorgne le complexe sportif, tenté de croiser les doigts pour que tout se déroule bien. *Sois pas stupide, c'est dans ta tête.* J'attrape la lanière de mon sac de sport, le balance sur mon épaule et me mets en marche en me répétant que je suis le seul maître de mon destin

3. Lutin du folklore irlandais, qui distribue la chance.

et que je n'ai aucune raison tangible de m'inquiéter. Je m'entraîne depuis que j'ai 5 ans, mon seul écart alimentaire se résume aux *papas rellenas*[4] de Veronica le mercredi soir, et je suis un excellent lanceur, rien ne pourra changer ça.

Rien de rien, je me répète pour la douzième fois quand je me cogne un orteil dans le pied du bureau.

Rien, je soupire après avoir fait tomber mon portable dans les toilettes.

Presque rien, je suis forcé de concéder au moment où je manque de casser le nez d'un type en ouvrant la porte du réfectoire.

À la fin du séjour, au moment de remballer nos affaires, je suis sur les dents et je n'ai qu'une hâte : me tirer. Jarod attend que nous soyons seuls dans la chambre que nous avons partagée pour mettre son grand pied dans la fourmilière.

— Luke ?

— Ouais ?

— Tout va bien ?

— Bien sûr, pourquoi ? je rétorque sur un ton faussement calme.

Dans mon champ de vision, je vois ses yeux osciller entre le sol et mon profil. Son attitude agit comme une pierre ponce sur mon masque impassible. Je me racle la gorge et me détourne de mon coéquipier. Mais je suis certain que mon bref froncement de sourcils me trahit.

— Bon… il entame en tapant lentement dans ses mains, les coudes posés sur ses genoux. Il faut crever l'abcès, y'a un truc qui cloche.

Ne pas réagir. Je fredonne en pliant soigneusement mes caleçons, en deux, puis en quatre, puis en huit…

4. Plat traditionnel péruvien. Pommes de terre farcies à la viande.

— Luke, inutile de m'ignorer, vieux ! T'es mon lanceur, j'ai passé plus de temps à te scruter qu'à me mater dans la glace, ces deux dernières années. Quelque chose te tracasse depuis lundi, et après cette semaine ensemble, je me doute de ce que c'est. Même si j'ai très envie d'avoir tort. Dis-moi que j'ai tort.

— J'vois pas de quoi tu parles, je souffle en m'attaquant à mes chaussettes sales.

Agacé, Jarod saute sur ses pieds, m'arrache la paire que je tiens et me la jette à la figure. Je recule d'un pas pour tenter de l'esquiver, et le sort recommence à s'acharner sur moi. Je trébuche sur mon sac, tombe à la renverse, essaie de me raccrocher à la table de nuit sur laquelle la lampe vacille avant de me tomber sur le crâne.

— Chaud... s'effare mon pote en clignant des yeux. C'est pire que je pensais. À ce stade, on dirait que t'as la p...

— Ne le dis pas ! je beugle en le pointant du doigt.

Il pince les lèvres et enfonce les mains dans ses poches. *Bon sang, c'est exactement ce que je voulais éviter.*

— Je me suis juste cassé la gueule à cause de toi, je reprends en me redressant. C'est tout ! Pas la peine d'en faire toute une histoire.

Il me jauge d'un air absent. J'aimerais me volatiliser comme par enchantement, mais la magie, ça n'existe pas.

— Je suis seulement crevé, OK ? Ne tire pas de conclusions hâtives, je l'avertis en me remettant debout.

— Mec, tu...

— Restons-en là, je le coupe en fourrant mes fringues dans mon sac.

Je tire d'un coup sec sur la fermeture Éclair, qui se casse. *Non mais quand est-ce que ça va s'arrêter ?* Je pose mon front contre l'armoire et cogne plusieurs coups à intervalles réguliers.

— Fais gaffe, tu risques de passer au travers, j'entends Jarod chuchoter.

— Tu as tort, je récite sur un timbre rauque.

— Je suis sûr que ça va se tasser. Les cours reprennent dans deux semaines, j'te conseille de faire une petite retraite spirituelle d'ici là.

— Ne raconte pas aux gars ce que tu as vu, OK ?

— J'ai pas oublié la fois où tu m'as sauvé la mise quand j'avais laissé mes chaussettes fétiches dans ma piaule et que t'as traversé la ville à tombeau ouvert pour aller les récupérer. Alors j'leur dirai rien, mais je compterais pas sur autant de discrétion de la part des mecs avec qui nous venons de passer la semaine. Ils ont forcément remarqué quelques-unes de tes péripéties et ils auraient toutes les raisons d'en parler. Alors trouve un moyen d'arranger ça d'ici la rentrée, parce que si ça continue lorsque les entraînements reprendront, je ne pourrai rien pour toi.

Je me tourne vers lui et tends mon poing dans sa direction en signe de reconnaissance.

— Abuse pas, mec, il grimace en reculant d'un pas comme si j'étais contagieux.

Génial !

Je jette mon sac béant dans mon coffre et quitte le complexe sportif pour rejoindre la deuxième équipe dont je fais partie. Les Campus Drivers. Eux, au moins, accepteront ma compagnie sans me mater comme un virus mortel personnifié. Même si nous échangeons plusieurs textos par jour, je n'ai pas revu Raf, Andy et Dallas depuis la fin des cours en juillet, et il me tarde de les retrouver.

Ils sont venus passer quelques jours à Fort Pierce, et c'est avec une impatience palpable que je me gare devant la petite baraque qu'ils ont louée ensemble. Enfin, pas si petite, puisqu'ils ne sont pas les seuls à être du voyage. Juliet est là aussi. Je la repère dans le jardin en pleine discussion avec Carrie, Amelia, Amy et Lois. Plus loin, autour du barbecue qui fume, Don, Lane et Andy sont en train de rire pendant que Lewis et Adam retournent les saucisses sur la grille. Raf et Dallas sont sûrement à l'intérieur.

Je reste derrière la clôture à observer tout ce petit monde. Je pratique le base-ball depuis des années, j'ai l'habitude de faire partie d'une *team*, mais celle-ci est incomparable. Je suis incapable de me l'expliquer, mais ce sentiment d'appartenance est le plus fort que j'ai jamais ressenti.

— Oh ! Luke, te voilà ! me lance Jeff depuis le porche.

Son sourire accueillant me détend.

— Ramène-toi ! Tu tombes à pic, Raf et Dal débattent sur les BMW 507 et sont à deux doigts d'en venir aux mains. Je refuse d'être leur arbitre, poursuit le frère de Lois.

— Pas moyen de subir ça après cette semaine de torture physique, je rétorque en me figeant sur la première marche de l'escalier.

Je change de direction et traverse le jardin vers mes boss. *Tiens-toi loin des flammes, on ne sait jamais.*

— Comment ça va, le sportif ? m'accueille Don en me tapant sur l'épaule.

— Tout doux, vieux, je grimace en me massant l'omoplate. J'ai l'impression d'avoir lancé plus de balles en six jours que durant ces trois derniers mois. Encore un peu et mon bras va se décrocher.

— Tu crois quand même pouvoir tenir une bière ? il se marre en m'en offrant une.

— Sans problème.

Je porte le goulot à mes lèvres et avale deux grandes gorgées. Dallas et Raf sortent par la baie vitrée et fondent sur moi.

— Alors ? attaque Raf sans préambule. Est-ce que...

Il n'a pas besoin de terminer sa phrase, je connais déjà sa question. Lui et les autres en ont vu suffisamment pour comprendre que mon surnom ne me sied plus aussi bien. Je gonfle mes joues et relâche l'air.

— Affirmatif, je soupire avant de boire une nouvelle gorgée.

— Merde, il souffle.

C'est carrément la merde, ouais. Ça me rend malade de l'admettre mais... j'ai la poisse.

1

Luke

— Je vous saurais gré de bien vouloir démarrer, je déclare à ma voiture sur le ton le plus aimable dont je puisse faire preuve au vu des circonstances.

J'ai bien retenu la leçon de mon boss, Lewis Conley, quant à la manière de s'adresser à une Ford Torino 71 : avec classe et bienveillance. J'ai également retenu quelques autres de ses recommandations, au sujet des nanas plus particulièrement. Mais quand je vois la sienne sur le campus, je ne suis pas sûr de vouloir les mettre en application. Amy Hitman est trop flippante. Je suis déjà frileux à l'idée de rencontrer la femme de ma vie à l'université, alors si en plus je dois me lever chaque matin en remerciant le ciel de ne pas avoir été étouffé dans mon sommeil par ma copine, non merci.

— Démarre, s'il te plaît…

Je tourne la clé dans le contact depuis cinq bonnes minutes. Sans succès. Et je sens ma patience s'effriter.

— Allez, putain !

Adieu classe et bienveillance. Le moteur refuse obstinément de se mettre en marche.

— Cette journée est maudite.

Je dirais même cette semaine entière. Lundi, j'ai perdu la clé de ma chambre et j'ai dû débourser quarante dollars pour en obtenir une nouvelle. Mardi, j'ai maladroitement bousculé une étudiante dans l'escalier et elle a failli se rompre la nuque. J'ai dû lui promettre la gratuité de ses déplacements jusqu'à la fin du mois pour éviter un scandale. Mercredi, Dieu soit loué, rien à signaler. Et aujourd'hui, me voici à serrer les dents face à ma bagnole récalcitrante. Plus le temps passe, moins je parviens à me convaincre que le sort n'est pas en train de s'acharner contre moi.

— Allez, allez, je l'encourage en rebondissant sur mon siège.

Si je ne bouge pas très vite, je vais arriver en retard à l'entraînement, et le coach va se faire un plaisir de me laisser croupir dans le *dugout*[5].

Aux grands maux les grands remèdes, j'attrape mon portable, ouvre l'application Campus Drivers et me résigne à activer le signal de secours pour chauffeur en panne. C'est la deuxième fois depuis la reprise des cours, et nous sommes seulement le 6 septembre. Après quelques minutes, je reçois une confirmation de dépannage, mais en découvrant le prénom de mon sauveur, je grimace. *Oh ! Non ! On m'avait déconseillé de prononcer son prénom, même dans ma tête !* Amy Hitman est en chemin. À nouveau. C'est déjà elle qui m'a dépanné il y a dix jours, et j'en frémis encore. Nous sommes cinq à œuvrer sur le campus de la *Florida International University*, j'avais donc une chance sur quatre de tomber sur elle. *Une poisse sur quatre plutôt. Ça continue !*

Mes doigts pianotent sur le volant pendant que je patiente. Je suis la progression de ma collègue sur le GPS de l'application, jusqu'à la repérer en chair et en jantes au bout de la rue. Elle se gare devant moi, sort de son bolide avec un charisme de tueur à gages et s'approche de ma portière. Elle baisse ses lunettes de soleil sur le bout de son nez, pose ses paumes sur le rebord de la vitre et se penche vers moi.

— Luke Winchester.

5. Sur le banc (en anglais).

— Hey, Amy… je lance d'une voix trop aiguë.

— Encore toi.

— Comment ça va ?

— Encore en panne.

Elle m'envoie un sourire qui me laisse imaginer ses pensées. À savoir : « allonge-toi sous les roues de ma Firebird, on gagnera du temps ». Je lui réponds par une moue désolée.

— C'est quoi le problème, aujourd'hui ? elle m'interroge.

— Elle refuse de démarrer.

Pour illustrer mes propos, je retente une énième fois de lancer la bête, qui gémit et crachote lamentablement. Amy me fait signe de débloquer le capot, je m'exécute et la vois disparaître derrière la tôle jaune. J'avoue que c'est pratique d'avoir une mécanicienne hors pair dans l'équipe, même antipathique et effrayante.

Je l'entends trifouiller, insulter je ne sais qui en espagnol, tandis que je reste assis sur mon siège en lorgnant ma montre. De longues minutes s'écoulent, je vais vraiment être à la bourre.

Hitman revient à mon niveau et m'ordonne, avec sa douceur légendaire, de dégager du véhicule. Elle prend ma place, tourne la clé, et ma Torino démarre au quart de tour.

— Génial ! Merci. Tu es merveilleuse !

Ses prunelles me toisent comme si je l'avais injuriée.

— OK, pas merveilleuse, je me rétracte en levant les mains devant moi. C'était quoi la panne, du coup ?

— Y'en avait aucune.

— Comment ça ?

— J'ai touché à rien, hormis à cette clé qui semble faire son job mieux qu'un certain chauffeur.

Je reste coi quelques secondes.

— Attends, c'est impossible ! Ça fait une éternité que j'essaie, j'peux pas croire que ma caisse n'ait aucun souci.

— Et pourtant...
— T'as eu un coup de bol.
— Tu veux qu'on détermine qui de nous deux va prendre un coup le premier ?
— Non, mais admets que c'est dingue.
— T'es juste un foutu guignard, mec.

Je plisse le nez et me bouche les oreilles. Je ne croyais pas en ces conneries de malchance, mais ça devient difficile d'argumenter. Les chauffeurs sont les seuls à être au courant de mes déboires, et je compte bien que ça reste le cas. Mes coéquipiers sur le terrain de base-ball ne semblent rien avoir remarqué — et Jarod a tenu sa langue —, mais combien de temps vais-je encore pouvoir leur cacher mon problème ?

Je secoue la tête et me concentre sur Firebird.

— Plus sérieusement, elle avait quoi ?
— Que dalle, elle insiste. Allez, je me tire, j'ai un client qui m'attend. Tu viens de me faire perdre une course à trente dollars. À une époque, je t'aurais brisé le crâne pour ça.

Bizarrement, je n'ai pas l'impression qu'elle plaisante.

— C'est toujours un plaisir de bavarder avec toi... je marmonne en la saluant de loin alors qu'elle saute dans sa Pontiac et repart en trombe.

Je pivote vers ma Ford et la mate de travers.

— À quoi tu joues, Tori ? Tu cherches à te venger depuis que j'ai hésité à accepter l'offre d'achat de ce type de Californie ?

Je ne perds pas plus de temps et me presse de rejoindre l'entraînement.

Je me gare dans le parking réservé aux joueurs et fonce jusqu'aux vestiaires. J'enfile ma tenue aussi vite que se glisser dans un pantalon de base-ball le permet et déboule sur le terrain en vissant ma casquette sur ma tête. Jarod m'aperçoit courir vers lui et croise les bras sur sa poitrine en secouant la tête. S'il ne m'a pas balancé aux autres, il m'a à l'œil depuis le *summer camp*.

— T'es en retard, mec !

Sous-entendu : « il se passe quoi, cette fois ? Un chargement de poulets qui s'est déversé sur la route ? ».

— Relax, j'articule en secouant la main. J'ai juste eu un petit souci avec ma caisse.

Il blêmit.

— Encore ?

— Ouais, mais c'est une ancêtre, rien d'anormal à ce qu'elle...

— J'croyais que ton garagiste t'avait assuré que Tori pétait le feu ? il m'interrompt.

Il en était lui-même étonné, vu le grand âge de cette dernière.

— Probablement une légère surchauffe, j'élude. Il fait chaud pour un début septembre.

Il fait toujours chaud à Miami en septembre, mais je suis un peu à court d'excuses.

Le coach Clarkson crie mon prénom depuis son poste d'observation, et vu la tronche qu'il tire, il n'apprécie pas que j'aie à nouveau loupé un échauffement.

— Tu vas prendre cher... commente Jarod.

Je trottine jusqu'au grand manitou, relève ma visière et le regarde d'un air penaud.

— Désolé, coach, j'ai...

— Va mourir, il m'interrompt aussi sec.

— Excusez-moi ?

— Oh ! Ma langue a ripé, je voulais dire « va courir ».

Le connaissant quand il est mécontent, courir ou mourir, même combat.

— Combien de tours ?

— Jusqu'à ce que mort s'ensuive.

Qu'est-ce que je disais ?

— Et t'as intérêt à y mettre du tien, je veux une longue agonie avant que ton existence ne se termine.

— Mais…

— Une agonie, il tranche sans appel.

Super. Je me débarrasse de mon surplus d'équipement et m'élance sans attendre autour du terrain. Je perçois les moqueries de mes coéquipiers mais, au bout d'un moment, je n'entends plus que mon pouls résonner au fond de mes tympans. J'ai une bonne endurance, mais cette chaleur m'accable.

J'ai arrêté de compter les tours lorsque j'envoie au coach un regard suppliant, qu'il balaie d'un geste du menton. Lorsque le bout de ma semelle bute contre un obstacle invisible et que mon ventre racle le sol poussiéreux, je bondis sur mes pieds aussi vite que possible, mais ma chute n'est pas passée inaperçue. Tout le monde me regarde, à l'exception de Jarod qui cache son visage derrière ses grandes mains de *catcher*[6]. Je reprends ma course autour du terrain comme si de rien n'était, mais au fond de moi, je n'en mène pas large.

Au moment où je pousse la porte de ma chambre après mon entraînement cauchemardesque, ma mauvaise humeur frôle le niveau « si j'éternue, le souffle rasera la ville ». La pièce est vide, mais par la porte de la salle de bains qui donne sur la chambre de Dallas et Andy, j'entends leurs voix ainsi que celle de Rafael. L'espace d'une seconde, j'hésite à ressortir pour aller faire un tour, mais je risquerais de tomber dans une bouche d'égout. Je balance donc mon sac de sport sur mon lit, retire mes chaussures et rejoins mes meilleurs amis.

— Ça va, Lucky ? me lance Raf.

6. Receveur.

Il m'appelle ainsi depuis bientôt un an, c'est une habitude pour lui autant que pour moi, mais aujourd'hui, l'entendre me tire une grimace furtive.

— Quoi ? Encore ? il chuchote, comme si le dire plus fort risquerait d'aggraver mon cas.

Est-ce que ça pourrait être pire ?

— Ouais, encore. Tori n'a pas voulu démarrer, c'est Amy qui est venue me dépanner, alors qu'il n'y avait a priori aucune panne, et j'ai loupé le début de l'entraînement à cause de ça. Le coach m'a puni, j'ai couru un millier de tours de terrain et me suis cassé la figure devant mes coéquipiers.

Je m'effondre sur le fauteuil en cuir et pose les mains sur les accoudoirs en soupirant.

— Ah ! Quand même... répond Andy en tordant sa bouche.

— Est-ce que les gars de l'équipe t'ont dit quelque chose ? se soucie Dallas.

Ils savent que c'est ma plus grande crainte. Si les Golden Panthers se rendent compte de la mauvaise passe dans laquelle je me trouve, ils n'auront aucun remords à m'écarter du jeu, et ma réputation s'enflammera comme une traînée de poudre. Mes doigts deviennent glacés à cette pensée. Si on me retire le base-ball, qu'est-ce qu'il restera de moi ?

— J'ai prétexté une indigestion, mais ils vont finir par douter de mes excuses...

— Qu'est-ce que tu vas faire ? demande Raf.

— Franchement, j'en sais rien. Peut-être que reprendre le rythme de la fac et des entraînements me remettra sur les rails.

— Et si ça ne s'arrête pas ? il souffle.

Je secoue la tête, incapable de répondre. Je ne peux pas perdre tout ce que j'ai si durement gagné. Pas moi. *Pas encore.* Un souvenir douloureux s'imprime sous mon crâne et déploie ses tentacules venimeux dans tout mon corps. J'ai déjà vécu ça, et me remémorer cette période difficile remplit mon estomac d'acide. *Je ne resterai pas passif.*

— Je ferai tout ce qu'il faudra, je conclus d'une voix rauque.

2
Tory

Après avoir passé trois semaines chez ma tante, en France, dans un village quatre fois moins étendu que le campus de FIU, le retour à l'université est dur à encaisser. Les étudiants bruyants, qui grouillent partout et s'envoient des accolades à tout va, me font le même effet qu'une tempête de sable. Ça me brûle les yeux et les oreilles. J'en viens presque à regretter mon cousin Maxime, ses blagues beaucoup trop matinales et son goût prononcé pour les fromages puants.

— Tory !

La voix de Juliet traverse le brouhaha général, je tourne sur moi-même et repère mon amie près d'un palmier. Elle agite la main en souriant.

— Tout cet entrain, c'est perturbant, j'envoie en la toisant d'un œil perplexe après l'avoir rejointe.

— Quoi ? On ne s'est pas revues depuis mi-juillet, je suis contente de te retrouver !

Ça fait bientôt un an qu'on se fréquente toutes les deux, et je ne suis pas encore habituée au revirement qu'elle a connu en avril dernier. Elle est passée d'une fille complètement allergique à l'amitié à... cette nana-là. Même si je préfère cette version d'elle, libérée de ses entraves, c'est tout de même perturbant.

— J'te préviens, si tu te mets à m'inviter à des soirées pyjama, je romps avec toi, je lâche en m'asseyant en tailleur face à elle.

— N'abuse pas, ça n'arrivera jamais, elle rigole en me tendant une jolie boîte en carton bleu nuit.

— Qu'est-ce que c'est ?

— Avec Raf, on a passé quelques jours à La Nouvelle-Orléans début août. Je t'ai ramené un cadeau, ça devrait te plaire.

Mes sourcils se haussent d'intérêt. *La Nouvelle-Orléans ? Génial !* Là-bas, l'ésotérisme et la spiritualité sont très présents. Je tire précipitamment sur le nœud au-dessus du paquet, devinant que Juliet a choisi quelque chose en rapport avec ça.

— Des bouteilles de souhait ! je m'écrie, ravie. Elles sont magnifiques, merci !

Je tire de l'étui l'une des sept fioles, remplie de petits cristaux turquoise, et la lève devant moi pour l'admirer.

— On dirait que j'ai visé juste, elle déclare avec un grand sourire.

— Dans le mille !

— À quoi sert celle-ci ? elle s'intéresse en penchant la tête pour mieux la contempler.

— À plusieurs choses, mais elle aide principalement aux interactions avec autrui. Pile ce qu'il me faut aujourd'hui !

Je lorgne les nombreux groupes qui nous entourent en prenant une grande inspiration. Je n'apprécie pas la foule, les bandes, les... personnes. Je ne suis pas une solitaire dans l'âme, mais j'aime choisir la manière dont j'interagis avec mes congénères. De fait, je n'ai pas beaucoup d'amis. La plupart des gens ne comprennent pas que je puisse avoir envie de passer une semaine entière sans donner le moindre signe de vie, avant de réapparaître en proposant de partager des raviolis chinois trois soirs d'affilée. C'est pour ça qu'on s'entend si bien avec Juliet. Tout comme j'ai compris qu'elle avait besoin d'espace dans son rapport à l'autre, elle a senti et accepté ma façon d'être.

— C'est si terrible de reprendre les cours ? elle ricane en déballant son bagel.

— Les premiers jours sont toujours les plus éprouvants, mais je vais retrouver mes marques.

Et j'ai hâte que les affaires reprennent.

— Comment ça va avec ton chauffeur ? j'interroge mon amie.

Son visage s'illumine et ses lèvres s'étirent.

— Super bien.

— Tant mieux. J'ai su tout de suite qu'il y avait un truc fort entre vous quand on est montées dans sa voiture. Je suis contente pour vous.

— Tu m'as quand même convaincue de poursuivre les rencards, j'te rappelle.

— Et le dernier a dépoté, non ? Je savais que ton petit chéri péterait les plombs. Bon, il y est allé plus fort que prévu, mais j'avais raison !

— Et toi ? Tu sors toujours avec le dernier en date ?

— Si c'est d'Isaac dont tu parles, il a rompu, il y a quinze jours.

À moins que ça ne fasse déjà trois semaines. Peu importe.

— Oh ! Je suis... désolée ? elle hésite en me sondant du regard.

— Ne t'inquiète pas, je vais très bien. Je suis partie en France pendant presque un mois et, apparemment, je ne lui ai pas manqué... À vrai dire, lui non plus, mais j'admets que ma fierté en a pris un coup, je souffle en faisant les gros yeux.

Je mords ma lèvre en jouant avec une mèche de mes cheveux.

— Pour être tout à fait honnête, je crois que je lui faisais un peu peur.

Juliet me dévisage en hochant la tête.

— Pourquoi tu me regardes comme si tu étais d'accord avec ça ? je feins de m'indigner.

— Parce que tu m'as fait inhaler une potion à cause de laquelle j'ai...

— Tu étais d'accord ! je la coupe.

— Ouais, enfin...

— Je suis une incomprise, je clame en posant une main sur mon cœur. Sauf avec Bronson, j'ajoute en jouant des sourcils.

— Qui est Bronson ?

— Mon nouveau mec.

— Comment tu te débrouilles pour séduire tous ces garçons ?

— C'est surnaturel, hein ?

— Il étudie ici ?

— Oui, et il joue dans l'équipe de football américain de la fac.

— Encore un sportif ?

— Isaac était musicien, j'te rappelle.

— J'espère que tu ne parles pas de lui au passé parce que...

Elle mime une aiguille qui s'enfonce dans une poupée imaginaire.

— Arrête, je suis une gentille fille, je ne pratique pas ce genre de choses.

Son sourcil circonspect me tire un sourire.

— D'accord, ça m'arrive de l'évoquer pour menacer les gens qui me tapent sur les nerfs, mais ce ne sont que des mots. Et puis, il n'arrive que des bonnes choses à ceux qui m'entourent.

Je n'exagère pas, c'est vrai.

— Isaac, par exemple, je poursuis. Il s'est fait repérer par un gros groupe de musique pendant l'été, il va partir en tournée avec eux.

Et ce n'est pas le seul à connaître ce genre de coup de pouce du destin. Depuis le printemps dernier, dès que je sors avec quelqu'un, la chance lui sourit. D'abord Cédric, puis Shaun, Vincent et Isaac. Je suis curieuse de voir si Bronson va connaître le même destin. C'est excitant !

— Comment vous vous êtes rencontrés ? s'intéresse Juliet. Me dis pas que c'est grâce à la Love Machine.

— Non, c'était beaucoup plus romantique qu'un rencard planifié ! Il m'a bousculée près de la fontaine quelques jours avant la rentrée. Mon téléphone est tombé, l'écran s'est cassé, alors pour se faire pardonner, il m'a invitée à manger des raviolis chinois.

— C'est ta perception du romantisme ? elle se marre.

— Une fontaine et des raviolis, absolument !

— Tu crois que tu vas lui porter bonheur à lui aussi ?

— Je comprends que dalle aux règles du foot américain, encore moins à ce qui rend un joueur meilleur que les autres, mais pas plus tard qu'hier, il m'a dit qu'il n'avait jamais couru aussi vite avant que nous sortions ensemble.

— C'est fou, cette histoire, quand même.

— Peut-être que coucher avec moi le rend simplement plus endurant, je minaude.

En réalité, peu importe le pourquoi du comment, la seule chose qui m'intéresse, ce sont les retombées commerciales que ça m'offre.

***

De retour chez moi après ma journée de cours, je file dans la cuisine pour avaler une poignée d'amandes et traverse le rez-de-chaussée en parlant toute seule.

Donnant sur le jardin à l'avant de la maison, mon antre occupe la moitié de l'espace depuis que mes parents ont accepté d'abattre la cloison de la chambre d'amis attenante. Il y a bien assez de pièces dans cette maison pour me permettre de jouir d'un immense espace personnel.

J'accroche mon sac au portemanteau, retire mes chaussures et mes chaussettes et tente une approche amicale vers mon compagnon à quatre pattes, lové dans un fauteuil. Je tends la main vers sa tête, mais mon chat plaque immédiatement ses oreilles en arrière, ses pupilles m'intimant de reculer.

— OK, donc j'ai eu le droit à un câlin ce matin et je dois m'en contenter jusqu'à demain ?

Il se pelotonne de manière à me tourner le dos. On a l'animal de compagnie asocial qu'on mérite, comme dit ma mère.

Je m'installe devant mon ordinateur. Le temps qu'il se mette en route, j'allume une bougie verte. *Succès, abondance et argent.* Accompagnée de la flamme vacillante, je jette un coup d'œil sur ma boutique en ligne, contrôle mon stock de produits et édite une liste de fournitures à acheter pour satisfaire les commandes passées dernièrement et celles à venir. En ce moment, ce sont les bracelets de protection qui ont le vent en poupe, mais je vends des dizaines d'autres petites choses. Des pierres, des porte-bonheur, des tisanes, des bougies ou encore de l'encens confectionné à la main par ma grand-mère.

Mon business ne ferait pâlir d'envie aucun entrepreneur, je fixe des prix très modestes par principe, mais ça reste un petit revenu sur lequel je ne crache pas. Mes parents ont beau avoir un train de vie aisé, mes études leur coûtent une blinde. Alors, si je peux gagner quelques centaines de dollars pour mes besoins courants, c'est toujours ça de pris.

— Oh ! T'es là, toi ? remarque soudain ma grand-mère en passant la tête dans ma chambre. Je ne t'ai pas entendue rentrer.

— Quelle surprise ! Tu n'entends même pas ton téléphone sonner, je plaisante.

— Comment ?

— Où sont tes appareils auditifs ? je hausse le ton.

— Sur le rebord de ma fenêtre.

Bon sang, elle est têtue comme une mule !

— Tu crois toujours que c'est utile de leur faire absorber les rayons de lune ?

— Évidemment ! J'entends parfois des choses si dégoûtantes en ville que je dois absolument les purifier. Ta mère est d'accord avec moi.

Pas besoin de chercher bien loin pour déterminer d'où je tire mes centres d'intérêt. Heureusement, je ne suis pas aussi bizarre que la lignée de femmes dont je descends. *Enfin, je crois.*

Ma grand-mère entre dans ma chambre, vient se poster derrière moi et louche sur l'écran de mon ordinateur.

— Fais pas comme si tu comprenais quelque chose à Internet, je la chambre.

— Les affaires se portent bien, chère associée ?

Je tape doucement sur la main ridée posée sur mon épaule.

— On n'est pas associées, vieille arriviste. Je suis le boss et toi l'employée.

Du moins, en théorie, parce qu'Armelle Gautier ne s'est jamais soumise à aucune forme de hiérarchie.

— J'suis plutôt satisfaite, oui, je reprends pour répondre à sa question. D'ailleurs, tu vas devoir fabriquer de nouveaux bâtonnets d'encens, on va bientôt être à court.

— Ta mère est justement partie acheter de la poudre de makko et des bâtonnets. Je m'en occuperai pendant ma prochaine insomnie.

— Qu'est-ce que vous fomentez, toutes les deux ? questionne mon père en s'invitant à son tour dans ma chambre et en forçant également sa voix pour se faire entendre.

Il le sait très bien, ce qui ne l'empêche pas de poser la question dès qu'il en a l'occasion. Peut-être espère-t-il secrètement qu'un jour les femmes de cette maison se trouvent une passion plus classique.

— Des activités françaises, Olivier, ironise ma grand-mère.

— C'est Oliver, il corrige comme toujours, d'un ton rieur.

— Ah ! Ces Américains... elle souffle sans raison, avec cet accent dont elle ne s'est pas débarrassée vingt ans après avoir traversé l'Atlantique.

Je la soupçonne même de ne faire aucun effort, par pur esprit chauvin. Mamie est française, née en Bretagne, tout comme ma mère, et a déménagé en Floride quand sa fille s'est mariée avec mon Américain de père, peu de temps avant ma naissance.

— Vous savez où est ma femme ?

— Sortie faire des courses, l'informe la matriarche de la famille.

— Chouette, je meurs de faim !

— Pas ce genre de courses, elle précise. À moins que tu ne veuilles tout à coup changer de régime alimentaire.

— Bon, alors je commande des pizzas.

— Pas chez celui qui livre avec sa mobylette bleu ciel. Il ne me plaît pas du tout !

— Armelle, vous dites ça parce qu'il a oublié la sauce piquante une fois.

— Deux fois ! Et je vous répète qu'il dégage de mauvaises ondes.

Elle fouette l'air avec ses mains en fermant les yeux.

— Comme le livreur de sushis... ricane mon père.

— Ma chérie, ton géniteur est une cause perdue, elle se lamente à mon intention. Il n'a aucune sensibilité aux énergies. Heureusement que tu as tout pris de ta mère, qui avait tout hérité de moi avant ça.

— Je croyais que Tory avait écopé de mon mauvais caractère ? raille le concerné, pas vexé pour un sou.

— Et vous vous en vantez ?

Ces deux-là passent leur temps à se chamailler, mais dans le fond, ils s'adorent.

— Je suis rentrée ! crie ma mère. Qui a touché au gros sel que j'avais mis sur le perron pour protéger la maison ? C'est encore toi, Oli ?

— Mon steak était fade, il nous indique dans un murmure en haussant les épaules.

— Papa... je me désole.

— J'ai pourtant tout essayé pour lui inculquer les bonnes manières, marmonne ma grand-mère dans sa langue maternelle. Deux décennies, mais rien n'y fait, il est toujours aussi imperméable.

— Elle raconte encore du mal de moi ? il me demande, étant le seul ici à ne pas parler un mot de français.

— Nan, elle trouve que la couleur de ton tee-shirt met tes yeux en valeur.

Évidemment, il n'en croit pas un mot.

— Bon, je vais m'occuper de ces pizzas, il conclut avant de s'éclipser.

Alors que je l'entends siffloter dans le couloir, je me demande comment un homme aussi terre à terre peut aimer trois drôles de dames comme nous. Il ne croit en rien, n'est pas même un peu superstitieux, et pourtant, il nous supporte sans broncher. Il est unique.

— Je vais m'assurer qu'il les commande au bon endroit, lance ma grand-mère en sortant à son tour.

Je quitte mon siège pour aller fermer la porte de ma chambre puis m'allonge à plat ventre sur mon lit, mon portable entre les mains. J'ouvre mes réseaux sociaux et remarque que j'ai une centaine de nouveaux abonnés. Certains tombent sur mon compte par hasard, mais la plupart d'entre eux étudient sur mon campus.

Quand j'ai lancé mon activité l'été précédant mon entrée à la fac, je n'avais qu'une poignée de *followers*, mais depuis que Cédric, l'un de mes ex, a raconté partout que je lui portais chance pendant ses matchs de foot, puis que ses dires ont été corroborés par les succès de Shaun, Vincent et Isaac dans leurs domaines respectifs, ça s'est répandu comme une traînée de poudre. Résultat : j'ai ma petite notoriété. Mes publications et mes *lives* sont de plus en plus suivis, et ma boutique a triplé ses ventes. Pas de quoi vivre dans l'opulence, mais c'est agréable de pouvoir transmettre du positif aux autres.

Je jette un coup d'œil à l'heure. Le livreur de pizzas n'arrivera pas avant quarante-cinq minutes, puisque mon père et ma grand-mère vont forcément entamer un débat houleux avant de passer commande. J'ai donc le temps de lancer un direct.

Je quitte mon lit, traverse ma chambre et m'installe dans le coin où tout mon matériel est prêt à l'emploi. Je fixe mon portable sur la *ring light*, prends la petite télécommande de mise en marche à distance et m'assieds dans mon fauteuil crapaud. Je feuillette mon programme, m'imprègne de ce que j'ai préparé pour aujourd'hui puis, armée de mon plus mystérieux sourire, j'appuie sur le bouton pour lancer le *live*.

— Salut tout le monde !

Je meuble quelques minutes, pour laisser le temps aux spectateurs de se connecter.

— Est-ce que vous êtes prêts pour le Witch Friday ?

J'imagine les quatre cent vingt-neuf personnes à présent en ligne brailler un « ouais ! » derrière leur écran. Ce soir, je vais leur expliquer comment choisir la couleur de leurs bougies, avant d'enchaîner avec une session de questions-réponses.

Un vendredi soir des plus classiques dans la vie trépidante de Tory Garland.

3

Luke

Assis derrière mon volant, j'essaie diverses techniques pour écourter ma vie. Je retiens ma respiration le plus longtemps possible, je tords ma langue dans tous les sens pour l'avaler, je trifouille mon autoradio en espérant me faire électrocuter...

— Je ne descendrai pas de cette voiture ! répète une voix stridente à l'arrière.

— Je vais compter jusqu'à cinq, lui répond une autre, tout aussi aiguë. Si tu ne sors pas de là, j'attrape ta queue de cheval et je te jette dehors.

— Mesdames, s'il vous plaît, j'interviens pour la énième fois.

— Un, deux...

Les deux étudiantes m'ignorent complètement.

— Trois...

— Je me suis assise la première ! revendique la brune, celle qui risque de devenir chauve.

— Parce que tu t'es jetée à l'intérieur comme une otarie ! crie la blonde.

Je n'ai pas saisi l'origine de leur querelle, mais ça fait bientôt dix minutes qu'elles se disputent. L'une est assise à l'intérieur, l'autre est debout sur le trottoir, agrippée à la portière passager ouverte. Je ne peux décemment pas démarrer en trombe ni sortir pour décrocher ses ongles de ma carrosserie. Je suis donc voué à subir un affrontement entre ces obstinées, qui ont réservé une course en commun mais se sont disputées sur le chemin pour rejoindre ma caisse. À présent, elles refusent de partager le même espace sur ma banquette.

— T'as déjà pensé à postuler chez Sea World ? renchérit la blonde. Tu serais parfaite dans le grand bassin, avec tes congénères !

Oh ! Bon sang, que la foudre me frappe !

Heureusement, mon portable vibre sur ma cuisse, affichant un message de mon sauveur.

DALLAS : Je suis là dans deux minutes.

J'ai envoyé un appel à l'aide au chauffeur le plus proche, histoire que chacune des deux nanas puisse partir de son côté. J'espère juste qu'elles ne vont pas poursuivre leurs chamailleries pour déterminer laquelle montera avec Dal. C'est la première fois que je suis confronté à ce genre de problème, mais suis-je seulement un brin étonné que ça se produise ? Non. *Foutue poisse.*

Contre toute attente, l'arrivée de mon héros sonne le glas de cette galère. Je peux enfin prendre la route, une brune crispée marmonnant derrière moi.

Dès que je l'ai déposée, je décide de ne plus accepter de course de la journée. J'ai un match amical tout à l'heure et j'opte pour la tranquillité. *Plus ou moins, puisque je stresse à mort.*

J'assiste à mes trois cours prévus aujourd'hui, remplis le réservoir de ma voiture, fais un saut dans ma chambre pour récupérer mes affaires de sport et trace au stade, le ventre noué.

— J'ai eu mon quota de merdes pour la journée, non ? j'essaie de me rassurer tout seul en manœuvrant dans le parking.

Je gravis une vingtaine de marches, débouche dans un couloir désert et m'immobilise devant la porte des vestiaires.

— Lucky Luke, Lucky Luke, je scande tout bas pour me blinder.

Je prends une grande inspiration, actionne la poignée et... les conversations s'interrompent dès que je pose un pied à l'intérieur. On dirait que l'entraînement d'hier occupe encore les esprits de mes coéquipiers. Je ne suis pas arrivé en retard, je n'ai pas trébuché ou bloqué le distributeur de boissons énergisantes, mais la porte de mon casier a décidé de garder mon doigt prisonnier, et en reculant sous l'effet de la douleur, j'ai bousculé Dawson. Il en a lâché sa Thermos, dont le liquide brunâtre s'est répandu sur le maillot de Hunter. Celui qu'il refuse de laver avant le 26 octobre — lui seul sait pourquoi —, soit dans un mois. Je l'aperçois d'ailleurs à l'autre bout de la salle, portant sa tenue rayée de rechange. Sa rancune clignote au-dessus de son crâne comme une enseigne à Las Vegas.

Bref, le mois de septembre touche à sa fin et ma chance n'a toujours pas refait surface. Comme je l'avais prédit, les conséquences commencent à arriver. Mon équipe se comporte comme si j'avais la gale. À moins d'une heure de notre premier match de pré-saison, c'est très emmerdant. Mon seul réconfort est que le coach me fasse commencer la rencontre, mais le contrat tacite derrière ce choix est palpable. *Si je foire...*

Elliot, lanceur comme moi, me barre la route. Il m'inspecte avant d'attraper mon menton avec ses doigts. Sa main sent la crème hydratante à la mangue, il en applique avant chaque partie, sans exception.

— Tu t'es pas rasé aujourd'hui, j'espère !

— Si... je commence avant de me mordre la langue.

Quel con ! Un *pitcher* ne se rase pas le jour J. Jamais. Mais ce matin, trop obnubilé par ma situation, j'ai utilisé mon rasoir sans réfléchir. Il ne doit surtout pas être au courant.

— Si je voulais perdre ce match, je l'aurais fait, je me reprends *in extremis.* T'inquiète, je m'en occupe toujours la veille à 23 h 39.

Mon mensonge doit le convaincre puisqu'il m'assène une petite claque sur la joue et se tire.

Je dépose mon sac de sport dans mon casier puis fourre un chewing-gum dans ma bouche en inspirant. La saveur mentholée rafraîchit mon crâne sous lequel crépite un feu incontrôlable. *Ressaisis-toi !*

La main qui me frappe soudainement entre les omoplates provoque deux réactions. Je sursaute, et mon chewing-gum se bloque entre mes amygdales. Je tousse, me plie en deux, cherchant à expulser l'intrus de ma gorge. Plutôt que de ressortir, l'enfoiré prend la mauvaise direction et tombe au fond de ma trachée. *Génial, super présage !*

— Désolé ! s'esclaffe celui qui vient de me cogner amicalement.

À moins qu'il ait cherché à se débarrasser de moi. Genre, définitivement.

— Pas de problème, je siffle d'une voix enrouée.

Il tend le bras pour choper sa batte, tape le bois brillant deux fois contre le sol carrelé, avant d'en faire de même contre son torse. Je me retiens de lever les yeux au ciel. J'ai l'habitude pourtant, ça fait des années que je ne prête plus attention aux manies de mes coéquipiers, mais aujourd'hui, toutes ces petites choses amplifient mon stress. Je n'ai pas le droit à l'erreur pendant ce match. Amical ou non, c'est le premier, ce qui signifie qu'il donnera le ton des suivants.

— Ça va, Lucky ? m'interroge Jarod en se postant à côté de moi.

— Super !

J'en fais des caisses, mais ça semble le rassurer un peu. Il le mérite plus que les autres, car il est le seul à me soutenir. Il a déjà enfilé son masque de protection et penche sa tête vers moi. *Allez, c'est reparti.* Dans un enchaînement coutumier, mon poing toque deux coups contre le plastique, au niveau de son front.

— Toc toc, je récite.

— Qui est là ?

— La victoire.

Jarod pousse un cri de panthère, ou ce qui s'en rapproche le plus, avant de s'éloigner.

J'enfonce mes index dans mes globes oculaires. Je dois me reprendre, cette histoire m'atteint beaucoup trop. *La poisse, ça n'existe pas.* C'est une création de l'esprit, au même titre que la chance ou les superstitions débiles qui pullulent dans ce vestiaire. Le seul élément réaliste, c'est le talent dont je dois faire preuve pour remporter ce match.

Lorsque je foule enfin le gazon après l'échauffement et les consignes du coach, les cris de la foule font accélérer les pulsations de mon cœur. J'adore cette atmosphère, je m'y raccroche donc pour faire refluer mon stress.

Je salue le public en rejoignant ma butte et pousse un soupir soulagé en l'atteignant sans encombre. Mes coéquipiers se positionnent à leur tour et, à côté de Jarod, se poste le batteur de l'équipe adverse. Suivant une routine similaire à la nôtre, il brandit sa batte puis assène un coup sur le bout de ses chaussures. Une fois à droite, deux fois à gauche, avant de la ramener devant son visage pour la lécher.

Je remarque soudain le signe discret de Jarod, accroupi en face de moi, en position de receveur, prêt à entamer la première manche. Les dix-huit mètres qui nous séparent m'empêchent de discerner son visage, mais je ne comprends pas non plus ses gestes saccadés.

Pendant une partie, son rôle est de me donner des indications pour adapter mon lancer au batteur adverse afin qu'il ne touche pas la balle, je devrais donc être maître dans l'art de décrypter mon coéquipier. Pourtant, c'est le flou total. Alors qu'il pointe son doigt vers sa bouche avec insistance, je le dévisage en arquant les sourcils. Gavé, il relève rapidement son masque et se met à mâcher fortement. *Eh merde, le chewing-gum !*

Pour me fondre dans la masse, j'ai moi aussi adopté quelques manies. Une sorte de chorégraphie apprise par cœur, consistant notamment à mâcher mon chewing-gum avant de le déposer sur le bord de la butte. Sauf qu'en cet instant, il flotte au fond de mon estomac — peut-être même qu'il va boucher l'une de mes artères, vu mon bol —, et je n'ai pas pensé à en prendre un nouveau. Je suis pris d'un léger vertige à l'idée que tout le monde l'ait remarqué et m'observe avec horreur. Je me mets alors à mastiquer activement, glisse deux doigts dans ma bouche et fais mine d'en sortir une gomme imaginaire. À cette distance, je ne pense pas qu'on puisse se rendre compte que je joue la comédie. Je dépose du vide à l'endroit habituel et m'essuie le front du revers de la main. Jarod ne m'a pas quitté des yeux et acquiesce de manière presque imperceptible.

Je reprends du poil de la bête quand, tout à coup, une masse tachetée et furtive me frôle. Je reconnais le son produit par des battements d'ailes, suivi d'un bruit sourd juste derrière moi. Une étrange agitation se répand dans les gradins et je me retourne au ralenti.

— Nom de nom... j'articule en écarquillant les yeux.

Je rêve ou un oiseau de malheur vient de s'écraser à moins d'un mètre de moi ? Il me semble percevoir un hoquet étranglé. Difficile de dire s'il provient de Jarod, de la mouette ou de mon self-control. Je ne connais aucune croyance au sujet d'une mouette qui viendrait rendre son dernier souffle sur la butte d'un lanceur, mais tout est possible. Une goutte de sueur s'échappe de sous mon casque et dévale l'arête de mon nez. Je jette un coup d'œil vers l'abri de mon équipe, où tous les joueurs me lorgnent, accrochés à la rambarde comme à celle du Titanic. Est-ce qu'Elliot vient de former une croix avec ses doigts ?

Le temps qu'un type du staff vienne débarrasser le terrain de ce pauvre volatile, je gonfle mes narines autant que possible pour aspirer de l'oxygène. *Tout va bien.*

Le premier frappeur adverse est gaucher, moi aussi. C'est un bon combo pour l'éliminer. Je puise donc une grande dose de confiance pour opérer mon premier lancer.

Deux manches se succèdent, nous menons d'une maigre avance. C'est durant la troisième manche que les choses se corsent. Mes balles rapides ne le sont plus assez, mes muscles se tétanisent, et la victoire commence à nous échapper. J'atteins le sommet du désastre avec un lancer fou[7]. *Putain, je n'ai plus fait de* wild pitch *depuis une éternité.*

La balle finit sa course hors-jeu. Jarod est forcé de bondir sur le côté et de courir la récupérer, laissant le temps aux joueurs adverses de remonter toutes les bases. Il réprime un juron furieux en reprenant sa place, mais derrière son masque, si je pouvais voir ses iris, je suis certain que j'y lirais sans mal un « tu seras bientôt au fond du trou, vieux ».

Quand vient le moment où le lanceur de relève doit prendre ma place, je quitte mon monticule. La partie

7. Lancer effectué de manière involontaire, imprécise, ce qui rend sa réception compliquée ou impossible.

est finie pour moi, je rejoins l'abri le poing serré dans mon gant et tombe assis au bout du banc. Personne ne me parle, mais je sens les regards posés sur moi. J'ai l'impression qu'il se passe une éternité avant que je rejoigne le vestiaire.

Nous avons perdu, et l'humeur générale est au plus bas. Ce n'est pas notre première défaite, mais les signaux négatifs que j'envoie malgré moi depuis la rentrée lui donnent des allures de malédiction.

4

Luke

Je reste sous la douche plus longtemps que nécessaire, l'oreille tendue. N'ayant pas envie de me confronter aux œillades désagréables de mes coéquipiers ni risquer de subir un exorcisme improvisé, je suis le dernier à me laver. Les autres joueurs remballent leurs affaires derrière le mur carrelé. Les portes claquent plusieurs fois, les voix s'éloignent, je coupe l'eau pour m'assurer qu'un silence rassurant plane bien dans le vestiaire puis je lâche un soupir las.

— J'espère que t'as savonné ton âme maudite, lance une voix toute proche.

La frayeur me fait bondir, mon pied glisse sur le sol mouillé, et je me rattrape au robinet pour ne pas m'ouvrir le crâne par terre.

— Bordel, Jarod ! je feule, mon cœur battant à tout rompre. J'ai pas besoin que tu t'y mettes, toi aussi !

Sa vision de l'intimité aussi inexistante que ma chance, il me toise d'un air grave, l'épaule appuyée contre le carrelage.

— Quoi ? Tu veux me frotter le dos ? je raille en lui tendant la bouteille de gel douche.

Sa langue claque contre son palais.

— Il faut passer à l'action !

— Ce sont des avances ?

— C'est la promesse de te mettre un coup de pied au cul si tu ne te bouges pas.

Il me jette une serviette dessus, je l'attrape au vol et l'enroule autour de mes hanches.

— C'était une catastrophe aujourd'hui, il pointe. T'es dans la merde, tu ne peux plus rester passif.

— Qu'est-ce que tu proposes ? je demande plus sérieusement en le dépassant.

J'ouvre la porte de mon casier pour en sortir mes fringues.

— Il faut taper fort, il assène comme si une guerre venait d'être déclarée.

— C'est-à-dire ?

— T'as forcément déjà entendu parler de Victory !

Je me penche pour apercevoir mon pote derrière le battant en fer. Le ton mystérieux avec lequel il a prononcé le mot « Victory », en ouvrant de grands yeux, me donne presque des frissons.

— Euh... non. C'est quoi ? Une appli ?

— Rien à voir, il rétorque comme si j'étais stupide. Merde, t'es à la ramasse, j'ai envie d'enfoncer mon gant de base-ball dans ta tronche.

— Ouais, sauf que si ton gant entre en contact avec ma peau...

Je joue des sourcils, m'amusant de cette superstition très importante chez les joueurs. *Ne surtout pas toucher le gant de son voisin !* Je me suis toujours demandé s'il y avait un rapport avec les attributs sexuels. Sauf qu'il leur arrive de se pincer la nouille pour rigoler, donc ça doit être autre chose. Bref, je m'égare.

— Tu vois, je suis pas autant à la ramasse que tu le prétends, je poursuis en m'habillant.

Si je n'ai jamais cru en ces sornettes, je m'y suis toujours conformé.

— Ouais... Bon, j'en étais où ? Ah oui ! Victory. C'est une étudiante de FIU, il chuchote sans raison. Je crois qu'elle est en deuxième année, et qu'elle pourrait te sortir de ce guêpier.

— C'est un blase de strip-teaseuse, non ? Tu penses m'offrir un show ?

Il me décoche une œillade assassine, me faisant ravaler ma moue coquine. Je lève mes paumes devant moi en signe de paix puis je baisse les yeux sur le côté pour me creuser la cervelle. Avec mon activité de chauffeur et ma popularité, je connais pas mal de monde sur le campus. Pourtant, je ne vois pas du tout de qui il parle, strip-teaseuse ou non.

— Jamais entendu parler, je déclare en haussant les épaules. Quel est le rapport avec mon problème ?

Il se penche vers moi en humectant ses lèvres.

— Le bruit court qu'elle porte chance aux mecs avec qui elle sort.

Il me faut plusieurs secondes pour traiter l'information. Je détaille le visage de Jarod, cherchant la vanne, mais il est sérieux. Je me mords l'intérieur de la joue pour ne pas éclater de rire à dix centimètres de sa tronche. J'en ai entendu des trucs bizarres dans la bouche d'un joueur de base-ball, mais celle-ci, on ne me l'avait jamais faite.

— C'est quoi cette connerie ? je ne peux pas m'empêcher de ricaner.

Il me toise avec sévérité en reculant d'un pas. *Aïe, je crois que je l'ai énervé.*

— T'en as pas marre de prendre ça à la légère, Luke ? il grogne en croisant ses bras épais sur sa poitrine.

— Mec, y'a des limites à ce que je peux gober, je soupire en pressant mes tempes entre mes doigts.

— Y'a également des limites à ce que les gars vont accepter si ta poisse continue. T'as pas pu louper certains regards, tout à l'heure. Ni la mouette.

— C'était peut-être un bon présage, je tente.

— Un animal est venu crever à tes pieds, j'vois rien de positif là-dedans.

Mon hochement de tête semble le détendre.

— Je t'aime bien, Winchester, c'est pour ça que j'essaie de t'aider. Mais si t'en as rien à foutre, ne viens pas chialer quand le *dugout* sera devenu ton meilleur ami.

— OK, OK, je concède en me tendant. Continue, je suis tout ouïe.

Ce n'est pas comme si j'avais beaucoup d'alternatives. Jusqu'à maintenant, j'ai patienté, mais ça ne semble pas efficace pour contrer ma poisse.

Jarod s'empare de son portable et tape rapidement sur l'écran. Son front plissé de concentration ravive mes pensées moqueuses, mais je les balaie d'un souffle vif. Il tente de m'aider alors qu'il pourrait m'éviter ou me livrer en pâture aux autres.

— Là, voilà, c'est elle. Tory Garland.

Il tourne son téléphone vers moi pour me montrer le profil Instagram d'une nana. Je cligne des yeux en lisant les quelques lignes de sa bio et en survolant ses publications bizarres. Il y a même un lien vers une boutique ésotérique. *Ah oui ! On est sur du haut niveau, là !*

— Tout le monde l'appelle Victory, reprend Jarod d'une voix dégoulinante de certitudes.

C'est un canular ?

— Victory, victoire, t'as saisi ?

— Ma chance a peut-être déserté, mais j'ai encore mes neurones, je marmonne.

— Tous ses ex ont vécu des trucs de fou ! il chuchote à toute vitesse, subitement surexcité. Quand elle sortait avec Cédric Hutcher, tu sais, le joueur de foot, il a battu le record du nombre de buts sur une saison.

Je l'écoute me détailler les conquêtes de cette fille, en me concentrant pour conserver un masque impassible. *C'est vraiment le summum du n'importe quoi.*

— Et y'a aussi eu un musicien, dernièrement. Isaac quelque chose. Il partira en tournée avec les Unfool cet hiver. Les Unfool, mon pote !

Il reprend son souffle. Comment est-ce qu'il est au courant de tout ça ?

— Sa réputation monte crescendo sur le campus, il poursuit, persuadé que je suis captivé par ses révélations. Ça parle de plus en plus dans tous les vestiaires, alors c'est le bon moment pour que tu agisses. Si tu attends trop longtemps, t'auras des concurrents.

— Et personne ne se dit que c'est simplement le hasard ? je suggère.

— Sois pas con, y'a pas de hasard. Et tu sais quoi, t'as rien à perdre, vieux. Trouve Victory et sors avec elle.

Il est cinglé.

— Je ne vais pas brancher une fille pour qu'elle me porte chance. Primo, je la connais même pas et je trouve ça hyper tordu. Deuzio, c'est une histoire à dormir debout. Un porte-bonheur vivant, mec. Tu entends à quel point ça sonne comme une vaste plaisanterie ?

— Fais ce que tu veux, il s'agace en matant sa montre. Je dois y aller, mais je te conseille vivement d'y réfléchir. Je ne suis pas magicien, moi, je ne pourrai pas sauver ton petit cul si les choses ne rentrent pas dans l'ordre. Les gens te kiffent parce que t'es un type cool et que tu joues bien. Mais si tu retrouves pas ta chance...

Il n'a pas besoin de terminer sa phrase. Il me salue d'un hochement du menton, balance son sac sur son épaule et quitte la pièce d'un pas lourd. J'attrape une balle dans mon casier, m'assieds sur le banc et reste là, les coudes sur mes genoux, à faire rouler cette fichue boule en cuir pour laquelle je serais prêt à faire à peu près n'importe quoi. Mais sortir avec cette Victory dans l'espoir de ressusciter Lucky Luke, ça va à l'encontre de mes principes.

Puisque nous sommes mercredi soir, je sors du parking et prends la direction de Little Havana pour le dîner cubain hebdomadaire chez les tantes de Rafael. J'arrive en avance, alors je gare ma voiture le long du trottoir, coupe le moteur et recule mon siège pour être plus à l'aise. Je viens de passer le trajet à penser à cette histoire de petite copine porte-bonheur. *Les gens croient vraiment tout et n'importe quoi.*

Pour patienter, je m'empare de mon téléphone, et après quatorze mouvements de l'index, le profil de Tory Garland réapparaît devant mes yeux.

— Tu veux que je te dise, je m'adresse à ma voiture, cette étudiante porte le même prénom que toi.

Ma main court sur le tableau de bord de ma Ford Torino, que j'ai toujours appelée Tori. Avec un « i ».

— En temps normal, ça me passerait au-dessus, mais si Jarod a raison, je devrais peut-être y voir un signe supplémentaire.

Mon ton demeure sceptique. Je scrolle les publications sous mes yeux, visionne quelques reels en secouant la tête puis bascule vers les podcasts de cette sorcière des temps modernes. Je retrousse le nez en l'écoutant vanter dans l'un d'eux les mérites de la pierre d'obsidienne. *Je ne sais même pas ce que c'est, bordel !* Cela dit, si je rejette l'idée de la séduire pour qu'elle sorte avec moi, je me surprends à envisager de lui passer commande pour des grigris.

— Je suis ravagé, je grommelle.

Une silhouette se matérialise tout à coup devant ma portière.

— Me dis pas que tu mates encore tes vidéos de furoncles dégoûtants, me lance Raf par la fenêtre ouverte.

Je lui fais signe de se pousser, il s'exécute, et je sors de ma caisse puis donne une brève accolade à sa copine.

— Ça n'a pas l'air d'aller, me lance Juliet en plissant les yeux.

— Ton match ? s'enquiert Raf.

Pendant que nous marchons jusque chez sa tante Divina, je leur raconte ce qu'ils ont loupé.

— Une mouette ? hallucine Juliet en pénétrant dans la maison. Je me demande si ça a une signification particulière.

Elle entre dans la cuisine tandis que Rafael et moi nous asseyons autour de la table déjà dressée. Je profite de ce qu'on est en tête à tête pour basculer mon siège vers lui et poser cette foutue question.

— T'as déjà entendu parler d'une nana sur le campus qui porterait chance ?

— Bien sûr ! il répond du tac au tac.

Je braque des yeux surpris sur lui.

— Elle s'appelle Juliet, et c'est ma meuf, il ajoute avec un clin d'œil.

Quel abruti.

— Oh ! Pitié ! J'te préférais quand tu tirais la tronche et que t'ouvrais pas le bec, je grogne en faisant retomber ma chaise sur ses quatre pieds.

L'espace d'une seconde, l'idée qu'elle puisse se briser sous mon poids me traverse. Comme à Tampa. Heureusement, rien ne se produit, mais je reste sur mes gardes.

La longue table se remplit petit à petit. Georgia et ses copines occupent le bout et parlent fort, tandis que les tantes de Raf se disputent au sujet d'une *telenovela.* Andy et Dallas arrivent en dernier et s'installent à ma gauche. Lorsque je relève le nez de mon assiette, je surprends leur attention sur moi.

— Quoi ?

— Rien, ils s'empressent de répondre, trop vite pour être honnêtes.

Mon sourcil droit s'arque, les mettant au défi de poursuivre dans cette voie.

— Ça va t'énerver, me prévient Andy.

— Balance.

— J'ai transporté deux gars, tout à l'heure. Ils revenaient du stade.

Vu sa moue, je connais le stade dont il parle.

— Je les ai entendus débriefer, il poursuit du bout des lèvres.

— Laisse-moi deviner, ma prestation les a impressionnés ? j'ironise.

— C'est vrai qu'une mouette s'est écrasée à tes pieds ? intervient Dallas en fourrant une *papa rellena* dans sa bouche.

— C'est à peu près ça, ouais. Mais j'imagine que le fait qu'elle se soit en réalité éclatée au sol derrière moi ne change pas grand-chose au fond de l'histoire.

— Ça craint, là, quand même, grimace Raf qui a tout entendu. Tu veux que je demande à Divina de te fabriquer quelque chose ?

Je secoue la tête. Je me souviens de certaines histoires qu'il nous a racontées et qui me donnent encore des cauchemars.

— C'est gentil, mais sans façon.

Raf éclate de rire.

— Par contre, un gars de mon équipe m'a parlé d'une nana sur le campus qui...

Je prends une pause, luttant contre le rire hystérique qui cherche à s'échapper de ma bouche.

— J'en reviens pas de dire un truc pareil, je me lamente. Bref, apparemment, il y a une étudiante qui devient populaire chez les sportifs, parce qu'elle aurait la réputation de porter chance.

— Tu parles de Tory ? intervient Juliet en délaissant Georgia pour se tourner vers moi.

Je cligne des yeux. *Est-ce que tout le monde a eu vent des capacités de cette fille à part moi ?*

— Attends, tu la connais ?

— Bien sûr, c'est ma meilleure pote.

— T'as des copines en dehors de ce gang flippant ? je la chambre en désignant les patineuses.

— J'étais amie avec Tory avant de les rencontrer. C'est elle qui a organisé ma première course avec Raf. C'était quelque chose, il t'a forcément raconté.

Je sais que Rafael a joué les chauffeurs particuliers avec Juliet pour l'aider à surmonter sa peur en voiture, mais je n'ai jamais eu les détails.

— Celle qui s'est conclue par un vomito devant un MacDo ?

— Non ! Celle-là ne compte pas, elle grince en fusillant son mec des yeux. Et c'était devant un Taco Bell !

— J'ai pas le souvenir que tu m'aies parlé d'une autre course.

— Moi non plus, lancent Dallas et Andy.

— Normal, j'ai jamais raconté ça à qui que ce soit, pouffe Raf en caressant le dos de Juliet. Parce que personne ne m'aurait cru.

Compte tenu du rire qu'il échange avec sa petite copine, je ne suis pas certain de vouloir percer ce mystère.

— Dis, Juliet, je reprends en suivant le contour de mon verre du bout de l'index. Tu pourrais lui parler de moi discrètement, s'il te plaît ? Lui demander de me fabriquer un bracelet, une amulette ou même un slip rembourré aux herbes magiques ? N'importe quoi qui puisse arrêter ce...

— Bordel cosmique ? propose Andy.

— Ouais, peu importe le nom que porte cette connerie.

— Tu crois absolument pas à tout ça mais t'es prêt à te foutre un bouquet garni dans le calbute ? raille Dallas.

Malgré mes réticences et mon désir ardent de me voiler la face, la réponse est oui.

— Je suis au milieu d'un putain de glissement de terrain, j'me fous du pourquoi et du comment, mais pas question que je le laisse m'ensevelir.

Une deuxième fois, j'ajoute mentalement.

5

Tory

Armée d'un couteau et d'une fourchette, je découpe mon pancake arrosé de sirop d'érable en petits triangles. De l'autre côté de la table, Juliet savoure sa tarte aux pommes. On s'est donné rendez-vous dans un café de la fac pour bavarder et grignoter avant le début des cours.

— T'es sûre que tu veux pas tenter ? elle reprend après avoir avalé sa bouchée.

— Certaine, je tiens à mes os.

— Tu pourrais au moins essayer.

Depuis ce matin, elle s'est mis en tête de me convertir au patin à roulettes. *Elle rêve.*

— Vraiment pas, je persiste à décliner. Mais je viendrai voir l'un de tes matchs de roller derby, c'est promis. Pour te porter bonheur, j'ajoute avec un clin d'œil.

— On a gagné les quatre derniers, garde ta chance pour ceux qui en ont besoin. D'ailleurs, puisqu'on en parle, ça me fait penser à un truc.

Elle s'essuie la bouche et boit une gorgée de café.

— Le coloc de Raf a besoin de tes services.

— C'est quoi son problème ?

— Oh ! C'est très simple, elle répond en repoussant ses cheveux derrière ses oreilles. Luke a la poisse.

J'arque un sourcil. C'est un peu vague.

— Genre la poisse poisse, elle insiste en remarquant mon air circonspect.

— Oui, j'avais compris. Mais neuf fois sur dix, c'est subjectif comme sentiment.

— Je suis d'accord avec toi, mais là, j'ai un tas d'exemples concrets qui prouvent que sa malchance est totalement véridique.

Elle entame une longue liste d'aléas rencontrés par ce Luke, et je suis forcée d'admettre que le pauvre garçon cumule les emmerdes. Avec un prénom aussi proche du mot *luck*[8], c'est con.

— Une mouette ? je m'étrangle avant d'éclater de rire alors que Juliet me raconte une nouvelle anecdote.

— Oui ! J'ai visionné la vidéo qui circule sur Internet, cette pauvre bête était énorme, j'ai eu de la peine pour elle.

— Elle avait peut-être connu une longue et heureuse existence.

— Tu connais la signification d'un tel événement ? elle s'enquiert. J'ai rien trouvé de probant sur Google.

— Quand elle est vivante, c'est un signe plutôt positif. Mais morte... je comprends qu'il flippe !

— Il a besoin d'un coup de main, et un gars de son équipe lui a parlé de toi. T'avais raison, ta réputation prend de l'ampleur, c'est incroyable, elle ajoute avec un sourire.

Je feins d'épousseter mes épaules comme une diva.

— Luke m'a demandé de t'en parler, voir si tu peux lui confectionner quelque chose pour l'aider.

Elle ouvre la pochette à l'avant de son sac, en sort une serviette en papier repliée et me la tend.

— Je t'ai amené ça, j'me suis dit que ça pourrait te servir.

En la dépliant, je découvre quelques cheveux.

— Tu deviens une bonne élève, je la félicite en hochant la tête.

---

8. Chance (en anglais).

— J'irai pas jusque-là, mais j'ai pas oublié la fois où tu m'as arraché une mèche en me sautant dessus par-derrière, elle pouffe.

— C'était un maigre sacrifice pour le résultat que tu as obtenu, non ?

Elle acquiesce en buvant une gorgée de son jus de fruits. Je ne suis pas peu fière de l'avoir poussée dans les bras de son mec.

— C'est lui qui te les a fournis ?

— Non, j'ai laissé le plaisir à Rafael de les obtenir. J'aurais pu demander à Luke, mais Raf a insisté pour s'en charger en plein milieu de la nuit. Apparemment, son cri a réveillé Dallas et Andy dans la chambre voisine.

Je replie la serviette en riant et la range dans mon carnet.

— Oh ! Par contre, Luke m'a donné ça pour toi.

Cette fois, c'est un billet de cinquante dollars qu'elle tire de son sac. *Cool ! Je vais pouvoir me payer une montagne de raviolis chinois avec ça !*

— Il a vraiment très envie de retrouver sa bonne fortune, je constate en le fourrant dans mon porte-monnaie.

— Absolument ! Il joue au base-ball, et ses coéquipiers sont ultra superstitieux, d'après ce que j'ai compris. Sa poisse peut lui faire perdre beaucoup.

— Je vais réfléchir aux différentes options, mais ce serait mieux que je le rencontre. D'habitude, je m'en passe, mais pour l'ami du petit ami de ma meilleure amie, je ferai une exception. On sera témoins à votre mariage, alors mieux vaut mettre toutes les chances de son côté.

— On est d'accord que tu dis ça pour rire, hein ? T'as pas eu de rêve prémonitoire à notre sujet ou découvert des feuilles de thé en forme d'anneau sacré dans ta tasse ?

J'affiche délibérément une moue mystérieuse. Pourtant, pas besoin d'être devin pour savoir que Raf et Juliet ont un bel avenir devant eux.

— Donne-lui mon numéro de portable, je reviens au sujet du fameux Luke. Mais précise-lui de se cantonner à des textos ou des messages vocaux.

— Sans blague ? elle raille.

J'ai horreur de parler au téléphone. Les gens sont beaucoup trop lents. Le message vocal en mode accéléré est la plus belle invention au monde.

***

Lorsque ma matinée de cours se termine, j'échange quelques mots avec mon professeur, opère un détour par la bibliothèque pour une livraison express d'encens puis prends le chemin menant au terrain de football américain. Je déjeune avec Bronson, ce midi. Nous n'avons pas réussi à croiser nos emplois du temps depuis quelques jours, et j'ai hâte de le retrouver.

— Hé, oh ! Tory ! me hèle une voix.

Je m'arrête au milieu de l'allée et tourne sur moi-même. Près d'un palmier un peu défraîchi, je repère Francis et sa grande pancarte apocalyptique. Tout le monde le connaît ici, parce qu'il arpente le campus en prédisant une fin du monde imminente depuis une éternité. *Ce qui n'a pas l'air de le pousser à s'interroger sur la temporalité de ses prédictions.*

Je reviens sur mes pas en lorgnant ma montre.

— Mon copain m'attend ! je le préviens en arrivant à son niveau.

Je le connais, il est du genre à parler pendant des heures. Surtout que les étudiants ne se battent pas pour lui faire la conversation. Moi, je l'aime bien, mais aujourd'hui, je suis pressée.

— Quel veinard !

— N'est-ce pas ? je souris.

— Tu sais ce que je vais te demander, hein ?

Je croise mes bras sur ma poitrine en penchant la tête.

— Encore ?

— Le monde va mal, il argue. C'est pas d'ma faute.

Je ramène mon sac devant moi, ouvre la fermeture Éclair et fouille à l'intérieur. Mes doigts se referment sur un petit sachet que j'ai cousu à la main, rempli d'herbes et de fleurs séchées aux vertus protectrices. *L'un de mes best-sellers.* Je m'en empare puis ouvre ma paume vers Francis. Pour lui, c'est gratuit.

— Voilà pour toi. Mais j'te préviens, je t'en redonne aucun avant Halloween.

— Merci, Tory, t'es mon rayon de soleil dans cet univers obscur.

Quel charmeur !

— J'dois filer, passe une bonne journée !

— Je vais en profiter comme si c'était la dernière ! il crie pendant que je m'éloigne.

Je m'active et atteins les abords du stade avec cinq minutes de retard. Du haut de ses un mètre quatre-vingt-dix, je n'ai aucune peine à repérer Bronson. Il discute avec une étudiante un peu trop tactile, mais dès qu'il m'aperçoit au-dessus de la queue de cheval auburn de celle-ci, un sourire satisfait ourle ses lèvres. Il adresse quelques mots à la fille, carre les épaules et se dirige vers moi à vive allure en jetant des regards autour de lui. J'ouvre la bouche pour lui dire bonjour, mais ses lèvres charnues me soumettent au silence. Ses baisers ne sont pas les meilleurs auxquels j'ai pu goûter — je les trouve un peu trop désordonnés —, mais j'adore la façon dont il bloque mes reins avec son avant-bras.

— Comment va ma jolie poupée ?

C'est niais, mais d'après lui, avec mes grands yeux verts, mes taches de rousseur et ma tignasse rouge, je ressemble à une poupée.

— Elle meurt de faim, je réplique en tapotant mon ventre.

— C'est pas étonnant, il se marre.

L'espace d'une seconde, son ton sonne comme une moquerie qui lui aurait échappé. J'ai bon appétit, ma silhouette le confirme, et je me demande soudain ce qui se cache derrière cette phrase.

— Pourquoi tu dis ça ?

Il cligne trois fois des paupières, je plisse les miennes.

— Parce qu'il est midi.

Bien sûr, imbécile. Il m'attrape la main et nous marchons vers un snack. Nous commandons et nous installons autour d'une petite table ronde protégée par un parasol multicolore. Je suis à cinq centimètres de croquer dans mon sandwich quand un grand type se pointe.

— Bon appétit, les tourtereaux, il susurre d'une voix collante.

Je crois qu'il s'appelle Chuck. Ou Chad. Il joue dans l'équipe de Bronson, et je l'ai rencontré une seule fois, à la fin d'un match. Je déteste la façon qu'il a de me jauger de ses prunelles bleues, mais sortir avec un sportif implique de composer avec ce genre d'individus.

— Quoi de neuf, Victory ? il me lance en posant ses paumes sur la table.

Ce surnom a émergé depuis la rentrée, et je l'entends de plus en plus. Parfois, je me demande si les footballeurs savent que je m'appelle juste Tory. J'imagine qu'ils s'en tapent, bien trop accaparés par ce qui en découle. La victoire. Je mentirais en disant que ça ne flatte pas mon ego, mais je ne tiens pas à ce que ça me définisse en totalité.

— Tu viens assister au match ce week-end, j'espère ! il continue sans même attendre ma réponse à sa première question.

— Évidemment qu'elle vient ! intervient mon petit ami, la bouche pleine.

Chuck ou Chad cogne l'épaule de Bronson, et ils échangent un regard complice indéfinissable. Je reporte mon attention sur mon sandwich au saumon, impatiente que ce mec se barre, mais lorsqu'il chope une chaise pour s'installer avec nous, je tire un trait sur mon déjeuner en amoureux. Et je tire mentalement une flèche empoisonnée en direction de son crâne quand il a le culot de piocher trois frites dans ma barquette.

Frustrée par cette pause déjeuner qui n'a pas tenu ses promesses, mes TD de chimie de l'après-midi se transforment en séances de torture, à tel point que je me visualise ingérer le liquide laiteux de mon tube à essai pour mettre fin à ce calvaire. Mon seul réconfort est que nous sommes vendredi et qu'un week-end m'attend derrière la porte du labo.

Pressée de rentrer chez moi, je commande un Campus Driver, et c'est Amy qui se pointe en moins de cinq minutes. J'ai retenu son prénom depuis que nous avons eu une longue discussion pendant une course, l'année dernière. Elle m'a posé un tas de questions flippantes sur les propriétés de certaines plantes.

Il lui faut une vingtaine de minutes pour me ramener chez moi — sans montrer d'intérêt pour la magie noire —, et après avoir avalé une délicieuse gaufre au sucre glace, je m'exile dans ma chambre.

Histoire d'être tranquille, je sors mes cahiers et m'oblige à plancher sur mes devoirs de la semaine prochaine. Je suis concentrée sur la rédaction d'une conclusion scientifique quand mon portable s'anime. Une notification s'affiche sur l'écran, provenant d'un numéro qui n'est pas enregistré dans mon répertoire.

INCONNU : Salut, c'est Luke.

J'attends la suite mais je ne reçois rien d'autre durant plusieurs minutes. *Qui envoie ce genre de message si ce n'est un type louche caché derrière son ordi au fond de l'Alabama, une main dans son caleçon ?* Je n'ai aucune idée de qui est ce Luke, alors je repose mon téléphone et me replonge dans mon exercice de chimie.

Au bout de cinq minutes, un nouveau bip retentit.

INCONNU : Je suis le pote de Juliet.

Il progresse. Voici donc le fameux ami poissard de Rafael, dont la patineuse m'a parlé ce matin. Son prénom m'était complètement sorti de la tête. Je l'enregistre dans mes contacts avant de l'oublier à nouveau. Pour maximiser mes chances de l'identifier à l'avenir, je choisis un surnom éloquent.

UNLUCK[9] : Elle m'a filé ton numéro. Apparemment, tu veux qu'on se voie pour « tu sais quoi ».

Tu sais quoi ?

TORY : Y'a beaucoup trop de trucs qui peuvent se cacher derrière ces trois mots. Sois plus précis.

UNLUCK : Désolé, mais j'ai aucune idée de comment appeler ça. Je ne sais même pas ce que tu comptes faire.

9. Pas de chance (en anglais).

Je suis tentée de répondre « boire ton sang au clair de lune » mais je ne suis pas convaincue qu'il soit réceptif. Par habitude, je devine déjà à quel type de client j'ai affaire. Un sceptique. *Merci du cadeau, Juliet.* Cependant, ce n'est pas le premier, et j'ai accepté de l'aider. Je jette donc un coup d'œil au calendrier posé sur mon bureau.

TORY : T'es dispo mardi prochain ? Soit le matin avant les cours, soit à 17 h 15.

UNLUCK : OK pour mardi matin. 7 h 10 ?

TORY : Parfait.

UNLUCK : Combien de temps ça va durer ?

Là encore, consciente qu'il doit se demander ce qui l'attend, j'ai envie de lui envoyer une réponse flippante, puis je me souviens de ses cinquante dollars généreux.

TORY : 13 minutes et 666 secondes.

OK, c'est plus fort que moi.

TORY : Je t'attendrai devant la fontaine.

UNLUCK : C'est noté, merci. Alors à mardi.

J'inscris rapidement le rendez-vous dans mon agenda avant de terminer mes devoirs.

À l'heure du dîner, je rejoins mes parents dans la cuisine.
— Où est mamie ? je demande à ma mère.

— Dans le jardin. D'ailleurs, tu peux aller lui dire que le repas est prêt ?

— Bien sûr.

Je sors et pouffe en repérant mamie étendue dans l'herbe. La petite enceinte que je lui ai offerte à son anniversaire est posée à côté d'elle, diffusant des vieux tubes français.

— Tu médites ? je la questionne en m'asseyant à sa gauche.

— Officiellement, oui. Officieusement, je mange en cachette, elle chuchote en sortant un sachet de biscuits salés caché sous sa tunique.

— T'abuses, je soupire en piochant à l'intérieur. C'est mauvais pour ton cholestérol.

— Tu as passé une bonne journée ? elle change volontairement de sujet.

— Rien de trépidant. J'ai vu Juliet ce matin et déjeuné avec Bronson ce midi.

Un bruit de gorge dédaigneux résonne dans le silence.

— Quoi ?

— Je n'aime pas ce Bronson, elle articule dans sa langue maternelle.

Je lève les yeux au ciel en l'entendant prononcer le prénom de mon copain de cette manière. Inutile de lui rappeler qu'elle ne l'a encore jamais rencontré.

— Ma narine gauche ne le sent pas.

— Tu dis ça chaque fois que je sors avec un garçon, j'te signale.

— Et j'ai raison puisque ça ne dure jamais très longtemps.

Ça, c'est fait. Je replie mes genoux et contemple les étoiles sans commenter. Je n'y suis pour rien si tous ceux avec qui je suis sortie sont incapables de m'aimer correctement. J'admets être quelqu'un d'atypique, mais je refuse de travestir qui je suis pour plaire.

Je veux qu'on m'aime tout entière, avec mon caractère, mes superstitions et mon chat antipathique. *Même si ça sonne un peu vieille fille.*

— Ne t'inquiète pas, reprend mon aïeule comme si elle avait perçu mes pensées.

Je tourne ma tête vers son profil ridé.

— À quel sujet ?

Ses lèvres s'étirent mais ne formulent aucune réponse.

— À table ! crie ma mère depuis la maison.

Merde, j'avais oublié la mission qu'elle m'a confiée ! Je me remets debout et emboîte le pas à ma grand-mère, qui cache ses biscuits dans un endroit que je préfère ignorer.

Je ne m'inquiète pas. Et puis Bronson est un mec cool et mignon. On est ensemble depuis un mois, et il n'est pas parti en courant quand je lui ai demandé de me coller un patch magnétique au milieu du dos. Donc en effet, je n'ai aucune raison de m'inquiéter.

6

Luke

Allongé sur son lit, les bras repliés derrière sa tête, Rafael suit mes allées et venues entre notre chambre et la salle de bains. Je lui offre probablement un spectacle divertissant et riche en vocabulaire distingué. Et si ça continue, il aura même droit à un final en apothéose. *Je vais craquer !* J'avais mon tee-shirt entre les mains il n'y a pas trois minutes, et il s'est volatilisé.

— Putain, mais où est-ce qu'il est passé ? je m'énerve en soulevant ma couette pour la dixième fois.

— Il a fui ton corps déjà couvert de mauvaises ondes, commente Raf.

Je jette dans sa direction la première chose qui me passe sous la main. Il a de la chance — lui ! —, c'est un coussin.

— T'es pas censé être mon meilleur pote ? je siffle.

— Si.

— Et t'as compris ce que ça implique ?

— Bien sûr ! Te raconter ce que je mange au petit-déjeuner, combien de fois par jour je vais aux chiottes et...

— Compatir ! je le coupe. M'aider à chercher cette fringue fugueuse aussi, tant que tu y es.

— Oh ! Mais je compatis, regarde.

Il retrousse sa lèvre inférieure et utilise son index pour la faire trembler. Quant à moi, j'utilise mon majeur pour un autre usage.

— Pourquoi tu t'obstines à le chercher ? il m'interroge en s'étirant. T'en as une pile entière dans ton armoire.

— Je lutte contre le sort, je déclare en m'accroupissant pour vérifier sous mon pieu.

Malheureusement, ma ténacité n'est pas récompensée. J'ai beau avoir arpenté la chambre en long, en large et en travers, le résultat est le même : ce foutu tee-shirt n'est nulle part.

À court de patience, je me résous à suivre l'avis de mon coloc, toujours aussi attentif à mes déplacements. J'ouvre la porte de ma penderie, repère un haut bleu au milieu des autres et glisse ma main entre les couches de tissus pour m'en emparer. *Une journée de répit, est-ce trop demander ?*

— Il va falloir que...

La fin de ma phrase n'atteint pas mes lèvres. L'étagère sur laquelle mes vêtements sont soigneusement pliés vient de lâcher, et tout ce qu'elle supportait se déverse à mes pieds. *D'accord, j'ai ma réponse...*

Je me frotte les yeux, avant de me tourner vers Raf. Je suis à deux doigts d'aller me réfugier entre ses bras.

— Tu le prendrais mal si je déménageais dans la chambre voisine ? il m'envoie en remontant son drap sous son nez. Je commence à flipper.

Rafael Torres, le meilleur ami qu'on puisse espérer.

— Inutile d'en arriver là, c'est moi qui vais m'exiler dans un temple.

J'enfile de quoi couvrir mon torse puis tire ma chaise de bureau en inspirant et... expire un énième juron en trouvant ce fichu tee-shirt disparu. Juste là, à me narguer avec son col en V.

— Je pense que quelqu'un se fout de ma gueule quelque part, je lâche en le jetant sur le tas désordonné qui jonche le sol. C'est pas possible autrement.

Je m'assieds et rejette la tête en arrière, tout proche de devenir dingue. Je ne me suis jamais senti aussi impuissant. Qu'est-ce qui s'est subitement mis à déconner pour que je me retrouve au milieu de ce chaos ?

— Juliet m'a dit qu'elle t'avait filé le numéro de Tory, j'entends Raf mentionner.

— Ouais, j'explore tous les possibles… Je la vois demain matin.

Son rire étouffé par le drap n'est pas très encourageant.

— Je t'en supplie, fais semblant que c'est une excellente idée, je marmonne.

— Si ça peut te rassurer, je suis convaincu qu'elle a un certain don. Sa narine gauche est très affûtée.

De mieux en mieux.

— Par contre, si elle te propose de renifler sa petite fiole, refuse immédiatement.

— C'est un nom de code ?

— Nope.

— À ce stade, j'pourrais accepter à peu près n'importe quoi. Y compris insérer mon auriculaire dans la narine gauche de cette fille. J'ai attendu sagement que cette poisse parte comme elle est venue, mais elle a décidé de me coller au cul.

Ma montre connectée vibre à mon poignet, affichant un rappel de mon agenda. Je pivote vers mon bureau pour allumer mon PC.

— La réunion va commencer, je préviens Raf.

Une sonnerie s'échappe alors de mon ordinateur, indiquant le début de la visio hebdomadaire entre Campus Drivers. J'oriente l'écran de manière à englober Rafael dans l'angle de vue, et nous rejoignons virtuellement le reste de la bande.

Une fois passées les salutations, les statistiques de septembre et les perspectives du mois d'octobre qui démarre, Adam s'attaque aux actualités.

— Autant commencer tout de suite par ce qui pique, il grimace. On a un petit souci.

— Je suis devenu hyper sage avec la Love Machine ! crie Raf depuis son matelas.

— Et nous t'en félicitons ! rétorque Lane, un smoothie dans la main.

— Alors, c'est quoi, le problème ? s'inquiète Andy. J'ai rien remarqué, moi.

— Aucun de vous ne consulte le compte Instagram des Campus Drivers de FIU ? demande Don.

Nous faisons tous « non » de la tête.

— On a embauché ma *community manager* pour ce taf, vous pourriez la respecter ! il nous réprimande. Je vais vous balancer à Elvis. La connaissant, je suis sûr qu'elle trouvera une façon de vous le faire payer. Peut-être même que sa rock star de mec écrira une chanson tragique sur votre compte.

— Perso, je suis OK pour qu'Oxton Briggs chante tout ce qui lui plaira à mon sujet, rétorque Amy.

Sur l'écran, les yeux de Lewis prennent la forme de deux fentes assassines. La seconde qui suit, Amy disparaît de la réunion.

— Qu'est-ce qu'on disait ? il enchaîne naturellement.

Autour de la table virtuelle, le silence est total.

— Pourquoi tout le monde est figé ? il remarque. Ça a bugué ?

C'est Dallas qui parvient à retrouver l'usage de la parole le premier.

— Dis, Conley, tu viens quand même pas d'éjecter Amy Hitman ? il hallucine.

— Je suis son boss, il argue en bombant la poitrine. J'ai le pouvoir de la virer.

Il est suicidaire.

— Je ne sais pas si je dois t'admirer ou te plaindre pour ce que tu viens de provoquer, pouffe Dal.

— Nous sommes tous très heureux de t'avoir connu, déclare Lane.

— Je m'attends à la voir débouler derrière toi, je ricane.

Bizarrement, tout le monde se retourne pour vérifier ses arrières.

— Vous faites pas de bile, Amy est encore chez sa sœur à Columbus, elle rentre demain matin. Je vais vivre. Au moins vingt-quatre heures.

Il n'a soudain plus l'air aussi sûr de lui.

— Sauf si elle a déjà sauté dans sa Pontiac, il chuchote.

Il se lève pour aller fermer à clé la porte de son bureau.

— Je crois qu'il vaut mieux que je la rappelle, il ajoute en se rasseyant.

Lorsque le visage de Hitman réapparaît dans la mosaïque, immobile et concentré sur sa proie, personne n'ose moufter.

— Le réseau est mauvais, ça a coupé, explique Lewis. C'est une honte.

Sa copine arque un sourcil, et le coin de sa bouche se relève. J'en ai des frissons dans le dos.

— Revenons-en au sujet, reprend Adam.

J'ai l'impression qu'il prononce cette phrase à chacune de nos réunions.

— On a relevé pas mal de commentaires sous les derniers posts, et ils te concernent, Luke.

— Comment ça ? je tique.

— Oh ! Merde ! souffle Raf derrière moi.

Il a sorti son téléphone, je devine qu'il est en train de lire les fameux commentaires dont parle mon boss.

— Quoi ? je me tends.

— C'est à propos de ta poisse, il m'informe.

— Tu te fous de moi ?

Je saute jusqu'à lui et me penche près de sa tête pour lorgner son écran. À la lecture du premier commentaire, ma bouche s'assèche. Au onzième, je m'allonge par terre. Si j'en lis un autre, je vais terminer en position fœtale. Depuis que la malchance a pris le *lead* de mon quotidien, je me suis concentré et inquiété sur les répercussions sportives. Il ne m'est jamais venu à l'esprit que ça pourrait avoir des conséquences sur mon activité de chauffeur. Ni que des clients mettraient en garde les autres sur le risque de monter en voiture avec un guignard.

— Luke ? m'appelle Adam. T'es toujours avec nous ?

— Il gît au sol, leur indique Rafael.

— Est-ce qu'on peut passer au sujet suivant ? je soupire. Je m'occupe d'arranger ça, je suis sur le coup, faites-moi confiance.

Le décompte des heures s'enclenche dans ma tête. Demain matin, je ferai affaire avec cette fameuse Victory et j'avalerai toutes les potions qu'elle voudra pour retrouver ma vie normale.

Lorsque mon dernier cours de la matinée prend fin, je referme mon cahier, le range dans mon sac à dos et dévale l'escalier de l'amphi en prenant garde à ne pas louper une marche. Avant de me tirer pour une pause bien méritée, je m'insère dans la file d'étudiants qui patientent pour déposer leurs devoirs sur le bureau du prof. Juste devant moi, un joueur de l'équipe de foot américain pivote pour me toiser avec suffisance.

— Ça roule pour toi, Lucky ? me demande Bronson en souriant.

On a déjà bu des coups ensemble lors de fêtes de fraternité, mais sa tronche ne m'est jamais revenue. Vu mon humeur du jour, additionnée à ce que je lis dans ses iris, autant dire qu'il me hérisse encore plus le poil.

— Enfin, par les temps qui courent, je devrais plutôt t'appeler Luke tout court, non ?

J'ai une meilleure idée : ne m'appelle pas du tout.

— Tes côtes te font pas trop souffrir ? je feins de m'intéresser. Il paraît que t'as passé pas mal de temps plaqué au sol pendant ton dernier match. Plus qu'à courir sur le terrain.

Il éclate d'un rire irritant. Entre sportifs, on a l'habitude de se chambrer, mais ma patience est déjà trop mise à mal pour que je digère sa pique acerbe. Il se satisfait clairement de mon coup dur.

— Toi aussi, tu viens à la fête de Gladys, vendredi soir ? il me demande tandis que nous empruntons la sortie.

Je suis moyennement motivé pour fréquenter du monde en ce moment. Tout peut m'arriver, et donner du grain à moudre aux mauvaises langues est la dernière chose dont j'ai envie. En même temps, je vois la copine de Crocsy demain matin. Si ses talents sont avérés, j'aurai normalement un grigri briseur de malédiction noué autour du cou.

— Je ferai peut-être un saut après mon service.

Nous débouchons dans un large couloir, Bronson cherche quelqu'un autour de nous avant de lever la main. Mes yeux se posent sur l'objet de son attention : une fille, qui se faufile entre les élèves, se hisse sur la pointe des pieds et lui dépose un smack sur la bouche. Revenue à plat sur ses tongs, elle se décale pour me saluer poliment.

— Bonjour, elle me lance en levant deux doigts.

Je la reconnais instantanément.

— Salut.

C'est elle. Tory Garland. En chair et en os. Je suis presque étonné qu'elle ait exactement la même tête que sur ses vidéos. *De nos jours, rien n'est moins sûr.* Curieux, je la dévisage, en quête d'une particularité relative à sa renommée de porte-bonheur, mais elle n'a rien de spécial. Pas d'ailes de fée, de pupilles dorées ou de runes tatouées sur le front. Cela dit, je n'irais pas jusqu'à dire qu'elle se fond dans la masse avec ses cheveux rouges, ses multiples colliers et les breloques qui tintent à ses poignets.

De son côté, je devine à son air détaché qu'elle n'a aucune idée de mon identité. Logique, elle n'a jamais accompagné Juliet dans nos soirées. Je me demande bien pourquoi, d'ailleurs.

Je ne savais pas qu'elle sortait avec ce type et, honnêtement, je n'aurais pas parié là-dessus. Les conquêtes habituelles de Bronson sont d'un tout autre genre. Cela dit, je ne la connais pas.

— On y va, ma poupée ?

Je tressaille en entendant ce sobriquet. *Il y a encore des êtres humains qui apprécient ce genre de niaiseries ?* Pire, venant de lui, ça sonne comme une fourberie. Mais je n'aime pas ce mec, je ne dois pas être objectif. Il me semble apercevoir un petit spasme sur la joue de Tory, mais là encore, j'ai sûrement rêvé. Le footballeur passe un bras possessif autour des hanches de sa nana, avant de s'adresser à moi.

— À plus tard, Luke. Et bonne chance pour ton prochain match. J'espère qu'aucune mouette ne viendra s'écraser devant ta butte.

Derrière ma butte, sale con. Les yeux de Tory s'élargissent, et elle me dévisage.

— Ah ! Tu es ce Luke-là ! elle percute tout à coup.

Mon léger mouvement de tête fait office de réponse.

— C'est toujours OK pour demain matin ? elle embraie.

J'aurais préféré qu'elle n'évoque pas notre rendez-vous en public.

— Bien sûr.

Les yeux de Bronson oscillent de sa copine à moi.

— Qu'est-ce qui se passe demain matin ? il s'enquiert, le front plissé et la mâchoire contractée.

Je me raidis. Je profite de ce que l'abruti a son attention rivée sur Tory pour faire comprendre à celle-ci que je ne souhaite pas ébruiter notre affaire.

— Il doit m'aider à cueillir de la sauge, elle récite sur un ton affreusement monocorde.

C'est mon tour d'écarquiller les yeux. *Elle n'a aucun talent pour mentir, c'est affligeant.*

— Vous vous connaissez ? interroge Bronson, sceptique.

— Ouais. Nos meilleurs potes sortent ensemble. Juliet devait s'y coller, mais Raf a besoin d'elle, je tente de justifier. Vu que je leur devais une faveur, j'ai proposé de la remplacer.

Tory me lance un regard rempli de jugement. *L'hôpital qui se fout de la charité !*

— Voilà, elle se sent obligée d'ajouter.

Tais-toi ! je la supplie par télépathie. Son mec ne brille pas par sa vivacité d'esprit, mais mieux vaut faire gaffe.

— Allons-y, Bron ! elle conclut en commençant à reculer.

Il cogite mais se résout à prendre le large. Je reprends mon souffle en les regardant s'éloigner, mais le footballeur s'immobilise, souffle deux mots à l'oreille de Tory et revient sur ses pas. Droit vers moi.

— Dis, Winchester, il démarre dès qu'il me fait face.

Bizarrement, son visage est moins sympathique quand il n'est pas accompagné de sa dulcinée.

— Oui ?

Il jette un coup d'œil derrière son épaule, comme pour s'assurer que Tory n'écoute pas. Le nez baissé sur son portable, elle ne remarque pas son manège.

— Histoire que ce soit bien clair : *je* l'ai hameçonnée, il articule, acide.

Je contemple la bosse sur son nez en réfléchissant. *Il ne vient pas de dire ce que je crois ?*

— Désolé, j'comprends pas, je souffle en penchant la tête.

— Victory, il crache d'une voix antipathique.

Adieu le « poupée » mièvre.

— Je lui ai mis le grappin dessus. Lâche l'affaire.

J'ai donc bien saisi le fond de sa pensée. *Quel merveilleux sac à merde.*

— Je ne suis pas naïf, vous ne comptez rien cueillir du tout.

Il est moins stupide que prévu.

— Je vois clair dans ton jeu, il insiste face à mon silence.

Il a rapproché son front du mien pour m'intimider. Ça me démange de prendre un peu d'élan pour mieux le repousser, mais avec ma chance, je risque de louper mon coup et de me ridiculiser. J'opte donc pour la diplomatie, tout en posant ma paume sur son torse pour l'obliger à reculer.

— Tu te trompes complètement, j'ai aucune intention de te piquer ta meuf.

— Me prends pas pour un con, je suis au courant de ce qui t'arrive. Tout le monde le sait. Et comme par hasard, tu te mets à tourner autour de Victory.

— On a des amis en commun, tu te fais des films.

Pourquoi je perds mon temps à me justifier ?

— Bron, on y va ? le hèle Tory.

Il hoche la tête et s'adresse une dernière fois à moi.

— La grande période de Lucky Luke est terminée. Maintenant, c'est mon tour de briller.

Son rictus de connard met mon self-control à rude épreuve, mais pas question de déraper. Je me fous qu'il brille, il y a assez de place dans le ciel pour un million d'étoiles. Tout ce qui m'importe, c'est de pouvoir enfiler un foutu tee-shirt sans provoquer la fin du monde.

7

Tory

Sortir du lit est toujours une épreuve, mais aujourd'hui, c'est à plat ventre que je me laisse glisser hors de mon matelas. La joue contre le sol, je maudis mon téléphone qui braille à l'autre bout de la pièce, là où je l'ai oublié hier au moment de me coucher. Il n'y a pas pire qu'entendre son réveil hurler, sans moyen de l'éteindre dans la seconde. J'aimerais avoir le don de télékinésie ou de téléportation, mais je suis vouée à ramper jusqu'à mon bureau où je me redresse pour attraper cet objet de malheur et l'obliger à la fermer.

— C'est illégal de se réveiller aussi tôt, je ronchonne en me rallongeant par terre, bras et jambes écartés.

Malheureusement, il me reste moins d'une heure pour rejoindre le campus. Je puise dans une force surnaturelle pour me mettre debout et m'habiller. Sur ma table de travail, je récupère ce que j'ai préparé pour Luke. Enfin, tout n'est pas pour lui, mais je préfère emporter un large choix pour pouvoir déterminer ce qui lui conviendra le mieux.

J'offre une caresse à mon chat, qui s'en contrefout, puis traîne des pieds vers la cuisine. Deux brioches sont posées sur la table à mon attention. Je les couvre d'une serviette en papier, les fourre dans mon sac à la va-vite et file dans le garage. Mes parents sont déjà partis bosser, c'est ma grand-mère qui me dépose aujourd'hui, parce qu'elle a besoin de ma voiture. Et elle m'attend déjà derrière le volant.

— Tu as bien dormi, ma chérie ? elle m'accueille alors que je m'assieds sur le siège passager.

— Pas suffisamment pour espérer atteindre ton âge canonique, je réplique. Si je continue comme ça, je mourrai jeune et fatiguée.

— Pourquoi tu quittes la maison aussi tôt ? elle s'étonne, avant de bâiller à s'en décrocher la mâchoire.

Elle ne m'aide pas, là.

— T'es partie te coucher à vingt heures hier, tu devrais péter la forme, je souligne.

— Je me suis levée à 3 h 03 pour travailler la compréhension approfondie de mon âme.

Armelle et les heures miroirs, toute une histoire.

— Et alors ? T'as découvert des choses intéressantes ? je lui demande en bouclant ma ceinture.

— Pas cette fois. Si ce n'est que la voisine a des fringales nocturnes et que son chat essaie d'asseoir sa supériorité sur le nôtre.

Je hoche la tête en souriant. *Je lui souhaite bien du courage !* Et je parle en connaissance de cause.

— Tu ne m'as pas répondu, elle reprend en démarrant. Pourquoi vas-tu à l'université de si bonne heure ?

— J'ai rendez-vous avec un client.

— Ah oui ? Qu'est-ce qu'il veut, celui-ci ?

— Un porte-bonheur.

— Un de plus.

— Oui, mais il m'a filé cinquante dollars.

— Ça fait combien en francs, déjà ?

— On est au vingt et unième siècle, mamie.

Elle compte malgré tout sur ses doigts, avant de lâcher un souffle admiratif.

— Regarde la route, je la mets en garde.

— Il a drôlement envie d'être chanceux pour dépenser autant d'argent d'un coup.

— Apparemment, il ne lui arrive que des emmerdes ces derniers mois. Juliet m'a demandé de lui filer un coup de main. C'est le meilleur ami de son petit copain.

— Il est mignon ?

Je lui fais les gros yeux.

— Je l'ai croisé une seule fois, je ne me suis pas attardée sur son physique.

— Je suis sûre qu'il l'est, elle minaude en touchant son nez. Il est célibataire ?

— Bronson te passe le bonjour. Tu sais, mon petit ami, je lui rappelle.

Elle feule, et je lui tape doucement sur le bras. Elle ne l'aime définitivement pas.

Durant le reste du trajet, elle m'explique les particularités du nouvel oracle que sa copine Suzy lui a offert avant-hier, puis elle me dépose près de l'endroit où je dois retrouver Luke. Je sors de l'habitacle et me penche à la fenêtre pour lui souhaiter une bonne journée.

— À ce soir, ma chérie, elle me lance en mimant un baiser. Tu me diras s'il est mignon et libre !

— Je lui filerai ton numéro, je réponds.

J'entre dans l'enceinte de la fac et marche jusqu'à la fontaine. Comme je suis la première arrivée, je dépose mon sac à mes pieds et saisis mon portable. 7 h 07. *Une heure miroir, tiens donc !* Contrairement à ma grand-mère, je n'arrive jamais à mémoriser la signification de chacune. J'ouvre donc Google. « Heure miroir 7 h 07 : la magie vous entoure pour que vous puissiez exercer votre pouvoir de créer et vivre la vie que vous méritez. »

— OK, c'est pas mal.

En haut de la page Internet, le bandeau d'une notification apparaît.

UNLUCK : Je suis sur le parking.

TORY : Et moi devant la fontaine, comme prévu.

UNLUCK : Ça t'ennuie de me rejoindre, stp ?

TORY : Dans ta voiture ?

UNLUCK : Oui. C'est une Ford Torino jaune.

Il m'a prise pour son livreur Uber ou quoi ? À moins que…

TORY : Je rêve ou tu ne veux pas qu'on te voie avec moi ?

Sa réponse tarde à venir.

UNLUCK : Ça n'a aucun rapport avec toi, mais je préfère que cette transaction reste entre nous.

Un sceptique qui se cache dans sa caisse pour acheter des bracelets magiques. *Voilà la vie que je mérite, apparemment.* Je chope la lanière de mon sac et repars en direction du parking, où je repère sans mal le bolide dans lequel se terre mon client.

Tandis que j'avance vers lui, je me rejoue les remarques dont m'a abreuvée Bronson hier midi à propos de Lucky Luke le déchu. Il n'apprécie pas que je le voie ce matin, et ça m'a surprise qu'il puisse se montrer jaloux, même s'il a prétendu que ça n'avait rien à voir. Peu importe, les affaires sont les affaires.

— Salut, je balance tout en faisant voler mon sac par la vitre passager ouverte.

Il atterrit au pied du siège, j'ouvre la portière et m'installe. Je me cale de façon à être tournée entièrement vers Luke et arbore un sourire forcé. Le matin, il m'est difficile d'être naturellement souriante.

Pour sa part, il fixe encore du regard ma besace échouée sur sa moquette immaculée, dont le contenu s'est un peu déversé. *Un maniaque, par-dessus le marché.*

— Hum… Salut, il déclare enfin.

Ses cheveux sont humides, et il sent l'après-rasage. *Comment font les gens pour se doucher et se raser aussi tôt ?*

— Alors ? il débute en malmenant son index.

— J'ai ta came, je prononce comme si j'étais l'actrice phare de *Narcos.*

— Très drôle.

— Quoi ? J'ai l'impression d'être au cœur d'un trafic international. À couvert dans une bagnole de mafioso.

— C'est une Ford Torino, et mon grand-père conduisait la même.

— Ton grand-père était dans la mafia ? je m'exclame en feignant la surprise.

— Hein ? Mais non ! Tu…

Il se passe une main sur le visage en inspirant.

— On reprend du début, il annonce en suivant la ligne de ses sourcils avec ses doigts. Merci de t'être déplacée jusqu'ici. Tu veux bien me montrer ce que tu m'as apporté ?

C'est un garçon poli, pressé et… barbant.

— Bien sûr.

Je me remets droite sur mon siège, ramène mon sac entre mes chaussures et l'ouvre pour en extraire une pochette, dans laquelle se trouvent d'autres pochettes.

— Pourquoi t'as un sac rempli de petits sacs, remplis eux aussi de petits sacs ? s'étonne Luke.

Il pose toujours autant de questions ?

— Ça s'appelle être organisée, et j'aime que mes lingettes intimes ne se mélangent pas aux charmes que je fabrique. J'trouve ça déplacé.

Mon trop grand sourire le met mal à l'aise. Il n'a pas l'air méchant, mais qu'est-ce qu'il est ennuyeux.

— La première partie de ta phrase suffisait, il commente en se frottant le menton.

— J'ai toujours été quelqu'un de très généreux, je réplique en ouvrant un petit sachet en tulle.

Je l'entends retenir sa respiration lorsque je renverse sur mes cuisses plusieurs bracelets en pierres, réalisés par mes soins. J'en ai pris une douzaine, pour déterminer celui qui lui conviendra le mieux.

— Qu'est-ce que c'est ? il m'interroge.

C'est pourtant simple à identifier, non ?

— Enfin, j'vois bien que ce sont des bracelets, il reprend en percevant ma question muette. À quoi ils servent ?

— Ils sont en véritables pierres naturelles. Elles regorgent de vibrations qui protègent, purifient et libèrent des énergies négatives.

— Ah.

J'ignore son accent dubitatif.

— Et t'as préparé tout ça pour moi ? il s'étonne.

— Oui, mais tu n'as pas besoin d'une si grande collection. On va voir ce qui colle avec toi. Maintenant, frotte tes mains entre elles pendant au moins dix secondes, j'ordonne.

Il s'exécute sans broncher.

— Chaque fois que j'en poserai un dans ta paume, dis-moi ce que tu ressens.

— C'est-à-dire ?

— De la chaleur, des picotis, une émotion, une odeur de frites...

— OK.

J'inspire solennellement par le nez.

— Tu es prêt ? je m'assure d'une voix volontairement rauque.

— Arrête de prendre cette intonation obscure.

Je rive mon regard au sien pendant plusieurs secondes.

— Bouh ! je crie sans prévenir.

Il décolle de son siège, et j'éclate de rire. *Je vais aller en enfer.*

— Merde, t'es chiante ! il râle en fouettant l'air avec son bras.

— Désolée, c'était trop tentant. Tu te comportes comme si j'allais enfoncer une paille dans ton oreille pour boire ton âme.

— J'suis pas à l'aise avec tout ça. On ne se connaît pas, et tu ne fais rien pour me faciliter la tâche.

Encore un peu et il me ferait culpabiliser.

— T'es prêt ? je réitère sur un timbre classique.

Il acquiesce, non sans déglutir, comme si j'allais l'étrangler.

— Ferme les yeux.

Là encore, il suit mes indications. Je dépose le premier bracelet au creux de sa main et compte mentalement jusqu'à dix.

— Alors, ça donne quoi ?

Il ouvre une paupière.

— Là, tout de suite ? il chuchote inutilement.

— Non, dans deux heures. J'ai pris mes aiguilles et ma laine pour tricoter une écharpe pendant ce temps-là. Bien sûr, tout de suite !

— C'est commun pour toi, mais pas pour moi. Et tu me rends nerveux ! il contre.

J'aspire mes joues et gonfle mes narines. Il n'est pas nerveux, il est hermétique.

— T'as conscience qu'il faut y croire un minimum pour que ça fonctionne ?

Il pince les lèvres. *Bon, qu'on en finisse !* Après tout, ce n'est pas de mon ressort s'il n'y met pas du sien. Moi, j'ai largement respecté ma part du marché.

— Luke, je reprends lentement, peux-tu, s'il te plaît, m'indiquer si tu ressens quelque chose en touchant ces pierres ?

— Rien du tout.

Je reprends le bijou et le remplace par un autre.

— D'accord, et là ?

On renouvelle l'expérience autant de fois que nécessaire, et sa réponse reste éternellement identique.

— Rien du tout.

J'en ai connu des coriaces, mais celui-ci est verrouillé de toutes parts. *OK, plan B.*

— Tu sais quoi ? On va expérimenter, c'est pas grave.

Il me scrute en déglutissant.

— C'est maintenant que je flippe ?

8

Tory

Mon œillade assassine coupe visiblement l'envie à Luke de continuer sur ce terrain. J'étale tous les bracelets sur mes jambes, réfléchis une minute, pioche les sept qui me semblent les plus appropriés et les range dans une pochette en tissu transparent.

— Voilà pour toi, je continue en la lui tendant.

Il la soupèse.

— Je dois tous les porter en même temps ?

— Non, il y en a un pour chaque jour. Le blanc pour le lundi. Le rouge, tu le portes le mardi. Le bleu mercredi, le violet jeudi, le rose vendredi, le noir samedi et le jaune dimanche.

À nouveau, il lorgne longuement les bracelets, perplexe.

— Tu rigoles, hein ? il se réveille enfin.

— J'en ai l'air ?

— Comment veux-tu que je me souvienne de tout ça ?

— En prenant des notes ?

Il se penche vers mes genoux pour ouvrir la boîte à gants. Il fouille à l'intérieur, avant de brandir un flyer prédisant notre fin à tous. *Ah, Francis !* Il farfouille encore, attrape cette fois un marqueur et m'oblige à répéter ce que je viens de lui énoncer.

— OK, il conclut en rebouchant son feutre.

— Tu l'enfiles le matin avant de sortir de ton lit et tu le retires le soir avant de t'y allonger. Oh ! Et avant de le poser sur ta table de nuit, tu n'oublies pas de lui dire quelques mots pour le remercier de ses bienfaits.

Un rire bref lui échappe, mais il se rend compte que je suis tout à fait sérieuse.

— Tu veux que je parle à des… bracelets ? il articule en plissant les yeux.

— Oui.

Il les mate encore puis se racle la gorge.

— Et qu'est-ce que je suis censé lancer comme sujet de conversation ?

— Je t'ai dit de les remercier, pas de leur raconter ta journée. Les pierres ont une énergie et… laisse tomber, inutile d'entrer dans les détails.

Il n'est pas réceptif.

— En dehors de toi, personne ne doit y toucher, je le préviens. Ce soir, je t'enverrai des consignes pour les nettoyer et les recharger.

— Les recharger ? il s'étonne en les examinant.

— Rassure-moi, t'es pas en train de chercher l'encoche pour brancher un câble, j'espère ?

C'est exactement ce qu'il fait.

— Ne me juge pas.

— J'essaie très fort, je raille.

— Donc puisqu'on est mardi, je dois porter le rouge, là ? il embraie en louchant sur ses notes.

Je hoche la tête, il plonge ses doigts dans la pochette pour en ressortir le bracelet en jaspe, l'approche de son poignet et… son index et son majeur lâchent prise sans raison. Ma création tombe dans l'interstice entre son siège et le bloc du levier de vitesse.

— Merde !

— Non, mais t'es sérieux ?

On se penche dans un mouvement si rapide et synchrone que nos fronts se cognent.

— Putain ! je grogne en frottant le point d'impact sur ma tête.

— Désolé, il m'a échappé.

Il essaie tant bien que mal de le déloger en pestant et se tortille tellement que, cette fois, ce sont les six autres bracelets qui se renversent à ses pieds.

— Tu comprends pourquoi j'ai besoin d'un coup de main ? il siffle.

Je l'observe galérer une bonne minute, pendant laquelle j'épelle mentalement le mot « malédiction ». Lorsqu'il parvient enfin à récupérer le fugueur, il le fait rouler sur son poignet droit et l'observe un instant.

— Tu dois le mettre à gauche, je spécifie.

Il procède à l'échange.

— Dis-moi que ça va résoudre tous mes problèmes, il marmonne en appuyant l'arrière de son crâne contre son appuie-tête.

— Si ça peut te rassurer, cette pierre renforce le moral, je lui explique en désignant le jaspe rouge.

— Et pas la chance ? il relève. Parce que j'm'en fous d'être déprimé !

Je le dévisage, le front plissé. J'ai rarement rencontré quelqu'un d'aussi obnubilé par le sujet.

— Tu crains, je murmure. Là, je te juge, pour info.

— Je ne sais pas si Juliet t'a expliqué, mais j'ai toujours été très chanceux. Enfin, ces dernières années, en tout cas, il ajoute d'une voix étrange. Ça m'a énormément servi pour le base-ball, alors je dois me débarrasser de cette poisse, sinon...

Je me retiens de lui servir une liste de véritables problèmes. Chacun a son spectre de jugement, après tout.

— La chance représente la manière dont un événement se produit, je réponds en tâchant de ne pas partir dans de trop longues explications. Elle est forcément alimentée par plusieurs choses, comme le mental, la confiance, le discernement...

Une brioche tiède recouverte de grains de sucre.

— Je ne connais pas de formule magique pour obtenir la bonne fortune en un claquement de doigts, mais je crois en toutes ces petites choses qui permettent de l'atteindre.

Je pointe les bracelets qu'il a remis dans leur sachet.

— Et combien de temps je dois les porter pour que ça fonctionne ? il s'enquiert.

— Aucune idée, ce n'est pas une science exacte. Sans compter qu'il faut un minimum de sensibilité et d'ouverture d'esprit.

— J'ai compris, il concède.

— Génial ! Avant que j'oublie, je t'ai aussi préparé une fiole personnalisée.

Je la lui tends, il l'examine en penchant la tête.

— Qu'est-ce qui flotte à l'intérieur ?

— Une mèche de tes cheveux.

— Ah... la fameuse. Et qu'est-ce que je suis censé en faire ?

— Tu la gardes avec toi, c'est tout. Sur ce, je me tire, je lance en réunissant mes affaires. Bonne chance, j'ajoute en jouant des sourcils.

— Merci pour ton aide, Tory.

Sa voix est douce et courtoise. Bronson m'a dit que Luke était un connard, mais il n'en a pas l'air.

— Je t'en prie. J'espère que ça ira pour toi.

— Si ça ne suffit pas, tu as d'autres tours dans ton sac ?

— Niveau conviction, ça commence mal.

— C'est juste pour savoir !

— Évidemment que j'ai de multiples ressources.

Même si je doute qu'il soit prêt pour ça.

— D'accord, on se tient au courant alors. Et si ça peut rester entre nous... j'aime autant.

— Oui, oui, je le rassure.

J'ai envie de couper court pour manger cette brioche qui patiente au fond de ma besace.

Je quitte le siège et referme la portière derrière moi, puis je m'empare de ma viennoiserie et en croque un bout. *Délicieuse !* J'ai à peine fait trois pas quand Luke me rappelle.

— Tory, attends.

Je me retourne, il est sorti de sa voiture et a posé ses avant-bras sur son toit.

— Je peux te demander quelque chose de personnel ?

— Je suis Cancer ascendant Scorpion, je réponds la bouche pleine.

— Euh... OK. Mais je pensais à du vrai perso.

— Connaître le signe de quelqu'un donne énormément d'indications intimes, j'te signale.

— D'accord.

— Et toi, tu es quoi ?

Je suis sûre qu'il est Capricorne. Il n'y a pas plus conventionnel qu'un Capricorne.

— Tu as envie d'entrer dans mon intimité ?

Je lève les yeux au ciel.

— Vraiment pas. J'ai envie d'entrer dans un café pour boire un cappuccino, mais je suis bien élevée. Alors, quel signe ?

— Je m'en souviens plus, mais je suis né le 17 mars.

Sérieux ?

— Oh ! Un Poisson.

Je ne m'attendais pas à ça.

— Tu le dis comme si c'était une tare, il fronce les sourcils.

Je me garde de lui dispenser une petite leçon d'astrologie expliquant que les Poissons s'entendent particulièrement bien avec les Cancers et les Scorpions. Primo parce qu'il est clairement à des kilomètres de croire en ces choses-là, deuzio parce que, dans le doute, il ne faudrait pas qu'il pense qu'on peut devenir amis.

— Pas du tout, j'imagine juste quel type de poisson te représente le mieux, je rétorque.

— Verdict ?

— Il est trop tôt pour me prononcer, au risque de te froisser.

Il me dévisage, avant de secouer la tête.

— Ta capacité à me faire perdre le fil est hallucinante.

— On me le dit souvent.

— C'est à propos de Bronson, il lance sans transition.

— Oui ?

— Ça fait longtemps que vous sortez ensemble ?

Sa curiosité me prend au dépourvu. *Qu'est-ce que ça peut lui faire ?*

— Depuis la rentrée.

— Est-ce que...

Qu'est-ce qu'il a à mâchonner sa lèvre comme ça ? Il ne va quand même pas avoir l'audace de me draguer ?

— Est-ce qu'il est... gentil ? il termine sa phrase, sur une intonation suspicieuse.

Ce mec est trop bizarre. Un sceptique bizarre. *Sensationnel.*

— Pourquoi ? Il t'intéresse ? je ricane.

— Non ! C'est pas du tout ça. Je sais que ça ne me regarde pas, mais t'es l'amie de Juliet, et je l'aime bien, alors...

Il recommence à malmener sa bouche. Pour une raison inconnue, mon estomac se noue.

— Crache le morceau.

— Je crois que Bronson ne joue pas franc jeu avec toi.

Interloquée, je croise les bras sur ma poitrine et le toise avec méfiance.

— Et j'peux savoir sur quoi tu te bases ?

— Quand il a su qu'on se voyait ce matin, il m'a balancé deux-trois trucs plutôt...

Non, en fait, ça ne m'intéresse pas. Bron m'a prévenue que Luke chercherait très probablement à lui casser du sucre sur le dos.

— Hier, j'ai bien vu que vous ne vous aimiez pas beaucoup, je l'interromps. Il ne m'a pas dépeint un portrait très avantageux de toi, mais je suis passée outre parce que ça n'a aucune importance dans le cadre de nos échanges. Alors, sois gentil, laisse-moi en dehors de vos rivalités sportives.

— Ça n'a absolument rien à voir, je t'assure.

Je n'apprécie pas la tournure de cette entrevue.

— Écoute, tu m'as payé cinquante billets pour des porte-bonheur que je t'ai livrés en main propre. Arrêtons-en nous là.

Il pianote sur son toit en réfléchissant.

— Comme tu voudras, il conclut en haussant les épaules. Je te souhaite une bonne journée. On se croisera peut-être à la fête de vendredi soir, je serai le mec qui porte un bracelet jaune.

— Vendredi, c'est le rose, je réplique. Et je ne vois pas de quelle fête tu parles.

— C'est Bronson qui l'a mentionnée. Allez, bye.

Il me sourit, se rassied derrière son volant et démarre aussitôt. Figée sur le bitume, je suis des yeux son pare-chocs arrière s'éloigner. Une bourrasque soudaine me sort de ma contemplation, et je me remets en mouvement.

Je commande mon cappuccino et entre dans le bâtiment de chimie. Une fois installée et prête à prendre des notes, mon esprit dérive malgré moi vers les paroles de Luke. « Je crois que Bronson ne joue pas franc jeu avec toi. » Ça se passe bien avec Bron. Il est sympa, ne m'étouffe pas et ne se moque pas de mes activités ésotériques qui en font pourtant sourire plus d'un. Je n'ai aucune raison de prendre au sérieux le manque de sincérité évoqué par Luke, ni d'analyser tout ce que mon copain a pu dire ou faire depuis un mois. Alors pourquoi j'ai un mauvais feeling, tout à coup ? L'avis négatif de ma grand-mère se rajoute à l'équation, et je gigote sur mon siège. Je sors discrètement mon portable et tape un SMS pour Bronson.

TORY : Je te souhaite une bonne journée !

BRONSON : Merci, pense fort à moi, j'ai une éval dans une heure.

Je tire sur mon collier et le mordille. *C'est tout ? J'ai le droit à un « bonne journée » moi aussi, ou pas ?*

— Ça suffit, je me dis à moi-même.

Je ne prête pas attention à ces détails en temps normal, alors je me concentre sur mon cours, éloignant ces pensées parasites.

***

Malheureusement, si Luke est à des années-lumière de toute forme de magie, il est parvenu à me transmettre sa gale mentale en à peine quelques mots. Trois jours se sont écoulés depuis notre entrevue, et sa pseudo mise en garde a infecté peu à peu mon esprit.

Depuis mardi, je ne peux pas m'empêcher de disséquer chaque interaction que j'ai avec mon petit ami. Ses textos, ses regards, ses mimiques, ses mots... Même ses « poupée » sont devenus une source de questionnement approfondi. Sans compter qu'il n'a toujours pas mis sur le tapis cette fête dont Luke a parlé et qui doit se dérouler ce soir. *S'il a dit la vérité.* Je n'ai pas osé aborder le sujet avec Juliet, j'essaie de repousser cet assaut de doutes, mais j'ai un instinct affûté en temps normal et il est en alerte. *Fait chier !*

Avachie dans le fauteuil de ma chambre, les jambes repliées sur l'accoudoir, je jette un coup d'œil à l'horloge et me pince l'arête du nez en voyant une nouvelle heure miroir. 17 h 17. Une recherche plus tard, le verdict tombe. « Le destin va vous donner un coup de pouce pour améliorer votre situation amoureuse ». *Très bien ! Mais dans combien de temps ?*

Ma mère dit souvent qu'il faut savoir provoquer le destin, alors... J'ouvre ma conversation avec Bron et lui envoie un message. *Ce n'est pas un piège, pas du tout, ça ne se fait pas...*

TORY : On se fait un ciné, ce soir ?

À chaque seconde qui s'écoule, je m'enfonce un peu plus dans le fauteuil.

BRONSON : Désolé, poupée, je dîne chez mes grands-parents.

C'est une excuse plausible.

TORY : OK, pas de souci !

C'est même très mignon, et je...

BRONSON : Et toi, tu vas faire quoi, du coup ?

Ne pas psychoter. Ce n'est sûrement pas la première fois qu'il me demande quels sont mes projets. Si ? Merde, je ne m'en souviens plus. Pire, je me mets à imaginer qu'il s'y intéresse uniquement pour être sûr de ne pas me croiser à cette fameuse fête. *Bon sang, je déteste ce Luke.*

TORY : Rester chez moi.

J'attends de recevoir un « bonne soirée » ou « on remet ça à demain », mais rien. Je pose le téléphone sur mon ventre et fixe d'un œil morne mon attrape-rêve pendu au-dessus du lit.

Ça ne fait que cinq semaines qu'on se fréquente, et on n'est pas sur le point de se marier. Ce n'est pas encore une relation sérieuse, je ne crois même pas en avoir envie, mais s'il se moque de moi...

J'ai besoin de me raccrocher à quelque chose de rassurant, alors je saute sur mes pieds et m'assieds à mon bureau. J'ouvre le deuxième tiroir, tire sur la chaînette de mon pendule et le brandis devant moi. Je me concentre pour me détacher des influences négatives —*coucou, Luke*— et formule à voix haute les questions qui me tourmentent. Lorsque j'obtiens ses réponses, je tire un trait sur mon apaisement.

—Tu es trop crispée pour que ça fonctionne correctement, je me reproche à moi-même.

J'opte pour une autre technique, qui se trouve dans le premier tiroir. Mon tarot préféré. Je le mélange, l'étale d'un mouvement brusque, passe ma main au-dessus en inspirant et tire une carte au hasard. Je ne la retourne pas tout de suite.

—Selon le symbole qui sort, j'avise, j'annonce en remuant mes jambes.

À trois. *Un, deux...*

9

Luke

Stationné en double file près du conservatoire, j'attends mes derniers clients du jour. Je suis de repos ce soir, et impatient de communier avec mon lit pour m'affaler devant la télé. Cette semaine n'a pas été de tout repos. Le bracelet rose qui orne mon poignet gauche n'y a rien changé, c'est toujours la merde. J'ai pourtant suivi les indications de Tory à la lettre, j'ai même fait un long monologue à l'attention des pierres violettes d'hier, juste avant d'entamer mon entraînement. *Apparemment, je n'ai pas suffisamment supplié.*

Je n'obtiens aucun résultat, ce qui me rappelle une époque similaire de ma vie que j'espérais ne plus jamais revivre. D'ailleurs, il faudrait que je téléphone à mes parents, mais je n'ai pas envie qu'ils perçoivent mon état d'esprit négatif. Ils ont déjà eu leur lot d'emmerdes il y a des années, pas question de briser le calme qu'ils ont eu tant de mal à retrouver.

Y repenser me donne des palpitations. J'ouvre ma vitre en grand et penche la tête pour reprendre mon souffle. Je bois une gorgée d'eau et me recompose un masque de chauffeur détendu. *Ce n'est pas le moment de foirer cette course.* J'ai assez peu roulé ces jours-ci, pour la simple et insupportable raison que mon taux de réservation n'a jamais été aussi bas. Il est passé de la première place à la dernière. Même Amy semble faire flipper moins de gens que moi à présent. *Joie.*

Je m'étire sur mon siège et repère deux mecs avançant vers ma voiture. Ils portent des tee-shirts à l'effigie des *Ghostbusters* et des boots en cuir. Ils sont en pleine conversation animée, et celui de gauche file des coups de coude à son voisin en pointant ma caisse du doigt. J'ai un drôle de pressentiment, que je mets sur le compte de mon humeur morose.

— Bonjour ! ils lancent à l'unisson en ouvrant chacun une portière.

Voilà donc mes passagers.

— Salut, les gars. Ça va ?

Les deux étudiants hochent la tête en prenant place.

— Tu es Luke, c'est ça ? me demande celui qui porte des lunettes.

— En chair et en os.

— Cool !

Chouette, des fans. Mon ego dégonfle cependant de moitié quand ils échangent un regard mi-amusé, mi-satisfait. J'active la course sur mon portable et m'insère dans la circulation aussitôt, pressé de conclure cette journée.

Habituellement, mes passagers discutent entre eux, mais ceux-là sont silencieux. Dans mon rétroviseur, leur attitude m'interpelle. L'un ne me quitte pas des yeux, tandis que l'autre tourne la tête de tous les côtés pour surveiller la route. *Aux aguets.* Je frictionne spontanément les perles supposées être mes alliées et me concentre sur ma conduite.

Lorsque j'arrive à destination sans encombre, je constate combien j'étais crispé en matant mes phalanges blanchies autour de mon volant.

— Et voilà, je les informe en retenant un souffle de soulagement.

Eux, par contre, ne se privent pas de lâcher un soupir de déception. *De déception ?*

— Un problème ? je les interroge en me tournant vers l'arrière.

— Non, non, ils répondent d'une même voix.

Je ne suis pas dupe.

— Pourquoi vous tirez cette tête ?

Ils remuent sur la banquette.

— Eh bien... pour être honnête, on espérait un peu d'action... articule celui à lunettes.

— De l'action ? je répète sans comprendre.

— Ben oui, tu sais...

— Non, je vois absolument pas où tu veux en venir, je m'agace.

— La rumeur dit que tu es...

Oh ! Pitié, non !

— Maudit, termine le deuxième d'un ton fasciné.

— On espérait en être témoins, reprend le premier.

Mes yeux écarquillés oscillent entre leurs tronches d'abrutis. Quand j'étais connu pour être chanceux, j'étais souvent approché par des curieux. Mais dans l'autre sens...

— Vous vous foutez de moi ? j'éructe en m'agrippant à mon appuie-tête.

Je suis un Campus Driver, je reste calme en toutes circonstances pendant mon service, mais ça... c'est trop pour moi.

— Vous avez réservé une course pour être spectateurs de...

— Ta poisse, finit celui de droite. On adore les trucs inexplicables.

C'est forcément un coup monté. Dallas pourrait commanditer quelque chose d'aussi tordu.

— On a vu la vidéo de la mouette, il continue en se penchant vers moi.

— Et on a répertorié plein d'autres événements. On a créé une page Internet là-dessus. Une interview, ça te brancherait ?

Leurs prunelles scintillent d'excitation, je comprends qu'ils sont des plus sérieux. J'en appelle à tout mon self-control pour ne pas leur hurler de sortir de ma caisse.

— Non merci, j'articule, la mâchoire serrée. Maintenant, si vous voulez bien libérer la place, j'ai encore du travail qui m'attend.

— Si tu changes d'avis, voici notre site, insiste l'un d'eux en me tendant une carte de visite.

Je la prends pour occuper mes doigts et les empêcher de fondre sur sa gorge. Ils s'en vont, et je reste une minute à me rejouer ce qui vient de se produire, avant de tracer jusqu'à ma résidence.

Arrivé devant la porte de ma chambre en un temps record, je suis obligé de redescendre chercher mes clés. *Bien sûr, je les ai oubliées dans ma bagnole !*

Dès que je parviens enfin dans ma piaule, je me débarrasse de mes chaussures et de mon pantalon, puis tombe à plat ventre sur mon lit. Le visage plaqué contre l'oreiller, je pousse un long râle de dépit. *Est-ce qu'on pourrait me foutre la paix ?*

Je frappe ma taie avec mon front, avant de rouler sur le dos. C'est décidé, je ne sors plus de cette chambre jusqu'à lundi matin. *Je démissionne de ma vie ce week-end, j'en ai ma claque.* Je récupère mon portable et tape un mail à mes boss et ma team pour les prévenir que je serai *off* ces deux prochains jours. Je n'ai pas pris de congés depuis une éternité, et vu la sortie de route que je suis en train de me taper, mieux vaut pour tout le monde que je fasse une pause sur le bas-côté. J'appuie sur « envoyer » et bascule sur mon passe-temps favori : mater des vidéos de furoncles, qui donnent la nausée à mon coloc. Je peux en enchaîner des dizaines sans m'en lasser, et c'est exactement ce que je fais. Concentré sur ces points noirs d'une profondeur abyssale, je ne pense plus au reste. Voilà mon programme tout trouvé pour les prochaines quarante-huit heures... jusqu'à ce qu'un texto singulier s'affiche sur mon écran, provenant d'un expéditeur inattendu.

TORY : Qu'est-ce que tu fais ce soir ?

Je contemple ces mots sans ciller, étonné de recevoir un SMS de sa part, et encore plus qu'il soit aussi direct. Venant d'une autre qu'elle, je pourrais penser que c'est un message classique entre deux étudiants du campus, mais il ne m'a fallu qu'un quart d'heure en sa compagnie pour me convaincre que ce n'est pas son genre. Je suis même presque sûr qu'elle m'a à peine supporté et que ma question à propos de son mec m'a fait perdre encore davantage de points. Elle a dû se tromper de destinataire, c'est la seule explication. Je ne réponds pas et continue mon visionnage thérapeutique. *Le point noir dans l'oreille de ce gars est énorme !*

TORY : ?

Devant son insistance, je rédige une brève réponse.

LUKE : Je suis Luke.

TORY : Je t'ai demandé ce que tu comptes faire de ta soirée, pas comment tu t'appelles. À moins que tu la joues en mode « Je s'appelle Groot » à chacune de tes réponses pour une raison particulière ?

La mention des *Gardiens de la Galaxie* me tire un léger sourire, mais je suis toujours aussi surpris qu'elle m'écrive. On est vendredi soir, elle n'a rien de plus intéressant à faire ?

LUKE : J'ai cru que tu t'étais trompée de numéro.

TORY : Tu vas à la fête ?

LUKE : Quelle fête ?

TORY : Celle dont tu m'as parlé mardi !

Sa question me prend de court. *Est-ce que j'ai loupé un épisode ?*

LUKE : Non, pourquoi ?

TORY : Comment ça, non ? Tu as dit qu'on se croiserait là-bas !

Même à distance, je parviens très facilement à imaginer son ton. Je ne comprends rien à ce qui se passe, surtout vu la façon dont notre entrevue s'est terminée il y a trois jours.

LUKE : J'ai changé d'avis, je préfère rester tranquille.

TORY : Alors là, tu rêves.

Quelle est cette conversation improbable ?

TORY : Tu vas enfiler un pantalon et venir me chercher chez moi immédiatement.

Je jette un coup d'œil à mes cuisses nues, avant de scanner chaque recoin de ma chambre, comme si cette sorcière était cachée quelque part à m'espionner.

— Y'a quelqu'un ? je m'entends même demander à voix haute.

Je suis à deux doigts d'ajouter un « Esprit, es-tu là ? », mais je me ressaisis à temps.

LUKE : Comment tu sais que je ne porte pas de pantalon ?

TORY : Je l'ai vu dans ma boule de cristal.

Elle plaisante, n'est-ce pas ?

LUKE : OK, alors de quelle couleur est mon caleçon ?

TORY : Bleu.

J'écarquille les yeux, ma pudeur subit une crise de panique, et je ramène mon drap sur moi. *C'est quoi cette folie ?*

LUKE : T'as dit ça au pif, hein ?

Elle m'adresse l'emoji d'un diable qui sourit, avant d'ajouter :

TORY : Ne me fais pas poireauter, je suis déjà de mauvaise humeur.

Perdu, je secoue la tête et relis ses messages depuis le début, en quête de logique.

LUKE : Venir te chercher chez toi ? Si c'est d'un Campus Driver dont tu as besoin, il faut passer par l'application. Et je ne bosse pas ce soir.

TORY : Évidemment que tu ne bosses pas, puisque tu vas m'accompagner à cette fête de malheur !

Je change de position et m'assieds au bord de mon lit. Peut-être que mon cerveau sera mieux irrigué et que j'arriverai à donner du sens à cette discussion.

LUKE : Sans vouloir te vexer, pourquoi j'irais à cette fête avec toi ?

Je décrypte sans mal que ça n'a rien à voir avec une méthode de séduction. Ou alors, elle use d'une technique particulièrement agressive.

TORY : Parce que tu as empoisonné mon esprit avec tes conneries !

La connexion se fait enfin. *Bronson !* C'est donc à cause de ce que j'ai sous-entendu mardi qu'elle exige que je l'accompagne. *Eh merde !* Je suppose que son petit copain ne lui a pas parlé de cette fête et qu'elle est méfiante, maintenant. Sur le moment, j'ai surtout agi par solidarité amicale avec Juliet, mais je croyais que ça n'avait fait ni chaud ni froid à Tory. Apparemment, j'avais tort, elle est remontée à bloc.

LUKE : Je croyais que ce n'était qu'une rivalité sportive ?

TORY : Eh bien, c'est l'occasion d'en avoir le cœur net. Chez moi, dans trente minutes.

La seconde qui suit, je reçois son adresse. Un rire bref m'échappe, et je relis ses messages pour la troisième fois. *Elle est sérieuse ?*

TORY : Je suis sérieuse !

Bordel, elle est flippante !

LUKE : Je n'ai pas envie d'aller à cette fête.

TORY : Oh ! Mais je m'en fous ! Moi non plus, j'en ai pas envie, encore moins en ta compagnie, mais tu as planté le doute dans mon crâne, alors prends tes responsabilités.

J'ai cru bien faire en la mettant en garde, mais je n'avais pas anticipé que ça me mettrait dans une telle position. *Je ne pouvais pas la fermer ?*

LUKE : Pourquoi tu demandes pas à tes potes ?

TORY : Je ne traîne pas avec le genre de personnes invitées à ces fêtes stupides. Toi, si. Et c'est ta faute si la paranoïa est ma nouvelle meilleure amie.

Aucun doute, je suis toujours aussi guignard pour me retrouver dans cette situation.

LUKE : Quel est ton plan ?

TORY : On y va, je vérifie deux-trois petites choses, et on repart.

J'ai beau retourner la situation dans tous les sens, je me sens acculé. Pire, si je refuse, qui me dit qu'elle n'aggravera pas ma poisse pour se venger ?

LUKE : Bon, c'est d'accord, je serai chez toi dans une demi-heure.

TORY : Vingt-cinq minutes, le compte à rebours a déjà commencé.

Cette nana est lugubre !

Je me dirige vers ma penderie, enfile un short, un autre tee-shirt et des baskets. *Dans quel pétrin me suis-je fourré ?*

Je me passe un coup d'eau sur le visage, étale une noisette de cire dans mes cheveux et reviens près de mon lit au moment où Raf rentre de sa journée. En m'apercevant, il s'immobilise.

— Tu sors ?

Son intonation n'est pas étonnée, plutôt inquiète. Pas question de lui expliquer ce que je m'apprête à faire. Si je le prononce à voix haute, je verrai à quel point c'est n'importe quoi.

— Je ne vais pas pouvoir me reclure ici pour toujours en attendant que ma poisse disparaisse.

C'est pourtant principalement ce que je fais depuis la rentrée.

— Bien sûr... il souffle, visiblement pas convaincu.

Il se gratte la tempe, puis son regard dévie sur mon poignet.

— C'est le rose, aujourd'hui ?

— C'est ce qui est écrit dans mes notes, je rétorque en haussant les épaules.

— Et ça fonctionne ?

Je fais rouler les perles entre mes doigts.

— Pas encore, mais Tory a dit que je devais y croire très fort pour obtenir des résultats. Le problème, c'est que pour y croire, il faudrait déjà que j'aie des preuves, et pour l'instant...

Je pointe mon bureau du doigt, sur lequel mon cahier d'économie est auréolé du café que j'ai renversé dessus ce matin.

— Enfin, bref, ça ne fait que trois jours que je porte ces bracelets, je garde espoir.

J'attrape mes clés posées sur la commode et glisse mon portable dans la poche arrière de mon short.

— Du coup, tu vas où ? il m'interroge en retirant ses chaussures.

— À une fête.

Je ne donne pas plus de détails. Si je vais là-bas, c'est uniquement pour que Tory puisse confirmer ou non ce que j'ai évoqué, et ce ne sont pas les affaires de mes amis. Je voudrais d'ailleurs que ce ne soient pas les miennes non plus, mais ça m'apprendra à mettre mon nez dans les histoires des autres.

— J'vais pas rentrer tard, je préviens Raf en posant ma main sur la poignée de la porte. Merci de ne pas profiter de mon absence pour jouer à zizi-pan-pan avec ta copine trop tardivement.

— Je suis presque sûr que tu vas rester bloqué dans les chiottes ou te faire arrêter par erreur par le FBI, il raille.

— Petite crevure.

Il m'envoie un baiser avec sa main, je claque la porte derrière moi et traverse la résidence sans traîner.

Une fois assis dans ma voiture, je programme l'adresse de Tory sur mon GPS et démarre. Est-ce que je l'imaginais vivre dans une hutte au milieu des Everglades, avec sa collection de bocaux remplis de formol et son chat ? *Un cliché de ce genre-là, ouais.* Pourtant, elle habite dans le quartier huppé de Coconut Grove. *Bon sang, ce n'est pas la porte à côté.* Depuis le campus, ça représente trente-cinq minutes de route, et encore, si on exclut l'affluence d'un vendredi soir. Même si j'aime rouler, je me passe des embouteillages de fin de semaine. Conscient que je ne respecterai jamais les vingt minutes restantes au délai imparti, je me prépare à passer la prochaine heure dans ma voiture. Mais contre toute attente, la chance me sourit pour la première fois depuis des mois. Le trafic est anormalement fluide, et j'arrive à destination bien plus vite que prévu. *Encore un peu et je vais croire au pouvoir de Victory.*

LUKE : Je suis devant chez toi.

TORY : Les vingt-cinq minutes les plus longues de ma vie.

Mais qu'elle est insupportable !

LUKE : Désolé, j'ai pas de balai magique, je ne suis qu'un pauvre humain lambda qui se déplace en voiture.

Vingt bornes en moins d'une demi-heure, ça s'appelle un miracle.

TORY : J'arrive.

Je tressaille. *Comment peut-elle rendre un simple mot aussi menaçant ?*

La porte d'entrée s'ouvre sur Tory, elle balance quelques mots par-dessus son épaule, avant de descendre l'allée dans ma direction. Sa démarche est rapide et brutale. Je discerne mal son visage, mais j'ai l'impression qu'elle est de mauvaise humeur. *Cela dit, ses textos m'avaient déjà mis la puce à l'oreille.* Elle tire sur ma portière, lance encore son sac au pied du siège avec la délicatesse d'une bûcheronne et tombe assise à côté de moi. J'ouvre la bouche, mais mon « bonsoir » est atomisé avant même de voir le jour.

— J'te préviens, Luke, si je me pointe à cette fête pour que dalle, il te faudra plus d'un bracelet par jour pour conjurer le sort que je te lancerai.

Quelle agréable compagnie...

10

TORY

Je sens que ma menace fait sérieusement réfléchir Luke, et c'est tout ce qu'il mérite. À cause de lui, j'ai passé une semaine de merde et je vais à présent sacrifier mon vendredi soir pour une sauterie à laquelle je n'ai pas été invitée, et qui risque de bousiller encore plus le week-end à venir.

— C'est toi qui as voulu te rendre à cette fête, il prend le risque de me rappeler.

Je plisse les yeux.

— « Exigé » est plus proche de la réalité, il ajoute.

Non, mais quel culot !

— Oui, parce qu'après m'avoir dit que Bronson se foutait de moi, tu as sous-entendu qu'il y serait !

— J'ai simplement émis un doute sur sa franchise. Si j'avais su que ça me vaudrait cette escapade, je me serais mordu la langue.

— T'en fais pas, t'as de grandes chances de repartir avec une morsure avant minuit.

Il profite du feu qui passe au rouge pour se tourner vers moi.

— C'est un réel plaisir d'être ton chauffeur, ce soir, il prononce avec un sourire crispé. Je suppose que cette humeur divine provient du fait que Bronson ne t'a pas proposé de l'accompagner ?

Je croise les bras sur ma poitrine en affichant une moue vexée.

— Il n'est peut-être même pas là-bas ! Et puis, sur le principe, il a tout à fait le droit de sortir s'amuser sans moi, je pointe.

À condition de me dire la vérité quand je lui pose la question sur ses projets.

— Bien sûr.

Je m'enfonce dans mon siège tandis que mon chauffeur redémarre et observe Luke du coin de l'œil. Je n'arrive pas à déterminer ce qui le motiverait à me mettre sur une fausse piste, mais je reste sur mes gardes.

— J'imagine que tu lui as demandé ce qu'il avait prévu ce soir...

— Évidemment, je n'allais pas boire tes paroles naïvement. Il m'a dit qu'il mangeait avec ses grands-parents, et c'est sûrement vrai.

L'autopersuasion, une puissante magie ardue à contrôler.

— Mais tu m'obliges quand même à t'emmener vérifier ?

— J'ai voulu lui faire confiance, mais j'ai tiré une très vilaine carte.

Il ralentit, avant de se déporter le long du trottoir.

— T'es en train de me dire que je vais me coltiner une fête où je n'ai pas envie d'aller parce que tu as tiré une carte ?

— Celle du zèbre ailé ! j'éructe.

La pire ! Il ouvre la bouche, mais rien n'en sort.

— N'aggrave pas ton cas en manquant de respect à mes croyances, je le mets en garde. Surtout après avoir claqué cinquante billets dans des bracelets bienfaiteurs.

— Ouais, ben, laisse-moi te raconter ma journée et on pourra parler de leurs bienfaits.

— Oh que non ! Tu as bousillé ma semaine, j'ai le monopole des plaintes.

— Je sens que les prochaines heures vont être longues... il soupire en remettant les gaz.

Au contraire, j'espère être rapidement fixée.

La maison dans laquelle se déroule cette fête n'est pas très loin de chez moi, et nous remontons déjà une rue bondée d'étudiants. Luke est obligé de garer sa voiture à plusieurs centaines de mètres de notre destination. J'ai le cœur qui bat vite, gorgé d'adrénaline et d'appréhension, lorsque je m'extrais du véhicule. Je fouille au fond du sac qui pend à mon épaule.

— Qu'est-ce que tu fais ? m'interroge le chauffeur poissard en me rejoignant sur le trottoir.

J'ai dégainé ma petite fiole antistress et je suis en train de la remuer sous mon nez pour en inhaler les effluves.

— Qu'est-ce que tu sniffes ? il chuchote comme si je commettais un acte illégal.

— J'inspire des huiles essentielles relaxantes. Tu veux sentir ?

— Certainement pas ! Raf m'a prévenu que je ne devais jamais renifler tes fioles.

— Ce qui s'est passé avec Juliet était un événement isolé, je plaide.

— Ils sont restés très mystérieux là-dessus, raison de plus pour que je me tienne loin de tes potions.

Mes potions ! Rien que ça ?

— Allons-y, j'embraie en avançant en direction de la maison.

Sans échanger un mot, nous marchons plusieurs minutes côte à côte, jusqu'à fouler une allée lumineuse déjà bien chargée de fêtards. Des groupes d'étudiants chahutent et rient bruyamment en buvant de grandes gorgées d'alcool. À vue d'œil, je dénombre déjà dix-huit torses nus et trente et un hauts de bikini.

— Hum... ma passion, je grince.

— T'aimes pas ça ? souffle Luke derrière moi.

— Je suis comme un poisson dans l'eau, j'ironise.

— Je vais aller me poser près de la piscine, j'ai repéré des têtes connues.

— Moi, je ne vois que des seins et des pecs dans cet endroit, mais j'imagine que vous connaissez vos anatomies respectives.

— C'est ça, tu as tout compris. J'y vais. Préviens-moi quand on pourra se barrer.

Je m'immobilise instantanément. Sur mes talons, Luke me rentre dedans. Je fais volte-face, l'attrape par le col de son tee-shirt, le tire dans un coin du perron et le plaque contre la façade.

— Où crois-tu aller ? Si tu penses que je vais me taper le sale boulot toute seule, tu rêves ! On va entrer ensemble et fouiller cette baraque de fond en comble s'il le faut.

Nos visages sont si proches que je sens sa respiration contre mon front.

— Tu voulais que je te conduise ici, tu n'as jamais parlé de chasse à l'homme ! il argue.

— Si j'avais seulement voulu un chauffeur, j'aurais pris un taxi.

— Un taxi... il répète avec dédain. Tu mériterais que je t'abandonne ici.

— Ou mieux, j'aurais pris ma voiture, je continue.

— Tu as une voiture ? il s'étonne. C'est quel modèle ? Un Nimbus 2000 ?

La lueur amusée qui anime ses iris me donne envie de l'asperger avec ma bombe lacrymogène.

— Dire que je te trouvais d'un ennui mortel alors que tu es hilarant, je lâche d'une voix plate.

— Tu me...

— Shh ! je lui coupe la parole en levant mon index entre nous. On est associés, ce soir. Alors à partir de maintenant, tu ouvres l'œil et tu tends l'oreille. C'est bien clair ?

Il a l'avantage de sa taille, mais il ne fait pas le poids face à ma détermination. Et il en a parfaitement conscience. Il ferme les yeux et acquiesce. Je lâche son col, défroisse le tissu du plat de la main et lui offre un sourire enchanté.

— Tu me fais peur, il déclare.

— Tout le plaisir est pour moi.

Si l'extérieur était déjà bondé, ce n'est rien en comparaison de la foule qui se presse à l'intérieur. J'en ai des crampes à l'estomac, mais ça nous donne l'avantage de pouvoir nous fondre dans la masse. Si Bronson est là, nous devons le repérer les premiers. Mais nous avons à peine réussi à nous faufiler jusqu'au salon que notre discrétion est mise à mal. Un grand nombre de regards converge dans notre direction, ou plus exactement, vers Luke. *Il est si populaire que ça ?* Je lui donne un léger coup de coude.

— Pourquoi tout le mon...

— Hey, Luke ! s'écrie tout à coup une fille depuis le canapé.

Elle bondit des coussins comme si elle était montée sur ressorts et atterrit devant lui si vite que je pince mon bras, pour vérifier que je n'hallucine pas.

— Comment t'arrives à te déplacer si rapidement ? je lui demande, effarée.

Elle ne daigne m'offrir qu'un bref coup d'œil en biais avant de reporter sa totale attention sur mon associé. *OK, ça se parfume à la garce, par ici.*

— Salut, Gladys, tu vas bien ? lance Luke en lui donnant une accolade.

Est-ce qu'elle vient de ronronner comme une espèce de féline écœurante ?

— J'suis super contente que tu sois venu à ma fête, t'avais déserté les soirées du campus.

Le visage de mon binôme du soir reste impassible, à l'exception d'un tressaillement de sa mâchoire que je suis la seule à remarquer. Gladys est trop occupée à reluquer les biceps de son interlocuteur pour percevoir sa raideur furtive.

— Ouais, beaucoup de boulot, il se justifie d'une voix hypocrite.

Là encore, elle est trop obnubilée par ses pecs pour s'intéresser à son timbre crispé. *Qu'est-ce qui lui arrive ?*

— Bon, j'vais faire le tour pour voir si mes potes sont là, il cherche à s'échapper.

— Reviens me voir après, elle minaude.

Elle commence à s'éloigner mais semble se souvenir d'un détail important.

— Oh ! Sois mignon et ne touche à rien, s'te plaît. Mes parents vont criser si ta guigne te fait casser quelque chose chez eux.

Elle lui envoie un baiser du bout des doigts et retourne s'étendre sur son canapé, telle une diva. *Quelle hôtesse accueillante...* Je rive un regard hébété sur Luke en prenant conscience de la portée de cette poisse dont il m'a parlé.

— Ah oui, quand même...

— Et ce n'est qu'un échantillon, il soupire en tirant sur sa lèvre. Tu comprends maintenant pourquoi j'avais pas envie de venir ?

— J'avoue, ça craint.

— Et pourquoi je suis en droit de revendiquer la première place des emmerdes ? il renchérit. T'as pas idée des répercussions qu'a cette poisse sur ma vie.

Je ne m'attendais pas à ce qu'elle déchaîne autant les foules. Pour ma part, je n'avais jamais entendu parler de Luke avant que Juliet le mentionne. Pour autant, j'ai toutes mes chances de gagner la médaille d'or ce soir.

— La première place ? C'est ce qu'on verra, j'assène en observant les invités. Mettons-nous en action, que le meilleur gagne.

— Tu ne perds pas le nord.

— Si Bronson n'est pas là, je te décernerai le trophée des loosers. Correction, je te frapperai le crâne avec pour m'avoir mise sur une fausse piste, mais tu pourras le garder et l'exposer.

Il comble la distance entre nous et se penche vers moi.

— Je suis convaincu qu'il n'est pas net, mais à aucun moment je ne t'ai certifié qu'il serait là ce soir.

— Qu'est-ce qu'il t'a dit exactement ?

J'ai coupé court mardi, mais j'aurais sûrement dû lui poser cette question plus tôt.

— Qu'il t'avait mis le grappin dessus pour briller et que je n'avais pas intérêt à me mettre entre vous, il me révèle sans détour.

— Toi ? Aucune chance que ça arrive.

— Et c'est réciproque, il réplique.

Derrière ma pique, je cache ce que ses mots font monter en moi. *Bronson... m'utiliserait ?*

— Ta réputation de porte-bonheur a fait le tour des équipes sportives, m'indique Luke en discernant ce qui occupe mon esprit.

Je suis au courant, mais je n'avais pas envisagé une seconde qu'on pourrait vouloir de moi dans le seul but d'obtenir un coup de bol. C'est douloureusement dégradant. *Reste calme.*

— Qui me dit que tu n'orchestres pas tout ça pour m'éloigner de Bronson ?

En le disant, je me rends compte que ça sonne faux, mais si je suis réellement l'objet de Bron depuis des semaines, ma clairvoyance laisse à désirer.

— Primo, je n'y crois pas, débute Luke en levant son pouce.

Là-dessus, je lui fais une confiance aveugle.

— Deuzio...

Il lève son index comme si j'avais besoin d'une démo.

— J'en suis arrivé au stade où je suis prêt à beaucoup de choses pour conjurer mon mauvais sort, mais pas à manipuler quelqu'un avec autant de fourberie et d'aplomb.

Sa sincérité est palpable.

— Je ne me mêle pas des affaires des autres, mais j'aime beaucoup Juliet, et ses amies sont...

— Si tu me sors que les amis de tes amis sont tes amis, je vais devenir désagréable !

— T'en fais pas, il se marre. J'allais dire qu'elles sont peu nombreuses et importantes pour elle. Je ne pouvais pas le garder pour moi, c'est pour ça que je t'en ai parlé mardi. Après, tu es libre d'en faire ce que bon te semble.

On lui donnerait le bon Dieu sans confession...

— Bien, je conclus en ravalant la boule qui s'est formée dans ma gorge. Plus vite on trouve ce qu'on est venus chercher, plus vite on se tire de cet endroit.

Je dois bouger pour contrôler mes nerfs.

— Et on est supposés agir comment, exactement ?

— Allons déjà nous servir à boire, c'est un bon point de départ pour notre mission.

Nous nous déplaçons jusqu'à la grande table qui fait office de bar.

— Tu veux quoi ? me demande Luke.

— Du coca, s'te plaît. Une bouteille neuve, j'ai pas confiance.

Pendant qu'il tend le bras pour en attraper une, je scanne le périmètre du regard. Il y a beaucoup trop de monde, ça ne va pas être une mince affaire.

— On va se...

La fin de ma phrase se fait emporter par la vague de coca qui déferle tout à coup sur mon voisin. Je quitte le salon des yeux et les pose sur son visage. Qui dégouline de soda...

— Bordel de merde, il croasse en tenant entre ses mains crispées l'origine de ce geyser.

Le liquide brunâtre qui a jailli de la bouteille perle entre ses cils et recouvre aussi une partie de son tee-shirt.

— C'est ta technique de camouflage ? j'ironise.

— Ferme-la, il grince en piochant une poignée de serviettes en papier.

— Ça arrive aux meilleurs d'entre nous, je minimise.

— Bien sûr, ça n'a rien à voir avec ma poisse...

— Plus tu répéteras ce mot, plus tu lui donneras de pouvoir.

Tandis qu'il lâche un « hum » indifférent en remplissant deux gobelets, je survole à nouveau le salon.

— On va se séparer, je lui chuchote. Les gens entrent et sortent sans arrêt, alors je m'occupe du rez-de-chaussée et toi du jardin. On se retrouve ici dans dix minutes.

Il carre les épaules, lève son poing, mime des gestes de soldat en mission commando puis s'évapore.

— À nous deux, Bronson... je marmonne en plissant les paupières.

Aussi discrètement que possible, j'explore le living, la cuisine, la salle à manger, un bureau et deux chambres inoccupées. Je reproduis la même fouille quatre fois, en changeant d'itinéraire. Bredouille, je reviens au point de départ pour attendre Luke. Sa silhouette se dessine rapidement parmi les fêtards, et son signe de tête négatif ne me détend pas.

— Il reste encore l'étage à passer en revue, je pense à haute voix.

— S'il n'est pas là-haut, on se barre ?

Les plis de son front sont plus prononcés que tout à l'heure.

— T'as encore écopé de réflexions ? je lui demande.

— Ouais, mais l'avantage, c'est que ça va rapidement devenir une habitude à force. Allez, on monte.

Nous gravissons les marches au pas de course, et avec ma manie indéfectible, je les compte. *Je compte toujours tout.* Et là, il y en a vingt-trois. *Damnation !*

— Fait chier, je peste en atteignant le palier.

— Qu'est-ce que t'as ?

— Y'a vingt-trois marches !

— Et ? T'es fatiguée ?

— Rien à voir ! Si tu additionnes deux et trois, ça donne cinq.

— Pourquoi j'additionnerais deux et trois ? il se renseigne.

— Et je déteste le chiffre cinq.

Il m'étudie en se pinçant le menton.

— Tu es beaucoup trop complexe à suivre, Tory.

Si tu savais !

— En plus, il y a cinq portes, je note en évaluant rapidement l'étage.

J'ai subitement les mains moites et la bouche sèche. C'est un très mauvais présage.

— Tu veux bien te charger de les ouvrir ? je demande à Luke.

Il accède à ma requête et s'avance vers la première porte. Après un coup d'œil, il la referme.

— RAS.

Il poursuit son exploration sans plus de découvertes. Bon, à première vue, Bron dîne effectivement avec ses ancêtres. Il reste une dernière porte au fond du couloir, une salle de bains, vu l'écriteau épinglé dessus, vers laquelle nous progressons avec précaution.

— J'ai l'impression d'être dans *Shining*, chuchote Luke en s'arrêtant devant l'ultime pièce. J'ai le cœur qui bat à mille à l'heure, comme si une bonne femme en putréfaction m'attendait dans la baignoire.

— J'te jure que je préférerais ça, je grommelle. Je ne...

Soudain, plus aucun mot ne sort de ma bouche. Quels sont ces bruits ?

11

Luke

Ma main sur la poignée de cette foutue salle de bains, je prends quelques secondes pour poser de nouveau le contexte dans mon esprit. Je viens de me faufiler au premier étage d'une baraque qui déborde d'étudiants, en quête de l'un d'entre eux, comme un chien renifleur de trou du cul. Sans compter ma partenaire très particulière, qui doit descendre d'une longue lignée de commandants de l'armée, vu son aisance à me donner des ordres. Je suis disposé à les suivre par acquit de conscience. Après tout, c'est moi qui nous ai conduits ici sans le vouloir. *Bon sang, quel vendredi soir épique !*

— Tu attends quoi ? s'impatiente justement Tory.

Je fixe d'un œil suppliant le bracelet qui orne mon poignet. *C'est le moment ou jamais pour me sauver les miches !*

Derrière la porte, les bruits étouffés qui nous parviennent sont faciles à interpréter. Là-dedans, un couple prend son pied, et pas qu'un peu. Ça claque, ça grogne et ça gémit à un rythme régulier. *Pitié, faites que ce soit n'importe qui d'autre que cet idiot de Bronson !* C'est la dernière pièce à fouiller, je suis à deux doigts de voir cette soirée se clôturer, je n'ai donc jamais autant souhaité me tromper. Si ce gars est sans conteste un gros con, il n'est peut-être pas infidèle pour autant. À tout moment, il est en train de bouffer avec son grand-père et...

— Ouvre cette porte ! ordonne Tory dans un chuchotis virulent.

Je lorgne la poignée, puis son visage, puis encore la poignée. *Pourquoi j'ai ouvert ma grande bouche mardi ?*

— Tout de suite ! elle rage.

— T'es sûre ?

— Je ne suis pas venue ici pour écouter la voix crispante de Gladys et respirer le même air que tous ces étudiants en rut. Ouvre, elle répète.

— Qu'est-ce qui va se passer si Bronson est là-dedans ?

J'ai moyennement envie de me dresser entre le footballeur et cette nana imprévisible. Elle donne très bien le change en apparence, mais je devine l'incendie ardent qui couve en elle et n'attend qu'un signal pour se propager.

— Il prendra feu instantanément.

Elle ajoute un claquement de doigts qui me fait frissonner. *Voilà, qu'est-ce que je disais...*

Il est trop tard pour reculer, alors j'actionne la poignée, millimètre par millimètre, en retroussant mon nez. À côté de moi, Tory gigote, comme si elle se retenait de défoncer le battant et de sauter à l'intérieur de la pièce. Ou bien de partir en courant.

Après Gladys, c'est son tour de braquer son regard sur moi, attentive à mes réactions. Nous nous dévisageons à mesure que je pousse le battant, elle retient son souffle quand je tourne la tête vers l'entrebâillement. Je me penche légèrement pour voir si Bronson est là. *Oh ! Seigneur !* Après le son, j'ai maintenant l'image, qui se reflète dans le miroir de droite.

— C'est occupé, dégage ! gueule la voix du footballeur en question lorsqu'il remarque la porte qui s'entrouvre.

Dans sa position, il ne peut pas me voir, et c'est tant mieux. *Vive l'anonymat !* Je m'empresse de refermer et pivote vers Tory en levant mes mains devant moi.

— N'entre pas, c'est mon tour d'ordonner.

Mais cela semble inutile puisqu'elle est totalement figée. Sa bouche est entrouverte, et ses prunelles vertes paraissent trouver mon menton extrêmement intéressant.

— Tory ?

Elle ne me répond pas. Est-ce que son cerveau est sur le point de disjoncter ? Je ne la connais pas, mais n'importe qui serait au bord de l'implosion en surprenant sa moitié en train de culbuter Rosie Johnson.

Je perçois enfin un léger mouvement, qui provient de ses mains. Elles tremblent. Je lâche un « merde » inquiet, l'attrape par les épaules et la pousse en arrière. Elle ne me résiste pas. Ce n'est que lorsque son dos rencontre le mur face à l'escalier qu'elle sort de sa transe. Elle bat des paupières et expire un long souffle. Il faut qu'on se tire vite fait d'ici, je ne suis pas friand des esclandres.

— T'es capable de sortir sans commettre d'homicide ou je dois te porter sur mon dos ? je chuchote.

— Hein ?

— T'es capable de sortir sans commettre d'homicide ou je dois te porter sur mon dos ? je répète tout près de son visage.

— Je vais... Je vais... collecter ses os et les...

— Tu ne vas rien collecter du tout, je la coupe en la secouant légèrement. Tu vas me donner la main et me suivre hors de cette maison.

Je ne devrais pas me tenir aussi près d'elle, il suffirait de quelques malheureux centimètres pour qu'elle m'arrache le nez avec ses dents.

— Tory, on se casse immé...

— Luke ? résonne soudain une voix derrière moi.

Un pic de stress me poignarde la poitrine à l'idée que Bronson ait déjà fini de tirer son coup, mais je reconnais vite cette voix. *Super, j'avais vraiment envie de le croiser ici...* Je fronce les sourcils avant de regarder par-dessus mon épaule. Sur celles de Tory, mes doigts se resserrent un peu plus.

— La forme, Elliot ? je réponds.

Immobile sur la dernière marche de l'escalier, une fille accrochée à son bras, mon coéquipier affiche sa surprise.

— J'savais pas que tu venais ce soir.

— J'suis juste passé faire un petit tour, j'allais partir.

— Va m'attendre dans la chambre, il susurre à la nana. J'arrive dans une minute.

Elle me dépasse et disparaît dans la première pièce à sa disposition. Quant à Elliot, il semble se rendre compte que je ne suis pas seul et penche la tête sur le côté pour agrandir son champ de vision. En apercevant Tory, coincée entre le mur et moi, ses yeux s'agrandissent. Aucun doute, il sait très bien qui elle est.

— Oh ! Voyez-vous ça. J'vous ai pas dérangés, j'espère ?

Qu'est-ce qu'il s'imagine ? Que j'étais en train de la bécoter dans un recoin isolé ?

— N…

— Si, j'allais jouir, elle balance avant moi, d'une voix acerbe.

Et tellement sérieuse !

Je me retourne si vite vers elle que je frôle le coup du lapin. Mes lèvres articulent une mise en garde, mais l'éclat de rire de mon coéquipier couvre mes mots.

— Elle plaisante, je m'étouffe avec ma gêne.

— Luke a raison, elle concède. Il n'est pas assez habile de ses mains pour y parvenir si vite. Mais je pressens une grande marge de progression en lui, je suis sûre que sa prochaine tentative sera la bonne.

Non mais qu'est-ce qui lui prend ? Elle vrille ou quoi ?

— Elle plaisante encore, je grince en enfonçant mon pouce dans sa clavicule en guise d'avertissement.

Je sens battre son pouls furieux sous mon doigt. La colère bout encore en elle, et vu le message que ses yeux me transmettent, ça doit la démanger de m'envoyer son genou entre les jambes pour que je recule. Je ne me décale pas pour autant, ayant encore trop peur qu'elle se rue dans la salle de bains si je la relâche.

— Toutes mes excuses pour cette interruption, déclare Elliot. Je vous laisse reprendre où vous en étiez, moi aussi j'ai des projets. On se voit lundi à l'entraînement, Lucky !

Lucky ? Je ne l'ai plus entendu m'appeler comme ça depuis que la chance m'a abandonné.

— *Yes.*

— Bonne soirée, Victory. À bientôt.

Victory... Évidemment.

Déjà en route vers ses fameux projets, il ne voit pas l'effet que ce surnom vient d'avoir sur Tory. Son corps s'est raidi, et elle respire de plus en plus rapidement. Sans lui laisser le temps de réfléchir, je m'empare de sa main et l'entraîne dans l'escalier aussi vite que possible. Elle me résiste sur une dizaine de marches, avant d'abdiquer. Au rez-de-chaussée, je nous fais slalomer entre les invités et, lorsque nous débouchons à l'extérieur, je ne libère toujours pas sa main. Je la tire derrière moi sur le trottoir, déverrouille ma voiture, ouvre sa portière et la fais entrer dans l'habitacle.

Debout devant sa vitre, mes paumes contre la tôle, je la jauge afin de déterminer la probabilité qu'elle s'échappe avant que j'aie pu m'asseoir derrière le volant. *Après tout, en quoi ça me regarde si elle retourne là-bas ?* J'ai rempli ma part du marché, je ne suis pas tenu de proposer un service après-vente.

À travers le carreau, je la vois extraire de son sac sa petite fiole magique et la porter à son nez. Le goulot sous la narine, elle prend de grandes inspirations. *C'est l'amie de Juliet, je vais m'assurer de la ramener à bon port.* Ce qu'elle fera ensuite lui appartiendra.

Je trottine jusqu'à ma portière et m'engouffre dans ma voiture.

— Ça va ? je m'enquiers en me tournant vers elle.

Pour seule réponse, elle inspire à nouveau sa mixture avidement. Je boucle ma ceinture et démarre le moteur.

— Je suis désolé, Tory. Je n'avais pas prévu que...

Elle pousse un soupir exaspéré, enfonce l'arrière de son crâne dans l'appuie-tête et étend ses jambes sous la boîte à gants. Le message est clair, elle n'a pas envie de parler, et je respecte ça. Les longs discours de réconfort ne sont pas mon fort, de toute façon.

Je quitte mon stationnement et parcours plusieurs kilomètres en silence.

— Merci de m'avoir alertée, t'étais pas obligé, elle souffle tout à coup.

— Tu te sens bien ?

— Ce mélange d'huiles essentielles est efficace.

Elle m'en voit ravi. Je me sens vraiment loin de ce genre de trucs perchés, mais si ça l'apaise...

— Quel enfoiré, elle marmonne en triturant sa bague.

Et soudain, la voilà qui baragouine dans une langue étrangère. Je crois reconnaître du français, mais avec elle, le doute est permis.

— Tu récites une formule magique ? je l'interroge.

— Non, pourquoi ?

— Parce que tu psalmodies je ne sais quoi d'incompréhensible.

— Ma mère est française, elle argue comme si c'était une évidence. J'ai tendance à dérouler tout le vocabulaire fleuri que je connais quand je suis en colère.

— Oh ! D'accord. J'ai cru que tu jetais un sort à Bronson.

Elle lâche un petit ricanement.

— Tu vas le faire ? j'articule.

Elle penche sa tête vers moi et pose sa joue sur son poing.

— Laisse-moi réfléchir... Je crois qu'il me reste encore un œil de suricate et des griffes de chat siamois castré. Par contre, je suis à court de poils de yak tibétain...

Elle m'envoie une moue embêtée, qui se transforme aussi sec en grimace excédée.

— T'es vraiment à côté de la plaque, elle balance en secouant la tête. Je ne baigne pas là-dedans, elle se sent obligée d'ajouter sur un ton moralisateur.

— Te vexe pas !

— Sache qu'il existe quelque chose de naturellement très efficace pour punir les gros cons.

— De quoi s'agit-il ?

— On appelle ça le karma, elle assène en levant ses paumes vers le ciel.

— Oh. OK. Donc tu vas simplement... patienter ?

Je suis étonné par sa passivité, et elle s'en rend compte.

— Tu t'attendais à une réaction différente de ma part ?

— Tu as surpris ton copain en train de coucher avec une autre nana et...

— C'était sûrement pas la première, tu peux le dire, elle complète, amère.

— La plupart des gens auraient bondi dans la pièce, je poursuis en doublant un taxi.

— Je ne suis pas la plupart des gens, elle rétorque.

— Sans blague ?

— Te leurre pas, j'aimerais sauter à pieds joints sur ses burnes durant de longues heures, mais Bouddha a dit que s'accrocher à sa colère revient à boire du poison en attendant que l'autre meure. Perso, je choisis d'attendre que Bronson s'empoisonne tout seul. Je préfère m'en remettre à la punition cosmique.

— Ça doit être du sérieux... je raille.

Elle me décoche une œillade désabusée.

— Désolé.

— Tu t'es jamais demandé si ta poisse ne provenait pas de ça ? elle me demande en me dessinant d'un mouvement vague de la main.

— De mon corps d'Apollon ? je feins d'être surpris.

Elle lève les yeux au ciel.

— Tu vois que tu sais te persuader quand tu veux, elle me tacle en beauté.

— Sorcière.

— Merci ! Et pour ta poisse, je parlais de ton mépris pour la force qui nous entoure tous.

— Je ne méprise rien ni personne, je me défends.

— C'est vrai, tu n'es pas désobligeant. Juste d'un terre à terre rasant, et je crois que les éléments se vengent, elle insiste en pointant du doigt mon tee-shirt taché de coca.

— Ma bonne action de ce soir devrait améliorer ma condition, non ?

Elle pousse un grognement.

— Tu m'as effectivement rendu service. Je m'en souviendrai.

— Ça signifie que tu as une dette envers moi ?

Elle hausse un sourcil éloquent. Je peux presque entendre la réponse qu'elle ne formule pas. *Jamais !* Un léger sourire s'épanouit sur mes lèvres, tandis que je change de file et tourne dans sa rue.

— Est-ce que tu vas raconter à Bronson que tu l'as vu ce soir ?

— Non.

— Tu vas simplement le quitter ? Sans même le laminer ? Ou t'en prendre un tout petit peu à lui ?

Elle tapote son ongle contre son menton.

— Bon, j'avoue, j'ai quand même une idée pour forcer le karma à faire son œuvre. Tu veux l'entendre ?

— Hum… Je suis pas certain d'être prêt, mais tu attises ma curiosité.

Elle prend son téléphone dans sa poche, pianote dessus, puis elle se racle la gorge et appuie sur l'icône servant à enregistrer les messages vocaux.

— Salut, Bronson. Écoute, il vient de se passer quelque chose d'affreusement inattendu, et je me dois de te prévenir. J'étais dans le couloir, et en entrant dans ma chambre, le pot-pourri s'est renversé. Et là, dans la semi-obscurité, j'ai vu ton avenir. C'était... terrible ! De la malchance et des mauvaises ondes, partout ! C'est beaucoup trop puissant pour moi, je ne peux pas prendre le risque que tu me contamines. Du coup, c'est fini entre nous. Bon courage pour la suite, tu en auras besoin. Bye.

Elle tape sur « envoyer » et range son portable sous mes yeux ébahis.

— Voilà ! Je me sens déjà nettement mieux ! elle s'exclame en se frottant les mains.

— Tu... C'était... machiavélique, j'articule. J'ai adoré le parallèle avec ce qu'il s'est passé chez Gladys mais, merde, même moi je t'aurais cru, vu ton éloquence. Puisqu'il est si convaincu par tes aptitudes, il va être traumatisé.

— Il le mérite.

— J'en ai entendu, des excuses de rupture, mais celle-ci... Il va lui falloir combien de temps avant de capter que tu t'es foutu de lui ?

— Une éternité ? elle propose. Le plus drôle, c'est qu'il va probablement provoquer sa malchance lui-même. La force de l'esprit, elle récite d'une voix grave en cognant son index contre sa tempe.

— Comme avec mes bracelets ?

— Exactement !

J'immobilise le véhicule devant l'allée de sa maison au moment où elle prononce ce mot.

— Eh bien, bon week-end ? je lance en allongeant mes bras au-dessus du volant.

— Merci de m'avoir accompagnée.

— Taisons le fait que tu ne m'as pas tellement laissé le choix pour nous concentrer sur le résultat.

Elle reste pensive quelques secondes puis hoche la tête et quitte son siège. Par habitude, j'attends qu'elle soit sur le pas de sa porte pour m'en aller. J'admire le self-control de cette fille, j'aimerais être aussi serein face aux aléas de la vie. Comme cette carte de visite que j'aperçois dans mon vide-poche et qui me rappelle les deux membres de mon nouveau fan-club.

***

Contrairement à d'autres, je n'ai jamais particulièrement détesté le lundi. Mais il n'est pas trop tard pour changer. Mon week-end de solitude n'a pas suffi à me blinder pour cette nouvelle semaine qui débute. Peut-être parce que l'alarme incendie s'est déclenchée hier matin pendant que j'étais sous la douche, que j'ai dû courir dans le couloir de la résidence, trempé, à moitié nu et du shampooing plein les cheveux, et que je suis resté comme ça sur le parking durant vingt-cinq longues minutes.

Sans compter le comportement étrange des gens autour de moi alors que je me dirige à pied vers le terrain de base-ball. C'est la quatrième fois qu'un étudiant me hèle en levant un poing victorieux. *Est-ce qu'ils se foutent de ma gueule ?* J'avais déjà la boule au ventre de me rendre à mon entraînement, ça ne s'améliore pas.

Avant de pousser les portes derrière lesquelles se change mon équipe, je lève mes mains devant moi.

— Soyez cool, je murmure aux sept bracelets qui entourent mes poignets.

Oui, je les ai tous enfilés.

D'un coup d'épaule, je pénètre dans l'arène. Je n'ai pas assez de doigts pour compter le nombre de fois où mes coéquipiers m'ont suivi des yeux en silence alors que je pénétrais dans le vestiaire. Sans surprise, aujourd'hui ne déroge pas à la règle, et je m'apprête à déglutir quand l'inattendu se produit. Un tonnerre d'applaudissements retentit, et une liesse générale m'entoure tout à coup. Assourdi de « yeah », de « ah » et d'autres cris gutturaux, je me demande si je n'ai pas été victime d'une rupture d'anévrisme en entrant, qui m'aurait propulsé directement au paradis.

— Bien joué ! me félicite Elliot.

Même Dawson me secoue l'épaule comme si je venais de remporter les College World Series[10]. Les yeux écarquillés, je regarde chaque membre de mon équipe l'un après l'autre. Je croise les iris joyeux de Jarod, qui lève ses deux pouces devant lui en hochant la tête. Qu'est-ce qui se passe ?

— Franchement, Luke, j'étais à deux doigts d'obliger le coach à te dégager de l'équipe, me lance Dawson, tout sourire.

— T'as trop géré ! beugle quelqu'un d'autre.

— T'es un guerrier !

— Un génie !

— Petit veinard !

— Elle va venir au match, hein ?

— Qui ça ? je parviens à articuler.

— Victory ! répond Elliot.

Dans la foulée, tous les gars se mettent à scander ce mot. Victory, Victory, Victory ! *C'est quoi ce délire ?* Mon cerveau carbure et... *Oh ! Merde.*

— Attendez, mais...

— Quand est-ce qu'elle vient ? insiste Elliot.

Évidemment... Lorsqu'il m'a vu avec Tory vendredi soir, j'aurais dû comprendre à la tronche qu'il a tirée et à son « à bientôt » sirupeux qu'il nous pensait en train de conclure. Et il ne lui a fallu que deux jours pour prévenir toute la team. Et sûrement la moitié du campus. Ce qui explique les réactions de certains sportifs croisés sur le trajet tout à l'heure.

10. Compétition universitaire de base-ball faisant se rencontrer les meilleures équipes des États-Unis.

— Alors ? il s'impatiente.

J'essaie de réfléchir à la meilleure manière de les décevoir, mais ils sont suspendus à mes lèvres avec une telle curiosité que l'atmosphère autour de moi se charge et aspire mon oxygène. Un drôle de sifflement résonne dans mes tympans, mes neurones s'emmêlent, et... je leur sers une réponse que je regrette à la seconde où elle franchit mes lèvres sèches.

12

Tory

Moi qui chéris chaque heure de sommeil et lutte perpétuellement contre mon réveil, ce matin, j'ai les yeux grands ouverts avant même qu'il ne sonne. Depuis que j'ai surpris Bronson vendredi soir, je n'ai pas très bien dormi. La nervosité m'a tenue éveillée. On est lundi, et j'ai toutes les chances de croiser cet enfoiré sur le campus. Il a passé le week-end à tenter de me joindre, je suis restée sourde à ses appels et messages, avant de le bloquer pour avoir la paix. *Qu'il s'étouffe avec l'angoisse que j'espère avoir générée chez lui.*

Tout le temps où j'étais à cette foutue fête, je suis restée de marbre —du moins, en apparence—, mais dès que mon chauffeur m'a déposée chez moi, la réalité m'a rattrapée. Je me suis autorisée dix minutes pour fondre en larmes. *Victory*. Ce surnom me pique comme un essaim de frelons. Lorsque l'ami de Luke l'a prononcé, j'ai eu envie de le pousser dans l'escalier derrière lui. Ce que je prenais pour un truc cool s'est transformé en piège à connards. Quand je pense que Bronson a eu l'audace de me séduire dans le seul but de profiter de ma réputation ! Et dire qu'il a joué ce double jeu sans se priver d'en baiser d'autres. Plus j'y réfléchis, plus je le suspecte d'avoir fait ça depuis le premier jour. Dieu merci, on s'est toujours protégés ! Je me sens trahie et humiliée, mais ça aurait pu être pire. Comme être le pantin de cette comédie bien plus longtemps.

Je quitte mon lit pour allumer un bâtonnet d'encens, une affreuse migraine cognant contre mes tempes. *J'ai dû remplir cette pièce de mauvaises ondes.* Sur mon fauteuil, Belzébuth me surveille avec ses pupilles de maître suprême. Quand ce chat me mate comme ça, je m'attends toujours à le voir léviter vers moi en ricanant.

— Avale tes poils au lieu de me juger, je bâille en ouvrant mon armoire.

Je choisis les fringues les plus confortables qui s'y trouvent, un jogging *oversize* et des baskets, puis fourre trois pierres protectrices au fond de mon sac. J'y ajoute ce qu'il faut pour ma journée de cours et vais dans la cuisine. Debout devant le four, ma grand-mère s'impatiente en tapant du pied. Une délicieuse odeur de croissants flotte dans la pièce, mais ça ne me dit rien aujourd'hui.

— Déjà ? elle s'étonne en m'entendant tirer un tabouret. Encore un client matinal ?

— Non, je me suis réveillée tôt, c'est tout.

— Les croissants ne sont même pas encore cuits.

— C'est pas grave.

Elle contourne la table haute et se poste à ma droite pour m'inspecter de plus près.

— Que se passe-t-il, Tory ? Tu es indifférente à ta viennoiserie préférée, et c'est à peine si on t'a vue ce week-end. Je t'écoute. Tu sais que j'ai les moyens de te faire parler.

— J'voulais éviter ton air satisfait, je réponds en remplissant mon mug d'eau chaude. Bronson est une sous-merde, je l'ai largué.

Son mouvement de sourcils me tire un soupir.

— Je te l'avais bien dit.

— Ça aussi, je voulais l'éviter...

Elle me frotte l'épaule sans me demander les détails — elle sait que je ne les déballerai pas, de toute façon —, et reprend sa surveillance des viennoiseries. Je bois mon thé en silence, avant de l'embrasser sur la joue.

Une fois assise dans ma voiture, je choisis une musique relaxante et prends la direction du campus. Qu'est-ce que je vais dire à Bronson si je le croise ? Est-ce que je serai capable de tenir le rôle que j'ai imaginé dans mon vocal ? Ou sa tronche de con me fera dégoupiller ? Ne pouvant en être sûre, je décide d'arrêter d'y réfléchir dès que j'entre dans le parking. Je trouve une place, coupe le moteur, avant de... le relancer et de faire marche arrière. *Arrêter d'y réfléchir ? Impossible.* Entre Bron et tous ceux qui pourraient vouloir se servir de moi à leur tour, je préfère rentrer chez moi.

Je rebrousse chemin et pousse un soupir soulagé en pénétrant dans ma chambre. Adossée contre la porte, je me convaincs que cette journée supplémentaire terrée dans mon antre me fera le plus grand bien. Je ne pourrai pas sécher les cours indéfiniment, mais un jour ou deux ne me feront pas foirer mes études.

Belzébuth n'est pas ravi de partager son espace avec moi, et à force de sentir le poids de son mécontentement sous forme de miaulements rauques et plaintifs, j'attrape mon sac et migre vers le jardin, de quoi grignoter dans les bras. Même en ayant tourné plusieurs vidéos pour mon compte Insta et enregistré un podcast, mon esprit est encore parasité, et le goûter riche en sucre que j'avale ne me comble pas d'ondes positives.

— À partir de maintenant, je ne sortirai plus avec personne, je gronde en refermant ma bouteille d'eau gazeuse. Si je ne peux même plus me fier à mon flair, mieux vaut rester célibataire.

La plus pathétique des formules magiques.

J'ai à peine fini de visser le bouchon que la sonnerie de mon téléphone m'annonce l'arrivée d'un texto. Je l'ignore, m'allonge dans l'herbe et ferme les yeux. Le soleil peine à filtrer à travers les nuages, mais au moins il ne pleut pas. Je commence à me détendre quand le signal de deux autres SMS retentit. Puis d'un quatrième. *C'est peut-être Juliet qui est au courant pour Bronson…* Je tâte le sol à côté de moi jusqu'à saisir mon portable et le lève au-dessus de mon visage.

UNLUCK : Tu es dans le coin ?

UNLUCK : Tory ?

UNLUCK : T'es sur le campus ?

UNLUCK : Ou chez toi ?

Je regarde spontanément autour de moi, dans le cas où Luke serait en train de m'observer. Quand j'hésite à répondre à quelqu'un, je me demande toujours si mon ignorance est épiée. *Qu'est-ce qu'il me veut ? Il n'en a pas eu assez chez Gladys ?*

TORY : Je ne sais pas…

UNLUCK : C'est important !

J'ai décidé que je me tenais loin des mecs, et surtout des sportifs. Alors un guignard en prime, non merci. Cela dit, celui-ci n'attise pas ma méfiance. Je ne pensais pas louer son scepticisme, mais pour le coup, cela joue en sa faveur.

TORY : Encore une mise en garde qui va m'obséder ?

UNLUCK : Non.

TORY : Si c'est au sujet des bracelets, je ne rembourse pas la marchandise.

UNLUCK: C'est pas vrai, tu peux pas t'empêcher de dévier sur autre chose. Est-ce que tu es sur le campus, oui ou non?

TORY : Je ne dévie pas, espèce de grossier personnage. J'ai le droit de demander pourquoi tu me cherches! T'as qu'à me trouver toi-même, d'ailleurs.

J'accompagne mon message d'un emoji *fuck*.

UNLUCK: Désolé, je suis tendu. J'dois te parler d'un truc, genre tout de suite.

Je grignote le coin de ma lèvre en réfléchissant. Comment un type aussi ennuyant se débrouille pour éveiller ma curiosité si facilement ?

TORY : OK. Je suis chez moi. Mais j'te préviens, si c'est à propos de quelque chose qui va encore m'obliger à fouiller la baraque d'une Gladys bis, je ne serai pas aussi clémente avec toi.

UNLUCK: Tu as déjà oublié le service énorme que je t'ai rendu?

Je frictionne ma narine en fronçant les sourcils. Pourquoi j'ai l'impression qu'il compte me demander quelque chose en échange ?

TORY: Magne-toi d'arriver si tu ne veux pas me louper.

Je jette mon portable dans l'herbe et croise les mains sur mon ventre. Ma tentative de relaxation ne donne pas beaucoup de résultats.

Lorsqu'un bruit de moteur approche et s'immobilise un peu plus loin, j'ouvre une paupière et tourne la tête. *Il n'a pas traîné !* Luke se hâte de traverser la pelouse pour me rejoindre. Il porte une de ces affreuses tenues de base-ball rayées, j'en déduis qu'il sort d'un entraînement. Vu sa tronche crispée, je me doute illico de la raison de sa présence. Sa poisse. Il est impatient qu'elle s'évapore et va me demander d'user d'un nouveau charme pour l'aider à s'en débarrasser. Même mon activité favorite me gonfle aujourd'hui. J'aurais dû envoyer Luke sur une fausse piste pour continuer à profiter de ma solitude.

— Bonjour, il lance au-dessus de moi.

Oh ! Non, vraiment... Échanger avec un être vivant est au-dessus de mes forces.

— T'as séché les cours, aujourd'hui ?

— C'est la journée dédiée au culte du Dieu raton laveur, ça se respecte.

— Tu voulais pas croiser Bronson, j'me trompe ?

Je me sers de ma main comme visière et lui jette un regard éloquent.

— Bronson et tous les mecs de ce campus.

À bon entendeur...

— J'te comprends, il commente en s'asseyant à côté de moi. J'essaie aussi d'esquiver la moitié du campus chaque jour.

— T'es venu jusqu'ici pour pleurnicher sur ton sort ? J'te préviens, je ne serai pas une oreille attentive.

— Non, je suis là pour te parler de... quelque chose.

— Tes amis ne sont pas prévus pour ça ?

— Hum... Non. Ils ne peuvent pas m'aider sur ce coup.

Il prend une vive inspiration et relâche l'air bruyamment.

— J'ai un truc à te demander, il reprend.

— Et ça ne pouvait pas attendre ?

— Pas vraiment…

Son ton n'étant pas serein, je me redresse en position assise et arque un sourcil. Il me scrute un quart de seconde avant de reporter son attention sur un brin d'herbe. Il l'arrache et le tripote, je remarque alors qu'il ne porte non pas un bracelet mais les sept en même temps. OK, j'ai visé juste, il se pointe pour que je lui trouve une nouvelle alternative. *Bon sang, je suis bonne pour me le coltiner jusqu'à la fin de l'année, si ça continue comme ça.*

13

Tory

Fatiguée par la perspective du travail à fournir pour Luke, je retombe allongée sur le sol et referme les yeux. J'entends le Campus Driver remuer et se racler la gorge.

— Tu te rappelles quand t'as dit que tu m'en devais une... il entame avec une lenteur soporifique.

— Je n'ai jamais dit ça, je rétorque en croisant les bras derrière ma tête.

— Mais si, pendant la fête.

— J'me souviens de la fête, je rétorque d'une voix acide.

— Parfait !

Mon regard noir fuse et calme son entrain. Je me rassieds, chope mon sac et fouille à l'intérieur.

— Non, pas parfait, il corrige en secouant la tête. Mais...

— Où est-ce que j'ai mis cette foutue améthyste ? je gronde en remuant vivement ma main.

— Tory, tu m'écoutes ?

— Oui, oui, tu disais que tu m'en devais une, continue.

— Non ! C'est toi qui... Donne-moi ça !

Il s'impatiente, m'arrache ma besace des mains et la retourne au-dessus de l'herbe pour y déverser tout ce qu'elle contient. Entre un carnet, une paire de lunettes de soleil et un tampon, une pierre violette fait enfin son apparition.

— Merci, je souris en me penchant pour l'attraper.

Plutôt que d'étrangler Luke avec la lanière de mon sac pour avoir commis un tel acte, je me contente de caresser mon caillou. Je ne prends même pas la peine de ranger mes affaires éparpillées, il s'en charge par acquit de conscience.

— Donc je te disais que…

— J'ai faim, je lance.

— Tory !

— Quoi ? je réponds sur le même ton.

— Est-ce que tu pourrais m'écouter jusqu'au bout ?

— Désolée, ton timbre de voix ne parvient pas à captiver mon esprit.

Il se frotte les paupières en marmonnant.

— Je regrette déjà ce que je m'apprête à faire, il se lamente.

— Et j'ai toujours beaucoup de mal à me concentrer quand mon estomac exige des raviolis chinois.

— Il est à peine 17 heures.

— Imagine s'il était 18 heures, je contre en me mettant debout.

— Tu ne vas quand même pas te tirer ? il hallucine.

— Il y a un petit resto à cinq minutes à pied. T'as qu'à m'accompagner, si ta requête est aussi urgente.

Je n'attends pas sa réponse et m'éloigne vers le trottoir. Derrière moi, je l'entends courir pour me rattraper.

— T'es comme ça avec tout le monde ou j'ai le droit à un traitement de faveur ? il m'interroge.

— Aucune idée, je hausse les épaules. Personne ne se pointe jamais dans mon jardin pour bavarder.

— C'est étonnant, il ricane.

Au même instant, il manque de se casser le nez en loupant la fin du trottoir.

— Et ça se demande encore pourquoi la guigne a frappé, je raille en traversant la route.

Je continue à avancer sans percevoir ses pas à ma suite. Est-ce qu'il a déjà jeté l'éponge face à ma sympathie débordante ? Une légère culpabilité m'assaille. Je suis d'une humeur de chien, mais c'est grâce à lui que je ne suis plus l'attraction phare de *Bronsonland,* donc... Je me fige et fais volte-face. Plusieurs mètres derrière moi, Luke n'a pas repris la marche.

— Bon, tu viens ou pas ? je lui crie.

Il tergiverse mais se résout à combler la distance entre nous.

— Tu es épuisante, il souffle.

— C'est sûrement ma moitié américaine qui produit cet effet.

— J'aurais parié sur la française.

— Tu t'entendrais à ravir avec mon père !

Je pousse un petit cri de joie en apercevant mon fournisseur officiel de raviolis et pique un sprint dans sa direction. Je m'engouffre dans le minuscule restaurant et me jette presque dans les bras de Yuan, sa propriétaire.

— On dirait que c'est pressé, elle rit.

— Vital !

— Ça tombe bien, je viens de préparer des *jiaozis* tout frais. Installe-toi.

La clochette de l'entrée tinte une nouvelle fois, et Luke se matérialise à côté de moi.

— Tu cours hyper vite, il me lance.

— Tu es venue accompagnée d'un garçon ? s'émerveille Yuan en le dévorant des yeux.

— Bonjour, la salue Luke.

— C'est mon client, je précise en tirant une chaise.

Elle semble déçue en repartant vers la cuisine. Luke prend place en face de moi et pose ses coudes sur la table.

— J'suis venu pour te demander un service et j'me retrouve dans un fast-food asiatique, presque un quart d'heure plus tard, sans même avoir réussi à te déballer le sujet. Je commence à croire qu'il y a réellement quelque chose de surnaturel chez toi.

— Cette phrase était vraiment très longue, je réponds en dépliant ma serviette sur mes genoux.

— Est-ce que je peux enfin te dire ce pour quoi je suis venu ?

— Patiente encore trois ou quatre minutes. Dès que j'aurai la bouche pleine, je serai tout ouïe.

Il rejette sa tête en arrière en soupirant. Je lorgne le couloir où Yuan a disparu, pressée de la voir revenir. Quand elle réapparaît enfin avec un plateau bien rempli, je joins mes mains en la remerciant. Elle dépose ensuite trois petits paniers devant moi et se tourne vers mon compagnon.

— Tu veux manger, toi aussi ?

— Non merci, juste une bouteille d'eau, ce sera parfait.

Toujours aussi assommant ! Il a au moins la présence d'esprit de me laisser avaler deux raviolis avant de reprendre la parole.

— J'ai besoin que tu me rendes un service.

— Tu l'as déjà dit. Je t'écoute, développe.

— Super ! il s'extasie. Alors voilà, je ne vais pas y aller par quatre chemins : j'ai besoin que tu joues le rôle de ma petite copine.

J'arrête de mâcher instantanément et rive mes prunelles aux siennes.

— Pardon ?

— J'ai besoin que tu joues le rôle de ma petite copine, il répète d'une traite.

Je bats des cils, tâchant de donner une signification à cette phrase.

— Essaie encore, je l'encourage avec un claquement de baguettes. Même en le disant deux fois, je ne comprends toujours pas.

—Comme tu le sais, j'essaie de contrer ma poisse, il débute en tendant ses poignets parés de bracelets. Mais les résultats sont trop longs à arriver, et je dois absolument enrayer au plus vite les conséquences que ça provoque sur le base-ball. Mes coéquipiers m'ont à l'œil. Pour la faire courte, je risque ma place et je refuse d'être évincé à cause de ça. Je m'entraîne depuis quinze piges, pas moyen de...

Choquée, je lève mes baguettes et le menace avec.

—Attends, t'es quand même pas en train de me faire une Bronsonade, là ? j'articule.

—Pas du tout ! Je te demande simplement de te faire passer pour ma copine un petit moment, histoire que mon équipe soit rassurée et me laisse jouer. Les mecs croient en la magie de Victory. S'ils pensent qu'on sort ensemble, ils me referont confiance. Et si, en prime, te fréquenter me porte réellement bonheur, je double la mise. Tu vois, je ne suis pas fourbe, je t'expose les choses en toute transparence.

Pas fourbe ? J'ai comme un gros doute.

—Tu as manigancé cette histoire avec Bronson pour te créer cette opportunité, je l'accuse.

—Jamais de la vie ! il se récrie. Je te jure que je n'avais aucun plan derrière la tête quand je t'ai mise en garde contre lui. Crois-moi, Tory, j'ai... j'ai eu cette idée en début d'après-midi.

Mon instinct me souffle que Luke dit la vérité mais qu'il ne me donne pas tous les éléments non plus.

—Tu veux te servir de ma réputation ?

—Oui, mais sans te le cacher.

—Et tu penses que c'est plus honorable ?

Je crois rêver. J'en connais un qui risque de se retrouver avec un ravioli enfoncé dans la gorge.

—T'y trouverais ton compte, toi aussi, il argue.

—À faire semblant d'être ta meuf ? Ça m'étonnerait !

—Sois pas vexante, il feint d'être blessé.

Je fourre un ravioli dans ma bouche pour bloquer ma repartie.

— Si les gens pensent que tu n'es pas libre, ils ne viendront plus te séduire par intérêt.

— Merci d'insinuer qu'ils ne viendraient que pour ça.

— Tu l'as dit toi-même tout à l'heure : tu comptes te tenir loin de tous les mecs de FIU, je t'offre une voie de sortie en or.

— Une voie de sortie ? Si je sors avec toi, tout le monde continuera à parler de moi, idiot ! Désolée, mais tu vas devoir te trouver une meilleure idée.

Il tord sa bouche en reniflant. Il a l'air déterminé à me rallier à son projet.

— La chute de Lucky Luke est dans toutes les bouches. Si tu me débarrasses de ma poisse, ta boutique va exploser.

— Super, je serai riche et traquée par tous les malchanceux de Miami. Sans compter que rien n'affirme que je réglerai tes problèmes.

— Dans ce cas, tu seras enfin débarrassée de cette réputation, il plaide du tac au tac.

Il est doué.

— Visualise une seconde la tête de Bronson s'il te voit me tenir la main, il continue. Est-ce que ce n'est pas la meilleure vengeance que tu pourrais envisager ?

Je fais semblant de réfléchir.

— Nan, la meilleure serait que son gros intestin lui sorte par l'anus.

— Y'a moins de chance que ça se produise, il contre.

Pas faux... On dirait qu'il a bossé son argumentaire à fond, et le pire, c'est qu'il n'est pas mauvais puisque je me surprends à l'étudier. *Tu délires !*

— Donc si je résume, tu me demandes de sortir avec toi ?

— Seulement pour de faux !

— Vu que t'as déjà tout prémédité, ça durerait combien de temps et ça consisterait en quoi ?

— Tu te trompes, j'ai rien prémédité du tout, et j'ai encore aucune idée de ce que ça impliquerait. Ma saison débute mi-février, l'idéal serait qu'on tienne au moins jusqu'à mars. Pour le reste, je te propose qu'on établisse les termes ensemble.

— Cinq mois !

Il est clairement désespéré pour en arriver là.

— Je déteste le chiffre cinq, j'oppose.

— Alors va pour six.

— Pourquoi pas quatre ?

— Ça signifie que t'es d'accord ? il me demande du bout des lèvres.

Je prends un long moment pour le dévisager. Est-ce que j'ai besoin de lui pour tenir les étudiants mal intentionnés loin de moi ? Non. Est-ce que Bronson serait hors de lui en apprenant que je sors avec Luke ? Oh que oui ! Je crois en mon mantra sur la colère, mais je n'en connais aucun qui m'empêcherait de prendre ma revanche. Il y a quand même un obstacle à son plan. Ce serait plus simple si Luke...

— J'en sais rien... Ça me semble compliqué, je grimace.

— Compliqué ?

— De faire semblant d'être en couple avec toi.

Il n'est pas repoussant, il est même très mignon, mais...

— Pourquoi ?

— Tu es...

Je dessine son contour d'un geste de la main.

— Impressionnant de charisme ? il complète à ma place.

J'éclate de rire. C'est tout l'inverse !

— T'es un garçon gentil, Luke. Et loyal.

— Tu parles de moi comme d'un golden retriever.

— Voilà ! C'est typiquement la raison pour laquelle ça me paraît un défi impossible à relever.

Sa mâchoire se décroche. Vu sa stupeur, il ne doit pas être habitué à ça.

14

Luke

Debout à côté de ma voiture, un pistolet à essence calé dans le réservoir, je fais le plein en cogitant. C'est ma troisième année de fac, et mon aventure floridienne avait diablement bien commencé. *Pitcher* adulé dans l'équipe de base-ball universitaire, une chance qui faisait tourner les têtes sur mon passage, une casquette de Campus Driver posée telle une couronne sur ma tête... en somme, une popularité stupéfiante qui comblait chacune de mes journées et pas mal de mes nuits. Puis, soudain, un arrêt brutal des festivités. Et maintenant, histoire d'atteindre le fond de la désillusion, Tory Garland. Devoir lui demander d'endosser le rôle de ma fausse petite amie était déjà un sacrifice sur l'autel de ma dignité, mais faire face à sa moue grimaçante entre deux raviolis chinois...

— Un golden retriever, je répète pour la vingtième fois depuis que j'ai quitté ce petit restaurant hier.

Je m'attendais à ce qu'elle tombe des nues face à ma proposition insolite, mais pas à ça. Un animal de compagnie... Sans vouloir me vanter, ce n'est pas le type de comparaison qu'on me prête habituellement. Dans le fond, ça me va très bien que Tory ne ressente aucune attirance pour moi, puisque c'est pareil de mon côté et que, pour ce genre de mise en scène, c'est nettement plus *safe*. Mais mon ego s'est pris une gifle, car faire semblant de m'apprécier en public lui semble plus insurmontable que l'idée d'être la fausse copine de quelqu'un.

Comment je vais me débrouiller si elle refuse mon offre ? Je suis persuadé que mes coéquipiers n'auront plus aucun scrupule à creuser ma tombe si l'idylle entre Victory et Lucky Luke meurt dans l'œuf.

Je paie mon plein, achète un jeton de lavage automatique et remonte dans ma caisse. Le temps que ma carrosserie soit nettoyée et lustrée, je jette un coup d'œil sur ma montre, qui renforce mon stress et mon impatience.

Tory a exigé vingt-quatre heures de réflexion avant de se prononcer et, heureusement pour moi, elle les a passées chez elle et non à la fac. Si elle n'avait pas séché les cours encore aujourd'hui, elle se serait sûrement rendu compte que j'ai omis de lui parler d'un détail qui a son importance. Les gens pensent déjà que nous sortons ensemble. Et je suis estomaqué par la propagation fulgurante de cette information au sein du campus. Je suis sûr que Bronson est au courant, lui aussi, et je croise les doigts pour que Tory ait bloqué ses appels et ses messages. Merde, est-ce qu'il connaît son adresse ? Elle m'aurait déjà incendié par téléphone si elle l'avait découvert, non ? Ou bien, elle m'attend de pied ferme pour me jeter ses pierres fétiches au visage. Elle les aime trop pour les lancer, non ? Toutes ces questions me donnent mal au bide.

Nous avons convenu de nous retrouver devant chez elle dans deux heures, et je suis tenté d'y foncer tout de suite pour mettre un terme à cette attente insoutenable. Mais, même si je ne suis pas encore familier de son tempérament, je suis presque certain qu'elle ne m'accueillerait pas très chaleureusement si j'arrivais en avance. *Et il a fallu qu'elle devienne ma dernière chance de me sortir de ce guêpier !*

— Si elle accepte, est-ce que je bénéficierai aussi de son pseudo-pouvoir, comme ses ex ? je m'entends demander à mon reflet dans le rétro.

En mettant de côté sa personnalité particulière, j'ai clairement beaucoup à gagner en m'associant avec cette fille. Beaucoup plus qu'elle, c'est aussi ce qui m'inquiète. J'ai beau lui avoir servi deux arguments plutôt pertinents, je ne suis pas assez con pour me dire qu'ils seront suffisants. Sans compter qu'en arriver là me met mal à l'aise. Ça ne me ressemble pas.

L'application des Campus Drivers m'envoie une notification de réservation. Je la valide et prends la route en espérant ne pas retomber sur les deux énergumènes de la semaine dernière.

J'en enchaîne trois de plus sans rencontre du troisième type, avant d'enfin me diriger vers chez Tory.

— Pas de malchance depuis ce matin, c'est bon si...

Chlak.

— Non !

Une énorme fiente vient de tomber en plein sur la droite de mon pare-brise, pile dans l'angle que les essuie-glaces ne peuvent atteindre. J'appuie spontanément le bout de ma semelle sur la pédale de frein, avant de changer d'avis. Plus vite j'arriverai chez Tory, plus vite je me débarrasserai de ce poids sur l'estomac. Tant pis pour le quart d'heure que je vais perdre à gratter cette merde séchée.

— Désolé, Tori, je m'excuse auprès de ma voiture. On va faire comme si de rien n'était, mais promis, je m'occupe de toi dès que j'en ai terminé avec l'autre Tory.

M'entendre dire ça me donne le sentiment de tromper ma Ford chérie. Heureusement pour ma conscience, je suis sur le point d'arriver. Je longe le trottoir qui borde la maison de Tory en la cherchant dans son jardin et la repère sur une balancelle accrochée à un arbre immense.

— C'est l'instant de vérité, je déclare en m'essuyant les mains sur mon jean.

Je donne un petit coup de klaxon, auquel elle réagit par un soupir que je discerne d'ici. *Ça ne sent pas bon...* Je m'apprête à couper le moteur pour aller à sa rencontre, mais c'est elle qui approche. Elle ouvre la portière passager et jette son sac dans ma caisse comme on se délesterait d'un sac de pommes de terre. Je déteste quand elle fait ça ! *Mais tu vas la fermer et t'y habituer si elle accepte.*

— Bonjour ! je prononce avec mon plus beau sourire. Tu m'as manqué depuis hier.

Elle a relevé ses cheveux en deux petits chignons séparés d'une raie droite et me toise en recoiffant les deux longues mèches qui encadrent son visage.

— Quoi ? je demande après avoir essuyé un regard inquisiteur.

— Tu t'entraînes pour que ça sonne juste ?

— Oui. Tu me trouves bon ?

— J'en ai eu la chair de poule, elle prononce lentement. D'effroi, elle précise. Pas d'excitation.

Je la scrute en quête d'un indice sur son choix, mais il est difficile de donner un sens au coin de sa bouche tiré qui forme une fossette profonde au creux de sa joue. Bronson n'avait pas tort sur un point : elle ressemble à une poupée. *Elles sont toujours dangereuses dans les films d'horreur.*

— Je pensais qu'on se poserait chez toi, je reprends tandis qu'elle boucle sa ceinture.

— Impossible, j'ai passé trois quarts d'heure à purifier chaque recoin de ma chambre, pas question que tu viennes y coller tes énergies néfastes. Et puis, ma grand-mère est à la maison, je ne tiens pas à ce qu'elle nous surprenne. Elle est à moitié sourde mais, bizarrement, elle a une audition sélective, parfois.

— OK... Et du coup, on va où ?

— Je croyais que les mecs comme toi étaient du genre maniaque avec leur voiture, elle embraie sans raison, en fixant des yeux le cadeau offert par un généreux pigeon.

— J'le suis, mais cette fiente est là depuis moins de cinq minutes, et je ne voulais pas arriver en retard. Donc c'était elle ou toi.

— Savoir qu'entre une merde et moi, tu m'as choisie, ça me rend toute chose.

Son sourire forcé ne leurre personne.

— C'est plutôt un bon présage, elle ajoute en haussant les épaules.

— Ah bon ? Je venais de débourser douze dollars pour un nettoyage complet, alors je considérais plutôt ça comme un doigt d'honneur de la vie.

— Tu es beaucoup trop négatif. J'avais raison de t'interdire l'accès à mon havre de paix.

— Tu ne m'as toujours pas dit où on allait.

Tenir une discussion avec cette fille est digne d'une épreuve olympique.

— Si, je t'ai dit d'aller sur le parking de l'Heritage Garden.

Quoi ? Je profite du fait que la rue soit embouteillée pour lui balancer une œillade interloquée.

— Pas du tout. Peut-être que tu l'as pensé très fort ou que tu l'as transmis par télépathie à ton ami imaginaire, mais je te certifie que ces deux mots n'ont pas franchi tes lèvres.

— Je n'ai pas d'ami imaginaire. Mais j'ai un guide spirituel, elle précise. Même si je ne sais toujours pas comment il s'appelle.

Et moi, je vais très vite avoir besoin d'une pinte de bière. Sans oublier une réponse, que j'attends depuis hier. Encore un peu et j'oubliais la raison de cette entrevue.

— Au fait, concernant ce que je t'ai demandé... tu as pris ta décision ?

— Oui.

Je m'agrippe à mon volant en retenant mon souffle, mais la suite tarde tellement à venir que je manque d'air.

— Et donc ? je lâche avant de risquer l'évanouissement.

Ses prunelles vertes oscillent entre mon visage et ses bracelets, comme si elle hésitait jusqu'à la dernière seconde. *Allez, dis oui, s'te plaît...*

— Je suis d'accord.

Je ne retiens pas le cri de soulagement qui s'échappe de ma gorge, ni mon poing qui tambourine contre le tableau de bord. *Elle est d'accord !* Franchement, j'en suis le premier étonné.

— Mais j'ai des conditions ! elle crie par-dessus mes manifestations de joie. Ne crois pas que je vais me jeter là-dedans sans contrepartie.

— Bien sûr, tout ce que tu voudras !

Tout ? Sois prudent quand même. Avant de poursuivre, elle désigne l'entrée d'un parking et attend que je sois garé. Je coupe le moteur, détache ma ceinture et me tourne vers elle.

— Je t'écoute.

Elle brandit son pouce si près de mon visage que j'en louche.

— Petit un, tu n'entres pas dans ma vie ni moi dans la tienne. On se cantonne aux limites de l'université, sans aucune éclaboussure sur le reste. C'est non négociable.

— Ça me convient. Tu traînes un peu avec moi sur le campus, tu assistes à quelques-uns de mes matchs de pré-saison...

— Seulement ceux à domicile, elle spécifie avant de lever son index. Petit deux, tu ne sors avec personne d'autre pendant ce temps-là.

— Ça me semble évident.

— Et quand je dis sortir, ça vaut aussi pour les plans cul, les coups d'un soir et tout ce qui impliquerait qu'une partie de ton corps entre en contact avec celle d'un autre être humain. Même à distance, en fait, donc les sextos ou la drague, c'est mort aussi. Pas moyen de redevenir la cocue de service.

À sa façon de me mater, elle s'attend à ce que cette condition me fasse tiquer, voire tout abandonner. Et j'avoue que des mois d'abstinence, c'est carrément un sacerdoce. Mais mon père m'a toujours dit qu'on n'obtenait rien sans effort, et même si Tory ne sera pas réellement ma copine, je ne me vois pas coucher avec d'autres nanas tout en m'affichant à son bras. *Quelques mois, c'est pas la mer à boire.*

— Aucun problème, je valide.

— Petit trois... Puisque je me dévoue pour devenir ta copine, tu devras donner de ta personne en échange. Tu seras donc mon cobaye.

Là, par contre, j'hésite à prendre la fuite illico.

— Ton cobaye ? j'articule d'une voix anxieuse. Développe, s'il te plaît. Une tonne d'images bombardent mon esprit, et la plupart d'entre elles me donnent froid dans le dos.

— Tu n'as pas à avoir peur.

— Trop tard.

Elle souffle.

— D'une certaine façon, tu seras gagnant, là encore.

— Je ne sais pas pourquoi j'ai autant de mal à y croire.

— Tu ne crois en rien, en même temps, elle maugrée.

Je cherche quelque chose à répondre, mais elle n'a pas tort.

— Par exemple, y'a plein de choses que je vais pouvoir tester pour contrer ta poisse. C'est pas ton obsession ?

— Si, si, mais...

En encourant quels risques ?

— J'essaierai aussi de te rendre plus... ou bien moins...

Elle plisse le nez en remuant ses doigts devant mon visage.

— Chiatique, elle assène. Ce sera un sacré chantier, mais j'aime les défis ! Je suis sûre qu'il existe un philtre ancien pour ça, et tu m'en seras éternellement reconnaissant, je t'assure. Bon, évidemment, il y a mille autres choses que je rêve d'expérimenter sur une large variété de sujets. C'est la raison principale qui me pousse à accepter ton idée foireuse.

— Je vais ignorer la première et dernière partie de ta phrase et te demander de développer encore, je la prie. Mille, ça fait beaucoup.

— Quatre mois à te tenir la main en faisant semblant d'être sous ton charme, ça fait beaucoup aussi.

— À qui le dis-tu... J'peux quand même obtenir une ou deux précisions ?

— Rassure-toi, tu ne risques rien.

— Commence donc par me préparer une potion de persuasion, alors, je rétorque.

— Je l'ai déjà tentée en début d'année, mais elle est extrêmement longue à concocter et elle a un goût affreux.

— Oh ! Seigneur, t'es sérieuse, en plus.

Est-ce que le jeu en vaut vraiment la chandelle ? Malheureusement, oui.

— Restons sur cette histoire de petite copine factice, pour l'instant. Est-ce que tu as d'autres conditions ?

— Oui, une période d'essai, elle répond sans ciller. Après tout, j'te connais très peu, je me réserve le droit de te larguer au bout d'un mois.

— Un mois d'essai ? C'est trop long !

— C'est généreux ! S'il te faut moins de temps pour me prouver que t'es pas un tocard, ce sera un miracle.

— Parce que tu ne penses pas déjà que je suis un tocard ?

— Je n'ai jamais dit ça. Tu es gentil...

— Et loyal, oui, je m'en souviens encore, je la coupe.

— Mais sache qu'une grande partie des célèbres tueurs en série de l'histoire sont Poissons. Comme toi. C'est normal que je sois vigilante.

— Tu exiges donc une période d'essai d'un mois pour t'assurer que je ne vais pas te découper en morceaux ?

— Entre autres.

— Et si je le fais au bout de trois mois ?

— Ce sera mon destin, elle lâche tranquillement.

— Franchement, de nous deux, je suis celui qui se sent le moins en sécurité.

— Tant mieux, elle sourit de toutes ses dents.

Tiens, je n'avais pas remarqué que ses deux dents de devant étaient légèrement écartées.

— Ce sera un mois, elle décrète. Sinon, tu iras te dégoter un autre faire-valoir.

Je ne suis pas en position de refuser.

— J'accepte, je concède. Je suis certain que tu finiras par me trouver sympathique plus rapidement que tu crois.

Elle me décoche le genre de regard qui clame « j'ai plus de chance d'être ami avec ton chien », et même si je n'ai pas de chien avec qui me mettre en compétition, je le soutiens plusieurs secondes en souriant à mon tour.

— On commence quand ? elle m'interroge.

Si je lui dis que la partie a déjà commencé, elle risque de m'étrangler avec son long collier.

— Tout de suite.

— OK, alors vas-y.

— Où ça ?

— Nulle part, triple andouille ! C'est un « vas-y, fais-moi ta demande officielle », elle m'explique en mimant des guillemets.

— Tu veux que je te demande de sortir avec moi ?

— Ouaip, c'est ce que font les gens bien. Demander aux autres s'ils sont d'accord...

— Mais tu m'as déjà dit que t'étais partante.

— Oh là là, qu'est-ce que t'es chiant ! C'est pour se mettre dans l'ambiance !

— OK, OK, t'énerve pas.

— Je suis très calme, Luke.

Tory, calme ? Je ne crois pas qu'elle en soit capable. Je me remets face à mon volant, me racle la gorge, tire sur mon col et reprends ma position face à elle.

— Est-ce que...

Nom de Dieu, c'est ridicule !

— Est-ce que tu veux sortir avec moi ?

Elle retrousse son nez, avant de se masser la nuque.

— Putain, t'arrives à emballer des filles comme ça ?

— Bien sûr que non.

— C'est bien ce que je me disais.

— Parce qu'on a plus treize ans ! Je ne demande pas à une nana si elle veut sortir avec moi, ça se fait naturellement.

Ou pas du tout, parce que prendre du bon temps, c'est pas mal aussi.

— T'as déjà eu une vraie relation ? elle s'enquiert.

— Ouais, je suis resté six mois avec une fille, une fois.

— Et pourquoi ça s'est terminé ?

— Ça remonte, c'est assez flou. Il me semble qu'elle détestait le base-ball.

— Une rupture tragique, elle raille.

— T'aimes ça, toi ?

— Les ruptures tragiques ? Non, j'trouve ça surfait.

— Le base-ball !

— Ah ! Aucune idée, j'ai jamais regardé un seul match.

— Super, on forme déjà un couple parfait, j'ironise.

— On ne forme rien du tout, puisque tu m'as toujours pas proposé de sortir avec toi.

Quelle tête de mule !

— Je l'ai fait, juste avant que tu te foutes de moi.

Là encore, elle me sourit. *Je confirme ce que je disais, c'est une poupée maléfique !*

Elle souhaite une demande en bonne et due forme, elle ne va pas être déçue. Je m'avance un peu vers elle et pose mon avant-bras sur son siège. Je suis suffisamment près pour que mon souffle fasse voleter les deux mèches de cheveux qui longent ses tempes.

— Dis, Tory, je susurre d'une voix suave en arborant mon regard de séducteur. Ça te dirait que toi et moi, on...

J'ajoute un unique mouvement de sourcils évocateur, pince les lèvres puis pose mes iris sur sa bouche entrouverte. D'un geste badin, je saisis son collier et l'enroule autour de mon index. Lorsque je relève un peu le menton pour croiser son regard, je m'approche davantage et tire sur son collier pour qu'elle fasse de même. C'est l'idée, en tout cas, mais elle ne bouge pas d'un millimètre et examine ma bouche avec un drôle d'air. Elle gonfle ses narines, aspire ses joues et remonte ses épaules au niveau de ses oreilles.

— Tu ne vas pas rire, hein ? je chuchote.

Elle remue lentement la tête de droite à gauche, les joues de plus en plus rouges.

— Tory...

Elle éclate de rire. *Forcément.* Je me recule jusqu'à ce que l'arrière de mon crâne rencontre ma vitre.

— J'abandonne, t'es une vraie mégère.

— Excuse-moi, elle pouffe encore. Tu étais très mignon, à fond dans ton rôle. C'était top, j'te promets ! J'ai presque cru que t'allais me bécoter, c'est pour ça que j'ai craqué. C'était rire ou enfoncer mon ongle dans ton œil pour calmer tes ardeurs.

— Relax, on l'a pas évoqué, mais ça ne rentre pas dans les clauses de notre arrangement. Je ne t'embrasserai jamais.

Elle écarquille les yeux en hoquetant.

— Quoi encore ?

— Personne t'a dit que ça portait malheur de ponctuer une affirmation par « jamais » ?

— Jamais, je rétorque.

— T'es désespérant.

— Va falloir t'y faire, notre couple doit sonner juste, je la mets en garde.

— Je serai une petite copine de haut vol, elle adjuge.

Sur ce, elle s'empare de la lanière de son sac, le ramène sur ses genoux et ouvre la portière.

— À demain, mon canard ! elle me lance gaiement.

— Tu te tires comme ça ?

— J'aimerais me téléporter, mais j'ai pas encore développé cette aptitude.

— J'te ramène pas ?

— Non, j'ai prévu de méditer à l'ombre d'un jacaranda, elle répond en s'éloignant à reculons.

Je vais m'y accoutumer, je vais m'y accoutumer, je vais m'y accoutumer.

Je tourne la clé dans le démarreur et manœuvre pour quitter mon stationnement. Une part de moi est soulagée, mais l'autre appréhende la suite des événements.

— Tory ! je la hèle tout à coup par la vitre ouverte, en repensant à un détail. Tu oublies le « canard », c'est ma condition non négociable.

Elle revient vers ma voiture et se penche à ma fenêtre.

— Tu en as d'autres ?

— Non.

— Parfait. Alors à demain, mon lapin.

Je suis un foutu débutant. Elle m'envoie un baiser moqueur avec sa main, et un éclat passe dans ses prunelles vertes. Soudain, je me rends compte de ce que je deviens officiellement en ce mardi 10 octobre.

Son golden retriever, son cobaye, son canard, son lapin...

Son mec.

15

TORY

— Je suis prête.

C'est la troisième fois que je répète cette phrase, debout devant mon miroir, en lissant ma jupe qui n'est même pas froissée. Oui, je suis prête à entamer ma mission suicide. Devenir la petite copine de Luke le Guignard, premier du nom, qui devrait se pointer devant chez moi dans moins de cinq minutes. Il tient à venir me chercher ce matin, pour qu'on nous voie arriver ensemble sur le campus. Et même si je trouve ça stupide, j'ai cédé. Ce n'est pas par bonté d'âme, je garde des cartouches pour refuser des trucs plus emmerdants que se faire conduire gratuitement.

— Je suis prête, je répète encore.

D'un point de vue vestimentaire, oui, mais mentalement, pas tout à fait. Je ne regrette pas d'avoir accepté d'endosser ce rôle — pas encore —, mais je me demande comment va se dérouler cette première journée dans la peau de ce personnage. J'ai toujours un mal fou à faire semblant d'apprécier la compagnie des autres quand je n'en ai pas envie. Alors feindre d'être attirée... gros challenge. Combien de temps va-t-il falloir à Luke pour se rendre compte qu'il a commis une erreur en me choisissant ?

— Tu te poses trop de questions ! j'assène à mon double dans le miroir. Et c'est le problème de Luke, pas le tien. Pense plutôt à tous ces connards qui nourrissent des plans à ton égard et qui te foutront la paix.

Cette mésaventure m'a clairement rendue parano. Peu importe, je trépigne de lire la désillusion sur la tronche de Bronson quand il me verra minauder au bras de mon nouveau mec, tel un porte-bonheur en or massif. *Rien que ça, oui.*

— Est-ce que je dois minauder, d'ailleurs ? je me demande à moi-même en arpentant ma chambre. Rire plus fort et plus aigu que d'habitude ? Tripoter son biceps en battant des cils ?

Je tape du pied, reviens devant mon miroir et pointe un doigt menaçant vers mon reflet.

— Je t'interdis de faire ça !

Je me triture le cerveau pour rien. J'ai déjà été en couple, je n'ai aucune raison de me poser un million de questions, ni d'en faire des caisses pour être crédible. J'ai juste à être moi-même… en faisant semblant d'être quelqu'un d'autre. *Époustouflant de simplicité.*

— Tu lui tiens la main et tu lui souris, c'est amplement suffisant.

Ce n'est pas comme si le campus tout entier était susceptible de braquer son regard sur nous. Luke est populaire, mais sur les dizaines de milliers d'étudiants inscrits à FIU, combien seront réellement intéressés par notre prétendue idylle ?

— Peut-être une centaine.

C'est déjà trop à mon goût. Les gens n'ont rien de mieux à faire, sans déconner ? Pour ma part, je ne prête aucune attention à ça. *Ouais, mais je veux que Bronson y croie dur comme fer, lui.*

— Il va me payer sa traîtrise, je conclus, soudain plus confiante.

Belzébuth me contemple, les oreilles baissées.

— Pourquoi tu me regardes comme ça, démon ?

Quand mes parents ont accepté que j'adopte un chat, il y a quatre ans, nous sommes allés dans un refuge. Je me souviens avoir fait le tour des box, attentive à mes émotions, pour choisir le familier fait pour moi. Il y en avait des dizaines, et j'ai jeté mon dévolu sur ce félin, qui s'est révélé être désagréable, solitaire et allergique aux caresses trop prononcées. Un hasard ? Je ne crois pas.

Le vibreur de mon portable détourne mon attention.

UNLUCK : Je suis Luke.

Je lève les yeux au ciel en comprenant le sens de son message. Apparemment, ma mention des *Gardiens de la Galaxie* a marqué son esprit. J'approche de la porte-fenêtre qui donne directement sur le jardin et pousse le rideau. Traduction de son texto : je suis là.

C'est parti. J'attrape mes affaires et sors par ma chambre. Si j'emprunte la porte principale, je risque de croiser ma grand-mère et je ne tiens pas à lui expliquer maintenant qui est ce garçon qui m'attend devant chez nous.

Je traverse la pelouse et débouche sur le trottoir. Luke n'est pas assis derrière le volant, il est à l'extérieur de sa voiture et m'attend côté passager, le bras appuyé contre la portière déjà ouverte. *OK, Tory, voici ton copain pour les prochains mois.*

— Un véritable gentleman, j'entame en guise de bonjour.

Je m'apprête à jeter mon sac à l'intérieur, mais il l'intercepte à la volée, m'adresse une œillade désapprobatrice, avant de le déposer délicatement au pied de mon siège.

— Sois douce avec mon bébé, il exige d'une voix calme.

— Ton bébé ? Serait-ce une pointe de jalousie que je sens dans ma poitrine ? je gémis. Ou de la moquerie ? j'ajoute en mimant une profonde réflexion.

— Ne commence pas.

Je prends place et boucle ma ceinture, tout en observant le Campus Driver qui s'est arrêté devant son capot et me regarde à travers le pare-brise.

— Quoi ? j'articule en levant les mains et en secouant la tête.

Il se frotte le visage puis se résout à monter à bord.

— Tu sais qu'il est encore possible de tout abandonner ? je lui lance. Je garderai le secret, c'est promis.

— Non, il rétorque en démarrant. Et d'ailleurs, à ce sujet, on ne parle de ça à personne.

— Même pas à tes meilleurs potes chauffeurs ?

— Personne. Et ça vaut pour Juliet aussi. Rassure-moi, tu lui as rien dit ?

— Non.

Mais je ne tiens pas à mentir à ma meilleure amie.

— Tu leur fais pas confiance ? je m'étonne.

— Bien sûr que si, mais n'importe qui peut faire une boulette sans le vouloir. Moins de gens il y aura au courant, moins de risques que ça fuite.

— Avoue que t'as juste honte d'en arriver là, je ricane.

— Demander à une fille de devenir ma fausse petite amie n'est pas quelque chose dont j'ai envie de me vanter. Mais je suis résolu à le faire pour me sortir de la merde, alors hors de question de risquer que ça s'ébruite. Les conséquences seraient pires.

C'est assez fou de voir combien cette poisse l'affecte et ce qu'il est prêt à mettre en œuvre pour s'en débarrasser. Il y a plus fou encore : que j'aie consenti à me retrouver au milieu de tout ça.

— Personne ne doit savoir, il insiste en m'adressant une œillade appuyée.

Je mime une fermeture Éclair le long de ma bouche, et il me tend sa main pour conclure ce pacte irréel. Je la serre puis, plutôt que de la lui rendre, je la tâte un peu, la soupèse et l'examine sous tous les angles. *Ses ongles sont propres, c'est déjà ça.*

— Tory, qu'est-ce que tu fabriques ? il s'inquiète en tentant de se libérer.

Je tire d'un coup sec pour ramener sa paume sous mon nez.

— Tais-toi, je m'imprègne.

Je vais tenir ces doigts durant plusieurs mois, c'est normal que je me familiarise avec eux.

— Et tu comptes reproduire ça sur d'autres parties de mon corps ?

— Beurk !

Je repousse sa main et secoue les miennes comme si je venais de toucher un cadavre en putréfaction.

— T'es écœurant.

— C'était une crainte, pas une invitation !

Je mime un violent haut-le-cœur.

— N'exagère pas, je ne suis pas aussi rebutant.

— On t'a déjà dit qu'il n'y avait pas que le physique qui comptait ?

Il secoue la tête et s'insère sur la route.

Les premières minutes du trajet s'écoulent dans un silence pesant. *Je sens que nos discussions vont être divertissantes...* Je lui jette des petits coups d'œil en biais, tâchant d'imaginer à quoi nous allons ressembler dès lors que nous sortirons de cette voiture. *On n'est pas du tout assortis, ces semaines vont être longues...* Il n'est pas rebutant physiquement — il a même de très jolis yeux —, mais nous n'avons rien en commun.

— Tu te sens opérationnelle ? il m'interroge tout à coup.

Je me sens surtout sur le point de boire du poison.

— Oui, je nous rassure tous les deux. Je devrais être capable de marcher quelques mètres en te tenant la main puis de te lâcher un « à tout à l'heure, mon lapin » devant mon amphi.

— Pitié, pas de noms d'animaux, Tory.

— Pfff, t'es le petit ami le moins drôle de l'univers.

Durant les vingt minutes qu'il nous faut pour atteindre la fac, nous actons le planning à venir pour les trois prochaines journées, et c'est mal barré.

— Non, on n'a pas besoin de déjeuner ensemble tous les midis, je m'exaspère.

— Alors au moins un jour sur deux, il négocie.

— Être en couple ne signifie pas passer tout son temps ensemble.

— Je veux que les gens nous voient.

Si je me plie à sa volonté, les gens vont même rêver de nous toutes les nuits.

— C'est OK pour couper la poire en deux, je concède. Mais je choisis l'endroit et tu paies.

— D'accord. Passons à mes entraînements, maintenant. Tu penses pouvoir assister à combien d'entre eux ?

— Sachant qu'il m'arrive d'étudier et d'avoir une vie, je pourrai venir une ou deux fois par semaine.

— Ça me va.

— Mais j'te promets pas de rester éveillée.

— Tory...

— Luuuke...

Il gonfle ses joues.

— J'ai un match amical demain en fin d'après-midi, il reprend. Il faut absolument que tu m'accompagnes.

— Ça dure combien de temps ?

— Trois heures environ.

Je vais devoir me pencher sur le discours de mon enterrement.

— T'as conscience de tout ce que je vais te demander en échange de trois longues heures d'ennui ?

— Peut-être que tu vas adorer le base-ball.

— Peut-être que je vais gagner à la loterie et partir vivre à Hawaï, j'ironise.

— Ce sera le premier match auquel tu assisteras en tant que Victory, petite copine de Luke Winchester. On sera le centre de l'attention, tu...

— Winchester ? je l'interromps. Comme les frères dans *Supernatural*[11] ? Quel déshonneur pour leur lignée ! Ils mourraient face à ton scepticisme.

— J'ai pas la réf, désolé.

— Bien entendu… Quoi qu'il en soit, ton prénom sonne comme la chance, et ton nom de famille commence par « *win*[12] » ?

— Euh… oui.

— Tu devrais être le roi du monde !

— Je l'étais, il grogne. Et tu recommences à changer de sujet, je suis en train de te dire que la rencontre de demain est d'une importance capitale dans mon plan.

Ça l'obsède.

— J'ai saisi. Je serai extraordinaire.

Et lui toujours aussi rasant.

Quand les abords du campus apparaissent, je l'entends avaler de l'air, à moins que ce soit moi. Il se gare, se penche sur son volant pour observer la zone comme un soldat en reconnaissance et marmonne quelque chose qui ressemble à…

— Vas-y, mon Lucky ? je répète sur un ton sidéré. On dirait que tu encourages ta queue à durcir.

Ses iris tentent de me soumettre au silence tandis qu'il se tortille pour choper son sac à dos sur la banquette arrière. Il sort de la voiture, en fait le tour, et ma portière s'ouvre sur sa paume tendue. J'approche mes doigts mais les immobilise quelques centimètres au-dessus des siens. Le brouhaha à l'extérieur explose dans mes tympans, et j'ai subitement de gros doutes sur l'accord que nous avons passé. J'observe les alentours en me mordant les lèvres. Ça grouille de monde, et cette caisse d'un jaune criard attire déjà pas mal de regards. *Est-ce*

---

11. Série télévisée fantastique créée par Eric Kripke.
12. Gagner (en anglais).

que je vais vraiment me lancer là-dedans ? J'ai à peine formulé cette question dans mon esprit que la main de mon nouveau mec de contrefaçon saisit la mienne.

— Trop tard pour reculer, il chuchote en resserrant sa prise.

— Dixit le mec à la paume moite.

Il tire doucement sur mon poignet pour m'aider à m'extraire du véhicule. Face à lui, je remets ma jupe en place et m'éclaircis la gorge.

— Allez, viens, il murmure en écartant son bras dans une invitation à m'y blottir.

Je recule d'un pas, horrifiée.

— Je ne te ferai pas de câlin, j'assène.

Il grogne, jette un coup d'œil circulaire, avant de combler la distance entre nous.

— Je vais juste poser le bras sur tes épaules et t'accompagner à ton premier cours, il articule derrière un faux sourire en me pinçant le menton. Arrête de baliser, j'te promets que j'ai autant envie que toi d'une telle proximité, mais on est censés sortir ensemble. Ne réfléchis pas.

Il remet une mèche rebelle de mes cheveux derrière mon oreille, avant de tapoter le bout de mon nez avec son index. Il agit comme si nous étions épiés par des agents de la CIA. *Ne le mords pas.*

— Il faut que notre amour saute aux yeux, alors on va devoir fournir un minimum d'efforts, il poursuit tout bas. Surtout les premiers temps, histoire qu'un max de personnes sache qu'on est en couple. On pourra relâcher la pression ensuite.

Allez, Tory, il a raison, sois pas si coincée ! Tu as accepté, maintenant tu fonces.

Je ferme les paupières, prends une vive inspiration, avant de hocher la tête.

— Je suis prête, je déclare pour la cinquième fois depuis mon réveil.

Cinq ? Non, impossible de rester sur ce chiffre !

— Je suis prête, je m'empresse de réitérer pour conjurer le quinté maléfique.

Et cette fois, c'est la bonne. La nouvelle Tory émerge des tréfonds de mon âme, déterminée à profiter de cette représentation pour venger son honneur et vendre un million de bougies parfumées.

16

Tory

Je me glisse contre le flanc de mon merveilleux voisin, compte jusqu'à trois et éclate de rire à sa blague imaginaire.

— Tu es trop drôle, Luke.

— Qu'est-ce qui t'arrive ? il s'inquiète à voix basse, son bras encore en l'air.

Nouvel éclat de rire forcé de ma part, suivi de mon index qui s'accroche dans le passant de son jean et de ma joue qui se colle à son tee-shirt. Son visage baissé vers le mien, il me scrute, perplexe.

— OK, tu changes de personnalité en moins d'une seconde, c'est pas du tout flippant.

— Moi aussi, je t'adore, je susurre en retroussant mon nez.

— C'est un peu *too much*, non ?

— Tu es irrésistible, c'est plus fort que moi.

Comme annoncé, il pose son bras sur mes épaules et expire. Je crois que lui aussi envisage de prendre la fuite.

— On y va ?

— J'irai où tu iras, qu'importe la place et qu'importe l'endroit, je chantonne en français.

— Comment ?

Impossible de dire pourquoi je viens de citer des paroles de Céline Dion. Sûrement les premiers effets d'une maladie très rare que Luke est en train de me transmettre.

— On y va, je déclare en amorçant le premier pas.

Collés comme des sardines de deux bancs étrangers, réunies malgré elles dans une même boîte de conserve, nous traversons le parking. Dans ce contexte, être aussi proche de quelqu'un ne me ressemble pas. Je ne suis pas tactile de nature et je parie que ma démarche ressemble à celle d'un pingouin ivre.

Lorsque nous passons devant un premier groupe d'étudiants, Luke resserre son étreinte. Il est un peu plus grand que moi, la taille idéale pour que mon corps s'imbrique parfaitement sous son aisselle.

— Tu te parfumes avec quoi ? je tique en reniflant son tee-shirt.

— Tu aimes ?

— C'est pas désagréable.

— J'ai pas mis de parfum.

— Ah bon ?

— Mon odeur est naturellement plaisante, que veux-tu.

Je lève le nez pour que mes yeux trouvent les siens. À fond dans son rôle, il a pris un air de tombeur assumé. L'envie de lui faire un croche-patte fait trembler mon mollet.

— Tu peux essayer de me dévisager sans donner l'impression de vouloir me pousser sous un camion ? il chuchote, sans se départir de son masque. Tu ressembles presque à Amy Hitman.

— Je le prends comme un compliment, j'aime bien cette fille.

— Tu la connais ?

— Oui.

— Dans quel cadre ? il s'inquiète. Elle t'a conduit quelque part ou tu lui as vendu un philtre maléfique ?

— Devine, je susurre.

Il reporte son attention devant nous et salue un couple d'un hochement du menton. Je cherche une lueur de surprise dans leurs prunelles, mais ils se contentent de nous adresser un sourire.

Au croisement de deux allées, ce sont trois étudiants en pleine conversation qui se taisent en nous apercevant.

— Salut, Luke ! Salut, Victory ! lance ensuite l'un d'eux en tendant son poing dans la direction du Campus Driver.

Il y colle le sien pour lui rendre son bonjour, je hoche la tête, et les voilà déjà repartis. *OK, ce n'était pas ce à quoi je m'attendais.*

Alors que nous remontons le chemin menant à mon amphi, cette scène se reproduit plusieurs fois. Ça devrait me conforter dans l'idée que les autres se moquent des conquêtes de Luke ou des miennes, mais ce n'est pas ce qu'ils m'inspirent. Ils nous matent avec une drôle de satisfaction, dépourvue d'une once de stupéfaction.

— Pourquoi est-ce que j'ai l'impression que tous ceux que nous croisons ne sont pas surpris de nous voir ensemble ?

N'obtenant aucune réponse de mon faux petit ami, je me tourne vers lui, et ma suspicion grimpe en flèche quand il aspire ses joues en relevant haut les sourcils. Je fronce instinctivement les miens.

— J'imagine qu'on forme un joli couple, il rétorque. Comme une évidence.

— Trouve mieux. On est aussi assortis qu'un costume trois-pièces avec une paire de tongs.

— Je suis le costard ?

Je plisse les yeux.

— Arrête de me regarder comme ça, on dirait que tu vas invoquer je ne sais quel démon pour qu'il bouffe mon âme, il murmure.

Il a encore combien de comparaisons en stock ?

— Qu'est-ce que tu me caches ? je m'obstine.

— Rien !

Mes doigts, ceux qui sont encore accrochés à sa ceinture, remontent juste assez pour saisir l'élastique de son caleçon qui dépasse. Je tire dessus lentement, le faisant remonter de plusieurs centimètres pour que Luke puisse sentir venir ce que je lui réserve s'il ne me déballe pas très vite ce qu'il me cache. Je n'aurais aucun problème à lui scier les miches sur la place publique.

— OK, OK ! il grimace. Il y a un petit détail dont je ne t'ai pas parlé.

Je penche la tête sur le côté, sans lâcher son boxer.

— Je sens que j'ai bien fait de réclamer une période d'essai...

— C'est trois fois rien ! il se défend en essayant de libérer mes doigts.

— Accouche.

— T'es pas retournée en cours depuis la soirée chez Gladys, tu n'as donc pas pu te rendre compte de la nouvelle rumeur qui circule à ton sujet.

L'élastique claque contre ses reins, il profite du fait que je l'ai lâché pour mettre une distance de sécurité entre nous.

— Les...

— Attends, je le coupe. Laisse-moi d'abord renifler un peu d'huile essentielle de lavande pour me détendre.

Je farfouille dans mon sac en bandoulière jusqu'à tâter un petit flacon. Je dévisse le bouchon et inspire profondément.

— Vas-y, j'ordonne à mon compagnon.

— Ça fait effet si vite ?

— Non, mais je suis pressée de savoir, alors crache le morceau !

— Certaines personnes pensent déjà que nous sortons ensemble.

Mes pieds restent collés au sol.

— Comment c'est possible ? Je t'ai donné mon accord hier soir, me dis pas que t'as répandu la nouvelle plus vite que Francis le fait avec ses prophéties apocalyptiques ?

— Qui est Francis ?

— Ce gars, là-bas.

Il tourne la tête vers le concerné, qui tient à bout de bras un large panneau en carton sur lequel est écrit « LA FIN DU MONDE EST POUR DÉCEMBRE ».

— Comment tu connais son prénom ?

— Je le lui ai demandé.

— Pour quoi faire ?

— Je le croise au minimum deux fois par jour, pourquoi pas ?

— Parce qu'il est bizarre...

— On est tous le bizarre de quelqu'un. Et Francis est très sympa.

Il l'observe à distance, peu convaincu.

— Il arpente la fac en braillant qu'on mourra tous en décembre, il argue.

— Il ne précise pas l'année, j'te signale. Et la semaine dernière, j'ai entendu un type alpaguer une fille qui n'avait rien demandé et beugler qu'il lui boufferait bien son petit cul. Francis, au moins, n'est pas un gros con mal élevé.

Luke se gratte la tempe en me dévisageant avant d'acquiescer.

— Rappelle-moi pourquoi on parle de ce mec, déjà ? il embraie.

— Je ne sais plus...

— Tu arrives à perdre le fil de la conversation toute seule, il soupire.

— Je sais, c'est un talent.

— Si on a oublié, c'est que ça ne devait pas être si important, il conclut.

Pourquoi j'ai l'impression de passer à côté de quelque chose de crucial ?

— Salut, Luke ! crie un nouvel étudiant qui passe par là. Tory, il ajoute en m'adressant un clin d'œil, avant de tracer sa route.

— On parlait de ça ! je siffle en pointant le chauffeur du doigt. Pas si important, mon œil ! Qu'est-ce que tu as fait ?

— J'y suis pour rien ! Quand on était dans ce couloir chez Gladys, un gars de mon équipe nous a croisés au premier étage, tu t'en souviens ?

— Parfaitement.

— Eh bien, il en a déduit que je t'avais branchée.

— Toi ? Pourquoi c'est forcément le mec qui branche la nana, d'abord ?

— J'en sais rien, mais dans ce cas de figure, je suis le guignard et toi le porte-bonheur. Ça semble logique pour tout le monde que je sois celui qui est venu gratter à ta porte.

J'aime beaucoup cette image.

— Et tu as sans aucun doute alimenté sa théorie en disant que tu allais jouir, il ajoute.

— N'importe qui aurait compris que c'était une connerie !

— Eh bien... pas Elliot, il grince. Il a dû raconter ça aux invités après avoir tiré son coup, puis aux gars de mon équipe, et le bouche-à-oreille a fait son œuvre...

— T'es au courant depuis quand ?

— Je suis entré dans le vestiaire lundi aprèm, prêt à recevoir mon traitement habituel de galeux, mais j'ai eu le droit à une ola surexcitée. C'est là que j'ai compris...

Voilà donc pourquoi il était si pressé de me voir avant-hier, pour réclamer ce foutu service.

— Tu aurais pu nier !

— Ils m'évitaient depuis des jours, tu te rends pas compte...

— Donc, si je résume, tu es venu me trouver juste après ça, pour me servir cette histoire de fausse copine ?

— Ouais...

— Et si j'avais refusé, tu leur aurais raconté quoi ?

— Je t'aurais suppliée pour que tu changes d'avis.

Merde, pourquoi j'ai accepté si vite ?

— Et si ça n'avait pas suffi ?

— Je t'aurais proposé de l'argent.

— De l'argent ? j'articule.

Je ferme les yeux très fort. *Ne sois pas vénale, ne sois pas vénale...*

— Combien ? je marmonne.

— Désolé, Tory, mais c'est trop tard, tu as déjà dit oui.

— Je me sens escroquée ! je me révolte en tapant sur sa poitrine. Tu aurais dû commencer par là !

Plus sérieusement, je déteste qu'il n'ait pas joué franc jeu et je manifeste mon mécontentement en m'éloignant à grandes enjambées. J'entends ses pas fouler le bitume dans mon dos, jusqu'à ce qu'il se dresse devant moi.

— Sois pas fâchée, il souffle en m'attrapant par les épaules.

— Si j'peux pas te faire confiance, je retire mon approbation. Je te quitte.

Il blêmit.

— Ne fais pas ça. Écoute, j'voulais pas te mettre la pression en te parlant de ça. Je t'ai laissé réfléchir et prendre ta décision librement. Ça ne change rien à ce qu'on a convenu.

C'est un argument valable, mais ça fragilise le peu de crédit que je lui accordais.

— Y'a d'autres trucs dont tu as omis de me faire part ?

— J'te jure que non, il répond sans hésiter.

Il est sincère, j'en mettrais ma main à couper. Ou plutôt mon pied, après tout. Rafael s'en sort très bien sans.

— J'te préviens, si...

Ses yeux dérivent au-dessus de ma tête, et sans que je m'y attende, il me ramène si brusquement contre lui que la fin de ma phrase s'écrase sur le col de son tee-shirt. Mon nez s'enfonce dans son cou et y reste coincé, à cause de la paume qu'il plaque à l'arrière de mon crâne. Même s'il prend garde à ne pas nous presser entièrement l'un contre l'autre, j'avais dit pas de câlin !

— Tu vas me lâcher, sinon...

— Ne te débats pas tout de suite, on a un public VIP, je l'entends me souffler à l'oreille.

J'emmerde son public ! J'ouvre la bouche, aspire sa peau et y enfonce mes dents. *Tout près de sa carotide.* Je sens les muscles de ses bras se contracter, mais il continue à m'étreindre plusieurs secondes. De loin, ma tentative de meurtre doit se confondre avec un geste affectueux. Lorsqu'il met enfin un terme à ma captivité, plutôt que de sauter en arrière et de lui mettre mon poing dans la figure, j'enroule mes bras autour de son cou et me penche un peu pour croiser son regard.

— Tu vas le regretter, mon lapin.

Je lui broierais volontiers les couilles mais je n'ai pas envie d'y toucher. Cela dit, il devine sans peine que j'y pense, et ça suffit à me réconforter.

— C'était Bronson, il réplique.

Ma vendetta disparaît illico, remplacée par une autre.

— Il était là ? Il nous a vus ?

Il acquiesce, content de lui.

— Il en a pris plein les yeux, il confirme. J'ai cru qu'il allait fondre sur nous, mais il s'est tiré. Je ne doute pas qu'il finira par me confronter, mais sache qu'on lui a foutu sa journée en l'air.

— Seulement sa journée ? T'aurais dû me rouler une pelle bien sauvage, ça aurait bousillé son semestre.

— Jamais, il ricane.

Je m'écarte de lui et forme une croix avec mes doigts. S'il persiste à défier le destin avec ce mot maudit, qui sait ce qui pourrait nous arriver.

17

Luke

Je glisse mes doigts entre ceux de Tory, et nous reprenons la direction de son amphi. Je fais mine d'ignorer les étudiants qui gravitent autour de nous, marche avec une décontraction feinte, mais ça ne m'empêche pas de remarquer les réactions que Tory et moi provoquons sur notre passage. Tout le monde n'est pas non plus suffoqué par notre couple — certains s'en tapent même complètement —, mais je me rends tout de même compte de la portée de cette mauvaise réputation qui me colle à la peau depuis des semaines. Les étudiants ont visiblement hâte de voir les miracles produits par Victory. Une sorte d'euphorie se répand dans ma poitrine, allégeant le poids qui s'y était logé.

En contournant le bâtiment des sciences, un bruit de roulettes vibrant sur l'asphalte nous parvient, et j'aperçois Rafael arriver sur son skate. Il ne m'a pas encore vu et zigzague entre les étudiants. L'espace d'une seconde, je me tâte à attraper Tory par la taille pour nous propulser derrière le palmier le plus proche. Mes meilleurs amis ne sont pas au courant de mon plan. Je pensais que la nouvelle de mon « couple » leur viendrait aux oreilles pendant une course, mais j'ai gagné un répit de quelques jours. Répit qui disparaît quand la semelle de Raf s'enfonce dans le sol pour freiner son bolide miniature. Il dérape devant nous, suit la ligne de mon bras qui finit là où celui de Tory commence et cligne des yeux comme s'il se tenait devant une espèce animale jamais répertoriée.

— Salut, mec ! j'envoie comme si je n'étais pas main dans la main avec la meilleure pote de Juliet.

— Salut... Je... Vous...

Il pointe un index vers nos doigts noués, cligne des yeux et secoue la tête.

— Vous sortez ensemble ? il parvient à formuler.

— Non, le contact de nos paumes moites est un parfait conducteur pour invoquer le Prince des Ténèbres, rétorque Tory. Je sens qu'il est en chemin avec son armée dévastatrice.

Sa réponse est à son image, mais elle se débrouille mieux que moi, qui perds mes moyens face à mon meilleur ami. Je ne veux pas que Raf ou les autres sachent ce que je manigance, mais maintenant que je me retrouve devant l'un d'entre eux, jouer cette comédie paraît aberrant.

— C'est... inattendu, articule Raf.

Tory pose sa tempe contre mon épaule.

— On s'est rendu compte qu'on avait beaucoup de choses en commun, elle susurre.

Elle doit deviner mon état d'esprit et prend le relais, à ma grande surprise.

— Ah oui ? tique Raf en souriant. Comme par exemple...

— On a les mêmes organes ! elle s'émerveille. Les êtres humains n'auront de cesse de me surprendre !

Raf penche la tête avant de m'adresser une œillade incertaine.

— Tu m'as bien écouté quand je t'ai dit de ne pas renifler l'une de ses fioles, hein ?

— Bien sûr.

— Oh ! Ça suffit avec cette histoire ! s'agace ma voisine. T'es un sale petit ingrat ! Tu devrais ériger un autel en mon honneur plutôt que de me faire passer pour une dangereuse potionniste. Tu n'aurais pas eu autant de veine avec Juliet sans ma participation.

— Ouais, mais c'est aussi à cause de toi qu'elle a retenté un dernier rencard avec ce Martin de mes deux, il rétorque.

— Et qu'il a lui-même crevé son pneu, je frémis à voix haute.

— Il a quoi ? s'étrangle Tory en écarquillant les yeux.

— Ah ! Toi aussi, tu trouves ça scandaleux ! Il a attenté à une Alfa Romeo Montreal 1971, quel affront ! je m'écrie, toujours aussi outré.

— Luke, sérieux ! me rabroue Rafael alors que je viens de dévoiler le secret. Juliet est pas au courant de ça, il ajoute à l'intention de Tory.

— Tu as saboté son rendez-vous ? elle hallucine. Tu es un vil manipulateur, un comploteur, un arnaqueur !

Elle me jette une œillade appuyée, l'air de dire « vous n'êtes pas potes pour rien ! ».

— Un agresseur, je renchéris pour nous différencier.

Mon coéquipier me mate de travers, me signifiant de la fermer.

— Elle n'a pas besoin de savoir ce que j'ai dû entreprendre pour la sortir des griffes de cette Love Machine, il reprend à l'intention de Tory. Ne lui parle jamais de ça.

— Ne jamais dire jamais, je ricane même si je ne m'en prive pas de mon côté.

Il me toise avec inquiétude. *OK, je pousse le bouchon un peu trop loin.*

— Vous sortez ensemble depuis combien de temps ? il m'interroge.

— Cinq jours.

Il se tourne vers Tory.

— Tu es déjà en train de le transformer.

— Prépare-toi pour la suite, elle prononce d'une voix mystérieuse.

— C'est peut-être moi qui vais la changer, j'interviens.

Leurs mines dubitatives se ressemblent comme deux gouttes d'eau. Raf se racle la gorge.

— Bon, j'dois filer en cours. On se voit ce soir, Luke. Et hum... je suis content pour vous.

— Merci, lance Tory d'une voix traînante. J'ai hâte de passer plus de temps avec toi, on va bien s'amuser !

Il hoche la tête, incertain, avant de remonter sur sa planche et de se tirer. On est mercredi, ce qui veut dire qu'on se retrouvera dans la soirée chez l'une de ses tantes. J'adore aller là-bas, mais aujourd'hui je vais peut-être passer mon tour.

— Tu comptes vraiment rien leur dire ces quatre prochains mois ? me demande Tory.

— On a dit six mois.

— Non, j'ai dit que ce ne serait pas cinq.

— Mais pas que ce serait quatre, je contre.

— Ni que ce serait six.

— Je ne leur en parlerai pas, je tranche.

Elle hausse les épaules en louchant sur nos mains toujours entremêlées.

— On a perdu trop de temps avec tout ça, elle déclare en libérant ses doigts. Je vais terminer le trajet en courant, sinon je serai à la bourre.

— OK.

Face à elle, conscient que des curieux nous matent avec un degré plus ou moins prononcé de discrétion, je cherche comment leur offrir un spectacle mémorable sans avoir à poser ma bouche sur celle de Tory. J'opte pour tracer la couture de son pull le long de ses épaules de mon doigt et termine en arrangeant le col de la chemise qu'elle porte en dessous.

— Où est-ce que tu veux déjeuner, tout à l'heure ? je lui souffle, un sourire en coin.

Elle reste pensive un court instant, tandis que ses prunelles quadrillent mon visage.

— T'es plutôt doué, elle déclare sur un ton appréciateur.

— Tu m'as déjà dit ça cette nuit, j'vais finir par m'y habituer, je récite pour les oreilles qui traînent autour.

La lèvre de Tory se met à trembler, et à sa façon de battre des cils, je comprends contre quoi elle lutte.

— Non, j'articule sans un son.

Ses grands yeux m'implorent autant qu'ils me mettent au défi de l'empêcher de rire. Je sais exactement comment réagir pour la court-circuiter.

— Attention, Bronson est de retour, je chuchote.

Elle se fige immédiatement, effaçant toute trace d'hilarité sur sa figure.

— Il nous regarde ? elle articule sans prononcer un son.

— À ton tour de m'enlacer, je la presse à voix basse.

Inutile de la prier, elle glisse ses bras autour de mes flancs et colle sa joue à ma poitrine. Cette fois, c'est moi qui combats un terrible fou rire. Malheureusement, les tressautements de ma poitrine me trahissent. Tory s'écarte vivement pour braquer ses iris suspicieux sur moi, tourne sur elle-même et lâche un grognement furieux en comprenant que j'ai menti. Bronson n'est pas là.

— Espèce de...

Elle brandit un poing près de mon menton et marmonne des injures dans ce qui me semble être du français.

— C'est déloyal ! elle revient à la charge.

Avec ses grands yeux furieux, ses taches de rousseur et ses deux dents de devant écartées, elle ressemble à un personnage de dessin animé. Difficile de ne pas sourire face à sa mine révoltée, mais j'aime autant qu'elle ne s'empare pas à nouveau de l'élastique de mon caleçon, alors je me retiens.

— Je suis désolé, je devais trouver un moyen de t'empêcher d'éclater de rire. Tu veux bien garder ça pour plus tard ? Quand il n'y aura pas de public dans la salle ?

— D'accord, elle ronronne en posant une paume sur mon pec.

Sa soudaine saute d'humeur ne me convainc pas. Et pour cause, avant d'avoir pu me protéger de son attaque, elle parvient à attraper mon téton entre son pouce et son index. La maigre barrière de mon tee-shirt n'y change rien, elle le pince entre ses ongles en battant des cils. Je mords l'intérieur de mes joues pour contenir la brûlure et éviter de hurler à tout va. Je n'ai plus du tout envie de rire.

— Si tu recommences, je vise plus bas.

Elle tourne mon téton mourant d'un quart de tour et le relâche enfin.

— On se retrouve au Tornado à 12 h 15, elle poursuit avec légèreté. À tout à l'heure, mon lapin !

Je suis encore immobile au milieu de l'allée quand ses cheveux rouges disparaissent derrière un bâtiment. Elle est surprenante et épuisante. *Ce n'est que le premier jour. Courage, Luke. Si Bronson a pu tenir plus d'un mois, tu peux le faire aussi.* En m'entendant penser un truc pareil, je me fustige. Me comparer à cet enfoiré n'est pas nécessaire. Tory a beau être particulière et flippante, elle ne mérite pas plus qu'une autre d'avoir été utilisée de cette façon. J'espère que Bronson est en PLS dans un placard à balais.

Ma salle de cours n'étant pas toute proche, je m'active pour ne pas être en retard non plus. Lorsque j'atteins ma destination et que je me laisse tomber sur un siège en plastique, la rangée de devant se tourne vers moi. Parmi les cinq tronches qui me regardent, trois appartiennent à des hockeyeurs de l'équipe universitaire. *Nous y voilà, la partie a commencé.*

— Très belle prise, Lucky ! me félicite Gavin.

— C'est-à-dire ? je fais semblant de ne pas capter.

— Victory, c'est du lourd, petit malin.

Cette discussion est typiquement l'objectif de mon accord avec Tory, mais en ces termes, elle me hérisse le poil.

— C'est une chouette fille, je rétorque.

— Ouais, enfin, c'est pas la bombe du siècle non plus, mais est-ce que c'est réellement ce qu'on attend d'elle ?

Son rire de trou du cul accompagné de celui de ses acolytes me file des crampes d'estomac.

— Je ne sors pas avec elle pour ça, je me justifie.

Et pourtant, si. Pas précisément comme il l'entend, mais au bout du compte, je l'utilise malgré tout. *Arrête, tu n'utilises personne. Elle est au courant de tout et elle est d'accord. Elle y gagne aussi.*

— Ça te fout pas les jetons qu'elle pratique des rituels sataniques dans son jardin ? m'interroge le voisin de Gavin.

— Qu'est-ce que tu racontes ?

— Quelqu'un l'a vue tourner autour de chez elle en invoquant Belzébuth, un soir.

Je ne serais même pas étonné qu'elle le fasse, mais je la crois quand elle dit ne pas tremper là-dedans.

— Ce sont des conneries.

— Perso, j'm'en tape, reprend Gavin. Tu pourras me la prêter quand t'auras fini ?

Heureusement pour son avenir, la prof hausse le ton pour entamer le cours, et il se tourne vers son classeur tandis que je ravale ce que je comptais lui cracher. Un double constat s'impose à moi : Bronson n'est pas le seul chien galeux de cette fac, et les gens croient vraiment n'importe quoi.

La matinée se déroule sans qu'aucun autre abruti ne tienne des propos inadmissibles, et la pause déjeuner arrive finalement plus rapidement que prévu. Et sans l'ombre d'une mésaventure.

Quand je me pointe devant le Tornado, je valide le choix de Tory. Ce snack est bien placé, une tonne d'étudiants va et vient autour. C'est parfait pour notre visibilité. Elle est déjà installée à une table carrée, à l'extérieur, un carnet ouvert devant elle. Elle mordille son stylo, concentrée.

— C'est ton journal intime ? je lance en tirant la chaise en face d'elle.

Elle ne sursaute même pas.

— Ouais, je pose noir sur blanc ce qui se passe entre nous. Je tiens à ce que la Tory qui relira ses mots dans dix ans se souvienne de tous les trucs débiles qu'elle a pu faire à la fac.

— Pense à noter à quel point je suis charmant, même si je suis certain que tu ne pourras pas l'oublier.

Elle referme son carnet avec un ricanement et le range dans son sac. Elle récupère un menu au centre de la table et se plonge dans sa lecture. Je l'observe en détail, de ses sourcils expressifs à son nez couvert de taches de rousseur qui débordent sur ses joues. C'est déroutant de passer du temps avec quelqu'un d'aussi différent de mes fréquentations habituelles, qui plus est supposée être ma nouvelle petite amie. Je ne me verrais absolument pas sortir avec elle pour de vrai. Elle a raison, on n'est pas du tout assortis.

— Qu'est-ce que tu manges ? elle me demande en me tendant la carte.

Je la survole rapidement.

— Une salade et du poulet rôti.

— Tellement barbant... elle soupire.

— J'ai une séance de préparation physique plus tard dans l'après-midi, je me justifie.

— Tu m'en vois navrée. J'vais commander un double cheeseburger. Je me régalerai pour deux, j'suis une copine généreuse.

La serveuse se poste à nos côtés et nous scrute quelques secondes. Son prénom m'échappe, mais je sais qu'elle sort avec un mec d'une fraternité. *Bien joué, Tory, les bavardages vont être multipliés par dix.* Nous passons commande, et je réfléchis alors à un sujet de conversation.

— Comment se sont passés tes cours, ce matin ?

— Bien. Je dois t'avouer que j'ai reluqué l'assistant qui a animé mon TD. J'espère que tu me pardonnes.

— Qu'est-ce qu'il a de plus que moi ?

— Un p'tit pantalon bleu cintré.

— Difficile de rivaliser, je raille. Tu étudies quoi, d'ailleurs ?

— Je suis en *major* de chimie, avec une *minor* de biologie moléculaire.

— T'es donc en mesure de concocter un poison les yeux fermés...

— C'est exactement pour ça que j'ai choisi ce cursus. Et toi, t'es en quoi ?

— En troisième année d'ingénierie informatique. Mon père est informaticien. Avec ma mère, ils ont une petite société spécialisée dans ce domaine.

— Tu envisages de reprendre le flambeau ?

— Si je ne décroche pas une place chez les pro en base-ball, je les rejoindrai à la fin de mes études.

Plus jeune, je n'aurais jamais envisagé une seule minute bosser là-dedans. Mais avec ce qui nous est arrivé, à mes parents et moi, cette entreprise — notre entreprise — est devenue extrêmement importante pour moi. J'ai vu combien mon père s'est saigné pour la maintenir à flot quand...

Bref.

— C'est cool. T'es bon au base-ball ?

— Quand je n'ai pas la poisse, oui. Et toi ? Tu sais déjà ce que tu voudras faire quand tu seras grande ?

Sa paille dans la bouche, elle plisse son nez avant de faire des bulles dans son verre d'eau.

— Pas du tout. Je suis incapable de me projeter plus loin que l'année en cours, ça me donne de l'urticaire. On verra quand je décrocherai mon diplôme.

Je l'admire. Je ne suis pas obsédé par la planification mais j'ai besoin d'avoir un cap.

— Au fait, deux mecs sont venus me parler quand je suis sortie de mon premier cours. Ils m'ont posé plein de questions sur toi.

Je fronce les sourcils.

— Est-ce qu'ils ont un site Internet sur ma poisse ?

— C'est ça. Tu les connais ?

— C'est pas vrai, je soupire en secouant la tête.

Je lui relate ma rencontre avec ces fans, et elle est si surprise qu'elle s'étouffe avec les frites qu'on vient de déposer devant elle.

— Tu leur as dit quoi ? je m'inquiète tout à coup.

— Pourquoi tu flippes ? Qu'est-ce que tu veux que j'aie à raconter sur ton compte ?

— Rien, mais j'te soupçonne d'être capable d'inventer quelque chose de tordu.

Elle porte son burger à ses lèvres en pouffant.

— On dirait que tu commences déjà à me cerner, mon cœur.

— Tu abandonnes le « lapin » ?

— Je me lasse vite, elle explique, la bouche pleine.

Cette information me coupe un peu l'appétit. Espérons qu'elle me tolère le temps imparti.

18

Luke

Je rejoins le complexe sportif avec une dose de motivation que je n'avais plus ressentie depuis des mois. Je crains toujours de commettre une bourde durant l'entraînement ou de laisser tomber un haltère par mégarde sur la gorge de l'un de mes coéquipiers mais, au moins, je n'appréhende plus autant leurs réactions. M'afficher avec Tory ce matin et ce midi joue en ma faveur, et il me tarde de voir leurs tronches demain lors de notre match, quand elle posera ses fesses bénies au premier rang.

— Salut, Lucky ! m'accueillent plusieurs voix lorsque j'entre dans le vestiaire.

J'offre un mouvement de tête doublé d'un sourire à mes partenaires et m'empresse de filer à mon casier pour changer de tenue.

— Alors ? me souffle Jarod qui s'est approché.

— Quoi ?

— Les effets, il murmure sur un ton pressant.

J'ouvre la fermeture Éclair de mon sac, qui est posé sur le banc derrière moi, prêt à m'exclamer que ma poisse n'a pas frappé aujourd'hui, que je suis sauvé grâce à l'incroyable force spirituelle de Tory Garland, que je suis même impatient que la prochaine éclipse de lune répande sa magie sur l'humanité, mais c'est une grossièreté que je ravale à la place. À l'intérieur de mon sac, mes fringues sont trempées, à cause du bouchon de ma gourde mal vissé.

— Je vois, soupire Jarod en lorgnant mon sac.

Mes épaules s'affaissent.

— Laissons à Victory le temps d'instiller sa chance en toi. S'il y en a bien une qui peut te sauver, c'est elle.

Tory, me sauver ? Mon honneur, peut-être... Mais Jarod n'imagine pas les risques que j'encours à la côtoyer. Je balance mes affaires au fond de mon casier et file jusqu'au local mitoyen pour y piquer des vêtements secs. Si je ne donne aucun crédit aux superpouvoirs de Tory, j'aurais aimé être contredit. Mais pour l'instant, ni ses bracelets ni sa proximité n'ont eu le moindre effet.

Je déboule sur le terrain en dernier et entame mon échauffement.

— Victory n'est pas venue ? j'entends une voix essoufflée me questionner.

Sans cesser de courir, je tourne la tête vers Elliot, qui survole les gradins des yeux. Il allonge sa foulée pour se mettre à mon niveau.

— Pas aujourd'hui, elle a cours.

Sa mine déçue me comble de joie.

— Mais elle passera quand son emploi du temps le lui permettra, je le rassure.

— La nouvelle a déjà fait le tour du campus, il frime, content d'être l'instigateur de ces commérages. L'équipe de foot est en dépression. Ils n'avaient pas perdu un match depuis la rentrée, et bim ! Victory largue Bronson, et c'est la défaite !

Intérieurement, je lève les yeux au ciel. Tout est sujet à interprétation, c'est dingue. Pourtant, il y a une explication toute simple selon moi : Bronson a été tellement traumatisé par le message vocal de Tory qu'il a paniqué et a foiré son jeu.

— Comment t'as fait pour l'épingler ? m'interroge Elliot d'une voix plus basse.

Ses iris très intéressés me déplaisent. Sa question n'est pas anodine, on dirait qu'il espère la recette miracle pour obtenir Tory à son tour. *Oublie, mec, c'est ma meuf.*

— Rien de spécial, je crâne à mon tour. On a échangé quelques regards, puis quelques mots, et elle m'a adoré.

Je visualise la tête que tirerait Tory si elle m'entendait. *On aurait peut-être dû se mettre d'accord sur une version commune.* Elliot me sonde du regard, peu convaincu, et déçu de ne rien avoir à se mettre sous la dent.

— Elle vient au match, demain ?

— Bien sûr.

— Génial !

Sur ce dernier mot, il accélère et s'éloigne. Décidément, je plains Tory d'être la cible de tous les ambitieux de cette université, Elliot compris.

Quand l'entraînement est terminé, je prends une douche rapide, passe par le bureau du coach pour récupérer les places que j'ai demandées pour la rencontre à venir puis tape un SMS tout en marchant vers le parking.

LUKE : On se retrouve à ma voiture, je suis garé au même endroit que ce matin.

TORY : OK.

Je traverse plusieurs rangées de bagnoles et aperçois Tori et Tory en même temps. L'une appuyée contre le coffre de l'autre. Le visage relevé vers les derniers rayons de soleil de cette fin de journée, elle n'a aucun respect pour le bijou qui lui sert de dossier.

— Décolle-toi de là, insolente ! je lui lance.

Elle ouvre un œil, s'étire sans rompre le contact avec ma caisse puis pose ses deux paumes ouvertes sur la carrosserie. Je grince des dents en anticipant les empreintes qu'elles vont y laisser.

D'une impulsion, ma copine quitte son homonyme et s'immobilise devant moi. Elle me prend au dépourvu en m'étreignant. Ça ne dure que de maigres secondes, j'ai tout juste le temps de l'entourer de mes bras que la voilà déjà près de la portière passager.

— C'était un câlin touchant, je cingle en m'asseyant à côté d'elle.

— Salue l'effort, au lieu de critiquer.

— Félicitations, Tory. La façon avec laquelle tu as noué tes bras autour de moi, c'était de l'art.

J'opère une pause en clignant deux fois des paupières.

— Plutôt la branche abstraite, mais...

Je boucle ma ceinture en ricanant, avant de me rappeler ce que j'ai glissé dans ma poche.

— Tiens.

Je lui tends un carton d'invitation.

— Qu'est-ce que c'est ?

— Ton entrée pour le match de demain.

Elle s'en saisit et la fourre au fond de son sac, au milieu d'un bazar composé de pochettes, breloques et objets non identifiés.

— Ne la perds pas.

— J'suis à peu près sûre qu'ils me laisseront entrer quand même, billet ou non.

— T'as pas tort. C'est hallucinant ce que les gens sont prêts à gober.

— Et encore plus ce qu'ils refusent de croire, elle réplique en faisant clairement référence à mon scepticisme.

— Tu verras, le monde du base-ball est un concentré de superstitions. Tu te sentiras comme chez toi.

— Telle une reine ?

— Assurément.

— J'vais enfin pouvoir porter cette magnifique couronne que j'ai achetée en France l'été dernier.

Je la mate de biais. Son visage rond ne reflète aucune trace de plaisanterie.

— Est-ce qu'on peut y aller ? elle s'impatiente.

Je secoue la tête en prenant conscience que je la dévisage. Je tourne la clé dans le démarreur et enclenche la marche arrière.

— Et sinon, je reprends en quittant le parking. Qu'as-tu pensé de cette première journée en couple ?

Elle joue avec l'une de ses bagues tout en passant le bout de sa langue sur sa lèvre supérieure.

— Si on se cantonne à ça, c'est faisable. Et toi ? Heureux ?

— Comblé, je susurre.

À cette heure, les abords du campus sont toujours encombrés. Je roule au pas sur plusieurs centaines de mètres et, quand la file de voitures devant moi se disperse enfin, j'appuie sur l'accélérateur. Le ciel est d'un bleu vif, sans un nuage et… C'est quoi, ça ? Je me penche légèrement en avant. Quelle est cette forme sombre qui fait tache sur l'immensité azur ? Et qui semble foncer droit vers…

— Attention ! s'écrie ma passagère en relevant ses genoux.

Boum. Après une fiente hier, c'est un pigeon qui vient de s'éclater contre mon pare-brise, les ailes déployées. Je pile, le conducteur qui arrive derrière moi déboîte en klaxonnant. Au milieu de la route, le cœur battant à tout rompre, je suis agrippé à mon volant.

— Tu viens de renverser un pigeon ! s'égosille Tory, une main sur la poitrine.

— Je ne l'ai pas renversé ! C'est lui qui s'est jeté sur ma voiture !

— Tu t'es jeté sous ses ailes, monstre !

— Non mais tu as vu l'action, arrête ! Il a foncé sur mon pare-brise, j'y suis pour rien.

Je pointe la grande vitre au milieu de laquelle...

— Bordel, non ! je beugle, effaré.

L'oiseau a disparu, mais le point d'impact forme une fissure d'au moins dix centimètres. Je me tourne vers Tory au ralenti. Elle respire vite et secoue sa main pour se faire du vent.

— Cette trouille, elle commente, à bout de souffle. J'ai cru que c'était un spectre venu nous emporter dans les méandres de...

— Mon pare-brise vient d'être défoncé par un pigeon ! je la coupe d'une voix hystérique. Un pigeon ! Qu'est-ce que ces putains de volatiles ont contre moi, à la fin ? D'abord une mouette, puis une fiente qui m'a valu quinze minutes de récurage, et maintenant ça !

Je laisse libre cours à mon ras-le-bol en gesticulant frénétiquement sur mon siège. Mes pieds tapent contre la moquette, et mes poings balaient l'air. De l'extérieur, je dois faire peine à voir. Quoique j'énerve surtout les autres automobilistes, qui klaxonnent les uns après les autres, furieux de me trouver sur leur chemin. Je me gare sur le bas-côté et conclus mon pétage de plombs en plaquant mon front contre le volant.

— Ça va aller, ça va aller, m'envoie Tory en me tapotant le bras du bout d'un doigt.

— T'es pas supposée porter bonheur à tes conquêtes, toi ? je baragouine d'une voix morne.

— Si, mais seulement à ceux que je ne me force pas à fréquenter, dommage.

— Génial ! j'ironise.

— Et à ceux qui y croient, elle me pique.

Je redresse la tête et rive mon regard au sien.

— J'préfère avoir la poisse toute ma vie que me mettre à croire à ces superstitions fabriquées de toutes pièces.

La portière amortit son dos lorsqu'elle recule en plaquant une main sur sa bouche.

— Ouh ! Tu devrais te méfier de tes paroles inconscientes. Il en faut moins que ça pour se lancer une malédiction à soi-même.

— Je suis déjà maudit, même pas peur.

— Tu pourrais l'être encore plus. Ou pire ! La transmettre à tes enfants, qui la transmettront à leurs enfants, qui la transmettr…

— J'ai saisi le concept, je la coupe.

— En plus, tu ne portes pas ton bracelet aujourd'hui, elle constate. C'est con, la pierre du mercredi favorise l'intuition. Si tu le portais comme prévu, tu aurais eu la présence d'esprit de ne pas foncer sur un pigeon.

— Je n'ai pas… Laisse tomber. La seule chose irréfutable, c'est que je suis bon pour tracer chez mon garagiste. Je commençais mon service dans moins d'une heure. Les boss vont déchirer mon contrat de travail en petits morceaux et les brûler un à un devant mon visage déconfit.

Je saisis mon portable et envoie un message dans la conversation de groupe des Campus Drivers.

LUKE : J'ai un problème.

Les premières réponses fusent.

AMY : On était déjà au courant.

RAF : Un problème de maths ?

DON : Un problème d'érection ?

Un brin d'inquiétude et de compassion, c'est possible ? Je prends mon pare-brise en photo et la leur envoie, accompagnée d'un émoji tête de mort.

LEWIS : C'est une honte !

DALLAS : Oh ! Merde ! Il s'est passé quoi ?

LUKE : Un pigeon.

ANDY : Non, tu déconnes ?

RAF : Tu crois qu'il se tapait la mouette et qu'il a mis fin à ses jours par désespoir pour la rejoindre au paradis des plumes ?

LANE : Ça pourrait faire un scénario porno-animalier hyper intéressant !

LUKE : Je vous déteste.

ADAM : Je bascule tes réservations sur tes coéquipiers.

LUKE : Merci, mec, t'es le seul qui mérite d'être respecté dans cette bande.

ADAM : Il n'y en avait que deux.

LUKE : Je retire ce que j'ai dit, vous êtes tous des pourris.

Les messages s'enchaînent sur la conversation, mais je ne les regarde plus.

Des fringues trempées, un pigeon suicidaire et des clients réfractaires... *Foutez-moi la paix !*

— Alors ? T'es viré ? ne s'inquiète pas du tout ma voisine.

— Pas encore, mais avec tous les clients que j'ai déjà perdus, ça ne m'étonnerait même pas. Heureusement que je n'étais pas au milieu d'une course à l'instant.

— Tu vois que t'as encore de la chance, elle commente.

— J'ai atterri en enfer... je marmonne en appuyant mes poings contre mes tempes.

— Tu étais si chanceux que ça, avant ?

— Ouais.

Comme pour me convaincre que je n'ai pas rêvé cette vie, je lui raconte plusieurs exemples, sur un ton nostalgique.

— Donc tu crois en la chance, elle conclut.

Et c'est reparti.

— Non, il m'arrivait simplement de super trucs, point final. Inutile de chercher je ne sais quel sens mystique caché derrière ça.

Elle lève les yeux au ciel.

Pas tout à fait remis de mes émotions, je passe la première et braque pour repartir. Je roule doucement pour limiter la casse, mais j'ai à peine progressé de quelques mètres que Tory se jette sur moi.

— Arrête-toi ! elle m'ordonne en tirant sur mon tee-shirt.

Je pile pour la deuxième fois, cherchant un nouvel agresseur dans le ciel. Je jure que si une troisième bestiole entre dans l'équation, je vouerai le reste de mon existence à les chasser à l'arbalète.

— Regarde, le pauvre pigeon est juste ici !

Son index n'est pas pointé vers le haut mais vers le sol.

— Où ? Que je lui roule dessus pour l'achever et me venger.

— Si tu fais ça, t'es un homme mort, elle feule en tentant de m'étrangler avec mon col.

Refusant de finir asphyxié par une sorcière, je passe la marche arrière et me remets sur le bas-côté. Tory saute de la voiture et je la rejoins à l'extérieur, seulement pour prendre l'air. Contre le rebord du trottoir, je repère mon assaillant à plumes, dans un piteux état. *Il n'avait qu'à pas se confronter à Tori.*

— Est-ce qu'il respire ? s'inquiète Tory dans mon dos, sur la pointe des pieds, ses mains en appui sur mon épaule.

— Tu te sers de moi comme protection car tu sais qu'il pourrait encore se jeter sur nous ?

— Pas du tout ! Je pleure toujours quand les animaux meurent dans les films, je ne veux pas souffrir. Est-ce qu'il respire ? elle réitère en tapant sur mon omoplate.

— Comment veux-tu que je le sache ?

— Approche et touche-le !

— Même pas en rêve. Ces bestioles sont dégueulasses.

Elle me frappe derrière la tête.

— Arrête de t'en prendre à moi ! je m'écrie.

— Tu l'as renversé et tu vas le laisser agoniser dans un caniveau ?

— Tory, c'est un pigeon...

— C'est un être vivant ! Ce n'est pas parce que son apparence est différente de la tienne que tu dois le traiter différemment. Si tu étais à sa place, tu n'apprécierais pas qu'on t'abandonne là.

— Tory, c'est un pigeon, je répète plus lentement. Et je ne me jette pas sur les bagnoles que je croise, donc aucun risque que je me retrouve dans sa position un jour.

— Oh ! Fais-moi confiance, si tu continues, je te roulerai dessus sans états d'âme.

Elle a soufflé ça dans mon cou, comme une psychopathe. Je me dévisse la nuque pour croiser ses deux billes émeraude.

— Vu le choc, il est probablement mort sur le coup, j'énonce.

Elle attrape une mèche de ses cheveux, tire dessus, avant de reproduire son geste sur les miens. Correction : elle tire deux fois plus fort.

— Pourquoi tu fais ça ?

— Je ne perdrai pas de temps à t'expliquer cette superstition, assassin. Il faut lui offrir une sépulture décente !

Je ne compte pas enterrer un foutu pigeon, qui plus est celui qui va me coûter un nouveau pare-brise hors de prix, et elle le devine sans mal sur mon profil insensible.

— Tu es un monstre, elle déclare en me contournant. Tu mérites tout ce qui t'arrive !

Elle prend une vive inspiration et s'agenouille près de l'oiseau inerte. Puis elle retire son gilet et l'utilise pour le manipuler. Elle referme les pans du vêtement autour de lui et repart vers ma voiture.

— J'peux savoir ce que tu fous ?

— Ramène-nous chez moi, ma grand-mère saura quoi faire.

— Quoi faire d'un pigeon mort ? je grimace, en imaginant je ne sais quel rituel sordide.

— Il est encore vivant, abruti. Je crois qu'il est juste sonné.

— Je n'accepte pas d'animaux dans ma voiture.

— Tu transportes des troupeaux d'étudiants douteux, elle argue.

Elle ouvre la portière, indifférente à mon refus, et se rassied à sa place. Elle me mène à la baguette, et ce n'est même pas parce que j'ai besoin d'elle. Qui sait ce qu'elle pourrait me faire faire ces six prochains mois.

Je retourne derrière mon volant en grommelant. Nous ne sommes pas loin de Coconut Grove, quinze minutes environ, alors j'ignore autant que possible l'éclat qui zèbre mon pare-brise et l'auteur de ce massacre posé sur les genoux de ma passagère. Du coin de l'œil, je le vois malgré tout trembloter. Tory le couvre un peu plus et pose sa main contre le tissu. *J'aurai tout vu.*

— T'inquiète pas, je vais te remettre sur pattes, elle lui chuchote.

Et tout entendu. J'arrête mon véhicule devant chez elle et l'aide à déboucler sa ceinture.

— Je ne suis pas sûr de pouvoir venir te chercher demain matin, je l'informe. Mon fidèle destrier sera certainement immobilisé plusieurs jours.

— Tant mieux ! Je refuse que tu commettes un nouveau pigeonicide en ma présence. Être la complice d'un *serial killer*, non merci.

— Il n'est pas mort.

— J'aurai au moins réussi à sauver une de tes victimes, elle marmonne.

Elle ne s'arrête jamais.

— Comme tu voudras, mais n'oublie pas mon m…

— Match, oui, elle termine à ma place. Mais si Wild[13] rend son dernier souffle dans la nuit, tu joueras à la baballe sans moi.

— Wild ? Tu lui as déjà donné un prénom ?

Elle ne me répond pas et quitte sa place, son pigeon dans les bras.

Je jette un coup d'œil vers l'énorme fissure au milieu de mon pare-brise, avant de revenir vers ma fausse petite amie qui traverse son jardin d'un pas pressé. Elle ne peut pas m'abandonner demain, j'ai besoin d'elle.

— Pitié, faites que ce maudit oiseau puisse voler à nouveau.

---

13. Dédicace à Laura S. Wild, qui bat des ailes avec grâce dans le ciel ensoleillé de la New Romance®.

19

TORY

Les vibrations de mon portable sont en train de me rendre dingue. Jusqu'à tard dans la nuit et dès la première heure ce matin, Luke n'a eu de cesse de m'envoyer des SMS. En voilà un nouveau, qui est le même que les précédents.

UNLUCK : Comment va Will ?

Je me redresse, assise dans mon lit. *Bon sang, il pourrait au moins faire l'effort de le nommer correctement !*

TORY : C'est Wild ! W.I.L.D !

UNLUCK : C'est mon correcteur, désolé. Alors ? Est-ce qu'il va bien ?

Je ne suis pas dupe. Luke s'inquiète de ma menace d'hier, pas de l'avenir d'un oiseau blessé.

TORY : Il est en vie.

Pour l'instant, en tout cas, parce qu'un autre danger rôde dans cette maison.

— Belzébuth... je mets mon chat en garde.

Ce démon s'approche à pas de loup de notre nouveau colocataire, que j'ai installé au fond d'une grande cage dans laquelle vivaient les perruches de ma grand-mère, avant qu'elles ne disparaissent mystérieusement. Je l'ai recouverte d'un drap, mais Bel sait très bien ce qui se cache en dessous.

— Pschh ! Laisse-le tranquille ! Je suis sûre que tu as déjà bouffé Lucienne et Marguerite, alors fous-lui la paix.

Il me lance un miaoutefairefoutre, avant de retourner sur son trône, duquel il ne quitte pas sa cible des pupilles.

Je descends de mon matelas et m'approche de la volière. On a fait venir un vétérinaire hier soir, qui n'a rien décelé de particulier. Il m'a juste conseillé de lui trouver un endroit calme et sombre pour qu'il se remette de ses émotions, avant de m'alléger de soixante-quinze billets.

Je relève doucement le drap. Wild est encore affaibli par le choc, mais il a meilleure mine qu'hier. Si je puis dire.

— Coucou toi, je chuchote. Je vais te trouver un endroit tranquille où passer la journée.

Je pousse doucement la cage dans mon dressing, attrape ma tenue et referme la porte derrière moi. Je n'ai pas assez confiance en Bel pour les laisser tous les deux dans la même pièce.

Sur mon oreiller, mon téléphone vibre encore. *Luke est un petit ami envahissant, ma parole !* Je survole ses messages.

UNLUCK : Super ! Je me suis fait un sang d'encre toute la nuit.

Tu m'en diras tant.

UNLUCK : Au fait, je ne peux pas manger avec toi ce midi. Je dois aller récupérer ma voiture au garage pendant la pause. Amy m'a trouvé un pare-brise par je ne sais quel miracle (appelons ça comme ça, l'ignorance est plus douce).

UNLUCK : Donc on se retrouve directement devant le stade à 17 h 30. Je te filerai un maillot à moi.

Toutes ces indications me donnent envie d'être enfermée dans mon dressing, moi aussi.

TORY : J'ai effectué des recherches, cette nuit.

UNLUCK : Pourquoi je sens que tu es déjà passée à un autre sujet ? Est-ce que tu peux d'abord me confirmer ce que je t'ai écrit plus haut ?

TORY : Figure-toi que le pigeon est étroitement lié à un symbole très intéressant.

UNLUCK: D'accord, je me fatigue pour rien... Quel symbole ? La ruine ? L'apocalypse ?

TORY : La chance ! Tu comprends ce que ça signifie ?

UNLUCK : Que ma vie va redevenir merveilleuse ?

TORY : Non, que la chance a volé jusqu'à toi, et tu l'as explosée en plein vol.

UNLUCK : Tu vois des signes partout. Ce piaf est juste bigleux, idiot ou suicidaire.

TORY : Je lui répéterai ce que tu viens de dire. Quand il aura retrouvé toutes ses capacités, il ira chier sur ta voiture allègrement.

UNLUCK: Je me sens encore tenu de te le répéter mais... c'est un pigeon.

Et lui un humain typiquement ennuyant.

TORY : J'ai hâte de t'encourager ce soir. Je serai la fille aux cheveux rouges qui roucoulera si fort que tous les pigeons de Miami voleront au-dessus du stade.

Sa réponse met plus de temps à venir.

UNLUCK : J'abandonne cette conversation. À la base, je voulais juste te donner les infos pour aujourd'hui.

Je lui envoie trois emojis : un pigeon entouré de deux cœurs. Puis je m'habille sans traîner, adresse une ultime menace à mon chat mais le gratte derrière les oreilles, sans pouvoir résister. J'écope d'un miaoumoilapaix, bien entendu.

Je traverse le long couloir et débouche dans le salon. Assises à la table, les deux autres femmes vivant sous ce toit bavardent tout en fabriquant des bougies. *Chouette, je suis presque en rupture de stock sur ma boutique !*

— Tu ne travailles pas aujourd'hui, maman ?

— Non, j'ai pris ma journée. On a plein de choses à faire.

La mère et la fille partagent un sourire complice.

— J'vais sécher et rester avec vous, je déclare tranquillement en déposant mon sac par terre.

Elles effectuent à présent le même mouvement de tête négatif. *Qui ne tente rien n'a rien.*

— Pfff... Y'a que moi qui nous considère comme un trio, dans cette famille ? Les Halliwell[14] de Miami ! Moi aussi, j'veux faire des bougies. C'était mon idée, en plus.

Je balance mon sac sur mon épaule et m'éloigne.

— Je garderai tout l'argent ! j'annonce en les pointant du doigt.

---

14. Référence aux sœurs de la série télévisée *Charmed*, créée par Constance M. Burge.

— Étudie bien, ma chérie.

— Merci, *Granny*, je réplique avec le plus poussé des accents américains.

Je sais que ma grand-mère préfère la version française. Je commence à m'en aller en traînant des pieds, avant de me rappeler un détail.

— Je vais rentrer plus tard ce soir, je les préviens. Ne m'attendez pas pour manger.

— Tu sors avec Bronson ? demande ma mère.

Oups, j'ai oublié de la tenir au courant.

— Ils ne sont plus ensemble, Christine, annonce ma grand-mère sans cacher sa joie. Bon débarras !

Elle ne croit pas si bien dire.

— J'accompagne Juliet à un match de base-ball, j'explique. J'ai mis Wild dans mon dressing. Vous pouvez vérifier qu'il va bien, de temps en temps ?

Elles acquiescent, et je rejoins ma voiture, puis la fac, en un temps record. Je sens des regards, écope de signes de la part d'étudiants que je ne connais pas et me retrouve même encerclée par une bande de fans de base-ball qui hurlent de joie quand je leur confirme ma présence au match de ce soir. Cette réputation de porte-bonheur a débuté il y a plusieurs mois, mais être avec Luke déchaîne les esprits. Le monde est fou.

En fin de journée, à l'heure prévue, je le retrouve au point de rendez-vous. Je le repère avant qu'il ne me voie marcher vers lui et je rigole toute seule. Il tente d'avoir l'air décontracté mais il lance des regards à la ronde en mordillant le coin de sa lèvre.

Je me faufile dans son dos et me jette sur lui.

— Bouh !

Au moment où Luke décolle de dix centimètres, je contiens mon hilarité. Je me méfie, maintenant : je ne voudrais pas qu'il prétexte l'arrivée de Bronson pour me serrer contre lui. Il se retourne vers moi, encore flippé et vexé d'avoir été surpris.

— Tory, tu...

Alors qu'il était sur le point de râler, son ton rauque se transforme illico en un accueil plus chaleureux. Public oblige, les supporters sont déjà nombreux à fourmiller dans les parages, et plusieurs « Victory ! » se mélangent au brouhaha. Il saisit mes mains et recule pour me reluquer de la tête aux pieds.

— Tu es sublime, il se reprend.

Je porte un vieux jean *mom* taille haute et un tee-shirt beige uni, il en fait des caisses. Il passe ses doigts sur ma queue de cheval en se rapprochant davantage. Son nez touche quasiment le mien quand il ouvre la bouche... seulement pour parler, Dieu merci.

— Ne m'effraie pas comme ça, il chuchote. Avec tout ce qu'il m'arrive, je suis constamment sur mes gardes. J'ai failli m'évanouir.

— J'aurais adoré voir ça.

Il tire mes cheveux d'un geste taquin, avant de se remettre à une distance raisonnable. Il attrape un maillot qui pend de la poche arrière de son pantalon.

— Tiens.

J'observe ce qui ressemble davantage à une chemise épaisse, toute blanche avec un liseré bleu et des boutons. Je l'enfile sans la fermer puis tourne sur moi-même.

— Parfait, il approuve. Ça t'ennuie si on fait un selfie pour mes réseaux ?

— Vas-y. Mais tu me tagues, histoire que ça me rapporte des abonnés et donc de nouveaux clients.

— Aucun problème.

Il pose son bras sur mes épaules, colle sa joue à ma tempe et lève son portable devant nous. Je souris de toutes mes dents. Une prise suffit à immortaliser ce grand moment sentimental. Ma bouche retombe déjà, le bras de Luke aussi.

— La photo est bien, il souffle, presque étonné.

Il me scrute à deux reprises, comme pour s'assurer qu'il s'agit bien de moi sur ce cliché, puis range son mobile dans sa poche.

— Prends aussi ma casquette, il embraie en la retirant.

— Ça ne me...

Il la pose sur mon crâne.

— ...va pas, je termine.

— Mais si, c'est nickel. La panoplie de la Winnies te va comme un gant.

— La Winnies ? je grimace.

— Mon boss Donovan était le capitaine de l'équipe de basket de sa fac. Ses fans s'appelaient les Donnies, je trouve ça génial. J'ai choisi les Winnies pour moi.

— Je vois... Chacun ses modèles, j'imagine. Et t'en as beaucoup de ces « Winnies » ? je le questionne d'un ton rempli de jugement.

— Oui, même si depuis la rentrée, ma poisse a l'effet d'un répulsif.

— Comme un spray anti-cafards ?

— J'adore te voir déjà jalouse !

Je mime un vomissement sonore.

— Il faut que j'y aille, mes coéquipiers doivent m'attendre comme le Père Noël.

— Faux, c'est moi qu'ils attendent. Je suis la vedette, maintenant, je frime.

— Merci, tu trouves toujours les bons mots. Bref, comment on dit déjà ? Ah oui ! Croise les doigts pour moi.

Quel amateur !

— Certainement pas ! je refuse.

— Pourquoi ? C'est pas ce qu'on fait pour porter chance ?

— Pas moi. J'ai toujours eu le sentiment que ça produisait tout l'inverse, alors n'y compte pas.

— Tu es méga superstitieuse, mais quand c'est un truc que presque tout le monde fait... toi non ?

Je hausse une épaule.

— Des superstitions de superstitions, il développe en secouant la tête. Toujours plus. Et tu fais quoi, à la place ?

— J'utilise un pot en verre, une bougie blanche, une pièce, une noix…

— Stop !

Il tire sur ma chemise, relève ma visière et dépose un léger baiser sur mon front.

— Souhaite-moi simplement bonne chance, alors.

Un frisson me secoue.

— Bonne chance, je déclame d'un ton mordant.

Il part de son côté, et je m'insère dans la file qui patiente pour entrer dans le stade. Derrière moi, quatre supporters établissent des pronostics incompréhensibles.

— Il paraît que Winchester sort avec Victory, intervient l'un d'eux. J'espère qu'elle est là, on a besoin d'une victoire.

Cette casquette hideuse a au moins le mérite de camoufler mon identité.

— J'ai entendu dire que cette fille était une sorcière, répond un autre. Je ne serais pas rassuré, à la place de Lucky.

Je ricane dans ma barbe.

— Tant qu'elle nous permet de gagner, le reste, je m'en fous. Luke est à chier depuis la rentrée, alors même si elle finit par le sacrifier, ça laissera la place pour un *pitcher* plus chanceux.

Quel bâtard ! Je suis tentée de me retourner et de faire mine de souffler une poudre depuis ma paume, mais c'est mon tour d'entrer. Je lorgne le carton généreusement offert par Luke puis cherche ma place.

Sur mon passage, je perçois des chuchotis qui me concernent. Ce ne sont pas les premiers, j'en avais entendu aussi lors des deux matchs de Bronson auxquels j'ai assisté, mais c'est depuis devenu une mélodie crispante à mes oreilles. Je me console en devinant l'amertume que doit ressentir mon ex en me sachant ici. *Il est forcément au courant.*

Je trouve enfin mon siège et m'y installe. Devant moi, le terrain est immense et... je vais passer trois longues heures les yeux rivés dessus. Enfin, en théorie, parce que j'ai apporté mes lunettes de soleil derrière lesquelles je pourrai discrètement somnoler.

À ma gauche, deux mecs rigolent ensemble, avant de me remarquer.

— Tu dois être Tory, m'interpelle l'un d'eux.

Pas de Victory, bon point pour lui. Je hoche la tête.

— Je suis Andy, et lui, c'est Dallas. On est les potes de Luke.

Je reconnais Dallas, il a été mon chauffeur avec la Love Machine. Rafael n'est pas avec eux, Juliet non plus. Il faut absolument que j'écrive à cette dernière en rentrant, un petit-déjeuner de mise à jour est nécessaire. Si Luke a décidé de mentir à ses amis, c'est son problème. Pour ma part, je compte être franche.

Tandis que les deux chauffeurs se replongent dans leur conversation animée, je m'empare de mon téléphone. Une ribambelle de notifications Instagram pullulent sur mon écran. Je clique sur l'une d'elles et lâche un sifflement abasourdi. Depuis que Luke a posté la photo qu'il a prise de nous il y a tout juste quinze minutes, mon compte est devenu le centre de l'attention. Je ne savais pas que le Campus Driver était autant suivi, et maintenant qu'il a affiché notre relation sur la toile — avec un stupide cœur en légende —, la magie digitale est en marche. Une vague d'abonnés déferle sur moi.

J'agrandis le cliché en avalant ma salive. Sur le moment, ça me perturbe d'être face à notre comédie, mais on ne fait de mal à personne, et c'est bon pour les affaires. *C'est vrai qu'elle est bien, cette photo.* Bronson doit fulminer.

Les cris du public attirent mon attention vers le terrain, sur lequel les joueurs arrivent. Je reconnais tout de suite Luke, qui court vers un rond ocre entouré d'herbe. Je suis bien placée, je l'ai pile dans ma ligne de mire. Face à lui, trois types se positionnent. Un avec une batte, un autre avec un gros gant en cuir et un troisième habillé en noir juste derrière. Où est le reste des joueurs ? Je scanne le stade jusqu'à les trouver assis sur un banc. Qu'est-ce qu'ils attendent pour se joindre aux quatre autres ? C'est quoi, ce sport étrange ? Je n'ai jamais assisté à une rencontre de base-ball, mais ça ne doit pas être si compliqué à comprendre. Est-ce que ça m'intéresse réellement ? Non. *Laisse tomber tes questions et subis.*

— Je crois que ton mec te fait signe, j'entends Dallas me parler.

— Qui ?

— Luke !

Merde.

— Mais oui, bien sûr.

Effectivement, mon « petit ami » m'adresse un coucou suivi d'un baiser et d'un doigt pointé vers moi. Un sourire crispé se dessine sur mes lèvres, avant de se muer peu à peu en effarement. Pourquoi le mec à la batte s'en sert soudain pour fendre l'air comme un foutu mousquetaire ? Son jeu de jambes est plutôt bien rodé, mais est-ce que la partie a commencé ? J'observe alors plus attentivement les autres joueurs sur le banc, et certains font également des trucs bizarres. Je me rappelle alors les mots de Luke. « Tu verras, le monde du base-ball est un concentré de superstitions. Tu te sentiras comme chez toi. » D'accord, on en est là.

— Allez, Lucky ! braille Andy en agitant ses mains.

Autour de nous, un écho se forme, et vu les œillades que je reçois, je me sens obligée de suivre le mouvement.

— Allez, Lucky, je récite maladroitement.

Quelle tannée ! Et on ne peut pas dire que ça aille en s'améliorant. J'ai beau orienter toute ma concentration sur le jeu qui a enfin commencé, au bout de cinq minutes, le constat est sans appel : je ne capte rien. Luke lance sa balle — son mouvement me donne des lumbagos rien qu'à le voir —, le mec au gant la rattrape les deux fois, et personne ne semble déçu. Le tableau de points ne rime à rien, et cette foutue casquette me gratte le front. *Allez, ma vieille, un petit effort.*

Lorsque Luke propulse une troisième balle, cette fois, le mousquetaire la touche enfin avec sa batte et la renvoie loin devant lui, avant de se mettre à courir. Où est-ce qu'il va ? On s'en fout, c'est le moment de rentabiliser ma présence ici.

— Yeah ! je braille en sautant sur mes pieds.

Enfin un peu d'action, qui me permet de cocher la case « Victory encourage son poulain ». Cependant, le poing encore levé, je me sens soudain terriblement seule. Pourquoi tout le monde autour de moi me regarde comme si j'étais une paria ? Sur le terrain, même Luke m'envoie un mouvement de tête stupéfait. Je retombe sur mon siège inconfortable en soufflant. Qu'est-ce que j'ai fait ? Est-ce que le gars à la batte n'est pas censé frapper dans la balle que lui envoie mon faux petit ami ? Je pensais qu'ils faisaient partie de la même équipe, ça me semble logique. Tu envoies la baballe à ton copain pour qu'il la propulse très très loin. *Oh ! Bon sang, Luke aurait pu m'expliquer les règles de son foutu sport avant de me filer une invitation !*

— T'as jamais assisté à un match de base-ball ? me demande Andy.

— Pourquoi j'aurais fait une chose pareille ?

— J'ai pas de réponse à t'apporter, il se marre. Mais sache que le batteur est dans l'équipe adverse. Il ne porte pas le même jersey que Luke, il ajoute sur un ton désolé.

— Ah… En effet.

La partie redémarre, un nouveau batteur remplace le premier, puis encore un autre prend le relais. Les joueurs adverses courent d'un endroit à un autre sans raison apparente, les supporters de notre équipe sont ravis quand la balle de Luke est interceptée par ce gars qui reste tout le temps accroupi en face de lui. *D'ailleurs, c'est à se demander comment il peut tenir cette position aussi longtemps sans perdre l'usage de ses jambes.*

Je n'improvise plus, je calque désormais mes réactions à celles autour de moi. Après quarante-cinq minutes, j'ose supposer que les Panthers sont en mauvaise posture, vu les grognements qui résonnent partout et l'attitude de Luke. Je ne sais pas comment, mais j'arrive à sentir d'ici que quelque chose cloche. Mon faux petit ami finit par être remplacé, et chaque heure qui s'écoule creuse un peu plus ma tombe. Je meurs de chaud. Je meurs de faim. Je meurs d'ennui ! C'est un supplice.

20

Tory

Je manque de glisser de mon siège quand des acclamations éclatent dans mes tympans. Je cligne frénétiquement des yeux en me rasseyant correctement. Où suis-je ? Il fait nuit, et je ne me trouve pas dans mon lit.

— T'as bien dormi ? me demande Dallas en s'étirant.

Il me faut plusieurs secondes pour me rappeler le cours des événements. Je lorgne le terrain devant moi, puis ma montre, en bâillant. Je me suis assoupie presque une heure et je m'en félicite.

— Allez, viens, m'invite Andy d'un hochement de menton. On va féliciter notre champion.

— Ils ont gagné ?

Ma question fait pouffer le duo.

— C'était moins une, mais oui, confirme Dallas. Enfin !

C'est bien, je ne suis pas venue pour rien. Je suis les deux chauffeurs vers la sortie, pressée de rentrer chez moi. *Une petite accolade pour Luke et je me tire.* J'ai respecté ce qu'il attendait de moi. *Même en dormant, je suis un miracle personnifié.*

— Alors, le base-ball ? s'intéresse Andy en me tenant une porte ouverte.

— La plupart de mes...

J'ai à peine mis un pied à l'extérieur qu'un vacarme couvre ma voix. Des applaudissements et des cris, probablement destinés aux joueurs de FIU. Je me hisse sur la pointe des pieds pour les chercher du regard, avant de me pencher vers Andy, perplexe.

— Pourquoi est-ce que tout le monde...

...a les yeux braqués sur moi ?

— C'est toi qu'ils acclament, me signale Dallas en s'appuyant sur mon épaule.

Pardon ?

— Bravo, Victory !

— Merci, Victory !

— On t'aime, Victory !

Un bref instant, j'ai l'impression d'être devenue la sportive que je n'ai jamais voulu être. Ou un prix Nobel. Une star de la pop...

— Victory, Victory, Victory !

Là, ça devient gênant et ridicule. Si à trois ces gens ne disparaissent pas, je sors ma baguette magique et je... Leurs cris redoublent tout à coup, sans raison apparente.

— Ne leur fais pas de mal, souffle quelqu'un dans mon oreille.

C'est donc pour ça. Des bras me ceinturent par l'arrière, j'ai déjà reconnu la voix et l'odeur de Luke, ce qui le sauve d'un coup de tête dans le nez. Je le laisse me soustraire à l'émeute et me guider plus loin.

— Ça va ? il s'enquiert, encore collé à mon dos pour me faire avancer.

Pas vraiment. Cette histoire de Victory prend des proportions incontrôlables.

— Je t'ai dit que j'étais la star, ce soir, je donne le change.

Mon ton est léger, mais intérieurement je suis comme une marmite en ébullition. C'était drôle au début, mais là, c'est... malaisant.

— L'effet Victory va au-delà de toutes mes espérances, il ricane.

Et des miennes ! Si cette ferveur pouvait au moins faire décoller ma boutique.

Luke s'immobilise enfin et me relâche. Je tourne sur moi-même. Pour un type qui vient de remporter sa rencontre après ce qui semble avoir été une traversée du désert, il n'a pas l'air transi de bonheur.

— Tu ne devrais pas être en train de hurler de joie, toi aussi ? je m'étonne.

Non pas que ça m'importe, mais il était tellement impatient de vivre ce moment que je m'attendais à davantage d'effusions.

— Je suis un garçon discret.

Je plisse les yeux. Ce n'est pas l'adjectif que j'aurais choisi.

— T'es prête à y aller ?

— Je le suis depuis mon arrivée, je raille. Passe une bonne soirée, on se voit demain au déjeuner. Tu me dois un menu complet : entrée, plat et dessert, en guise de rétribution pour ce soir.

— Tu t'es réjouie quand j'ai loupé mon *pitch*[15]. J'en ai eu le cœur brisé.

— C'est de ta faute, tu aurais dû me donner quelques leçons de base-ball avant de me traîner ici. Ce sport n'a ni queue ni tête !

— Et ensuite, tu t'es endormie... il se lamente.

— Pas du tout ! J'étais concentrée, absorbée même !

Son index toque contre mon front.

— Tory, t'es incapable de te concentrer plus de dix minutes, encore moins de rester immobile. Tu dormais.

Comment est-ce qu'il a pu cerner ça aussi vite ? Suis-je si peu mystérieuse ?

— On sort ensemble depuis quarante-huit heures, ne joue pas à celui qui m'a percée à jour.

— Il m'a fallu seulement onze minutes pour m'en rendre compte.

15. Lancer (en anglais).

— Ta compagnie m'est très désagréable, mais je vais rentrer dans mes appartements.

J'amorce un pas sur la droite, mais sa main se pose sur mon épaule.

— Où est-ce que tu vas ?

— Chez moi. Wild m'attend, je suis sûre que je lui manque déjà. On a noué un lien très fort. Quelque chose d'unique et de sincère, j'en rajoute.

Il s'apprête à parler, mais quatre garçons de son équipe passent devant nous et me tendent leurs poings.

— Une vraie magicienne, sourit l'un d'eux.

— Une déesse, ajoute un autre.

Mon petit ami factice passe un bras possessif autour de ma taille.

— Doucement, les gars, je suis jaloux, il lance.

J'enfonce mon talon dans son pied, avant d'arborer une moue innocente.

— Pourquoi t'as exulté quand Luke a foiré son lancer au début du match ? m'interroge le troisième.

Parce que le base-ball est un sport insensé ? Je suis la seule à entendre la langue de Luke claquer contre son palais, comme s'il avait lu dans mes pensées. *Trouve n'importe quoi à répondre, Tory.*

— Est-ce que c'est... une technique occulte ? soumet le dernier du quatuor.

J'adore quand on réfléchit à ma place. Même pour dire une connerie.

— C'est ça. Une technique très ancienne qui m'a été transmise par une grande prê...

— Tu n'as pas le droit de leur révéler ça, souffle Luke en me bâillonnant. Tu te souviens ?

Traduction : ferme-la. Je souris contre sa paume et bats des cils en lui transmettant deux messages télépathiques limpides. *J'espère que tu as les mains propres. Crève.*

— Vous êtes trop mignons, tous les deux, s'émerveille soudainement Dallas.

Pas limpide pour tout le monde, a priori.

— Bon, on y va ? il ajoute en tapant dans ses mains. J'ai soif ! Tu montes avec moi, Tory ? Tu sors avec mon meilleur pote, on doit apprendre à se connaître.

Je retire la main de Luke qui est encore sur ma bouche.

— Je suis venue avec ma voiture.

— Pardon ? Ton copain est un Campus Driver, et c'est toi qui conduis ?

— Je suis une femme indépendante capable de rentrer chez moi par mes propres moyens ! je rétorque aussi sec.

— Comment ça, tu rentres chez toi ? tique l'un de mes fans encore là. On se rejoint tous chez Mark pour honorer les Panthers, t'es pas au courant ?

Une fête ? Je tourne lentement la tête vers Luke.

— Bien sûr qu'elle est au courant, il balance en m'écrasant précipitamment contre son flanc. On était sur le point d'y aller, et elle monte dans ma bagnole, il ajoute pour Dallas.

Mais vas-y, décide de ma vie !

— Elle va surtout te monter dessus, ouais ! je siffle, en me visualisant très bien me jeter sur lui pour écraser sa face contre le bitume.

Aux rires qui fusent, je prends conscience du double sens tragiquement érotique de ma phrase. Mais il est trop tard pour éclairer leurs esprits mal placés, ils sont déjà dix mètres plus loin.

— Ce n'est pas c'que j'voulais dire ! je gémis.

Mon voisin s'étouffe avec son rire enchanté.

— Tu es brillante dans ton rôle de petite amie, il a l'audace de me complimenter.

D'une enjambée, je m'écarte de mon futur ex-faux-petit-ami, au risque qu'il rende son dernier souffle. *Un coup est si vite parti.*

— Une fête ? j'assène cette fois à haute voix.

Il acquiesce.

— Il n'y a pas de fête, j'articule.

— On a gagné, Tory. On doit célébrer cette victoire, c'est la coutume.

— Tu n'avais pas parlé de ça !

— Parce que je ne pouvais pas être certain qu'on allait remporter ce match.

Je croise les bras sur ma poitrine.

— Tu me sous-estimes, homme de peu de foi.

— Juste avant le début de la partie, je suis allé pisser, et le verrou des chiottes s'est coincé. Ils ont dû défoncer la porte pour me faire sortir. Alors, oui, désolé d'avoir encore de gros doutes sur tes prétendues capacités.

— Peut-être que mon don te méprise.

— On a gagné, il répète. Pas grâce à ma prestation, mais on a évité la défaite cette fois, c'est l'essentiel. Tu étais là, et tout le monde pense que c'est grâce à toi. Il faut que tu viennes. S'il te plaît.

— Je n'aime pas les fêtes. T'as besoin que je te rappelle ce qu'on a découvert lors de la dernière à laquelle je me suis pointée ?

— Je ne coucherai pas avec Rosie Johnson, promis !

Ma bouche forme le « o » de « outrée ».

— C'était Rosie Johnson ? La garce m'a acheté une amulette qui stimule le désir sexuel !

Mes doigts étranglent une gorge invisible.

— S'il te plaît, tu dois m'accompagner, insiste Luke. Je ferai tout ce que tu veux en échange.

Rosie Jo... Qu'est-ce qu'il vient de dire ? J'ouvre alors de grands yeux intéressés.

— Tout ?

Il joint ses mains devant sa bouche et ferme les paupières. Il lutte pour ne pas revenir sur ses dernières paroles, conscient de l'engrenage dans lequel il va choisir ou non de s'engager.

— Tant que c'est légal, moral et non létal, il clarifie.

— Naturellement, pour qui tu me prends ?

Son inspiration bruyante laisse entendre qu'il a toutes les raisons de s'inquiéter. Je ne sais pas encore ce que je pourrais lui demander en échange, mais ma narine me conseille de saisir cette opportunité. Luke me contemple et lâche un hoquet plaintif.

— J'ai vendu mon âme au diable ?

— Mais non... Bon, elle est où, cette fête ? T'as l'adresse ?

— Monte avec moi, je te ramènerai chez toi ensuite. Laisse ta voiture à la fac, je passerai te prendre demain matin.

— D'accord.

Sa paupière tressaute.

— Pas de négociation ? il s'inquiète.

— Nope.

— Genre, vraiment aucune ?

— Nope.

— OK, j'ai donc bien vendu mon âme au diable. Tu as une idée machiavélique derrière la tête pour te montrer si complaisante.

— Mais non, je réitère sur le même ton.

Sur le trajet, Luke en profite pour tenter de m'expliquer les règles du base-ball. C'est un peu moins flou que tout à l'heure, mais il décrète malgré tout que je suis bouchée et qu'il me fera un schéma la prochaine fois.

Alors que nous remontons l'allée du fameux Mark, une sensation de déjà-vu me donne mal au ventre. Je me suis pourtant remise du coup de poignard de Bronson, mais on dirait qu'il me reste encore quelques séquelles.

J'ai intérêt à trouver un truc énorme à demander à Luke en échange de cette soirée. Je ne connais pas grand monde sur le campus, mais je repère un visage familier au fond de la grande pièce. Devant la baie vitrée, Juliet tient une conversation animée avec Rafael. Oh ! Punaise, je ne pensais pas qu'elle serait là. La tête qu'elle va tirer quand elle va m'apercevoir avec Luke ! Je savais que j'aurais dû lui envoyer un message, mais tout s'est passé si vite. *Désolée, Juliet.* J'ai tout juste prononcé son prénom dans mon esprit qu'elle se tourne vers moi. Je m'attends à la voir ouvrir de grands yeux, mais au contraire, ils s'étrécissent. Rafael a vendu la mèche, évidemment. Elle lance une phrase à son copain puis fond sur moi, aussi vite que si elle portait ses patins à roulettes.

— Salut, Cro...

Luke n'a pas le temps de finir sa phrase, mon amie m'attrape par le coude et m'embarque avec elle. Elle ouvre la première porte qui apparaît sur notre chemin et me pousse dans une salle de bains. *Génial, très bon choix !*

— Tory Garland.

— Juliet Monroe.

Combat de regards.

— J'ai cru que Raf me faisait une blague ! elle s'exclame alors.

— Je croyais que les futurs profs de math n'étaient pas capables de blaguer...

— C'est vrai, mais je bosse dur pour soigner sa mathématicose. Et apparemment, une autre maladie rare s'est déclarée chez ma meilleure amie. Luke Winchester ?

Je ne peux pas lui reprocher son incompréhension teintée de sarcasme. Je suis d'accord avec elle à cent pour cent : Luke et moi, on est comme une fraise et du chocolat. *Je ne veux rien savoir, ces deux aliments ne se mélangent pas.*

— L'amour est le pire des maléfices, je la mène en bateau par pur plaisir.

— Je suis désolée, mais vous êtes les deux dernières personnes que j'aurais pu imaginer ensemble. Comme quoi, tout est possible, mais... on parle de Luke ! elle se marre. Il est canon, mais est-ce que les contraires s'attirent à ce point ?

Je la laisse encore halluciner quelques secondes avant de me pencher à son oreille.

— On ne sort pas vraiment ensemble, je chuchote.

Elle recule d'un pas et s'appuie contre le lavabo.

— Qu'est-ce que tu veux dire ?

— On fait semblant. Luke ne veut pas en parler à ses copains, donc je compte sur toi. Motus et bouche cousue.

Ses lèvres remuent de droite à gauche, au rythme de ses réflexions.

— Mais pourquoi vous faites ça ?

— Luke veut se servir de ma réputation de porte-bonheur pour qu'on lui foute la paix, et ça a l'air de fonctionner.

— Un pigeon n'a pas détruit son pare-brise hier soir ?

— Je n'ai pas promis de lui porter chance, et de toute façon, il ne donne aucun crédit à mes facultés hors du commun. Je me contente de tenir son bras, un air bête plaqué sur ma tronche, pour que ses coéquipiers pensent que Victory est là pour les protéger de sa poisse devenue légendaire.

— C'est le plan le plus tordu que j'ai jamais entendu, elle éclate de rire. Et surtout : je ne comprends pas ce que tu gagnes dans cette histoire.

— On a pas toujours besoin d'obtenir quelque chose en retour.

— Évidemment ! Mais que tu simules une relation avec Luke... Ça me semble difficile sans contrepartie. T'es sûre qu'un esprit n'a pas pris le contrôle de ton corps ?

— Un esprit vengeur, c'est possible.

Je lui raconte les méfaits de Bronson, et tout ce que mon partenariat avec Luke m'offre comme possibilités.

— Non mais quel enfoiré ! elle s'énerve. Je suis désolée pour toi, même si j'ai l'impression que tu as trouvé une manière de lui faire payer sa mesquinerie. Quant aux autres avantages que tu tires de Luke... il devait être désespéré pour en arriver là. Est-ce qu'il a conscience de...

— Tout ce que je vais expérimenter grâce à son assistance ? je termine à sa place. Pas sûr, mais il m'a voulue, tant pis pour lui.

Mon haussement d'épaules déclenche un nouveau rire chez mon amie.

— Tu me promets de ne rien raconter aux autres ?

— Tu peux me faire confiance ! Rafael est encore sur le cul, c'est délectable. Tu n'es pas loin de le terrifier. Il a fait un cauchemar la nuit dernière, dans lequel tu entrais dans leur chambre par la fenêtre, à califourchon sur un balai, pour emporter Luke dans une forêt sinistre. C'est beaucoup trop amusant de voir dans quel état le met votre couple, pas moyen de me gâcher le spectacle.

Son rictus diabolique lui va comme un gant.

— Quant à toi, elle continue, ne dis pas à Luke que je suis au courant de votre arrangement. J'ai pas oublié le cinéma qu'il m'a joué le soir où Raf a crevé, c'est l'occasion idéale de lui rendre la monnaie de sa pièce.

J'ai très envie de lui avouer que la roue de Rafael n'a pas crevé par l'opération du Saint-Esprit, mais j'ai dévoilé suffisamment de secrets pour aujourd'hui.

— Marché conclu. Maintenant, je vais retrouver mon petit ami. À toute.

21

Tory

J'appuie sur la poignée et sors la première de la salle de bains. Dans l'immense salon, il y a encore plus de monde que tout à l'heure, mais je localise Luke sans problème. Facile, il est sur la pointe des pieds, le nez levé comme s'il me cherchait en reniflant. Lorsqu'il m'aperçoit, il pousse un soupir de soulagement.

— J'ai cru que t'étais partie, il chuchote quand je suis à portée.

— Tu es déjà accro, c'est touchant. Je discutais avec Juliet.

— De quoi ? il m'interroge, soupçonneux.

— De nous, je minaude en battant des cils.

— Tu lui as pas dit la vérité, hein ?

— Bien sûr que non, j'ai menti sur notre coup de foudre et la taille de ton pénis.

— Mégère.

Il me fourgue un gobelet de coca dans les mains, me contourne pour se poster dans mon dos et pose une paume contre mon ventre. *Actors studio, le retour.*

— J'ai hâte de te larguer.

Il a déposé ces mots derrière mon oreille, donnant l'illusion de me bécoter le cou.

— C'est moi qui briserai ton petit cœur, j'oppose. Si tu me largues, tout le monde craindra que je te jette un mauvais sort pour me venger. Tes coéquipiers n'oseront plus t'approcher, et tout ça n'aura servi à rien. Conclusion : je détruirai notre idylle. C'est un privilège que j'aurai largement mérité, en plus.

— Ça tient la route, il grommelle.

Le rythme de la musique ambiante ralentit, et le corps de Luke bouge doucement contre le mien.

— Combien de gens nous matent ? je demande tout bas.

— Un tas.

Je suis ses mouvements lents en portant mon verre à ma bouche.

— Le coca est tiède, je grimace. T'as vu des glaçons quelque part ?

— Oui, viens.

Il noue ses doigts aux miens, et nous nous déplaçons entre les fêtards sans nous lâcher jusqu'à un distributeur de glaçons high-tech installé dans un cellier. Je place mon gobelet à l'endroit prévu, actionne une molette, et de jolis glaçons parfaitement taillés flottent vite à la surface de mon soda. Luke tente d'en faire autant, mais après plusieurs tentatives, aucun cube de glace ne daigne honorer sa boisson. Pourtant, à travers les parois transparentes de la machine, on aperçoit qu'il en reste encore une montagne.

— Tu l'as cassée, il m'accuse.

Une fille s'incruste entre nous pour se servir et repart aussi vite qu'elle est apparue, son breuvage rafraîchi. Luke la suit des yeux avant de retenter sa chance. Sans plus de succès.

— Donc ça fonctionne avec tout le monde, sauf moi ? il s'énerve.

Il appuie plus fort, tape sur le côté de la machine, en vain.

— J'ai eu ma dose pour la journée, ça va pas recommencer !

Il cogne encore une fois et, miracle, ses efforts paient. *Une fortune, même !* Une marée de glaçons déferle dans son gobelet et... à nos pieds.

— Bordel ! il beugle en sautant en arrière.

Il a beau avoir lâché la molette, les mini-icebergs continuent à se déverser par terre. Je triture mon amulette pour éloigner l'esprit frappeur qui a définitivement pris Luke pour cible. Heureusement pour lui, le périmètre est étonnamment désert. Je tire sur son tee-shirt.

— Allons-nous en avant que quelqu'un te voie.

Nous sortons aussi sec du cellier et nous adossons contre un mur plus loin. Je tiens encore le tee-shirt de Luke, sans quoi il se serait déjà laissé glisser au sol, dépité.

— C'est rien qu'un distributeur à glaçons en panne, je minimise.

— C'est un fléau, il exagère.

— Arrête. La rupture de stock de raviolis chinois, ça, c'est un fléau.

— Je savais que ta renommée était exagérée, il s'obstine sans rebondir sur ma remarque.

— Si tu le dis.

— À vrai dire, peu importe que j'y croie ou non. Tu ne pourrais pas faire en sorte que ce genre de péripéties ne se produise pas ? Tu ne ressens pas l'intime volonté de me clouer le bec ?

Pas seulement ! Celle de lui foutre un coup de pied est très présente aussi.

— Excuse-moi, tu nous infliges cette contrefaçon de couple pour obtenir des glaçons ? Parce que si c'est le cas, je t'en fais livrer douze tonnes à la première heure demain matin, et l'affaire est dans le sac.

— Tu sais très bien ce que je veux dire, Tory. Les glaçons, les chiottes bloquées, le pigeon fou...

— Ne sois pas désobligeant avec Wild.

— Et c'est seulement le bilan de ces deux derniers jours ! Ça me rend dingue.

Je le scrute attentivement, percevant derrière son air renfrogné quelque chose de plus sérieux. Cette poisse le rend dingue, oui, mais on dirait surtout que ça ravive une ancienne plaie.

— Je t'ai assuré que j'avais une multitude d'idées à tester sur toi, je lui rafraîchis la mémoire. Je vais m'occuper de ton cas dès demain.

Il maugrée des paroles inintelligibles.

— Je vais faire pipi, je déclare avec glamour. Ne touche à rien avant mon retour.

Je l'abandonne à son sort et pars en quête des w.-c. Mon but atteint, assise sur la cuvette, j'envoie un texto à ma mère.

TORY : Wild va bien ?

MAMAMIA : Oui, je crois qu'il a picoré quelques graines.

TORY : Merveilleux ! Je rentre plus tard que prévu mais ne t'inquiète pas, tout va bien.

Ma vessie soulagée, je me lave les mains et ressors des toilettes. Je referme la porte, me tourne et sursaute face à celui qui attend son tour. *Oh non, pas lui !* La malchance de Luke est contagieuse. Devant moi se dresse un Bronson aux traits crispés et à l'haleine alcoolisée.

— Ça va, poupée ?

Sa façon de traîner le « é » me donne envie de lui enfoncer la tête dans les toilettes. Je me demande comment j'ai pu sortir avec lui, l'embrasser... Beurk, il me fout la nausée, maintenant. J'amorce un mouvement à droite pour m'en aller, mais il en fait autant pour me bloquer le passage. Je n'aime pas ça.

— Dégage, je le préviens d'une voix sourde.

Il ne me fait pas peur, mais je déteste sentir son aura néfaste aussi proche de la mienne.

— Alors comme ça, tu me largues par SMS comme une merde pour te taper le guignard ?

Un ricanement rauque m'échappe. Il est sérieusement en train d'essayer de me faire culpabiliser ?

— C'était pas un texto mais un message vocal, je réponds. La nuance est importante.

Il lâche un souffle de buffle ivre. Je ferais sûrement mieux de ne pas le provoquer mais j'estime que ne pas lui broyer les burnes est déjà un effort extraordinaire.

— Je suis sûre que tu t'en remettras sans trop de peine, j'ironise.

— Je t'avais dit de te tenir loin de ce connard, il crache en se rapprochant. Il se sert de toi pour reprendre son titre de Lucky Luke. J'peux pas croire que tu sois assez stupide pour le laisser te retourner le cerveau.

Bronson a dû être lavé dans une baignoire de toupet quand il était bébé. Trop près du rebord, par-dessus le marché.

— Qu'est-ce qu'il t'a raconté comme conneries pour que tu rompes avec moi ? il poursuit.

Je braque des iris condescendants dans les siens et le fixe sans ciller. Une part de moi meurt d'envie de lui balancer que je sais tout. Ça lui ferait perdre un peu de cette assurance insupportable. Mais c'est plus sadique de le laisser dans l'ignorance, comme si j'avais simplement préféré un autre que lui.

— Nos destins étaient ainsi tracés, je déclare en haussant les épaules.

Il vide d'une traite le verre qu'il tient à la main, visiblement pas le premier. Il est temps de mettre les voiles avant de trébucher. Sur son cadavre, par exemple. Je me colle au mur pour ne pas le frôler en m'éloignant, mais ses doigts se referment sur mon coude.

— J'te conseille de me lâcher très vite, Bronson.

Adieu ironie et self-control. Je suis sûre que j'ai été un tigre dans une vie antérieure, car je n'aurai aucun problème à lui lacérer le visage avec mon *baby-boomer*[16]. Il a la prudence de relâcher sa prise mais ne se prive pas d'une charmante logorrhée.

— Ça te plaît de jouer la pute des sportifs de FIU ? Tu comptes tous te les faire ? Après tout, ça devrait pas m'étonner, vu ce qui se dit de toi sur le campus. Entre *witch* et *bitch*[17], y'a qu'une lettre de différence.

Son attaque devrait me passer loin au-dessus de la tête mais elle me transperce la poitrine de part en part. *C'est vraiment ce qui circule sur mon compte ?* Je secoue la tête pour remettre mes idées en place. En comptant Bronson, je suis sortie avec trois sportifs. OK, quatre en incluant Luke. Mais de là à incarner ce que Bron m'envoie dans les dents… Et quand bien même le nombre atteindrait la centaine, cela justifie-t-il le jugement de quiconque ?

— T'es une salope, il m'insulte d'une voix pâteuse, droit dans les yeux.

Je reviens aussitôt à la raison. Il est juste dégoûté d'avoir perdu son précieux talisman, ses paroles ne valent rien. Mais hors de question qu'il m'insulte ainsi. Avant de lui balancer ce que j'ai sur le cœur, j'imagine une seconde détenir le pouvoir de le faire disparaître de cette dimension en un battement de cils. Je cligne des yeux et… Comme par magie, le voilà à plusieurs mètres de moi. Malheureusement, je ne suis pas à l'origine de cette heureuse téléportation. C'est Luke. Je ne l'ai même pas vu arriver ni attraper le pull de Bronson pour le catapulter contre le mur. *Il a une sacrée poigne, dis donc !*

— Insulte encore une fois ma copine et tu toucheras plus un putain de ballon ovale de toute ta vie.

Waouh ! C'est… une menace un peu cliché, mais elle me fait du bien tout de même !

16. Manucure, dégradé de blanc au *nude*, du bout à la base de l'ongle.

17. Sorcière et salope (en anglais).

Le fracas provoqué par la carcasse de Bronson contre la cloison a attiré l'attention. Nous nous retrouvons encerclés d'Amy, de Dallas et d'un autre mec que je n'ai jamais rencontré mais que j'ai déjà vu à la télé, quand mon père mate un match de basket. Qu'est-ce qu'il fiche dans une fête d'étudiants ?

— Oui, c'est bien moi, il me lance en surprenant mon regard. Lewiiis Conley.

Il reproduit un enchaînement indescriptible de mouvements. *Ceux de Docteur Strange, peut-être ?* Il est louche.

— Qu'est-ce qui se passe ? articule Amy en évaluant la situation.

Elle frotte ses poings, prête à en découdre.

— Ce mec t'a emmerdée ? s'en mêle Dallas.

— Ouais, mais rien de grave. C'est mon ex aigri, je réplique.

Après avoir entendu ces mots, Lewis sautille sur place en tapant des mains.

— Encore une histoire d'ex-copain merdique ? il s'excite, tout sourire. Ça m'avait manqué depuis Kirky !

— Qui ? lui demande Dallas.

— C'était le mec de Lois avant qu'elle ne s'offre à Lane. Je te raconterai !

Je ne peux même pas mettre son drôle de comportement sur le compte de l'alcool. Chez lui, ça semble inné, et ni Dallas, ni Amy, ni Luke n'en font cas. À vrai dire, l'attention de Luke est rivée sur Bronson.

— Je nous en débarrasse ? propose Amy en pointant le footballeur d'un mouvement du menton.

— Il va se barrer tout seul, s'empresse de la retenir Lewis. Pas taper, Hitman.

Il la ceinture avec un peu trop d'engouement avant d'embrasser ses cheveux. Donc Amy sort avec un joueur de NBA ? *Tu t'éparpilles, Tory !*

— Ah ! Vous voilà ! intervient Rafael. On vous cherch… Y'a un problème ? il tique soudain.

La tête de Juliet apparaît à côté de lui, sourcils froncés. Je désigne mon ex d'un mouvement dédaigneux. Coincé entre une brigade de Campus Drivers, Bronson a perdu de sa superbe. Son teint livide est un régal pour les yeux, mais je ressens de nouveau un pic de colère. *Après mûre réflexion, je vais changer d'avis…* Je m'insère entre mes alliés inattendus pour l'atteindre.

— Je t'ai largué parce que tu baisais avec d'autres nanas, je lui balance abruptement.

Je pensais pouvoir me passer de le lui avouer, mais il fallait que ça sorte, finalement.

— C'est une honte ! tonne Lewis sur un ton soudain plus tranchant.

— Je vais nous en débarrasser, grogne Amy.

D'un geste de la main, je la coupe dans son élan. Elle pousse un soupir blasé, mais je n'ai pas terminé.

— Bronson… Je peux pas croire que tu sois assez stupide pour imaginer que j'allais pas m'en rendre compte, j'ajoute en reprenant ses mots. J'espère que Rosie Johnson était un bon coup. Vu ses couinements, elle a eu l'air de prendre son pied dans cette salle de bains.

Il ouvre et ferme la bouche, cherche quoi répondre puis renonce, acculé.

— Maintenant, tire-toi, je continue d'une voix confiante. Et j'te conseille de ne plus recroiser ma route, ni même mon regard. J'essaie de ne pas nourrir de mauvaises pensées à ton égard, mais c'est dur. Alors, facilite-moi la tâche et assure tes arrières, parce que tu ne souhaites pas hanter mes pensées, crois-moi. Tu n'as pas envie de savoir ce qui est arrivé au dernier mec qui s'est foutu de ma gueule. Mais je vais te donner un petit indice : il n'y a plus aucun porte-bonheur en mesure de le sauver.

Il cligne des yeux deux fois avant de déguerpir sans demander son reste. J'ai failli tendre ma jambe pour lui faire un croche-pied mais je préfère laisser agir le karma.

— T'étais tellement...

— Parfaite, applaudit Amy.

— J'allais dire terrifiante, la corrige Lewis. Mais ta réponse ne m'étonne pas même un peu, Firebird. Au fait, tu n'as pas eu l'occasion de te présenter, il revient vers moi. Tu es...

— Tory, la copine de Luke.

— Tory ? Tory comme...

— Comme Tory, je réplique. Y'a aucun piège.

Il me dévisage bizarrement.

— Oh si ! Y'a un piège ! il ricane ensuite, à propos de quelque chose qu'il est le seul à saisir.

Il se tourne vers Luke, qui est resté étonnamment silencieux après son interruption musclée.

— Je te filerai des conseils pour survivre, Junior. Je te déclare officiellement membre de la ligue majeure des Campus Drivers ! Après Rafael, te voici le deuxième à Miami.

— Eh ! se révolte Andy. Pourquoi seulement eux ?

— Anderson, lorsque tu auras trouvé ta Pamela, tu pourras rejoindre tes petits copains.

Son timbre à la tonalité prophétique rivalise presque avec le mien. Même si je ne capte rien à ce qu'il déblatère, je commence à bien aimer ce drôle de personnage.

— Ramenez-vous, maintenant. On va se poser dans le jardin et trinquer.

Le groupe entier se déplace vers la porte-fenêtre la plus proche, à l'exception de Luke. Il attend que ses amis se soient éloignés pour sortir de son silence.

— Est-ce que ça va ? il s'inquiète en posant sa main sur mon épaule. Il t'a touchée ?

— Bronson ?

— Évidemment, Bronson !

Il est tendu.

— Non.

— Tant mieux, il souffle en se pinçant l'arête du nez.

Lorsque nous retrouvons ses amis dans le jardin, Juliet me tend un gobelet en me demandant si tout va bien. Je la rassure puis écoute les discussions des Campus Drivers. Il y a quand même un détail qui me titille.

— Excuse-moi, j'interpelle Lewis. Comment une star de NBA peut se retrouver dans une fête d'étudiants sans être harcelé par des fans ?

— Ma nana est la meilleure garde du corps, il répond naturellement. Personne n'ose approcher Hitman de trop près, je ne risque rien.

— Tout s'explique, je pouffe.

Je comprends rapidement qu'en plus d'être le mec d'Amy, Lewis est le patron de Luke et des autres.

L'ambiance est cool, à une exception près. Mon faux petit ami. Il participe peu à la conversation, le regard perdu dans le vague ou survolant parfois mon visage, et je ne suis pas la seule à le remarquer. Ses potes essaient de le détendre, mais il demeure irrémédiablement fermé. Qu'est-ce qu'il a ?

Au moment où nous décidons à l'unanimité qu'il est l'heure de rentrer chez nous, j'attends que les autres marchent devant sur le trottoir pour lui donner un coup de coude. J'ai très peu de recul sur sa façon d'être, mais son comportement me semble anormal.

— Tu fais la gueule ?

— Non.

— Alors pourquoi t'agis comme ça ? T'es encore contrarié par les glaçons ?

— Non, ça n'a rien à voir.

Je ne me détourne pas de son profil imperturbable. Sa mauvaise humeur devient contagieuse.

— Si je résume la situation : tu m'imposes une fête supposée célébrer la victoire de ton équipe, pendant laquelle tu tires une tronche de dix kilomètres ? Je suis ravie d'être venue alors que j'aurais pu m'occ…

— Je l'ai entendu t'insulter, il profère sèchement.

Je sais très bien de qui il parle, mais c'est plus fort que moi, j'ai à cœur de l'agacer.

— Bronson ?

— Non, ton frère ! Bien sûr, Bronson ! il pète un plomb comme prévu.

Je suis vilaine.

— Détends-toi. Pourquoi ça te met dans un état pareil ?

Il baisse la tête vers ses chaussures, fronce les sourcils puis reporte un regard soucieux vers moi.

— Si tu préfères qu'on arrête cette histoire maintenant, tu n'as qu'un mot à dire.

Je cache ma surprise derrière un masque impassible et le considère quelques secondes sans broncher.

— Luke Winchester, seriez-vous en train de me larguer ?

22

Luke

Je ne parviens pas à calmer mes nerfs. Depuis que j'ai vu Bronson bloquer Tory devant les toilettes puis lui cracher des insanités au visage, je me sens mal. En colère, mais aussi coupable. Je l'ai observée à la dérobée, et elle ne semble pas particulièrement atteinte par cet épisode, mais il se peut aussi qu'elle intériorise ses réactions. J'en suis même presque sûr, vu la manière piquante avec laquelle elle s'est adressée à lui avant qu'il ne se tire. N'importe qui serait blessé par des paroles aussi acides.

— Détends-toi. Pourquoi ça te met dans un état pareil ?

J'ai tenté de profiter de la soirée mais je n'ai pas réussi à simuler. Je baisse la tête, réfléchissant encore, mais la réponse est toute trouvée. Je ne peux pas continuer comme ça avec des conséquences pareilles.

— Si tu préfères qu'on arrête cette histoire maintenant, tu n'as qu'un mot à dire, je déclare.

Ses traits restent de marbre, seuls ses cils papillonnent. Je n'ose pas imaginer les répercussions d'une rupture si rapide, mais je me dois de penser à elle aussi.

— Luke Winchester, seriez-vous en train de me larguer ? elle articule finalement. Ton équipe a gagné, alors c'est un bye-bye direct ?

— Je suis sérieux, Tory. J'ai entendu ce que t'a dit ce gros con et, si tu crains que je ne ternisse ton image, je ne te supplierai pas de rester. Pas au profit de ma réputation.

Mes mots la laissent sans voix. Je la devine se les répéter mentalement. Aucun doute que j'ai visé juste. C'est logique : de base, elle n'a aucune envie de sortir avec moi. Pourquoi est-ce qu'elle tolérerait des dommages collatéraux en prime ? Tant pis pour moi, je trou...

— Je suis outrée ! elle se met soudain à brailler.

Hein ?

— Je suis scandalisée !

— C'est une honte ! hurle Lewis, sans savoir de quoi il s'agit, depuis l'intérieur d'une voiture garée plus loin.

— Qu'est... Qu'est-ce qu'il t'arrive ? je bégaie.

Tory arpente la pelouse de droite à gauche en agitant ses mains partout. *Elle est possédée ou quoi ?* Il y a pas mal de monde devant la maison de Mark, attiré par l'animation soudaine. Nous sommes suffisamment loin pour qu'ils ne puissent pas entendre ce que l'on se dit, mais cette fille a le sens du spectacle. Inutile d'être à côté d'elle pour décrypter son langage corporel. On croirait une dispute de couple. Par pitié, elle ne rebondit quand même pas déjà sur ma proposition en offrant à l'assemblée une rupture en direct ?

— Allons terminer cette conversation dans ma voiture, je suggère, tendu.

Sans surprise, elle se fout royalement de ce que je raconte. Elle fonce sur moi et plante son index dans le creux de ma gorge.

— Toi... Quand je pense que tu crois aux inepties de Bronson mais que tu refuses de croire en la plus petite des superstitions !

Elle pose une main sur son front, simulant la dévastation.

— Rien ne va chez toi, Luke. Rien. La vie me met à l'épreuve en te foutant sur mon chemin.

C'est pour ça qu'elle est dans un état pareil ?

— À moins que tu penses toi aussi que je suis une traînée ?

Mais qu'est-ce qu'elle raconte ?

— Jamais de la vie !

Elle recommence son manège. Encore un peu et elle se tordra de douleur sur le gazon des voisins.

— Je suis mortifiée, Luke Winchester.

Elle accentue mon nom de famille comme s'il s'agissait d'un mauvais sort.

— Bronson a plus de poids que moi dans ton cœur, elle geint à présent. C'est difficile à encaisser.

Non mais... Je lui propose de la libérer de notre accord pour qu'elle n'ait plus à subir ce genre d'attaque, et elle réagit comme ça ? Qu'est-ce qui ne tourne pas rond chez cette nana ?

— Tory !

Absorbée par ses complaintes théâtrales, elle ne perçoit pas à quel point elle attire l'attention.

— Tory !

— Qu'est-ce qui se passe, les tourtereaux ?

La voix d'Elliot me tire un spasme maxillaire. *Il ne manquait plus que lui !* Au milieu du trottoir, il nous avise avec appétit. Je le soupçonne de plus en plus d'être lui aussi une charogne qui attend l'opportunité de choper Victory.

— Je suis affligée, elle croasse, pliée en deux.

Il faut qu'elle arrête son cirque. Je tente une prise de catch camouflée sous un câlin.

— Elle plais...

— Est-ce que je suis bonne comédienne ? elle change soudain de ton en bombant la poitrine.

Elliot est aussi perdu que moi.

— Je m'entraîne pour le casting d'un drama. T'en dis quoi, Eddy ?

— C'est Elliot.

Elle remonte dans mon estime.

— J'étais pas loin. Alors, ton avis ? T'y as cru ?

— Tu m'as eu, il admet, déguisant sa déception en admiration. Je suis rassuré, j'ai cru que vous vous disputiez.

— Non, Luke et moi, on s'aime, elle affirme.

Ah, d'accord.

— Carrément ? il raille. C'est du rapide.

— À quoi bon lutter contre ce qui nous trépasse. Dépasse, pardon. Dé-passe. Pas trépasse. Je ne vais pas décéder en aimant Luke, bien sûr que non. L'amour rend vivant.

Elliot m'envoie une œillade désorientée. Je ne peux que hausser les épaules en retour. Le problème avec Tory, c'est qu'il est compliqué de déterminer si elle pousse la blague toujours plus loin ou si elle tente désespérément de se sortir d'une situation gênante en vomissant un flot de paroles. Le danger avec son cerveau sans limite, c'est l'escalade, et à ce rythme, le sommet est proche. Elle est intarissable, alors pour éviter la sortie de route, je la bascule sur mon épaule et m'éloigne sans perdre une seconde.

— À plus tard, mec ! je crie sans me retourner.

— Il doit m'aider à réviser une scène de sexe ! elle lui crie.

Oh ! Bon sang ! J'accélère jusqu'à atteindre ma voiture garée des mètres plus loin avant de la remettre droite.

— Tu ne pouvais pas te contenter de lui dire au revoir ? je marmonne.

— J'ai paniqué, elle suffoque en s'adossant à la portière passager.

Dans le cas où Elliot nous espionnerait toujours de loin, je pose une main sur le toit de ma caisse et me penche vers Tory comme si j'allais l'embrasser.

— Sans déconner ? je chuchote. Toi et tes talents d'actrice, vous avez pourtant été parfaits !

— C'est vrai, tu trouves ? Ma mère aussi m'a souvent dit que...

— Non !

Elle m'épuise.

— T'as failli tout foutre en l'air devant ce vautour, je lui reproche. Tu sniffes autre chose que des huiles essentielles, c'est pas possible.

— C'est toi qui as voulu me larguer, elle rétorque en levant le nez.

Correction : elle me tue. Et encore une fois, elle met un tel bazar dans mes pensées que j'en ai oublié celles qui m'ont bouffé cette dernière heure.

— Tu peux être sérieuse deux minutes, Tory ?

Elle aspire une grande goulée d'air par la bouche, la rejette par le nez puis opine du chef.

— Ce que Bronson a dit...

Elle m'intime au silence d'une tape sur la bouche.

— Primo, je mets ma main à couper qu'il a tout inventé pour être méchant et m'inquiéter. Deuzio, si le campus pense une chose pareille, je m'en tape ! Les gens passent leur temps à inventer des histoires pour combler leurs vies dérisoires. Je sais qui je suis, et ce n'est certainement pas une bande d'abrutis qui va m'influencer. D'autant que je ne vois pas pourquoi je devrais avoir honte d'être une prostituée, si c'était le cas. Maintenant, si tu veux arrêter cette mascarade, aucun souci.

Je dois bien l'avouer, elle est scotchante dans ces moments-là.

— Si ça ne tient qu'à moi, on continue, je réponds. Je voulais juste que tu saches que je n'ai pas l'intention de me servir de toi à tes dépens.

Nos visages sont si près l'un de l'autre que ses taches de rousseur paraissent animées. Nous échangeons un long regard intrigant durant lequel je m'interroge sur ce qui traverse ses pensées.

— C'est mignon de ta part de te soucier de ma réputation, elle me sourit.

Ses dents écartées la rendent attendrissante, jusqu'à ce qu'elle me tapote le dessus du crâne comme si j'étais un foutu golden retriever, gentil et loyal.

— Arrête ça.

— Je suis au clair avec moi-même, elle poursuit. En plus, si on rompt aujourd'hui, après une victoire de ton équipe, je suis bonne pour être courtisée par tous les chacals du coin. Comme ton pote Eddy.

— C'est Elliot, je pouffe.

— Je sais, je l'ai croisé au moins trois fois cette semaine. Je pense qu'il ressent des sentiments très forts pour moi.

— Quel petit bâtard, j'en étais sûr.

— Dommage pour lui, je ne suis pas libre. Alors, je vais continuer à jouer ta fausse copine et...

Elle s'interrompt, accueillant l'idée qui germe dans son esprit inépuisable. Je crains le pire.

— Oh ! Mais oui ! elle applaudit. Si avec un peu de chance ta poisse persiste à mon contact, plus personne ne croira en mon superpouvoir !

Elle se frotte les mains, là où les miennes se glacent.

— Bon sang, c'est du génie, elle se congratule.

Devant elle, la bouche entrouverte, je n'ai pas les mots.

— Pause, je parviens enfin à formuler. J'ai bien compris ? C'est toi maintenant qui veux te servir de ma réputation de guignard pour te débarrasser de la tienne ?

— Absolument.

— Mais c'est pas du jeu ! je me révolte.

— Au contraire ! Comme prévu, j'ai toujours l'intention de tenter mille et un tours sur ta personne, mais si je m'épuise en vain, je trouve que c'est nettement plus fair-play d'en retirer une autre forme de bénéfices !

— Tu es en train de retourner la situation.

— Pas du tout. Tu ne crois même pas en mon don, tu m'utilises uniquement pour la représentation. Alors, qu'est-ce que ça peut te faire si je ne te guéris pas de ton mauvais œil ? Puisque – j'aime bien insister sur cet aspect – de toute façon, tu n'y crois pas.

Elle n'a pas tort, mais elle pourrait faire semblant de me soutenir !

— N'empêche, tenter de me convaincre serait une meilleure alternative, non ? Je ne demande qu'à être contredit.

— Je suis indécise. L'énergie est sacrée, elle ne se gaspille pas pour des têtes de mule comme toi.

— Monte dans la voiture, affreuse humaine malveillante.

Elle fredonne des « nanananana » joyeux en s'asseyant sur son siège. Je referme sa portière et considère son profil radieux. Nous entretenons cette relation artificielle depuis deux jours, et il m'est impossible de prédire ce que Tory me réserve ni ce qu'il va advenir de moi. Néanmoins, je flaire que ce ne sera pas de tout repos. Je réussirai peut-être à sauver mon année de base-ball, mais mon âme...

— Tu travailles demain soir ? elle s'enquiert quand je suis prêt à démarrer.

— J'assure le premier service, je termine à 20 h 30. Pourquoi ?

— Pour expérimenter, elle déclare en découpant les syllabes. Viens chez moi dès que t'as fini.

Si ça ne sortait pas de sa bouche, j'y verrais une tout autre invitation...

— Je sais à quoi tu penses, espèce d'obsédé.

J'éclate de rire.

— Y'a pas d'ambiguïté, te tracasse pas. Mais j'ai le souvenir que tu m'interdisais l'accès à ton repaire. Qu'est-ce qui a changé ? Tu as pris conscience que je suis un mec génial ?

— Je me suis surtout rendu compte que tout mon matériel est chez moi.

— Ça sonne comme un rendez-vous dans une salle de torture.

— Tu entreras uniquement dans ma chambre, et par la porte qui s'ouvre sur le jardin. Ma grand-mère sera couchée, et mes parents sont invités à un mariage à Tampa ce week-end, ils prennent l'avion en fin d'après-midi demain. Aucune chance que tu croises un membre de ma famille.

— Tu n'as pas le droit de fréquenter tes congénères ?

— Bien sûr que si. Je n'aime pas particulièrement que les gens viennent chez moi, c'est tout.

— Je me sens honoré.

Ses iris me survolent avec malice.

— On verra si tu ressens la même chose demain… Tu sais quel jour on sera ?

23

Luke

Vendredi 13. Voilà quel jour nous sommes. Je ne porte pas plus d'intérêt à cette date qu'à une autre, mais Tory avait raison, je ne me sens pas du tout honoré alors que je traverse son jardin à la fin de mon service.

Même Raf a eu l'air inquiet quand je l'ai prévenu que je passais la soirée chez ma copine. Je le comprends. Étant donné le comportement de celle-ci en temps normal, qui sait ce qu'elle peut orchestrer un jour pareil ? C'est peut-être un guet-apens. Elle est capable de m'accueillir couverte d'une toge écarlate, tenant une bougie dans chaque main pour me mener jusqu'à un autel sacrificiel. Mais visiblement, l'éventualité de me débarrasser miraculeusement de ma poisse grâce à je ne sais quel tour de magie pèse plus lourd dans la balance que mon bon sens.

Je lève un poing pour toquer à sa porte-fenêtre. Le rideau bleu épais qui obstrue la vue remue, un bruit de loquet s'ensuit, et Tory apparaît devant moi.

— Salut.

Pas de toge ni de bougies. Juste un tee-shirt deux fois trop grand pour elle, retombant sur un jogging aussi large, qui s'échoue lui aussi sur deux pieds nus. Elle n'est pas maquillée, et le bout de ses cheveux est encore humide.

— Je suis déçu, je lance en guise de bonsoir. D'une journée comme celle-ci découlait forcément une tenue de circonstance, dans mon esprit.

— Qui te dit que je ne la porte pas en dessous ? elle raille.

Je n'en ai pas l'intention, pourtant je la reluque spontanément en élaborant une autre version d'elle. Je secoue la tête tout aussi vite et la dépasse quand elle s'efface pour me laisser entrer.

— Tu as…

Je ne termine pas ma phrase, frappé par la taille de la pièce qui s'ouvre devant moi. Je tourne sur moi-même, curieux.

— Ta chambre est immense ! Vous êtes combien à partager cet espace ?

— Trois.

— Je ne savais pas que tu avais une fratrie… Attends, je ne vois qu'un lit.

— Wild reste encore dans sa volière, et Belzébuth n'aime pas partager sa couche.

Hein ?

— Belzébuth ?

— Mon marginal de chat.

— C'est pas du tout inquiétant comme prénom.

— J'avais prévu de le baptiser Edward mais j'ai très vite senti que ça ne collait pas à son tempérament de feu.

Logique, je suppose… Je me souviens tout à coup de cette rumeur à son sujet et éclate de rire.

— T'es au courant que pas mal de gens sur le campus pensent que tu invoques le diable chaque fois que tu appelles ton chat ?

Sa bouche s'étire.

— Oui, tout comme mes voisins. Une revanche sur ces commères qui feraient mieux de s'occuper de leurs affaires.

Tory se moque de ce que pensent les autres, c'est fascinant.

Je reprends mon examen de sa chambre, qui doit avoisiner les cinquante mètres carrés. Elle est agencée en deux espaces : à droite, le coin nuit, à gauche, le coin... ésotérique. Meublé de longues étagères en bois remplies d'une collection de bocaux, bibelots, livres et plantes en tout genre. C'est étonnamment très joli. Il s'en dégage une atmosphère agréable.

— C'est ici que tu tournes tes vidéos, je suppose ?

Je désigne le long bureau, le fauteuil, le canapé et toute l'installation qu'elle a organisée autour pour se filmer.

— Tu les as visionnées ? elle s'étonne.

— Quelques-unes, ouais. Quand le receveur de mon équipe m'a parlé de toi, je suis allé voir ton compte.

— Tu t'es abonné ?

— Évidemment... je mens très mal.

— Je te pardonne. Depuis qu'on est ensemble, j'ai quasiment doublé mon nombre de followers et les commandes sur ma boutique.

— Tu deviens donc riche et célèbre grâce à moi ?

— Tout à fait, elle frime. Ça vaut le coup de supporter ta compagnie ennuyante.

— Dit-elle en m'invitant dans sa chambre à la nuit tombée.

— C'est professionnel et spirituel, elle argue.

— Sache que je suis un homme très récréatif dans la sphère personnelle.

Je ne sais pas pourquoi je lui dis ça.

— Si tu le dis...

Elle en doute pourtant de manière évidente.

— Viens voir, elle poursuit.

Je la suis vers une double porte, qu'elle ouvre sur un dressing au milieu duquel trône une grande cage. Installé sur un perchoir en bois, je retrouve dedans mon assaillant ailé, en meilleure forme que mercredi.

— Tu le séquestres ? je demande à Tory.

— Non, je l'enferme ici seulement quand je ne suis pas là pour surveiller, histoire d'empêcher Bel d'en faire son quatre-heures. Il reprend des forces doucement. Je lui rendrai sa liberté dès qu'il aura retrouvé toute sa vigueur et bien enregistré mes mises en garde contre les vieilles caisses jaunes dangereuses.

Je retiens un hoquet choqué en l'entendant parler de ma voiture en ces termes.

— Je maintiens qu'il m'a foncé dessus.

Dans la cage, un roucoulement retentit. Tory pousse un petit cri.

— C'est la première fois qu'il communique ! elle s'enthousiasme. Il reconnaît son agresseur, elle ajoute d'une voix grave.

Elle s'accroupit pour s'approcher de lui.

— N'aie pas peur, Wild. Je ne laisserai pas ce vilain Luke te blesser à nouveau.

Je lève les yeux au ciel. Elle fait glisser la volière jusque dans sa chambre, loin du lit sur lequel un chat s'est mystérieusement matérialisé. Il me scrute sans bouger une oreille. Cet endroit est à l'image de son occupante.

— Bon, commençons, elle embraie. Installe-toi sur le canapé.

— Oui, docteur.

J'avance vers le sofa en velours vert foncé qui jouxte une table basse massive. La chambre de Tory n'en est pas une. C'est un petit appartement.

— Je peux te poser une question indiscrète ?

— Mon père est analyste financier et ma mère dentiste, elle répond aussitôt. Ils gagnent bien leur vie, je suis fille unique, donc j'ai la chance de posséder une grande maison et une chambre qui l'est tout autant.

Je m'enfonce dans les coussins, écrasé par son intuition.

— Faut que tu m'expliques comment tu fais ça. Deviner ce que les gens pensent.

— Je ne sais pas... Disons que j'ai un don pour cerner les esprits prévisibles ?

Je lui balance un coussin dessus, qu'elle esquive en se déhanchant. Près de moi, Wild bouge sur son perchoir et se rapproche des fins barreaux, comme s'il était subitement très intéressé par la situation. Tory arrive les bras chargés d'un tas de trucs et les dépose sur la table. Puis, plutôt que de s'asseoir à côté de moi, elle choisit de s'installer en tailleur sur le tapis.

Incrédule, je l'observe choper un couteau à la lame brillante.

— Euh... non, je souffle.

Même Wild recule un peu.

— Je ne vais pas te poignarder, elle a la gentillesse de me prévenir sur un ton serein. File-moi cette orange, s'te plaît.

Je fais rouler le fruit dans sa direction, elle l'entaille avec son couteau, y insère une noix de muscade, de l'anis étoilé et une feuille de laurier. Elle saupoudre le tout d'herbes et y ajoute une bougie orange. *Tout va bien.*

— Allume-la, elle me somme.

Je m'exécute sans commenter. *Y'a pas à dire, les soirées avec Tory, c'est quelque chose.*

— Maintenant, on laisse la bougie se consumer et on passe à la suite.

Je ne m'aventure pas à lui demander à quoi rime ce rituel. Elle sort de longues cartes d'une pochette en soie mauve, les manipule en fredonnant, avant de les étaler devant moi d'un geste assuré.

— Vas-y, elle lance.

— Où ça ?

— Tire une carte d'oracle, andouille !

— Je le savais, je ricane.

Je lorgne le jeu.

— Ça va te servir à quoi ?

— À établir un premier diagnostic.

Je choisis l'avant-dernière carte à gauche.

— Ne la touche pas, m'ordonne Tory en tapant sur ma main. Mon oracle, mes doigts.

Elle s'empare du rectangle cartonné et le retourne sous son nez, qui se retrousse instantanément.

— Qu'est-ce que ça dit ?

— C'est l'âne borgne, elle déclare. C'était si évident que c'en devient mystique. Pioches-en une deuxième.

Je réitère même cinq fois de plus.

— Alors, verdict ? je bâille.

La tête penchée, elle est concentrée sur son tirage.

— Tu restes attaché à quelque chose de ton passé qui t'empêche de gérer ce qui se passe en ce moment.

C'est assez vague, tout le monde pourrait en dire autant, mais je contracte la mâchoire.

— C'est lié à ta famille. Ça te parle ?

— Pas du tout, je rétorque.

C'est idiot de lui mentir mais c'est sorti tout seul.

— Ça te parle, elle conclut.

— Ce qui m'importe, c'est l'avenir. Est-ce qu'il a prévu d'être radieux ?

Elle mordille son ongle, focalisée sur l'une des six cartes.

— On dirait bien que oui, mais ce ne sera pas facile. Il y aura d'abord une longue phase d'agonie.

Chouette. Elle ne m'en révèle pas plus et range son oracle. Puis, d'un tiroir, elle extrait une bouteille en verre transparent contenant un liquide vert clair.

— C'est quoi ?

— L'Agua de Florida, elle répond en revenant autour de la table. C'est une eau de Cologne sacrée.

Elle retire le bouchon, et je me penche vers le goulot pour humer.

— Hum, l'odeur est... originale.

Elle en fait tomber quelques gouttes au creux de sa main, avant de frictionner ses paumes entre elles. Elle s'agenouille près de moi sur le canapé et approche ses doigts de ma gorge. J'arque un sourcil.

— Je ne vais pas t'étrangler.

— Je t'en remercie. Si tu m'expliquais ce que tu fais, je serais moins sur le qui-vive.

— Je vais juste en déposer dans ton cou et jusqu'à la racine de tes cheveux. Tu permets ?

— D'accord… Pour quoi faire ?

— Si je te le dis, tu vas être encore plus hermétique que tu ne l'es déjà.

— Tu as un don pour me mettre à l'aise, c'est fou.

— Ça purifie l'âme, attire la chance et fournit une protection. Content ?

Je jette un coup d'œil vers la bouteille. C'est de l'eau parfumée, sérieux.

— Voilà ! Qu'est-ce que je disais ? elle râle. Fournir un minuscule effort est trop te demander ? C'est dingue d'être à ce point bouché.

— Désolé, vas-y, je suis ton dévoué serviteur. Frictionne-moi la nuque, je t'en prie.

— Je suis à ça de te la briser.

— Avec ma chance, tu raterais ton coup, et je finirais ma vie avec un éternel torticolis.

Elle retient un sourire, avant de secouer la tête.

— Boucle-la, maintenant, et ferme les yeux.

J'accède à sa requête.

— Très bien. Inspire, elle chuchote.

Je sens les coussins s'affaisser sous ses mouvements puis ses mains effleurer la zone derrière mes oreilles. J'ai d'abord envie de rigoler, mais elle augmente la pression, et sa peau chaude sur la mienne distille une tout autre émotion. Elle effectue un léger massage, et ma nuque se couvre de chair de poule quand le bout de ses doigts remonte à la base de mes cheveux. Mes abdos se contractent de surprise, et j'ouvre les yeux. Je ressens des petites vagues de sensations indescriptibles qui descendent jusque dans mon dos. Son toucher est doux. Mêlé à l'odeur d'agrumes et de lavande, c'en est presque entêtant. Ou envoûtant ? Je ne formule plus de pensées réfractaires, toute mon attention est orientée vers les prunelles de Tory, plongées dans les miennes. Vers le bruit de son souffle et la façon dont ses lèvres s'entrouvrent pour laisser échapper un filet d'air. Merde, les pressions qu'elle effectue détendent mon cou, mais mon ventre, lui, est toujours tendu, et je n'arrive pas à ignorer sa proximité. Elle me semble à la fois beaucoup trop proche et trop lointaine. J'ai envie de...

C'est Tory qui sursaute la première et se rattrape à mes épaules. La porte vitrée vient de s'ouvrir quelque part derrière moi, et une vieille femme fait irruption dans la chambre. Ma fausse petite amie bondit à l'autre bout du canapé et s'accroche à l'accoudoir comme une naufragée à sa bouée. Pour ma part, j'ai l'impression d'avoir été ensorcelé un bref instant.

— Eh merde, jure ma voisine tout bas.

Vêtue d'une longue chemise de nuit et coiffée d'une charlotte assortie, la nouvelle venue nous contemple l'un et l'autre.

— Tory Garland, l'invective notre invitée.

La suite de ses paroles demeure un mystère français. Voici vraisemblablement la fameuse grand-mère expatriée.

— Qu'est-ce que tu fais debout à cette heure-ci ? l'interroge Tory en tirant son sweat par-dessus ses genoux repliés.

— J'ai entendu un bruit dans le jardin, je suis sortie faire fuir les cambrioleurs.

— Quelle bravoure. Et tu t'es dit que t'allais en profiter pour entrer dans ma chambre ?

— J'ai vu une drôle de voiture garée devant puis de la lumière filtrer à travers tes rideaux. J'ai voulu m'assurer que ma petite-fille n'était pas en danger.

Elle me couve d'un regard amusé.

— Fausse alerte, elle conclut.

Tory gonfle ses narines puis se lève pour l'atteindre.

— Sors d'… Je rêve ou tu sens la cigarette ? elle s'effare en la reniflant. Qu'est-ce qu'on a dit à ce sujet, nom d'un chien ?

— Je ne vois pas de quoi tu parles, ma chérie.

Du revers de la main, elle écarte Tory pour venir s'asseoir à côté de moi sur le canapé. Je ne suis pas sûr que ce soit l'odeur du tabac qui flotte sur elle, mais plutôt celle de l'herbe.

— Bonsoir, je suis Armelle.

Ses yeux sont brillants et animés d'une lueur saisissante. Elle se penche vers moi, je me prépare à une accolade, mais son visage se rapproche dangereusement du mien. Qu'est-ce qu'elle…

— Elle te fait la bise, gronde Tory.

Ah oui ! Les habitudes françaises ! Sa grand-mère colle chacune de ses joues aux miennes, avant de reculer.

— Je t'ai déjà dit que ça mettait les Américains mal à l'aise, lance Tory. Moi la première, quand j'en suis témoin.

— C'est pour ça que je continue de le faire.

L'aïeule avise la table basse, puis ma personne. J'ouvre la bouche pour me présenter à mon tour, mais elle me devance.

— Est-ce que tu es Luke ?

Je ne cache pas mon étonnement et surprends Tory se frappant le front du poing.

— Tu as parlé de moi à ta mamie ? je gazouille. Je me sens spécial.

— Absolument pas !

— Qu'est-ce que je devrais savoir ? enquête la vieille dame.

— Rien. Il allait partir, en plus.

— Ah bon ? Déjà ? je réponds.

Son regard noir est très impressionnant.

— J'allais partir, je rectifie. Mais par curiosité, Armelle…

En un clignement de paupières, Tory se faxe entre sa grand-mère et moi, remuant les fesses pour s'imposer et faire barrage.

— Ne l'appelle pas par son prénom comme si vous vous connaissiez depuis le vingtième siècle. Maintenant, dis-lui bonsoir et pars. Non, dis-lui adieu, vous ne vous reverrez plus jamais.

— Ne jamais dire jamais, je lui rappelle. C'est toi qui me l'as appris. Tu vois, je ne suis pas si bouché.

— C'est ce que j'allais dire ! s'écrie Armelle.

J'esquisse un minuscule sourire victorieux. Pour une fois que j'ai l'avantage dans nos causeries, je ne vais pas m'en priver. Je suis un peu plus grand que Tory, juste assez pour apercevoir sa grand-mère au-dessus de sa tête.

— Comment vous savez que je m'appelle Luke, si elle ne vous a jamais parlé de moi ?

— Elle a évoqué un client poursuivi par la malchance, et il y a cette orange juste ici. Je suis vive d'esprit.

— Pas toujours, grince sa petite-fille. Maintenant, du balai ! Tous les deux !

Tory m'a prédit un avenir radieux, je ne souhaite pas le remettre en question, alors je me lève et me dirige vers la sortie.

— Bonne nuit, madame.

J'appuie sur ce dernier mot, ce qui fait enrager ma merveilleuse fausse petite amie secrète. Cette histoire se complexifie.

— Je te raccompagne, minaude Armelle.

— Certainement pas ! s'oppose Tory. Tu files dans ta chambre, sinon je balance à maman que tu fumes dès qu'elle a le dos tourné.

— Et je lui dirai que tu fais venir des garçons quand elle n'est pas là.

— Luke n'est pas un garçon !

— Alors, euh... En fait, si, je me permets d'intervenir.

— Dé-gage ! elle crise.

Avant de franchir la porte-fenêtre pour me retrouver dans le jardin, je lance un « à bientôt » enjoué.

— Compte là-dessus, m'envoie Tory, une main sur la poignée.

— Je suis sûre que je vais le revoir, sourit Armelle dans son dos en tapotant sa narine.

Le battant se referme vivement, et je ris tout seul sur la pelouse. Tory est un personnage à elle seule, — je crois deviner de qui elle tient ça —, mais sa compagnie déroutante dilue un peu ce qui me pourrit la vie depuis des mois. Pourtant, nous nous voyons précisément pour cette poisse qui ne disparaît pas. C'est peut-être ça, le superpouvoir de cette sorcière.

24

Luke

Voilà dix jours que Tory et moi vagabondons main dans la main à travers le campus. Nous sommes toujours observés, mais j'ai pris mes marques dans cette pièce de théâtre. Et je ne crois pas être le seul. Je ne sais pas si ma fausse petite amie s'habitue finalement à ma présence soporifique — pour reprendre ses mots — ou si l'épisode Bronson a provoqué un revirement en elle, mais je la trouve beaucoup plus à l'aise, naturelle et disposée. À vrai dire, moi aussi, je me sens différent. Jouer cette comédie amoureuse est finalement plus facile que ce à quoi je m'étais préparé psychologiquement. Attention, côtoyer Tory n'a rien d'une promenade de santé. Elle est toujours aussi ardue à suivre, impossible à maintenir dans une conversation et pétrie de superstitions abracadabrantes, mais je suis de moins en moins surpris par ses frasques. Il y a cependant un autre détail qui, lui, ne change pas. Ma poisse. Éternellement collée à mes basques.

— Raconte-moi encore comment cette bosse est apparue sur ton front.

Allongée dans l'herbe à côté de moi, une main en visière pour se protéger du soleil, Tory me regarde avec des yeux humides du fou rire dont elle se remet à peine.

— Non.

Je plante ma fourchette dans la salade qui tient en équilibre sur mes genoux.

— Allez !

— Je regrette déjà de te l'avoir raconté une fois, je grince. Je suis sûr qu'on t'a entendu rigoler jusqu'à Key Largo. Je pensais que les petites amies étaient là pour réconforter et soutenir en toutes circonstances, pas pour se tordre de rire par terre.

— Ah bon ? Tu crois qu'elles font le repas et la lessive tous les jours ou, ça aussi, c'est un mythe ?

— J'espère que c'est vrai ! j'ironise. Mais j'imagine que c'est une légende, comme celle qui te concerne.

Elle comprend tout de suite à quoi je fais référence.

— Je redouble d'efforts pour te porter chance, Luke. Mais, soyons honnêtes, le sort qui s'acharne contre toi est d'une puissance incommensurable. D'ailleurs, j'ai commandé un livre de rituels de haut niveau. Je dois le recevoir aujourd'hui, j'ai hâte de m'y plonger. Tu me pousses à me surpasser.

Je lorgne ma salade, l'appétit coupé. Je la repousse sur le côté et lâche un soupir las en laissant mon regard vagabonder aux alentours.

— J'exagère, elle reprend sur un ton plus sérieux. Il ne t'arrive rien de très grave non plus. Un téléphone qui tombe d'un balcon et atterrit sur ton front n'est pas une tragédie. Il aurait pu s'agir d'un être humain.

Ouais, bien sûr, on peut toujours tout relativiser...

— Pris à part, on peut les voir comme des aléas sans gravité, je concède. Mais mis bout à bout, tous ces petits épisodes de malchance se transforment en un putain de sac d'emmerdes. Tu veux que j'te dise ? Je suis prêt à dire adieu à Lucky Luke tant que cette guigne disparaît aussi. Je ne cherche même plus à redevenir ce mec ultra chanceux, je souhaite juste qu'on me foute la paix. Une vie paisible, sans croche-pieds incessants de l'univers, est-ce que c'est trop demander ?

Ma voix s'est durcie sur cette dernière partie. Ce que je traverse me renvoie irrémédiablement à ce que nous avons vécu avec mes parents.

J'entends Tory s'éclaircir la gorge et tourne la tête vers elle. Maintenant assise, elle m'analyse longuement.

— Explique-moi pourquoi tu es à ce point obsédé par cette poisse...

— Parce que c'est un calvaire journalier ?

Je pointe la bosse qui déforme mon front.

— Ça te suffit pas, comme argument ?

— Non, mon instinct me souffle qu'il y a autre chose derrière tout ça.

Tandis qu'elle tapote sa fameuse narine clairvoyante, je me raidis. Elle est forte. Probablement plus observatrice que magicienne. On ne se connaît que depuis une quinzaine de jours, mais elle est devenue celle qui en sait le plus sur ma guigne. Ça ne me dérange plus de lui dévoiler ce morceau de mon existence. Elle comprendra sûrement mieux pourquoi je suis prêt à simuler une relation avec elle. J'ouvre la bouche, mais une idée devance mes confidences.

— Si je te raconte, tu m'en devras une, je propose.

J'ai sorti ça sans avoir de plan précis derrière la tête, mais compte tenu de notre *deal*, c'est toujours intéressant d'avoir une cartouche d'avance dans la poche.

— De mémoire, c'est toi qui m'en dois une pour m'avoir torturée avec ton foutu match de base-ball. Nous serions donc à égalité.

Merde, elle tient les comptes.

— Ce que j'ai à te révéler vaut plus que ça.

Elle joue avec l'anneau à son oreille, en mordillant le coin de sa lèvre. Je titille sa curiosité.

— C'est d'accord, elle se résout à accepter. Mais j'espère que ton histoire est tragique.

Ce n'est pas une histoire joyeuse, mais je suis un escroc, elle n'a rien d'un drame. Même si elle m'a apporté son lot de souffrances.

— Je t'ai dit que mes parents ont une petite entreprise, tu te souviens ?

Elle hoche vivement la tête.

— Ce n'est pas la première qu'ils ont montée. Avant ça, ils étaient à la tête d'une boîte bien plus importante à San Francisco. Je vais passer sur les détails ennuyants, mais un beau jour…

Je claque des doigts.

— Ça s'est cassé la gueule. Il y a eu une succession de malchances, et hop ! Tout ce que nous avions s'est volatilisé. On a dû vendre notre maison et presque tout ce qu'il y avait à l'intérieur, déménager dans un taudis, changer de voiture, d'amis, moi d'école… J'avais 12 ans et j'ai regardé ma famille sombrer. Pendant des mois, chaque jour apportait son lot de mauvaises nouvelles et d'obstacles. C'est un putain de cercle vicieux, tu sais.

Immobile et silencieuse, elle boit mes paroles, le front plissé.

— J'ai eu peur pour mon père. À un moment donné, j'ai cru qu'il allait flancher. Heureusement, mes parents ont tenu le coup. Nous sommes restés unis et solidaires, et on a pu retrouver un semblant de calme au fur et à mesure. Et puis, de mon côté, en terminale, jackpot. Je suis subitement devenu le mec le plus chanceux du bahut puis de la fac. Et la suite, tu la connais.

Je replie mes genoux et pose mes coudes dessus.

— Je ne veux pas que ma vie s'effondre encore, je conclus d'une voix rauque.

Tory ne réagit pas immédiatement. Elle cogite sur mes confidences. Je crois qu'elle doit se figurer une version plus jeune de moi, affrontant ce que je viens de lui raconter. J'ai envie de lui dire qu'elle aura du mal à s'approcher de la réalité, mais elle reprend la parole avant moi.

— Je suis désolée, elle compatit.

— Mer…

— Ceci étant dit, tu m'as escroquée.

J'éclate d'un rire nerveux.

— Ça ne valait pas plus que ce que tu me devais déjà, elle argue.

— T'abuses, ça a été une période très dure.

— Oui, je te crois, mais ton match a duré de longues heures.

— Tu as dormi la moitié d'entre elles.

Elle se creuse la cervelle pour trouver un argument.

— Fait chier, elle ronchonne. OK, t'as gagné cette manche.

— Merci.

— Je comprends mieux tes réactions, maintenant.

— Merci.

— Mais tu te rends compte qu'après la tempête, le beau temps revient ?

— J'le sais, mais il reste des séquelles immuables. Prends le base-ball, par exemple. Si je perds ma place aujourd'hui, elle ne reviendra pas demain.

— Ce sera le destin, elle déclare en haussant les épaules.

— J'emmerde le destin, Tory.

Ses index forment une croix.

— Sur ces belles paroles, je vais t'abandonner, ma chère et tendre. Un entraînement m'attend, et je dois trouver une excuse pour couvrir cette bosse sur mon front.

— Dis-leur que je t'ai cogné parce que tu portes des habits neufs le vendredi.

— Quoi ? D'où sort cette nouvelle connerie ?

— C'est du sérieux ! Ça porte malheur !

— Si je leur disais plutôt que je t'ai sautée si fort sur ton lit à baldaquin qu'il s'est effondré sur nous ?

— Ose un peu pour voir. Je te cognerai pour de vrai si une telle ignominie sort de ton bec.

Je me remets debout et me penche vers elle pour déposer un baiser au sommet de son crâne.

— On se retrouve demain matin devant chez toi. Passe une bonne aprèm, sorcière.

Elle lève deux doigts en guise d'au revoir et retombe allongée dans l'herbe.

Je trottine jusqu'au complexe sportif et entre dans le vestiaire presque comme avant. Ma sérénité n'est pas à son paroxysme, mais savoir que Victory couvre mes arrières est un bon remède à mon angoisse. Sans surprise, tout le monde m'interroge sur l'œuf qui bombe mon front, et je prends le risque de m'attirer les foudres de Tory en sous-entendant dignement que nos ébats en sont l'origine.

— Le coach veut te voir, m'informe Jarod alors que je referme mon casier. Il t'attend dans son bureau.

— Tu sais pourquoi ?

Il secoue la tête.

— Ça ne doit pas être trop grave. T'es encore dans l'œil du cyclone, mais Victory est une bonne armure. Je suis fier de toi, tu m'as écouté, pour une fois.

Je ne le contredis pas, pourtant il n'a rien à voir là-dedans. Ou du moins, pas comme il le pense. C'est effectivement lui qui m'a poussé sous les roues de Tory, mais si Elliot n'avait pas interprété à tort ce qu'il a vu, je n'aurais jamais provoqué cette situation ubuesque.

Je me dirige sans attendre vers le bureau du grand manitou.

— Vous vouliez vous entretenir avec moi, monsieur ?

Il lève la tête de son calepin et acquiesce.

— On joue un match amical contre Harvard samedi matin, il démarre de but en blanc.

— Oui, je suis au courant.

Je ne suis pas aussi confiant que Jarod, ma voix est fébrile. Est-ce qu'il me convoque pour m'informer qu'il ne souhaite pas que je sois du voyage ? Il s'est montré assez peu démonstratif sur mes mésaventures jusqu'ici, mais il ne me réserve plus le même traitement qu'auparavant. J'ai perdu des points auprès de lui, surtout après le match de ce week-end. Je voulais que Tory m'accompagne, malheureusement, elle n'a pas pu se rendre disponible, et nous nous sommes fait éclater par nos adversaires. Ça l'a mis en colère, mais il ne m'a encore jamais exclu d'une rencontre.

— C'est un match important, il complète.

Le bout de son stylo tape contre son bureau, dans un claquement qui résonne dans chacun de mes os.

— Le moral de l'équipe est bas, la confiance l'est plus encore.

Alors qu'il prend une vive inspiration, je rentre les épaules, prêt à recevoir le coup de grâce.

— C'est pourquoi je te demande d'emmener ta copine avec toi. On décolle vendredi en fin de journée. Son billet d'avion sera couvert, et une chambre individuelle lui sera réservée.

Sa requête me prend de court.

— Tory ? je réponds bêtement.

— Parce que t'en as d'autres ?

— Non, non. Mais les petites amies n'ont pas le droit de venir en déplacement, je ne comprends pas.

— Je m'en fous, c'est un cas à part.

Tory est effectivement un sacré cas.

— Notre pré-saison connaît le pire démarrage depuis 1998, nous devons redresser la barre. Personne ne se plaindra de ce traitement de faveur.

— Je ne suis pas certain qu'elle accepte.

Je suis même persuadé qu'elle refusera tout net. Elle se lamente déjà dès que je la traîne à l'un de mes entraînements, elle ne s'est pas encore remise de l'ennui profond dans lequel notre dernier match l'a plongée, alors l'embarquer à l'extérieur en remettant en cause les limites définies de notre *deal*... aucune chance. *Et à ce sujet, je sais de quoi je parle !*

— Trouve le moyen que tu veux pour la convaincre, Winchester.

À sa façon de parler et de me regarder, je lis entre les lignes « soit elle vient, soit tu restes ici ».

— OK, coach, comptez sur moi.

Je quitte son bureau, le cerveau en ébullition. Il va falloir que je trouve la meilleure approche pour convaincre Tory de décoller vers Harvard avec moi. Mon intuition doit s'améliorer à son contact, parce que je me félicite d'avoir obtenu une faveur d'elle tout à l'heure. Elle tombe à point nommé, mais est-ce que ça suffira ?

***

Pendant que je conduis Tory vers le campus, je continue de chercher mentalement comment lancer les hostilités, mais je me dégonfle à mi-chemin. J'ai hésité à formuler ma supplique par texto hier soir, mais j'ai décidé de miser sur un face-à-face pendant lequel je m'agenouillerai à ses pieds s'il le faut. Mais là, je ne le sens pas. Je tenterai plutôt ce soir, au retour. Je ne pourrai pas repousser davantage, dans l'éventualité où je devrais la supplier longuement. L'avion décolle vendredi en fin d'après-midi, ce qui me laisse trois jours pour l'amadouer.

Lorsqu'elle remonte dans ma voiture à la fin des cours, je m'encourage en silence.

— To...

— Au fait, j'ai oublié de te donner ça ce matin, elle entame en farfouillant dans son sac.

Rah ! J'étais lancé ! Elle en extrait deux objets. L'un est une sorte de bracelet en fils multicolore, différent des premiers qu'elle m'avait vendus, et l'autre est une bouteille en verre que je reconnais.

— C'est de l'Agua de Florida, tu t'en souviens ? elle me demande.

Elle ne retire pas le bouchon de cette fameuse eau de Cologne sacrée, pourtant son odeur me revient en mémoire, aussi forte que si elle en avait versé la moitié sur moi. Mon ventre se tend, et une vague de chaleur irradie mon cou. C'est une sensation identique à celle qui m'a assailli lorsqu'elle en a appliqué derrière ma nuque en ce mémorable vendredi 13. Je gigote sur mon siège, mal à l'aise.

— J'ai commandé cette bouteille pour toi, elle continue, imperméable à mes réactions. Tu peux t'en servir comme lotion, ou en déposer quelques gouttes sur ton oreiller. Ça s'utilise aussi dans le bain, mais le gaspillage de l'eau me rend malade. Tu te rends compte qu'une baignoire contient plus de cent cinquante litres de flotte ?

Tory, la reine des douze conversations en une.

— Donc t'as pas intérêt à t'en faire couler un.

Je rabaisse le doigt qu'elle pointe sur moi.

— Je n'ai pas de baignoire.

— Parfait ! Je t'ai aussi fabriqué une tresse protectrice à pendre à ton rétroviseur, elle enchaîne en l'exhibant.

Hop, retour à la case départ. Ses neurones doivent produire autant d'électricité qu'une centrale.

— J'ai tâché de l'assortir à ta carrosserie.

— Tu es très investie, je commente, surpris d'une telle implication.

— C'est vrai, mais dans ton cas, j'ai tout intérêt à l'être.

— Pourquoi ? C'est pas toi qui espérais que ma poisse perdure pour être débarrassée de ta réputation ?

— Si, bien sûr... Mais ensuite, j'ai pensé à un truc.

Un seul ou dix à la fois ?

— Quand Juliet et Rafael auront un gosse, je serai forcément la marraine et j'ai une chance sur trois pour que tu sois le parrain.

— Une chance sur trois ? Non, je suis l'ami préféré de Raf, il me choisira.

— À l'heure actuelle, ça reste à prouver. Mais au cas où il serait assez fou pour choisir un mec malchanceux qui a aggravé son cas en marchant sous une échelle sans ciller ce midi, je prends les devants pour maximiser la durée de vie de cet enfant.

— Je n'ai pas marché sous une échelle ce midi. On n'était pas ensemble, en plus.

— Pardonnez-le, il ne sait même pas ce qu'il fait... elle adresse dans l'air. Je t'ai vu, Luke Winchester. Tu ne m'as pas entendu hurler d'horreur ?

— Attends, c'était toi, ce cri guttural sorti de nulle part ?

Elle colle sa babiole tressée contre sa poitrine et se balance d'avant en arrière.

— Aucun obstacle n'est trop grand pour moi, elle déclame.

Là-dessus, je la crois les yeux fermés. Elle s'avance vers mon rétro et y accroche sa création.

— Ne la retire sous aucun prétexte, elle précise.

— Qu'est-ce qui se passera, si je le fais ?

— J'ai œuvré deux heures dessus. Je serai très vexée, ce qui provoquera forcément ma mauvaise humeur.

— Je n'y toucherai pas, je promets.

Satisfaite, elle se renfonce dans son siège et boucle sa ceinture. Je tourne la clé dans le démarreur, avant de me souvenir de ce dont je dois lui parler. Comme toujours, elle est parvenue à me faire perdre le fil en quelques secondes.

J'ouvre la bouche et aspire le plus d'oxygène possible.

— Tory...

Ses mains se figent, et un râle plaintif se faufile entre ses lèvres. *Elle n'a quand même pas déjà deviné ce que j'allais lui demander ?* Je cherche son regard, mais il reste scotché sur le long collier qu'elle triture entre ses doigts. *Du nerf, Luke !*

— J'ai besoin de Victory, je continue en cherchant la meilleure formulation possible.

Nouveau râle.

— J'te jure que ce n'est absolument pas mon idée, je précise.

Troisième râle.

— J'ai un match crucial samedi matin, il faut que tu viennes.

Sa bouche forme un « o » surpris, avant de s'affaisser.

— Non.

— Tu m'en dois une !

C'est moche, mais je suis acculé.

— Tu as tout prévu pour que je sois coincée, salopard ! elle s'énerve.

— Pas du tout. C'est un coup de pouce du destin, je me justifie.

— Tu ne l'emmerdes plus ?

— Tu m'as fait ouvrir les yeux, c'est un miracle.

Elle retire son collier et me fouette le bras avec.

— J'te déteste. Le base-ball est le sport le plus chiant au monde, elle gémit.

— Promis, je ne t'embête pas par plaisir. Le coach m'a carrément convoqué dans son bureau tout à l'heure pour me demander de t'emmener. Il a mis les formes, mais je ne suis pas con, ça sonnait comme un ultimatum.

— Il a le droit de faire ça ?

— Une mouette s'est écrasée à mes pieds en plein match, j'te signale. Ça lui confère ce droit, ouais.

— Je dois déjeuner avec Juliet samedi midi, Rafael est de service pour la Love Machine.

— Si tu reportes, c'est moi qui paierai tes raviolis chinois.

— Comment tu sais ce que je comptais manger ?

— Tu les évoques trop souvent pour que je ne puisse pas le deviner.

Elle ramène ses cheveux détachés devant son visage et gronde à l'intérieur.

— Bon, c'est d'accord. Seulement parce que je n'ai qu'une parole et que je suis pressée d'effacer cette dette de mon tableau. Mais sache que je ne me ferai pas avoir une deuxième fois et que je commanderai trois assiettes de raviolis !

— Aucun problème.

Tory joue avec une mèche de ses cheveux. Je me laisse jusqu'à cinq pour lâcher la bombe. *Putain, non, pas cinq, elle déteste ce chiffre.* Elle me contamine...

— Il y a un petit détail insignifiant que tu dois connaître. On joue contre Harvard.

— Cette information me change la vie, merci.

— Et le match se déroule là-bas. On décolle vendredi après les cours.

25

Tory

En arrivant aux abords de l'aéroport, je n'envoie pas de SMS à Luke pour le prévenir, histoire qu'il stresse jusqu'à l'ultime seconde à l'idée que je lui pose un lapin. C'est le bus de son équipe qui doit le déposer, et avant même d'entamer cette expédition, je devine la lourdeur que ce sera de voyager avec les joueurs de base-ball de FIU.

Je prends cette histoire de malchance beaucoup trop à cœur. Qu'est-ce que je fous là ? Je me pose cette question en boucle depuis que j'ai accepté, mardi.

Dans le fond, je râle mais je sais pourquoi je me retrouve toujours dans ce genre de situation. Luke est un mec gentil, et moi, une fille bien trop solidaire avec les personnes qui ont besoin d'un coup de pouce. Juliet en est un bon exemple, je n'ai pas pu m'empêcher de la pousser dans une voiture pour combattre ses démons. Elle le méritait, et vu la réaction de Luke après que Bronson m'a insultée, lui aussi en vaut la peine. Ce qui ne signifie pas que je lui faciliterai la tâche ces prochaines vingt-quatre heures. *Oh que non !*

— Tu m'appelles quand tu arrives à Boston, d'accord ? me demande ma mère en s'engageant sur le dépose-minute.

— Bien sûr.

— C'est tellement drôle, ce qui t'arrive ! Mon bébé est un trèfle à quatre feuilles personnifié !

Ouais, je suis pliée.

— Je savais que c'était une excellente idée de te concevoir lors d'une lune ascendante, le corps enduit de...

— Aaah ! je braille en me bouchant les oreilles. Je m'oppose à connaître les détails !

Elle actionne son clignotant en riant.

— Sois prudente quand même, elle ajoute. Et pas de bêtises !

— Ne te bile pas, un très bon ami de Juliet sera là, il veillera sur moi.

Ce n'est pas vraiment un mensonge, j'édulcore juste en omettant le passage sur mon faux petit ami. Mes parents sont au courant de ma réputation de porte-bonheur depuis que je m'en suis stupidement vantée cet été, inconsciente que ça tournerait au vinaigre quelques semaines plus tard. Alors, pour justifier mon décollage imminent, j'ai raconté que l'équipe de base-ball m'avait demandé de les accompagner en déplacement, tous frais payés, dans l'espoir que je leur fasse gagner le match contre l'équipe d'Harvard. Ils n'ont pas tiqué, seule ma grand-mère m'a scrutée intensément sans commenter.

— Tu t'occupes bien de Wild en mon absence, hein ? Je pense le remettre en liberté dimanche matin. Ce serait dommage que Belzébuth le bouffe avant ça.

Elle acquiesce, m'embrasse sur la joue, m'envoie un dernier au revoir par la fenêtre quand je sors sur le trottoir et s'en va. Dans ma main, mon portable vibre. Je ricane toute seule devant le message qui vient de s'afficher.

UNLUCK : Où es-tu ?

TORY : Je pars de chez moi dans cinq minutes.

UNLUCK : Quoi ! Tu déconnes ? La circulation est merdique !

J'arrête volontairement de lui répondre par pur sadisme et ne décroche pas quand il m'appelle plusieurs fois. *Bien fait pour toi, espèce d'escroc.* Dire que je m'attendais à une révélation incroyable quand j'ai accepté de lui devoir une faveur. Cela dit, je compatis. Voir son quotidien se transformer doit être difficile et tailler quelques cicatrices prêtes à se rouvrir à la moindre embûche. Maintenant que je connais cet aspect de lui, ses actes me semblent moins bizarres. J'avoue, il m'attendrit même un peu.

UNLUCK: T'es une petite garce. Je te vois devant le terminal.

TORY : La circulation était hyper fluide. T'as exagéré, comme d'habitude.

Lorsque je repère son bus, j'aspire un grand bol d'air et épingle sur ma figure un masque angélique, qui s'effrite à la seconde où un premier sportif saute du bus et me rejoint sur le trottoir. *Encore lui.*

— Salut, Victory, content que tu sois du voyage !

— Bonjour, Eddy.

— C'est Elliot. J'espère que tu me taquines, sinon je vais finir par me vexer.

Mais vexe-toi !

— Oh ! Je suis confuse. Pour ma défense, j'ai procédé à un rituel très éprouvant cette nuit. Les invocations que j'ai récitées ont absorbé une grande partie de mon énergie. J'ai plus les idées très claires, avec toutes ces voix dans ma tête.

Je me réjouis de le voir pâlir. Si je l'effraie suffisamment, il me fichera la paix. Et, vu son penchant pour les commérages, ça ne manquera pas de tourner sur le campus. *Parfois, je me trouve si maligne que j'en ai le tournis.*

D'autres joueurs se greffent à notre tête-à-tête et me couvrent de louanges. Je rentre dans leur jeu avec facilité, maniant mon regard mystérieux comme une pro. Je devrais leur distribuer des cartes de visite de ma boutique pour rentabiliser l'exercice.

Soudain, une masse parfumée m'attrape par-derrière sans prévenir, et je décolle de plusieurs centimètres. L'odeur est inhabituelle mais tout de même familière. Je reconnais les fragrances de l'Agua de Florida que j'ai donnée à Luke. *Bon élève !* Ses bras fermement noués autour de mon ventre, il me hisse contre son torse et part déjà vers l'entrée de l'aéroport.

— J'le déteste de plus en plus, je l'entends grogner au-dessus de mon oreille. Promets-moi de ne jamais sortir avec lui quand notre contrat arrivera à échéance.

— Lequel ? Ils sont tous à croquer dans ton équipe, sois plus précis.

Il me repose près d'un Starbucks et se dresse à présent devant moi.

— C'est pas drôle.

— Pourquoi ?

Il baisse les yeux pour réfléchir.

— J'en sais rien. Ça se fait pas, c'est tout.

— Rassure-toi, mon lapin. Tu es le dernier sportif que je côtoierai, je suis vaccinée à vie.

— Merci d'être là, il souffle en me tendant sa main. T'as pas de valise ?

— On rentre demain après-midi, que veux-tu que je trouve à mettre dans une valise ?

— Des bougies, de la sauge, un jeu de tarot, des fioles de bave d'escargot, ou même un chaudron ?

Je hausse les yeux au ciel et secoue la tête, dépitée. *Quel cliché !*

— En tout cas, tu écoutes mes messages vocaux, j'embraie en gonflant mes narines. Tu as mélangé l'eau de Cologne de Floride dans une crème hydratante, comme je te l'ai recommandé ?

— Oui, j'ai même acheté précisément celle dont tu m'as parlé. Elle était hors de prix, et je pue. Dallas me l'a d'ailleurs beaucoup répété ce matin, mais mon corps est purifié. J'ai recouvert chaque centimètre carré de ma peau. Tiens-moi la main, sinon je vais m'envoler au pays des anges.

— Allez, on se bouge ! tonne un homme d'une quarantaine d'années en nous faisant signe de nous dépêcher.

— Voici la personne à cause de laquelle tu t'apprêtes à décoller vers Harvard, m'indique Luke en refermant ses doigts sur les miens. Merci d'orienter tes mauvais sorts vers le coach Clarkson et non vers moi.

— Quand y'en a pour un, y'en a pour deux, je souris.

En fin de cortège, nous marchons jusqu'à la zone d'embarquement et patientons pour traverser les contrôles. Nous déposons chacun notre sac dans un bac. C'est Luke qui s'engage le premier sous le portique de sécurité. Sa démarche est décontractée, ça se voit qu'il prend souvent l'avion, mais son excès de confiance se heurte à un événement imprévu. À peine a-t-il traversé le portique de sécurité que toutes les lumières virent au rouge. Je sens l'attention converger vers lui tandis que des bips stridents retentissent. Face à lui, une femme et un homme en uniformes lèvent leurs paumes dans une parfaite synchronisation. Luke se tend, à deux doigts de mettre les mains derrière la tête.

— Monsieur, veuillez vous mettre sur le côté, s'il vous plaît.

Par-dessus son épaule, le Campus Driver me jette un coup d'œil, tandis que j'attends mon tour. Je décrypte parfaitement ce qu'il pense : « Évidemment, il fallait que ça tombe sur moi. » Mon regard lui répond :

« C'est un contrôle aléatoire, arrête de te victimiser. » Il soupire en suivant son escorte devant une machine. La nana tire une bandelette, lui demande d'écarter les doigts puis la frotte sur ses mains sans lui lâcher de sourire rassurant. Il cherche un semblant de réconfort auprès de moi, qui suis maintenant du même côté que lui, à attendre de récupérer mes affaires. Je lui fais grâce d'un sourire, mais le genre qui clame un grand « Je n'avais pas très envie de venir mais finalement je prends mon pied ! ».

— Monsieur, je vais vous demander de retirer vos chaussures.

Quel spectacle ! Luke se retourne vers les agents aéroportuaires sans comprendre. Leurs figures, qui n'étaient pas sympathiques à la base, sont à présent tendues et concentrées sur leur proie.

— Pardon ?

— Retirez vos chaussures immédiatement.

Il exécute la consigne sans comprendre.

— Qu'est-ce qui se passe ? il ose leur demander.

— Votre prélèvement déclenche les capteurs de nitroglycérine, annonce le type.

— Quoi ? Qu'est-ce que ça veut dire ?

— L'appareil détecte des traces d'explosifs sur vos mains.

Oh, merde ! Ma bouche s'ouvre de surprise, la sienne est si béante que je pourrais y enfoncer mon poing. Il lui arrive systématiquement un hic, c'est incroyable.

— Nous allons recommencer, il arrive parfois que ce soit une fausse alerte.

— Mais c'est clairement une fausse alerte ! il s'étrangle.

Autour de lui, les regards se font appuyés, notamment ceux de ses coéquipiers qui se sont massés contre le mur du fond. Luke est le dernier membre manquant. Il est en train de se liquéfier et n'a pas besoin d'être en plus épié de la sorte.

— Allez nous attendre dans la salle d'embarquement, je leur lance en secouant ma main pour qu'ils dégagent. Je m'en occupe.

Le coach se pince l'arête du nez puis ordonne à sa horde de le suivre.

Je prends mon temps pour ranger mon ordinateur et ma trousse de toilette, trop curieuse pour m'en aller. Les deux officiers scrutent Luke comme s'il allait dire « boum ». Ils reproduisent les mêmes gestes, sur deux machines différentes, et le résultat demeure identique. L'homme s'empare alors de son talkie-walkie, et un cow-boy se pointe en moins d'une minute, sans son cheval mais avec deux prunelles armées braquées sur Luke.

— Suivez-moi, jeune homme.

OK, ça craint. J'ouvre la bouche pour intervenir, mais la femme m'ordonne de circuler. Alors que mon faux petit ami, futur détenu fédéral, emboîte le pas de son geôlier, il profite de me frôler pour balancer :

— Qu'est-ce qu'il y a dans ta crème hydratante de malheur, sorcière ?

Impossible de retenir mon rire, qui sera peut-être le dernier qu'il entendra pendant de longues années.

26

Tory

Je regarde Luke disparaître derrière une porte, avant de rejoindre la salle d'embarquement. Je choisis le siège qui me donne une vue directe sur le couloir qu'empruntera Luke, s'il est relâché, et sors mon portable pour taper un texto à Juliet.

TORY : Demande à Raf si Luke fabrique des bombes sur son temps libre, stp.

JULIET : ?

TORY : J'ai besoin de savoir si mon futur mari est un criminel et si je risque d'être accusée de complicité.

JULIET : Raf demande quelle fiole t'as inhalée aujourd'hui.

TORY : Aucune. Luke est en train d'être auditionné par un flic de l'aéroport.

JULIET : Quoi ?

J'enregistre un vocal pour lui donner les détails.

JULIET : C'est forcément un malentendu. Franchement, je suis sidérée par tout ce qui lui arrive. Pourquoi ton don ne fonctionne pas pour lui comme pour tes ex ?

TORY : Sûrement parce que je ne sors pas réellement avec Luke. J'imagine qu'il est nécessaire d'avoir mon sein dans la bouche pour que la magie opère.

JULIET : Merci pour l'image.

TORY : Avec plaisir (quand tu mélanges les lettres du mot « image », ça donne « magie », c'est le destin).

JULIET : Pourquoi tu ne couches pas avec lui ? Il est gentil, mignon, et vous êtes obligés de passer beaucoup de temps ensemble à simuler une belle histoire d'amour. Ça te donne pas des petites envies coquines ?

TORY : Nope. Luke est trop... normal pour m'exciter.

JULIET : C'est-à-dire ?

TORY : Je suis sûre qu'il est du genre à faire l'amour en missionnaire, la lumière éteinte. Bref, j'vous tiens au jus si vous devez vous relayer pour lui rendre visite en prison.

JULIET : Arrête ! C'est grave, quand même ! Ils rigolent pas avec ce genre de trucs !

TORY : J'ai un bon feeling, je suis persuadée qu'ils vont le libérer.

Cela dit, au bout de trente minutes, je commence à m'inquiéter. Alors que le dernier appel avant fermeture des portes résonne dans le hall, j'aperçois enfin Luke se diriger vers moi, la mine tendue.

— Ta captivité aura été de courte durée.

Je feins la déception même si, au fond de moi, je suis rassurée qu'il soit de retour.

— Tout est OK ?

— Ouais, le gars m'a posé une tonne de questions, a tout inspecté et a levé la suspicion.

Je ne résiste pas et penche la tête pour vérifier si sa démarche laisse supposer une quelconque inspection intrusive. Luke comprend tout de suite ce qui me passe par la tête.

— Un mot et j'te jette de l'avion en plein vol.

— L'agressivité naît toujours d'un trauma. Raconte-moi ce que le méchant monsieur t'a fait.

— Je ne veux pas en parler, il grogne.

— Est-ce qu'il a inspecté ton a...

Il attrape ma main et me tire derrière lui en jurant.

Une fois dans la cabine, il tombe lourdement assis sur son siège côté hublot et cherche les sangles de sa ceinture en rouspétant contre le monde entier. Lorsque l'appareil décolle, je tapote sa main avec compassion.

— Quelle joie de prendre l'avion avec toi, je lui souris. On va tous mourir.

OK, zéro compassion. Au temps pour moi.

— Tais-toi.

— Tu crois qu'ils servent des plateaux-repas de raviolis pour le dîner ?

Mon changement de sujet le pousse à se frotter les paupières avant de se tourner vers moi.

— Non, mais si tu te tiens correctement pendant les quatre heures de vol, je t'inviterai dans le meilleur resto chinois de Miami.

— Tu me promets beaucoup trop de raviolis pour être honnête.

Il me dévisage sans un mot.

— Dis, Tory, qu'est-ce que je dois faire pour obtenir cette chance providentielle que tu offres à tes conquêtes ? J'suis prêt à tout entendre, vas-y.

— C'est rigolo, Juliet m'a posé la même question quand je l'ai prévenue qu'un agent de l'aéroport avait un doigt dans ton cul.

Il cligne des yeux, avant de pouffer nerveusement.
— Et tu lui as répondu quoi ?
Je manque de me griller mais me reprends avant. Juliet n'est pas censée être au courant de notre arrangement.
— Si elle était au parfum, j'aurais répondu un truc sexuel, je rétorque naturellement. J'ai pas le mode d'emploi, mais c'est peut-être l'orgasme, l'élément déclencheur.
Son sourcil droit se relève.
— Donc si je couche avec toi, ma poisse disparaîtra ?
— Ce n'est qu'une supposition.
— Et tu serais d'accord ? il répond du tac au tac.
Je ne m'attendais pas à ce qu'il puisse considérer une seconde cette éventualité. Je ne suis pas plus son genre qu'il n'est le mien, mais j'imagine que retrouver sa chance vaut tous les sacrifices.
— J'ai parlé d'orgasme, Luke.
Il bombe la poitrine.
— Tu sous-entends que j'te ferais pas jouir ?
— J'en doute, oui. T'es pas mon type.
— Et j'peux connaître tes critères physiques ?
— Je te l'ai déjà dit, y'a pas que le physique dans la vie.
— Alors, quel est le motif rédhibitoire qui m'empêche d'être ton type ?
— Hum... T'es comme un ravioli sans sauce.
— Sois plus précise, je suis pas certain de comprendre.
— Appétissant à première vue mais voué à manquer de piment.
Vu sa tronche, je crois que mon exemple ne l'éclaire pas. Je renchéris.
— Comme Harry Potter sans cicatrice, un mec lambda qui ne déchaînerait pas les passions. Ou comme...
— Stop, il m'interrompt. T'es en train de dire que je serais barbant dans un pieu ou je rêve ?
— Le prends pas mal, c'est pas une tare, j'suis certaine que ça convient à plein de nanas.

— À un paquet, ouais ! Je suis un super bon coup.

— Si tu le dis, je hausse les épaules.

Il se tourne vers le hublot, puis à nouveau vers moi.

— Tu te trompes complètement, il revient à la charge.

— Sois pas vexé, j'aime juste quand le sexe est épique.

— Parce que Bronson était épique, lui ?

— C'est un connard, mais il était doté d'une imagination débordante.

J'attends son plaidoyer mais n'obtiens qu'un silence. Je croise alors ses yeux, brillant d'une lueur inconnue. Ma narine gauche frémit.

— Couche avec moi une fois et on en reparlera.

— Sans façon, je décline. Mais on trouvera une autre activité nocturne pour invoquer ta chance disparue. Une danse indienne dans les marécages, par exemple. Tu pourras même être nu, pour rester dans le thème.

— J'te parle plus de chance, là, mais d'honneur. Couche avec moi et...

— Je ne vais pas coucher avec toi ! je m'exaspère.

Trop fort pour que ça passe inaperçu. Plusieurs têtes se retournent vers nous, dont celle d'Elliot et de son voisin de siège, quatre rangs plus haut. Je panique d'avoir grillé ma couverture.

— Dans cet avion ! j'ajoute précipitamment, avant d'éclater d'un rire niais. Tu devras attendre ce soir, jeune fougueux.

Je penche la tête vers la rangée à ma droite et m'adresse à la vieille dame qui n'a pourtant rien demandé.

— À cet âge, ils ne sont jamais rassasiés.

— Profitez-en !

Je me retourne vers Luke et, au lieu de m'arrêter là, je m'enfonce inexorablement. Encore livide de ma connerie, il ne parvient pas à me fermer le clapet.

— J'ai pris mes sous-vêtements en dentelle bordeaux que tu adores ! Ceux avec l'ouverture entre les...

Cette fois, il retrouve l'usage de ses membres et propulse une main moite sur ma bouche intarissable. Ses iris furieux me mitraillent puis dévient par-dessus ma queue de cheval.

— Pas de coucheries, Winchester, tranche la voix du coach qui remonte l'allée derrière moi.

Luke hoche la tête en pinçant les lèvres, avant de resserrer ses doigts autour de mon visage.

— T'es impossible, il souffle en me relâchant.

— Désolée. Mais la prochaine fois, ne suggère pas de coucher avec moi comme s'il s'agissait d'un rituel de magie blanche accessible à n'importe qui. Je ne suis pas un talisman avec un trou au milieu dans lequel tu pourrais venir insérer ton serpentin.

— Mon serpentin ? L'image que tu te figures de moi est tellement en dessous de la réalité. À tous les niveaux, il précise.

— Ton ego se porte à merveille aujourd'hui, dis-moi.

— Et c'est un miracle après cette charmante conversation.

— Tu t'en remettras.

— Je te prouverai que t'as tort.

Son grain de voix plus rauque que d'ordinaire provoque une légère contraction dans mon ventre. À moins que ce ne soit un trou d'air.

— Bonne chance, je conclus sur ton mielleux.

Le personnel de bord mime les consignes de sécurité en cas d'avarie. Et avec un voisin aussi malchanceux, je les écoute très attentivement. Dès que c'est terminé, j'extrais de mon sac le bouquin que j'ai apporté. Luke me file un coup de coude.

— Appuie ta tête sur mon épaule, il murmure. Après ton dérapage, je suis certain qu'on nous épie.

— Pourquoi c'est pas toi qui la mettrais sur la mienne ? Tu vois, encore un exemple qui prouve que ce serait à moi de guider ta queue entre mes jambes si on s'envoyait en l'air.

Il lève les yeux au ciel, avant de poser sa joue contre moi. Je me cale confortablement, ouvre mon livre sur mes genoux et le feuillette.

— C'est le fameux ouvrage de rituels dont tu m'as parlé ? il s'enquiert.

— Oui.

Je le devine lire rapidement la page sur laquelle je me suis arrêtée exprès pour l'emmerder.

— Pourquoi tu t'intéresses à celui-ci ?

— Je planche sur tout ce qui te sera utile pour t'en sortir.

— C'est une cérémonie pour guérir l'impuissance sexuelle, il chuchote. Y'a absolument aucun rapport avec mes problèmes.

— T'en es certain ? je le cherche.

— Évidemment !

— T'es censé ne pas avoir couché avec une fille depuis le démarrage de notre partenariat. Comment tu peux en être aussi sûr ?

— Justement ! J'ai besoin de te faire un dessin ?

— Peut-être que la malchance contaminera bientôt cette partie-là aussi, mieux vaut anticiper.

Il m'arrache le livre des mains, tourne plusieurs pages au hasard et le repose sur mes cuisses.

— Tu ne ressens aucune empathie pour mon triste sort.

— Oh ! Si, crois-moi ! La preuve, je suis assise dans un avion, pour jouer la supporter de mon faux mec, qui pratique un sport inventé pour contrôler le taux de mortalité du pays. Si c'est pas de l'empathie, c'est au moins être masochiste.

— Chut !

— Pardon. Reparlons de tes futurs problèmes d'érection, c'est plus sûr.

— On ne pourrait pas avoir une conversation normale ?

— Ça dépend, définis-moi la normalité.

— En gros, tout l'inverse de ce que tu me proposes jusqu'ici.

— Donc je ne suis pas normale ?

— Pas vraiment... Tu es plutôt atypique.

— Ce que tu racontes ne veut rien dire. Je suis en vie, je ne fais de mal à personne et je m'attache à des choses qui me rendent heureuse. C'est la seule normalité qui devrait exister.

Son front se plisse.

— Tu as raison, il admet. Mais on peut au moins ne plus parler de mes problèmes d'érection ?

— Donc tu reconnais en avoir, on progresse.

Il cogne son front contre la tablette en plastique ouverte devant lui.

— J'te propose de vérifier par toi-même quand tu veux, il rebondit aussi sec.

— Ça tourne à l'obsession ! C'est la pressurisation de la cabine qui endommage ton cerveau ?

— Mon cerveau fonctionne parfaitement. Comme tout le reste, il insiste en tapotant mon nez du bout de son doigt.

— Ça n'arrivera jamais.

Il sort un casque audio de son sac à dos et l'enfile en m'adressant une œillade qui me file la chair de poule.

— Quoi encore ?

— Ne jamais dire jamais, Tory Garland.

Il m'envoie un baiser, je lui retourne un doigt d'honneur.

— J'aurais adoré que tu passes la fin de tes jours dans une prison sordide, Luke Winchester.

Sur ces douces paroles, je me replonge dans mon manuel occulte. Je m'enferme dans ma bulle et ne m'interromps que pour avaler le sandwich au poulet dégueulasse que me tend l'hôtesse.

Je ne sais pas à quel moment je m'endors — ni comment je me suis retrouvée dans cette position ! —, mais lorsque Luke me sort de mes rêves en me tapotant doucement la cuisse, nous nous apprêtons à atterrir. Calée sous son bras, je me décolle dignement et contemple l'auréole de bave que j'ai dessinée près du col de son tee-shirt.

— T'es hyper silencieuse quand tu dors, Tory. C'est un bonheur.

— Ma salive est empoisonnée, tu vis tes dernières heures.

— Un bonheur, il répète.

— Et tu veux coucher avec moi ? je raille.

— C'est une proposition ? il gazouille. Tu as gémi mon prénom pendant que tu dormais, ton rêve érotique avait l'air... épique. Le sommeil porte conseil, à ce que je vois.

27

Tory

Quand nous entrons enfin dans l'hôtel après un trajet en bus où j'ai dû expliquer à un certain Jarod que je ne lirai pas l'avenir dans les lignes de sa grosse paume calleuse, j'ai envie de prendre le réceptionniste dans mes bras. Ou de lui faire un baisemain quand il me remet la clé de ma chambre individuelle. *Solitude !* Luke, lui, a le bonheur de partager sa nuit avec Elliot et Jarod. Je l'abandonne sans remords avec ses idées tendancieuses et file dans mes quartiers.

Ma chambre n'est pas très grande, mais elle est jolie et sent la fleur d'oranger. Je jette mon sac près de la table de nuit, envoie un texto à ma mère pour la prévenir que je suis saine et sauve, et allume la télé pour combler le silence. Je trace ensuite dans la douche et me détends sous l'eau chaude de longues minutes.

Séchée et vêtue de mon meilleur pyjama de soirée, je prépare mon programme pour l'heure à venir. On est vendredi soir, et c'est un moment important de ma vie digitale. J'organise un *live* chaque semaine, et j'ai tout prévu pour le maintenir à distance, sans trop m'encombrer.

Alors que j'ouvre la fermeture Éclair de mon petit sac de voyage, quelqu'un tape à la porte. Je l'ignore, mais les coups reprennent et insistent. Je me redresse pour ouvrir, parée de mon plus bel air antipathique. J'entrouvre le battant sur un bas de jogging noir et un marcel gris. Au sommet, la tête de Luke me tire un bruit de gorge plaintif.

—On vient de passer quatre heures assis côte à côte dans un avion, qu'est-ce que tu veux de plus ?

Il me fait les gros yeux, passe une main dans ses cheveux humides puis se penche à mon oreille.

—Ma copine est dans le même hôtel que moi, ce serait louche qu'on ne me voie pas entrer dans sa piaule. Et Elliot vient de me poser un tas de questions sur nous deux. Je crois qu'il a des soupçons.

Il recule, et son visage se couvre d'un air de play-boy.

—Tu m'as manqué, chérie.

J'ai envie de lui claquer la porte au nez mais je ne suis pas assez rapide. Il avance d'un pas confiant et se faufile pour entrer.

—N'importe qui ferait la même chose, il se justifie encore devant mon air pincé. Après ta scène dans l'avion, je ne veux pas risquer qu'Elliot ou qui que ce soit émette le moindre doute.

Je n'ai toujours pas refermé la porte.

—Tu matais la télé ? Cool !

—J'allais lancer un *live*, bonne nuit.

—Ça m'gêne pas, vas-y. Fais comme si je n'étais pas là.

Je lâche la poignée et m'adosse au bois brun.

—Si seulement j'avais ce pouvoir, ma vie serait un véritable conte de fées. Malheureusement, tu es là. Partout. Tout le temps. En Floride, dans le Michigan, pieds nus dans ma chambre d'hôtel...

J'avance jusqu'à mon lit et tombe à plat ventre sur mon matelas, la tête enfouie dans l'édredon. J'entends Luke s'asseoir de l'autre côté.

—Je ne ferai pas de bruit, il me promet.

—T'entendre respirer est déjà assourdissant, je rétorque.

Il enfile son casque en ricanant et s'intéresse à son téléphone. Consciente que le mettre dehors gaspillera de précieuses minutes et qu'il n'est pas si gênant, je roule sur le dos, coupe le son de la télé et retourne près du bureau sur lequel j'ai installé tout ce dont j'ai besoin pour mon « Witch Friday ». Ce n'est pas pratique ici, mais c'est un rendez-vous incontournable. Je dispose devant moi mon oracle, mon pendule, de l'encens et une bougie violette. Je règle mon smartphone, m'assure que Luke est hors champ et lance le direct sans plus attendre. J'ai déjà près d'un quart d'heure de retard sur l'horaire habituel.

— Salut, tout le monde ! Ici Tory, prête à ensorceler votre vendredi !

Je meuble la minute qui suit avec des politesses et, dès que le nombre de spectateurs atteint une moyenne acceptable, j'entre dans le vif du sujet.

— Posez-moi vos questions en commentaire, j'annonce en manipulant les cartes. J'en choisirai plusieurs au hasard, et nous découvrirons ensemble les réponses.

Les premières interrogations apparaissent à l'écran. Je les fais défiler et opte pour celle qui titille mon intuition. Lame après lame, je dévoile mon interprétation et procède de la même façon au fil des demandes.

Concentrée sur mon tirage en cours, je ne vois pas le temps passer ni Luke approcher.

— T'en as encore pour longtemps ? il bâille en posant ses coudes sur mes épaules.

Je m'étouffe avec ma salive et croise mes yeux exorbités sur mon portable.

— Je suis en direct, je siffle en tâchant de garder un visage angélique.

— Ah ! Merde. Je croyais que tu te filmais seulement. Tout le monde me voit, c'est ça ?

Je lorgne la flamme de la bougie, imaginant l'approcher des cheveux de cet idiot.

— Le principe d'un *live*, tu connais ?

— Non, j'suis une buse en réseaux sociaux.

— Retourne sur le lit.

Cette dernière phrase me provoque un spasme abdominal. Pire, des dizaines de petits cœurs rouges se mettent à virevolter sur l'écran.

— J'crois que tes amis m'aiment bien, frime Luke en tirant la deuxième chaise pour s'asseoir à côté de moi.

Je ne peux décemment pas l'expulser en direct.

— Bon, eh bien, on dirait que j'ai de la compagnie ce soir...

— Oui, je suis son petit ami, il lâche tout à coup en réponse à une certaine @monconcombre. Je trouve aussi qu'on forme un beau couple, il approuve ensuite les dires d'une autre. Il y a une alchimie indescriptible entre nous. Vous la sentez, vous aussi ?

Je lui écrase le pied de toutes mes forces. J'avais exigé qu'il ne s'immisce pas dans ma sphère privée ! Il recoiffe l'une de mes mèches derrière mon oreille en m'adressant un clin d'œil. Je mime un revolver avec mes doigts et le pose sur son front.

— Sois sage, sinon j'te mets dehors.

Il dodeline de la tête en battant des cils, m'arrachant malgré moi un léger gloussement qui le ravit. *Il m'énerve !*

— Bon, reprenons.

À mon grand dam, les commentaires s'enchaînent à une vitesse incroyable. *Ce squatteur a la cote, en plus !* En moins de temps qu'il ne m'en faut pour réciter une incantation létale, l'audience connaît un pic défiant mon intuition la plus fine. Je poursuis donc mon Witch Friday avec un apprenti imprévu et... bavard. *Si au moins il la fermait, mais non !* Il pose mille questions sur les illustrations qui ornent mes cartes, propose les siennes et ose même tordre sa bouche quand mes explications ne le convainquent pas. La seule chose qui m'empêche de commettre un meurtre devant témoins — des milliers, bon sang ! —, c'est la *hype* qui agite celles et ceux qui nous regardent.

Notre spectacle semble avoir trouvé son public, et Luke de nouveaux fans.

Passée ma première pulsion meurtrière, je me prends finalement au jeu, moi aussi. Plutôt que de simplement répondre aux questions, j'offre une mini leçon de tirage, qui s'étire plus longtemps que la durée classique de mes directs.

Lorsque je dis au revoir aux spectateurs et coupe la transmission, il est déjà minuit. Luke s'étire sur son siège.

— C'était sympa.

— Espèce d'envahisseur. Tu n'étais pas obligé de leur dire à bientôt.

— Ils m'ont adoré.

— Seulement parce que tu es séduisant.

Il joue des sourcils.

— Alors que je suis tellement plus que ça.

— Oh oui ! J'ai une longue liste d'adjectifs en tête ! j'ironise.

J'attrape une bouteille d'eau dans le mini frigo et en avale la moitié, avant de m'étendre sur le lit. Luke se lève et mate la porte un quart de seconde.

— J'peux rester encore un peu ?

— Si ça te fait plaisir. De toute façon, à ce stade, tu as déjà monopolisé mon temps, mon espace vital et un ressenti de dix années d'existence. Je suis comme morte de l'intérieur, ça ne me fera plus rien, maintenant.

— Arrête un peu ton cinéma, il se marre. Ce n'est pas si insupportable de passer du temps tous les deux.

Il a raison, mais c'est plus fort que moi, j'adore assurer l'inverse. Sans compter que ça m'étonne malgré tout, et je devine que c'est pareil pour lui.

— Je passerai outre que ça te surprenne autant, je pointe. Et soulignerai tout le mal que je me donne pour rendre ces moments soutenables.

Il hausse les épaules.

— Peut-être que je commence à m'y habituer.

— T'as surtout pas le choix, Lucky Luke.

— C'est vrai aussi.

Il s'allonge au bord du matelas, à une distance plus que respectueuse de moi. J'aime bien cette façon qu'il a de s'incruster sans pour autant s'imposer. C'est un talent. Je tends le bras pour choper la télécommande et zappe de chaîne en chaîne.

— Y'a jamais rien à la télé, je soupire.

— J'ai une idée pour te divertir, tu n'as qu'un mot à dire.

— Tu me fatigues.

— Je ne parlais pas de ça, petite dévergondée.

Il extirpe son portable de sa poche, bouge son doigt sur l'écran et le positionne entre nous.

— T'as déjà maté des vidéos de furoncles ?

Je lui adresse une moue écœurée.

— Pourquoi j'ferais un truc pareil ?

— Une novice, j'adore !

— Et après, ça se demande pourquoi je rechigne au sexe…

— J'y trouve deux intérêts, il m'expose très sérieusement, sans relever. Primo, ça me coupe l'appétit quand j'ai une fringale, deuzio, ça me relaxe. Regarde.

Il lance une première vidéo, qui me coupe effectivement tout l'appétit que je pourrais ressentir pendant une bonne semaine.

— Putain, c'est dégueulasse !

— Je sais, mais c'est addictif, il rétorque. Ils laissent toujours le plus gros point noir pour la fin, ils sont malins.

Ils sont surtout louches. Pourtant, après une dizaine d'explosions purulentes, je reconnais que c'est la pire des magies noires, ce truc. On passe une heure à réagir comme si nous visionnions la finale de la coupe du monde, à exploser de rire ou à partager des œillades déçues quand le spectacle attendu n'est pas au rendez-vous. Je change de position douze fois et finis par m'allonger à la perpendiculaire de Luke, ma tête posée sur son ventre. Il tient son portable d'une main et m'alimente de Skittles de l'autre.

— Encore une et je file me coucher, je l'entends bâiller un peu plus tard.

La dernière chose dont je me souviens, c'est de lâcher un « hum hum » en remontant le drap sur mes épaules.

Des bruits de voix étouffées me tirent d'un rêve merveilleux, dans lequel je suis allongée sur un transat, nourrie de raviolis chinois par une main généreuse qui appartient à je ne sais qui. Des pas résonnent, un *ding* d'ascenseur aussi, et je me souviens de l'endroit où je me trouve.

— Si je me rendors encore deux ou trois heures, qui s'en apercevra ? je me demande à moi-même, les yeux encore fermés.

— Le coach, mes coéquipiers et moi, me répond une voix masculine.

Mes paupières s'ouvrent aussitôt, un cri reste bloqué derrière mes amygdales, et je n'ose pas bouger d'un millimètre. Je ne suis pas connue pour être vive d'esprit au réveil, mais je n'ai besoin que de trois neurones en état de marche pour analyser la situation. Je suis dans un lit, accrochée à Luke comme un pou sanguinaire à un cuir chevelu particulièrement délectable.

Surprise, j'opère le roulé-boulé le plus fracassant de l'humanité et atterris à plat ventre sur la moquette, le cœur battant. Je me redresse juste assez pour que mes yeux dépassent du rebord du matelas. De son côté du lit, Luke me mate avec désinvolture, un bras replié derrière son crâne. *Je rêve ou il prend la pose ?*

— Bonjour, il a l'effronterie de me balancer.

J'attrape la première chose qui me passe sous la main et lui balance donc l'une de mes baskets dans la tronche. *J'ai flippé, putain !*

— T'as intérêt à avoir une excellente explication, Luke Winchester.

— On s'est endormis.

— Trouve mieux, espèce de petit cafard.

Ma douceur matinale le fait marrer, en plus.

— Mieux ? Hum, OK... Je t'ai tellement bien fait l'amour que tu es tombée d'épuisement dans mes bras, un sourire conquis aux lèvres.

— Et sans surprise, je n'en garde pas le moindre souvenir.

— Tu t'en souviendrais si c'était réellement arrivé.

— Pourquoi t'es dans mon pieu ?

— J'ai essayé de me libérer vers 3 heures du matin, il argue. Mais plus je bougeais, plus tu resserrais ta prise sur moi.

— Tu ne pouvais pas hurler ?

— Je t'ai appelée plusieurs fois avant d'abandonner et de me rendormir. J'me demande si ton esprit ne quitte pas ton corps lorsque tu dors. J'ai jamais vu un sommeil aussi lourd. J'ai même cru que t'étais morte, tu respirais à peine.

— J'aurais préféré ne jamais me réveiller, je marmonne. Sors d'ici !

Il quitte mon lit en rigolant encore et ouvre la porte de la chambre. Comme un fait exprès — ou pas —, Elliot passe dans le couloir au même moment. Je suis la seule à remarquer son air surpris et clairement blasé. Il s'immobilise devant l'ascenseur, l'oreille à l'affût. Luke n'a pas menti, ce mec pue la suspicion. *Alors là, non ! Je ne me coltine pas tout ça pour me faire griller par Eddy !*

— Bon sang, j'ai mal partout, je gémis alors langoureusement. C'est à peine si j'arrive à marcher, petit coquin.

Face à moi, mon mec factice cligne des yeux et se gratte la tempe, abasourdi par mes simagrées lascives.

— J'ai jamais autant joui en une nuit, j'ajoute.

Luke me dévisage, avant de jeter un coup d'œil derrière lui.

— Imagine ce qui t'attend quand on aura gagné ce match, il rentre dans mon jeu en comprenant ce qui se passe.

— J'ai hââânte, je minaude.

Il lève un pouce discret, ravi de mon improvisation.

— Tu t'habilles et tu me rejoins pour le petit-déj ?

— Oh ! Oui ! Toutes ces activités physiques m'ont affamée.

— À tout de suite, bébé.

Bébé... Je roule des yeux.

— Tu me manques déjà, mon lapin.

Il roule des yeux à son tour.

— Toi aussi, bébé.

— Non, tu me manques plus, mon lapin.

— Non, c'est toi, bébé.

— C'est toi, je martèle.

— Tu prends l'ascenseur, Luke, ou pas ? nous interrompt Elliot, légèrement excédé par cet échange écœurant.

— Oh ! Mec, t'es là ? J'arrive !

Il referme la porte de ma chambre en ravalant un sourire victorieux. Je tombe allongée sur mon lit, qui sent encore l'odeur de cette comédie.

Après un petit-déjeuner copieux, un bus nous dépose devant le stade de Harvard. J'accompagne Luke et les autres jusqu'à leur vestiaire, prête à subir des heures d'ennui. Je n'ai pas le droit d'entrer — grand bien m'en fasse —, je laisse donc Luke m'étreindre chastement dans le couloir en guise d'encouragement.

— Vous ne vous embrassez pas ? s'étonne Elliot.

Tout le monde s'immobilise et se tourne vers nous. Ce type est une plaie purulente.

— Je vous ai jamais vus vous embrasser, d'ailleurs, il insiste en se pinçant le menton.

Et moi, j'ai jamais entendu un truc utile sortir de ta bouche.

— Bonne chance pour votre match ! je réponds.

— Un p'tit bisou d'encouragement ! réclame quelqu'un.

— Ça nous portera chance à tous ! supplie un autre.

Ces types sont des animaux. Les seuls dont j'aimerais assister à l'extinction.

— Un French Kiss ! s'exclame un dernier.

— Excuse-moi ? j'articule en haussant les sourcils.

— Luke nous a dit que t'étais à moitié française, il plaide avec conviction.

J'adresse au concerné une moue désabusée, à laquelle il répond par un sourire crispé.

— Est-ce qu'il vous a aussi dit que je maîtrisais super bien le grand écart parisien ? Vous voulez une démonstration ?

Je tends une jambe devant moi et lève les bras, prête à glisser jusqu'au sol. Mes semelles ont à peine bougé d'un malheureux centimètre quand Luke m'interrompt. *Heureusement, car la souplesse et moi, ça fait deux.*

— Ça ira, il ricane. Laissez-la tranquille, les gars. Tory n'aime pas rouler des pelles en public, ça la met mal à l'aise.

Je cligne des yeux en tournant lentement la tête vers lui. *Il se fout de moi ? Je n'ai pas envie de fourrer ma langue dans sa bouche, ça n'a rien à voir !* C'est comme ça qu'il me remercie de cet immense cadeau que je lui offre en l'accompagnant ? Très bien, je suis généreuse, moi aussi.

— Oh ! Luke, on est en famille ici, non ? je susurre en m'accrochant à son bras. Tu as le droit d'avouer que de nous deux, tu es le plus coincé. Personne ne te jugera.

À part moi, j'ajoute mentalement, et il le lit très bien sur mon front. Son biceps se contracte sous mes doigts. Il humecte ses lèvres en inspirant.

— Je ne suis absolument pas coincé.

Je pose ma joue contre son tee-shirt et lève des prunelles faussement innocentes vers lui.

— Ce n'est pas une tare, mon cœur. Je t'aime comme tu es.

L'assemblée est hypnotisée par notre échange.

— Est-ce qu'elle répète encore pour son casting ? intervient Elliot.

— Comment t'as deviné ? répond Luke sans me quitter des yeux.

L'intensité qui irradie de ses iris provoque des interférences dans mes pensées.

— Un bisou, un bisou, un bisou ! ils scandent tous en tapant des mains.

L'attitude de Luke démontre qu'il quémande mon aval pour leur donner ce qu'ils réclament. *Oh ! Bordel, ce tricheur brise toutes mes règles une à une !* D'abord un match à l'extérieur, puis le *live,* maintenant ça... Une petite voix tente de me convaincre de refuser, quand une seconde murmure qu'après ça, ils nous foutront la paix. Ça n'a rien d'une épreuve dégoûtante non plus. J'ai déjà embrassé pas mal de quasi inconnus, ce n'est pas le genre de trucs qui m'intimide. *Un petit bécot et on n'en parle plus.*

Avant de me rendre compte de ce que je fais, je me hisse sur la pointe des pieds, murmure un « bonne chance » suave à Luke, pose mes paumes sur ses joues, puis mes lèvres sur sa bouche. Je n'ai plus qu'à compter jusqu'à trois, et on en aura terminé. *Un, deux...*

Jusqu'à maintenant, il s'est toujours comporté avec tact et pudeur. Quelle n'est donc pas ma surprise quand il passe un bras sur mes reins, une main derrière ma nuque, me bascule en arrière et me roule la pelle de ma vie. Sa langue est si douée que je ne sens plus le sol sous mes pieds et vois les anges danser la macarena. Des acclamations éclatent dans mes tympans, mais les plus retentissantes jaillissent quelque part en moi.

28

Luke

C'est avec une heure de retard que nous sortons de l'aéroport de Miami, après un vol turbulent. La nuit est tombée depuis un moment, la journée a été harassante, mais j'ai la pêche. *On a gagné !*

La victoire me procure toujours ce sentiment vivifiant — que j'avais presque fini par oublier —, d'autant plus quand je suis satisfait de ma performance après des semaines de galère. Je ne suis pas encore revenu au top du top ni n'ai retrouvé le capital confiance que m'octroyaient mes coéquipiers, mais l'avantage d'en avoir chié me permet d'apprécier la moindre petite amélioration. Je me rends compte qu'être Lucky Luke était devenu si normal que je ne ressentais plus tellement la joie de réussir.

— Pas trop crevée ? je demande à Tory, qui marche silencieusement à côté de moi.

Elle secoue brièvement la tête en changeant son sac d'épaule. En voilà une qui ne partage pas mon énergie. Elle n'a pas été très bavarde dans l'avion, elle a gardé les paupières closes une bonne partie du voyage. Elle ne dormait pas — je parviens à faire la différence après une nuit dans son lit —, elle réfléchissait, et allez savoir ce qui tourbillonnait dans son esprit si particulier pour la museler ainsi. *Sûrement des incantations visant à éradiquer le base-ball de la planète.*

Je l'ai régulièrement surveillée pendant la rencontre, mon regard se portant naturellement vers son siège, et même à bonne distance, j'ai perçu son ennui profond. Je l'ai définitivement perdue quand j'ai quitté le terrain, remplacé par un autre *pitcher.*

Depuis, nous n'avons eu qu'une seule interaction notable, et elle m'aurait volontiers écrasé la trachée à l'aide de la tablette en plastique quand je lui ai proposé de m'accompagner boire un coup dans un bar, avec le reste de l'équipe, pour célébrer notre victoire. Elle a opposé qu'elle avait déjà largement donné de sa personne et qu'il lui faudrait un philtre à base d'acide pour laver son âme après une telle épreuve. *Toujours dans l'abus.* Je n'ai pas insisté cette fois, car elle a amplement tenu son rôle en m'accompagnant à Harvard, en nous faisant gagner ce match, si j'en crois les certitudes des autres joueurs, et surtout... en me laissant l'embrasser devant mes coéquipiers. Je n'aurais pas cru obtenir ce fameux contact magique supposé répandre une douce chance sur moi. *On dirait que ça a fonctionné.* Je suis d'office tenté de mettre ça sur le compte du hasard, mais je commence à me dire que si elle est réellement la Victory que tout le monde décrit, je suis prêt à m'asseoir sur mes principes terre à terre et profiter de son superpouvoir. *Ce n'est pas un effort désagréable, en plus.*

— Andy et Raf ont déposé ma caisse au parking. J'te ramène chez toi ?

Elle observe l'horizon comme si la réponse se trouvait là-bas.

— Tory ?

— Non. D'accord.

— Plaît-il ?

Elle soupire.

— Je n'arrive pas à réfléchir.

— C'est le match qui a aspiré toute ton énergie, ou quelque chose ne va pas ?

J'ai étrangement besoin de le savoir. Elle tord sa bouche et expire vivement par le nez.

— Tu peux tout me dire, les petits copains sont là pour ça, je la chambre.

Mon coup de coude amical ne rencontre que du vide. Elle est lointaine, mais avec cette fille, difficile de savoir si elle est absorbée par ses pensées rocambolesques ou tracassée. En y réfléchissant, je ne l'ai jamais vue véritablement contrariée par quoi que ce soit. Gavée par le base-ball, oui. Soûlée par mon incapacité à croire en la magie, oui. Révoltée qu'on ne lui serve pas de raviolis chinois dans l'avion, aussi.

— J'en sais rien. J'ai un drôle de pressentiment, mais je ne suis pas fichue de le décrypter.

Elle soupire encore.

— Dès que j'arrive chez moi, je bois une infusion de lavande. Ça m'aidera à y voir plus clair.

Bien sûr, la lavande. Il y a cependant un doute qui subsiste dans mon esprit, à propos d'un événement dont nous n'avons pas reparlé. De mon côté, tout va bien. Mais vu son attitude depuis notre départ du stade, le sujet mérite d'être creusé.

— J'ai cru que tu te sentais mal de m'avoir embrassé, je balance, l'air de rien.

Rien de mieux pour l'énerver. Elle pile d'ailleurs aussi sec. Je cache mon rire derrière ma main et pose mes yeux sur elle.

— Pardon ? De t'avoir embrassé ? elle répète en insistant sur chaque mot. Par-don ?

— Ben oui, tu...

— *Tu* m'as embrassée, espèce de corrupteur de réalité !

— C'est toi qui as lancé les choses, je n'ai fait que te suivre.

Elle suffoque de révolte. Je prends un pied d'enfer à la rendre folle.

— Parce que tu me regardais avec tes petits yeux suppliants ! S'il te plaît, Tory, elle me singe en prenant une voix débile. Embrasse-moi devant mes copains, sinon ils vont être trop vilains avec moi, ouin, ouin, ouin.

Elle frotte le coin de ses paupières avec ses poings, avant de brandir deux doigts d'honneur féroces à dix centimètres de mon nez.

— J'ai fait un effort prodigieux pour te rendre service, et toi... toi, tu as fourré ta langue dans ma bouche et tu m'as roulé une pelle comme si ma salive était l'unique oasis dans ton désert !

— C'est beau ce que tu dis, bébé.

Et elle n'exagère pas tant que ça, pour une fois. J'ai été emporté, par la volonté de lui prouver qu'elle me sous-estime, mais sûrement aussi par la frustration accumulée depuis plusieurs semaines d'abstinence. Ses lèvres étaient hyper agréables, et j'aurais volontiers continué si le coach n'avait pas hurlé pour qu'on entre dans les vestiaires.

— Et tu oses affirmer que je t'ai embrassé ? elle poursuit malgré mon interruption.

Elle éclate d'un rire hystérique, qui attire l'attention des gens autour de nous. Avant, ça m'aurait mis mal à l'aise, mais à présent, je trouve ça récréatif. C'est même une sorte de suspense excitant d'attendre chacune de ses réactions. *Je suis vraiment en manque de relations pour en arriver là.*

— Avoue que j'embrasse bien, je renchéris. Mieux que ce que tu prévoyais.

— J'ai déjà oublié. Pour ta gouverne, mon cerveau est un coffre sacré dans lequel je ne conserve que les choses importantes.

— Tu m'as rendu mon baiser, j'te signale.

Je crois qu'elle rougit. C'est discret, mais c'est un bon début. J'ai bien l'intention de redoubler d'efforts pour qu'elle admette sa méprise. Ce fameux French Kiss n'était qu'un avant-goût.

— Je n'allais pas te repousser devant tout le monde.

Elle minimise, je suis convaincu qu'elle a adoré mais qu'elle est trop fière pour le reconnaître. Je l'ai senti dans sa façon de presser sa langue contre la mienne. Ce n'était ni raide, ni maladroit, pas même un peu brouillon. C'était court mais… épique. *Merde, elle embrasse super bien, en fait.* Je la découvre plus libérée que ce que je pensais, et ce n'est pas pour me déplaire. Un puissant frisson me traverse alors l'échine.

Tout à l'heure, happé par le stress d'être grillé par ma team puis par l'effervescence du jeu, j'ai mis de côté les sensations induites par la bouche de Tory. Mais là, tandis que j'y repense innocemment, elles reviennent comme un boomerang. Je cligne des yeux pour retourner dans le monde réel. Celui où je n'embrasse Tory que pour réconforter des joueurs de base-ball en manque de confiance et lui démontrer au passage que je ne suis pas tel qu'elle me décrit. Celui où Tory se tient droite comme un « i » devant moi, les poings sur les hanches.

— Je sais ce qui t'arrive, petite sorcière. T'as adoré goûter mon chaudron de ta langue, et ça te court-circuite.

Elle se plie en deux et reproduit le son d'une gerbe bruyante.

— Bravo, je mourais de faim, et tu viens de me couper l'appétit.

— Pourquoi ? L'image n'est pas satisfaisante ?

— Je me suis vue te lécher l'anus !

Bien sûr, avec sa discrétion légendaire, cette phrase résonne dans le parking de l'aéroport. J'écope de six œillades outrées, quatre écœurées et une intéressée.

— Je pense qu'on peut clore cette discussion sur ces dernières paroles, je propose en déverrouillant ma caisse.

Elle jette son sac à ses pieds, ignore mon avertissement oculaire et boucle sa ceinture. Son grigri pend toujours à mon rétro. Je le repositionne correctement et démarre.

Je roule pendant dix minutes avant que mon téléphone ne sonne. C'est Rafael. Je décroche et bascule en mode haut-parleur.

— Salut, mec, je suis avec Tory, j'annonce d'entrée de jeu.

On n'est jamais trop prudent avec ce qu'il pourrait dire s'il me pense seul.

— Laquelle ? Celle avec un « i » ou un « y » ? il s'enquiert.

Tory — avec un « y » — mate mon portable sans comprendre.

— Qui est Tori avec un « i » ?

— Le carrosse dans lequel tu te trouves.

— T'as baptisé ta bagnole « Tori » ?

— Ouais, j'te l'avais pas dit ?

— Mais ça se fait pas !

— Pourquoi ?

— Change son nom !

— Hé, oh ! Elle était entre mes mains avant toi. C'est une Ford Torino, je l'appelle Tori depuis le premier jour, c'est tout. Si y'en a une qui doit changer de blase dans cette histoire, c'est toi. Dernière arrivée, dernière servie.

Mon explication ne lui convient pas plus.

— Je sens que j'ai foutu la merde, commente Rafael dans le haut-parleur.

— Non, mais tu te rends compte des quiproquos que tu vas provoquer ? s'indigne ma voisine.

Je secoue la tête, perdu.

— Le réservoir de Tori est à sec. Comprenez : Tory ne mouille plus !

— N'importe qu...

— J'ai les mains sous le capot de Tori, elle continue. Comprenez : j'ai tripoté Tory.

— Y'a que toi qui...

— J'adore le bruit que produit Tori quand j'appuie sur l'accélérateur ! elle hausse le ton pour couvrir ma voix. Comprenez...

— On a compris, je la coupe.

Le rire de Raf résonne dans l'habitacle.

— Putain, Tory, tu viens d'insuffler tant d'inspiration en moi, il s'exclame.

— À qui tu parles ? elle fait exprès de demander.

— Merci, mec... je souffle. Tu m'appelais pour un truc en particulier ou simplement pour ruiner mon couple ?

— Sûrement un peu des deux. Je suis curieux de découvrir ce que Tory te réserverait si elle était énervée après toi.

— J'ai les meilleurs amis possibles, j'en prends conscience chaque jour qui passe, je souffle.

— Je t'appelais pour te prévenir qu'on mange chez moi mardi soir, la semaine prochaine. Tory, t'es invitée, évidemment.

— À qui tu parles ? elle répète.

— À toi, il se marre. On fête Halloween chez ma tante, entre Campus Drivers.

— C'est tentant, malheureusement, j'ai déjà quelque chose de prévu avec mon club d'herboristes.

— Voici une excuse intéressante, j'interviens. J'essaierai de la replacer.

— Elle est véridique, sale guignard.

— C'est moche de m'attaquer comme ça, je la moralise.

— J'pourrais trouver bien pire.

Dans les enceintes, Rafael tousse pour attirer notre attention.

— Bon, Juliet m'attend pour un *ride*. Tenez-moi au courant, d'accord ? Sachez qu'être au téléphone avec vous deux est une expérience unique, et je viens de discuter avec Don et Carrie, donc la barre était déjà haute. J'ai hâte de vous rappeler.

Il raccroche, et je tourne la molette de l'autoradio pour diffuser un fond musical. La circulation est toujours plus dense le samedi soir, et atteindre le quartier de Tory va me demander une bonne dose de patience.

— Tu peux vraiment pas venir mardi soir ?

— Non.

— Même après manger ? C'est une bande sympa, tu t'amuserais bien, j'en suis sûr.

— Tu n'as pas besoin que je joue ta fausse petite copine devant tes amis.

Je lorgne la plaque d'immatriculation devant moi en fronçant les sourcils. À vrai dire, ce n'est pas pour cette raison que je lui propose de nous rejoindre.

— On est pas obligés d'être constamment dans la peau de nos personnages, je reprends. Juliet sera là, en plus. Tu peux simplement te joindre à nous en tant que Tory.

Elle tire sur le fil de sa manche longue en gonflant et dégonflant ses joues.

— Tory ?

Silence.

— Tu m'écoutes ?

Je pose la question en sachant pertinemment que non. J'ai en moyenne une chance sur trois pour qu'elle soit attentive du début à la fin quand je lui parle et j'ai déjà largement utilisé ma cartouche de chance aujourd'hui. Je lui tapote le bras, et elle fait semblant de sursauter.

— Oh ! Pardon, tu t'adressais à moi ?

— T'es encore bloquée là-dessus ?

Exit Halloween, elle se relance dans un long plaidoyer visant à me convaincre de renommer ma caisse. Je suis estomaqué par son imagination et ses techniques de persuasion. Malheureusement pour elle, je refuse d'appeler ma voiture Billy pour conjurer je ne sais quel sort.

Je me gare enfin devant chez elle et coupe le moteur pour ne pas déranger le voisinage. Il ne s'est écoulé que vingt-quatre heures depuis notre départ, pourtant j'ai l'impression d'avoir passé plusieurs jours avec elle.

— Encore merci, Tory. Je sais que tu souffres de passer autant de temps avec moi, mais t'as pas idée de combien tu me sauves les fesses.

— Par pitié, ne parle plus de fesses jusqu'à la fin de ta vie. J'ai encore l'image de ton foutu chaudron obscur collée devant mes yeux.

— Pardon, mais je m'adressais à mon bolide, je raille.

Je ferais mieux de la fermer plutôt que de remettre de l'huile sur le feu, mais les traits de Tory sont si expressifs que c'en devient addictif.

— Luke, tu ne devrais pas me chercher. J'ai les moyens de me débarrasser de ma concurrente.

— C'est moi ou t'es devenue jalouse depuis que tu m'as embrassé ?

Je parcours son bras du bout de mon doigt, lui provoquant une chair de poule. *Je vais adorer jouer à ce petit jeu de pseudo-séduction.*

— Je ne suis pas surpris, on m'a toujours dit que j'étais doué avec ma langue. Alors, si t'as besoin qu'on en parle...

Elle quitte son siège après avoir failli transpercer mes rétines avec ses ongles.

— Gros bisou, mon amour ! je balance par ma fenêtre. N'oublie pas ton déguisement mardi soir !

— Ta gueule !

Comme chaque fois, je la suis des yeux tandis qu'elle traverse son jardin en direction de sa chambre. Il est tard, toutes les lumières sont éteintes chez elle, je veux être certain qu'elle rentre sans encombre avant de m'en aller. Elle déverrouille sa porte, enclenche l'interrupteur, et alors que je m'apprête à tourner la clé dans le démarreur, je l'entends hurler.

29

Luke

Je me propulse hors de ma voiture et me précipite en direction de Tory. Elle est pétrifiée sur le seuil de sa chambre. Au moment où je l'attrape par les épaules, elle sursaute et pousse un second hurlement.

— C'est moi ! je la calme en la ramenant dans mon dos. Qu'est-ce qui se passe ?

D'où je suis positionné, je ne discerne pas ce qui a provoqué ce cri de panique. Tout a l'air normal, en dehors de… Derrière son lit, je repère la volière de Wild. Renversée et béante. Vide. *Ce n'est quand même pas à cause de ça qu'elle a hurlé ?*

— J'te jure que si Belzébuth l'a croqué, je le sacrifie un soir de lune rouge, je l'entends baragouiner au-dessus de mon épaule. Et ma famille avec. Je leur avais demandé d'être vigilants. Va voir, s'il te plaît.

— Pour qu'il me bouffe moi aussi ?

Je tourne la tête, juste assez pour apercevoir son profil.

— J'ai cru que quelqu'un t'agressait, je grogne. J'ai failli avoir une attaque.

Ses prunelles vertes plongent dans les miennes. *Merde, elle a les larmes aux yeux.* Tous mes muscles se tendent. Ce stupide pigeon compte pour elle, alors je ravale ma remarque ainsi que ma crainte d'être attaqué par un chat satanique et accepte d'avancer dans sa tanière. Je pose un premier pied à l'intérieur, puis un second. Tory est agrippée à mon tee-shirt et marche sur mes traces. J'examine la pièce silencieuse.

— Voilà, Wild est mort, murmure ma compère. À quelques heures de recouvrer sa liberté.

— Peut-être qu'il s'est envol...

Une forme noire se manifeste tout à coup sur ma gauche et opère un piqué droit sur moi. J'ai tout juste le temps d'ériger une barrière avec mes avant-bras pour éviter d'encaisser le choc en pleine figure.

— Il est en vie ! exulte Tory.

— Ce qui ne sera bientôt plus mon cas !

Cet oiseau de malheur est bien vivant et il a décidé de reprendre son attaque meurtrière là où ma voiture l'a arrêté la semaine dernière. Mais cette fois, il a mieux préparé son coup, car je ne réussis pas à arrêter son offensive.

— Un p'tit coup de main ne serait pas de refus, Tory ! j'appelle à l'aide.

— Il reconnaît son bourreau.

J'agite mes mains dans tous les sens pour le repousser et me déplace à l'aveugle.

— Bordel ! je grogne quand mon genou percute le coin d'un meuble.

Plié en deux, je balaie l'air de mes bras.

— Ça suffit, tu vas lui faire mal ! ordonne Tory.

— Il ne t'écoute pas !

— C'est à toi que je parle, idiot ! Tu vas l'assommer avec tes grandes paluches !

Ah ! D'accord. Elle se moque que je finisse avec des coups de bec dans les yeux.

— Arrête de bouger, elle s'agace.

Sa langue claque plusieurs fois contre son palais.

— Wild, viens voir maman.

Elle est perchée. *Comme si cet animal allait...* Les bruissements d'ailes s'éloignent puis disparaissent. J'entends Tory hoqueter.

— Luke, regarde, elle chuchote.

— Tu es revenue à la raison et tu lui as tordu le cou ? je demande en retirant lentement mes bras de devant mon visage.

Mes paupières tremblent devant la scène qui s'affiche. Tory s'est immobilisée, et posé au sommet de son crâne, ce charognard de Wild me scrute effrontément.

— Qu'est-ce qu'il fabrique ? elle articule tout bas.

— Deux possibilités : soit il commandite son troisième assaut, soit il va te chier dessus. Tu mérites la réponse B. Pourquoi je suis le seul qu'il attaque ?

J'ai à peine fini ma phrase qu'il quitte la tignasse de Tory. Je me jette quasiment à plat ventre au sol pour l'esquiver, mais il se pose sur mon omoplate. Je me prépare à le sentir viser l'une de mes veines, je secoue donc mes doigts pour qu'il se barre, mais il s'en contrefout.

— Il cherche le meilleur endroit où frapper, je croasse, courbé en deux.

— Tu te trompes, je crois qu'il est content de te voir !

— Tu comptes lui trouver des excuses chaque fois qu'il s'en prend à ma voiture ou à moi ?

— Il t'a fait la fête, elle insiste.

Il a le culot de roucouler, avant de voler jusqu'au sofa où Belzébuth fait sa toilette dans la plus grande indifférence. *Adieu, mon mignon, tu vas finir en pâtée pour chat.* Ou pas. Il s'installe tranquillement sur lui, sans conséquence funeste.

— Pince-moi, je rêve, s'effare sa propriétaire.

Je me relève et m'exécute.

— Aïe !

— Tes désirs sont des ordres, je me défends.

— Alors, va boire de l'eau de Javel, elle réplique en me pinçant à son tour.

Puis elle reporte son attention sur ses amis à poils et à plumes.

— Ils sont devenus potes pendant mon absence, c'est trop mignon, elle se pâme.

Comment arrive-t-elle à moduler si vite la tonalité de sa voix d'une phrase à l'autre ?

— Un chat qui s'appelle Belzébuth et un pigeon agressif, je comptabilise sur mes doigts. Le tout gouverné par une sorcière... Voilà une fine équipe.

Sans cesser de les observer comme s'il s'agissait de ses enfants, elle s'accroche à mon bras et appuie sa joue contre mon biceps. Surpris, je mate son nez constellé de taches de rousseur et son petit sourire attendri. Sourire qui ne m'est pas destiné mais contamine malgré tout mes lèvres. Je suis content de retrouver la Tory loquace, bruyante et émerveillée par deux animaux louches. Je pige ce qui a convaincu Juliet de baisser sa garde pour faire entrer ce sacré phénomène dans sa vie. Il n'y en a pas deux comme elle. De prime abord, Tory n'est pas le genre de nana à qui j'aurais pensé m'attacher, mais... je découvre en cette seconde que je l'aime bien.

— Tu n'as pas envie qu'on devienne amis, elle lâche sans bouger.

— Hein ?

— T'as pas les épaules pour ça, ne te surestime pas.

Bon sang, elle recommence à déchiffrer mes pensées.

— OK, pas d'amitié, alors, je concède. Seulement du sexe m'ira très bien.

— Je préfère garder la place au chaud pour quelqu'un qui ne brouille pas mes ondes, elle rétorque sur un ton tranquille. Et qui maîtrise l'hélicoptère avec sa queue, aussi.

— C'est noté pour l'hélico. Je dois être un peu rouillé, j'vais m'entraîner pour te satisfaire. Quant à mes ondes, elles sont très sympas et n'ont pas l'air de te déranger puisque t'es collée à moi. Tu vois, tu commences déjà à corriger ton erreur de jugement en me câlinant.

Elle lorgne ses doigts enroulés autour de mon coude, comme si elle s'en rendait compte à l'instant. Elle pince les lèvres, avant de se décaler.

— Ne te méprends pas. Je bosse, là. Je te transmets de bonnes énergies.

— Quel professionnalisme ! Madame ne compte pas ses heures, c'est honorable.

— L'honneur n'a rien à voir là-dedans. C'est calculé. Tu ne pourras rien me refuser quand j'aurai trouvé quoi exiger en échange, et j'ai le pressentiment que ce sera grandiose. Je ne me donnerais pas autant de mal, sinon.

— Si tu le dis ! Pour en revenir à ta transmission de bonnes ondes, nos fringues forment une barrière. On devrait les retirer, la prochaine fois.

— T'es insupportable.

— Tu dis ça parce que tu ne m'as jamais vu nu.

— Vas-y, déshabille-toi, elle ordonne en hochant le menton. J'ai lu quelque part que faire couler la cire d'une bougie verte sur un corps dénudé permettait une invocation puissante. Douloureuse, mais efficace. T'as un briquet ?

Je retire mon tee-shirt dans la foulée, pour la prendre à revers.

— T'as une bougie ? je réclame sur le même ton.

Je me délecte des quatre secondes qu'elle passe à reluquer mon torse et finis par contracter mes pecs. Elle éclate de rire, m'arrache ma fringue des mains et me la jette dessus.

— Couvre-toi, andouille.

Elle n'a pas besoin de le répéter. J'aime la titiller avec ça mais je sais quand je dois m'arrêter.

— Tu sais, t'as le droit d'apprécier ma compagnie, je reprends.

— Oh ! Mais je l'apprécie beaucoup ! elle confirme en se frottant les mains. J'ai reçu une boîte de thé celte récolté par un druide que je trépigne de te faire goûter. Il paraît que c'est un élixir efficace.

— À quelles fins ?

— Justement, j'suis pas sûre de la traduction, d'où la nécessité que tu en boives quelques tasses pour percer ce mystère. Tu vois, j'adore avoir un associé utile qui a consenti à expérimenter tout ce que je veux.

— Sache que je consens aussi à expérimenter tout ce que tu veux au pieu, je souris.

— C'est un autre genre de pieu qui va se matérialiser entre nous, si tu continues. Immense, pointu, fatal, elle énumère.

— Arrête ton char, assassin, tu m'aimes bien. Ton déni est presque aussi chou que l'amitié entre ces deux-là.

— Quelle assurance. Tu te sens pousser des ailes depuis que je t'ai embrassé ?

— Ah ! Tu l'avoues enfin !

Grillée, elle ouvre la bouche, mime le fait de crier puis reporte son attention sur le canapé. *Voilà, je l'ai perdue.* Elle contourne la table basse et tend sa main en sifflant. Wild s'y pose la seconde suivante.

— Il m'a adoptée. Je compte lui apprendre plein de trucs.

— Du genre ?

Elle s'éclaircit la gorge, prête pour une démonstration.

— Wild, vole jusqu'à la voiture de Luke et largue une belle fiente sur son pare-brise !

— T'es sérieuse ?

— Chut ! Je suis au milieu d'une séance de dressage, là.

Dire que je devrais être dans un bar, à boire une bière bien fraîche avec mon équipe. Pourquoi suis-je encore là ?

— Wiiild, elle recommence. Luke, voiture, caca. Luuuke, voituuure, cacaaa.

Elle agrémente ses indications par des gestes explicites, sans succès.

— Bon, on dirait qu'il t'aime trop pour t'infliger ça, elle se résigne après une troisième tentative. Je découvre donc que les pigeons ne sont pas rancuniers.

— Il a compris que j'étais un mec génial, c'est tout. Il percute plus vite que toi.

— Eh bien, baise avec lui, dans ce cas, elle se marre. Je ferai une entorse à notre règlement d'exclusivité pour que tu puisses combler tes besoins.

— Inutile, t'es la seule qui m'intéresse.

— Non, c'est ma chance sexuellement transmissible qui t'intéresse, nuance.

— Pas uniquement. Je n'irais pas jusque-là si je ne te trouvais pas attirante. Je veux te prouver que tu as tort, t'offrir une expérience épique et... d'accord, choper un trèfle à quatre feuilles au passage. C'est une honnête transaction.

Elle évalue mes paroles en fronçant les sourcils. Wild aussi semble attentif à notre échange.

— Et qu'est-ce qu'il se passera si j'ai raison et que coucher avec toi est une plaie ?

— Je te présenterai de plates excuses, je promets, une main sur le cœur.

— Insuffisant.

— Je t'aiderai à fabriquer plein de bracelets ?

— Pour les gorger d'énergies nocives, non merci.

— Je t'emmènerai à Salem, je lance sans réfléchir.

Ses prunelles s'illuminent.

— T'es plutôt bon en négociation, elle me complimente. Mais tu connais la rengaine, ce sont ceux qui en disent le plus qui en font le moins !

Sur ces mots, Wild retourne sur son coussin en poils de chat, et Tory traverse sa chambre en me bousculant au passage. *Elle est dure en affaires !*

Elle s'accroupit près de la volière, je l'aide à la redresser et ramasser ce qui s'en est échappé. Je n'ai plus rien à faire ici mais je n'arrive pas à décoller.

Un grondement sourd résonne alors. Je relève des yeux interrogateurs vers sa source.

— C'est ton estomac qui a fait ce bruit, ou un démon est caché sous ton lit ? je m'inquiète.

— J'ai faim.

— Tu aurais dû bouffer ce sandwich au poulet que t'a proposé l'hôtesse.

— J'en avais déjà mangé un à l'aller. Elle aurait dû m'apporter des raviolis.

— Parce que t'en manges pas tous les jours ? je ricane.

— Les derniers remontent à jeudi. Je suis en manque, voilà pourquoi j'me sens fébrile.

Je lorgne ma montre.

— Moi aussi, j'ai la dalle. Tu connais un resto qui livre à cette heure-ci ? Je t'invite.

Elle m'évalue de longues secondes, circonspecte. À vrai dire, je suis également étonné par ma proposition.

— Et la célébration de votre victoire dans un bar à strip-tease ?

— Attends, c'était dans un bar à strip-tease ?

Je récupère mes clés de voiture et feins de me hâter de partir. Elle court jusqu'à la porte et me barre la route, bras et jambes écartés.

— Trop tard ! Tu as prononcé la formule magique la plus puissante de l'univers, j'appelle Yuan tout de suite, elle décrète. Tu m'as promis plus d'une fois des dizaines de raviolis chinois. L'heure est venue de commencer à rembourser ta dette, Luke Winchester.

Ce qu'elle ne me dit pas, c'est que la fameuse Yuan, celle qui tient le restaurant dans lequel je lui ai demandé de prétendre être ma copine, ne livre pas à domicile.

Je l'abandonne le temps d'un aller-retour rapide, et la retrouve douchée et changée. Nous nous installons à son bureau devant des vidéos de wicca qu'elle me décrypte entre deux bouchées. Peu importe que la majorité de ce qu'elle m'explique me semble tiré par les cheveux, la voir aussi passionnée me tient en haleine.

Une fois l'estomac rempli de raviolis, elle accepte que je lance une vidéo de base-ball, et c'est mon tour de lui donner une leçon particulière.

30

Luke

Appuyé contre le lavabo de ma salle de bains, je dévisage mon reflet dans le miroir, sans écouter ce que Dallas me raconte depuis dix minutes. Je croise ma tronche tous les jours depuis deux décennies, pourtant, aujourd'hui, j'ai le sentiment tenace d'être passé à côté d'un détail. Ou alors, quelque chose de nouveau a débarqué ? À moins que ce ne soit le thé bizarre que m'a fait boire Tory hier soir ? Il avait un drôle de goût, j'aurais dû me méfier, mais j'étais trop absorbé par la deuxième leçon de base-ball que je lui ai donnée.

— T'aurais répondu quoi, toi ? me demande Dallas.

Je ne sais pas du tout de quoi il parle.

— C'est une honte, je réponds.

— On est d'accord !

Merci Conley, ta phrase fétiche est un remède universel.

Dal repart dans sa chambre sans cesser de ronchonner contre je ne sais qui. Je chope ma brosse à dents et frotte vigoureusement mes molaires. À mon poignet, l'un des bracelets de Tory remue en rythme. C'est le rouge, parce qu'on est mardi, et je n'ai pas eu besoin de consulter mes notes pour m'en souvenir. J'hésite à en enfiler un d'une autre couleur pour le plaisir d'agacer sa créatrice, mais je ne suis pas assez fou pour tenter le diable. Si je reste convaincu que ce sont des babioles futiles, mieux vaut continuer à tout mettre en œuvre pour ressusciter Lucky Luke.

À côté de moi, mon téléphone vibre.

TORY : Regarde qui est avec moi.

Sous son message, j'ouvre un selfie d'elle, assise sur un banc du campus avec son drôle d'ami Francis. Entre eux, perché sur le dossier en bois, un pigeon.

LUKE : Les pigeons sont tous en crush sur toi ou quoi ?

TORY : C'est Wild ! Je discutais tranquillement de la fin du monde avec Francis, quand il s'est posé près de moi.

LUKE : Les pigeons se ressemblent tous. Comment tu peux être sûre que c'est lui ?

TORY : Il a une petite tache blanche sous l'œil et il a roucoulé quand j'ai prononcé son prénom.

Je me rince la bouche en pouffant.

LUKE : N'oublie pas qu'on mange chez Raf tout à l'heure.

TORY : Si Juliet ou toi continuez à me le répéter trois fois par jour, vous allez comprendre votre douleur.

Je n'ai pas réussi à l'avoir à l'usure, j'ai dû faire appel à Juliet pour qu'elle persuade sa meilleure amie de se joindre à nous pour fêter Halloween et l'anniversaire de Donovan.

Dallas me bouscule un peu pour se frayer une place devant le miroir et remarque ma conversation avec Tory.

— Tu passes la chercher, ou elle vient avec sa voiture chez Raf ?

Son ton est moralisateur, comme si la copine d'un Campus Driver ne devait plus jamais s'installer derrière un volant.

— Elle nous rejoint un peu plus tard. Elle participe à une chasse aux bonbons sur le campus, avec son club d'herboristes.

— Ils font quel genre d'activités dans ce club ? s'inquiète Dallas.

— Aucune idée, j'ai préféré ne pas poser la question. Les réponses de ma copine sont toujours plus bizarres que celles auxquelles je m'attends.

— Elle terrorise tout le monde, se marre mon pote. Aucun doute qu'elle va rafler une tonne de sucreries.

— Je parie que vous parlez de Tory, s'immisce Raf en entrant dans la salle de bains. Quoique ça collerait aussi pour Hitman. J'me demande laquelle des deux m'angoisse le plus.

— Quand on la connaît, Tory n'est pas si flippante, je m'entends leur confier. Disons qu'elle est plutôt... imprévisible.

— C'est censé me rassurer ?

— Pas le moins du monde.

— C'est bien ce que je pensais. J'étais déjà pas serein que ma copine soit amie avec elle, alors, que mon meilleur pote la fréquente, ça devient périlleux.

— Où est Crocsy, d'ailleurs ?

— Elle est déjà chez moi. Elle avait un entraînement de roller derby avec sa meute cet aprèm. Georgia l'a déposée.

— Pourquoi tu te déguises pas ? me lance Dal dans le reflet.

Il est de son côté en train de recoller de fausses plaies sanguinolentes sur sa tronche. Il a passé la journée dans cet accoutrement sordide, y compris pendant ses courses.

— J'ai horreur de ça, je suis traumatisé par le costume d'Indien que ma grand-mère m'avait confectionné à l'école primaire. J'ai dû le porter à chaque occasion jusqu'à ce que la couture entre mes fesses craque en plein spectacle de fin d'année. À partir de là, je me suis promis de ne plus enfiler de déguisement de toute ma vie.

— Et toi, Raf ?

— La flemme, mec.

— Andy a mis une chemise avant de partir rouler, il grommelle. Vous êtes bidons.

Nous finissons de nous préparer et partons tous ensemble vers Little Havana. C'est Raf qui conduit. Je m'installe à l'arrière et reprends mon téléphone en main.

LUKE : Alors ? Tu remplis ton chaudron de sucreries ?

TORY : Je n'ai pas de chaudron mais je fais carton plein cette année.

LUKE : Comment ! T'es pas déguisée en sorcière ?

TORY : Hé non.

LUKE : Mais c'est ta soirée !

TORY : Halloween ne me sert qu'à réunir suffisamment de bonbons pour ma réserve hivernale. On ne célèbre pas cette fête comme ça chez nous.

LUKE : Je ne veux pas savoir.

Et son smiley me le confirme.

LUKE : Du coup, tu portes quoi ?

TORY : Tu verras...

Oh ! Seigneur, ça ne présage rien de bon.

Une fois arrivé chez Divina, je profite de retrouver la bande des Campus Drivers au grand complet dans la pièce à vivre. Entre les kilomètres qui nous séparent et le calendrier NBA bien chargé de Don et Lewis, nous ne nous réunissons que quatre ou cinq fois dans l'année.

— Joli déguisement, Dallas ! le complimente Adam.

— Joli déguisement, Dallas, il le singe en grimaçant. Tu es nul, vous êtes nuls, avec vos habits de tous les jours. C'est toi le meilleur, Conley, il ajoute en tendant son poing à notre mentor.

Sans surprise, Lewis est le seul à avoir respecté le thème de cette journée. Et pas qu'un peu. Il a glissé ses jambes dans un immense extraterrestre gonflable, dont la tête remue au-dessus de la sienne. Avec les bras verts qui enserrent la poitrine de Lewis et les deux fausses jambes qui pendent en dessous, ça donne l'illusion qu'un alien le tient dans ses bras.

— T'as entendu, Adam ? Je suis le meilleur.

Il se tourne vers Amy qui discute avec Lois.

— T'as entendu, Firebird ? Je suis le meilleur.

Puis vers Carrie, qui dépose une assiette sur la table à manger.

— T'as entendu, Madame Wolinski ? Je suis le meilleur.

— Et si t'allais faire un tour dehors ? elle propose en piquant deux chips dans le saladier. Histoire que les petits copains de ton extraterrestre te repèrent et t'embarquent sur une autre planète.

Il lève la tête vers son ravisseur en plastique et se met à courir partout en hurlant.

— Au secours ! E.T. essaie de m'enlever !

Il se jette par terre, fait des roulés-boulés sur le tapis de Divina et simule un affrontement du troisième type, avant de s'immobiliser.

— Je me rends, il clame, essoufflé. Je serai un super cobaye pour eux, en fait. Je suis l'être le plus évolué de la Terre.

— S'ils mangent ton cerveau, ils ne s'en relèveront pas, ricane Carrie.

Je me tourne vers Donovan, qui est entré dans la pièce avec Lane et Andy.

— Joyeux anniversaire, mec.

— Merci, Junior. T'es seul ?

— Tory ne va pas tarder.

J'ai étrangement hâte qu'elle arrive pour assister à la collision entre son monde et le mien. Aidé d'une bière et de pizzas, je prends mon mal en patience et bavarde de tout et rien avec les autres.

— Ça se passe bien avec Tory ? s'intéresse Juliet en s'asseyant à côté de moi.

— Ouais, je confirme sans développer.

C'est toujours aussi gênant de leur cacher la vérité, même si fréquenter souvent Tory rend les choses un peu moins factices.

— T'es amoureux d'elle ? elle me questionne en jouant avec sa tresse.

Elle m'observe d'une drôle de manière.

— Euh... Je l'aime bien. Je...

— Tory m'a dit qu'elle était folle de toi.

— Ah bon ? je rétorque spontanément.

— Oui, moi aussi, ça m'a choquée.

Bon sang, je suis vraiment à chier comme comédien.

— C'était un « ah bon » d'humilité, je me rattrape. Évidemment qu'elle est folle de moi, je suis génial.

— Si tu déconnes avec elle, je serai ton poison mortel.

Je cherche quoi répondre quand, soudain, toutes les conversations s'interrompent. Je vois l'attention de mes amis se river au même endroit, quelque part derrière moi. Je me retourne et cligne des yeux plusieurs fois pour m'assurer que la personne à laquelle je pense vient de faire son apparition. Et c'est bien le cas. J'examine ses vêtements, la bouche entrouverte. Je viens de dire que je l'aime bien, mais Tory est... une petite garce.

Tous mes potes éclatent de rire.

— Vraiment ? je lance en quittant le canapé. Parmi tout ce que tu pouvais porter pour Halloween, tu as choisi cette tenue ?

— T'imagines pas le succès que j'ai eu, elle se vante.

En guise de costume, elle porte audacieusement ma chemise de base-ball sur des leggings noirs. Celle que je lui ai filée pour assister à mes matchs, certainement pas pour effrayer le campus un 31 octobre.

— Ta poisse est plus effrayante qu'un clown tueur, tu le savais ?

J'en avais une petite idée, oui, inutile de m'offrir une démonstration.

— Putain, c'est du génie, rigole Raf. J'aurais adoré avoir cette idée !

— Je sens qu'il y a du niveau, s'extasie Carrie. T'avais raison, Amy.

Tory vient à ma rencontre, tourne sur elle-même pour me montrer le gros LUCKY LUKE qu'elle a inscrit au marqueur rouge dans son dos et s'immobilise juste sous mon nez, un large sourire aux lèvres. Sous la visière de ma casquette qui parfait son accoutrement, ses yeux verts me défient. Difficile de lui résister, je lâche un rire étouffé. Je me penche vers elle, encore incertain de l'endroit où poser ma bouche pour coller à mon personnage. Ses lèvres écarlates ravivent un souvenir délicieux, mais elle enfonce le bout de son index au milieu de mon front. Son regard maintenant perçant me donne froid dans le dos.

— Quoi ?

— Où est ton déguisement ?

— Probablement dans le grenier de mes parents avec celui de Zorro et de Spiderman, j'ironise. Ce n'est pas une soirée costumée, je précise.

— Parle pour toi ! intervient Lewis. C'est Halloween, vous devriez tous être déguisés, sans exception.

C'est une honte ! Heureusement que Dallas et ta copine sont là pour respecter les traditions.

— Elle porte mes fringues de base-ball. Elle ne respecte ni les traditions ni ma personne.

Ajouté à son maquillage marqué, le rictus de Tory prend une tournure encore plus mystique que d'ordinaire. Elle est aussi inquiétante qu'envoûtante, et c'est le moment de la présenter aux autres. Je passe un bras sur ses épaules.

— Les gars, voici Tory, ma petite amie. Tory, tu connais déjà Lewis et les chauffeurs de FIU. Voici Adam, Lane et Donovan. Ce sont les créateurs de l'application Campus Drivers.

Ils lui adressent un salut chaleureux.

— Et par ici, voici leurs moitiés infernales, je poursuis en désignant Lois, Carrie et Amelia.

Ni une ni deux, les filles l'invitent à s'installer entre elles, et je me retrouve seul derrière le canapé. *OK, c'est du rapide.* J'enjambe le dossier et tombe assis à côté de Raf, qui a pris la place de Juliet.

— Plus je les regarde toutes ensemble, plus je me dis qu'on aime vivre dangereusement, il me chuchote.

Je ne le contredis pas. Peu importe que ma relation avec Tory soit simulée, elle ne m'épargne aucun danger.

— Comment va ta poisse ? s'intéresse Lane, assis à côté de Don, sur un autre canapé à gauche.

— Comme au premier jour.

— Merde...

— T'inquiète pas, je...

— Tory a la réputation de porter chance, intervient Andy. Ils se sont bien trouvés ! Elle bosse dur sur notre copain, elle le sauvera.

— C'est une sorcière, complète Dallas. Elle vend plein de trucs magiques sur le campus.

— Ah ouais ? s'étonne Donovan. Quel genre de trucs ?

Au même moment, la voix de Carrie se détache des autres.

— C'est hyper intéressant ! Qu'est-ce que je pourrais faire avaler à Donovan pour qu'il perde l'usage de la parole ?

Le concerné s'étouffe avec sa bière et me lance un appel à l'aide silencieux.

— Pas ce genre de trucs, hein ? il s'inquiète.

— Je me méfierais, à ta place, se marre Rafael.

— Et si on jouait aux mimes ? lance Don pour dissoudre ce groupuscule de petites amies dangereuses.

Elles détestent ça, mais maintenant qu'il a donné l'idée à Lewis, celui-ci n'en démordra pas.

— Ouiii ! s'écrie justement ce dernier.

— Oh ! Par pitié, on ne pourrait pas jouer aux cartes, comme tout le monde ? soupire Lois.

— Moi, j'adore les mimes ! se réjouit Tory.

Elle écope d'œillades désolées de la part de ses nouvelles copines.

— Ajoutons une énième victime au tableau de chasse de Conley, rigole Adam.

— C'est un peu le rituel de passage quand tu sors avec un chauffeur, argue Lane.

— Attention, Tory, ce n'est pas une partie classique, lui révèle Juliet en grimaçant. On joue par équipe de deux, et pour faire deviner ton mime aux autres, tu dois utiliser le corps de ton partenaire.

— On peut en utiliser seulement des morceaux ? elle demande en me pointant du doigt.

— Ça deviendrait mon activité favorite, approuve Amy.

— On joue ! conclut Lewis.

— T'es sûr ? Tu flippes pas quand Hitman te mate comme ça ? l'interroge Andy.

— Elle m'aime encore trop pour me découper. Allez, c'est parti ! J'apporte toujours ma boîte pleine de petits papiers, et Carter en a ajouté plein quand il est venu me voir au début du mois. J'ai hâte de les découvrir.

— Super, les gars ! j'applaudis. Je mourais d'envie d'expérimenter ce jeu de cinglé avec quelqu'un comme Tory. Elle va me démembrer, c'est clair.

Dans la seconde, elle se matérialise sur l'accoudoir à côté de moi, se laisse tomber en travers de mes cuisses et noue ses mains derrière ma nuque.

— T'avais raison, Luke. C'est une bande sympa, je vais bien m'amuser.

Elle réutilise les mots que j'ai prononcés quand j'ai voulu la convaincre de venir ce soir, mais je ne leur prêtais pas tant de promesses douloureuses. Toutefois, je m'amuse de la découvrir si à l'aise avec mes potes. Et avec mon maillot sur le dos, on dirait presque que rien de tout ça n'est factice.

— Tu ne seras pas la seule à prendre du bon temps, je contre, en jouant des sourcils. J'espère tirer un morceau de papier épique pour te prouver que je suis le mec le plus divertissant de ta vie.

Ses iris émeraude font un aller-retour entre mes yeux et mes lèvres.

— Bonne chance, elle articule, sur le même timbre qui a précédé notre baiser à Boston.

Je cale une paume contre ses reins et inspire par le nez. Je comptais répondre quelque chose, mais ma main devient subitement moite contre son jersey de base-ball. Il m'appartient mais il sent son parfum, et c'est perturbant. Je ne saurais pas dire ce que ça éveille en moi mais j'ai envie d'embrasser celle qui le porte devant tout le monde. Pas dans le but d'étoffer notre mensonge ou d'obtenir mon shot de chance pour remporter la partie de mimes. Sa bouche m'appelle pour une tout autre raison, qui ne peut avoir qu'une unique explication : je n'ai pas eu de contact aussi rapproché avec une femme depuis des semaines, et mon corps manifeste son mécontentement.

— *Let's go!* braille Lewis.

En un claquement de doigts, Tory pivote vers la table basse, n'offrant à mon regard que cet énorme Lucky Luke inscrit dans son dos. Je scrute ces deux mots portés par celle supposée m'aider à les atteindre. *Comme s'ils ne formaient qu'un.* Et une petite voix me souffle que la seule façon de les obtenir est de lui retirer son haut. Décidément, le destin me pousse dans cette direction ! Ça tombe bien, je suis toujours déterminé à la convaincre de tester ses théories pourries sur mes aptitudes sexuelles.

Mes idées sulfureuses sont très vite envoyées au tapis par le sadisme de ma fausse petite amie. Je trouvais ce jeu inventé par Lewis hilarant, mais c'était avant que ma binôme infernale ne se serve de mon pauvre corps pour reproduire le naufrage du Titanic. Se manger un iceberg nommé Tory ne laisse pas indemne. Malheureusement pour moi, avec la malchance que j'ai, je tire un papier nul à chier. Quand tout le monde est passé, c'est encore une fois Lewis qui remporte la partie, un point devant Tory.

— T'es douée, il la félicite.

— On relance une deuxième manche ? elle s'emballe.

Tout le monde la regarde comme si elle avait pris un coup sur la tête.

— Soyez pas mauvais joueurs, ce jeu est génial, elle assène sans se démonter.

Elle n'est pas même un peu intimidée. J'admets que la famille des Campus Drivers est la plus accueillante que j'aie pu rencontrer, mais même moi, il m'a fallu plusieurs soirées avant de me sentir aussi à l'aise que l'est Tory en une heure.

— Enfin ! jubile Lewis en sautant par-dessus la table basse. Viens dans mes bras, ma sœur !

Il atterrit devant ma fausse petite amie, l'attrape par les épaules et l'écrase contre son torse, dans un câlin gênant. *Qui dure un peu trop longtemps à mon goût.* Il la secoue de gauche à droite, avant de se figer. Il recule lentement la tête, les sourcils froncés.

— Tu ne te débats pas ? il s'étonne. Elle ne se débat pas, il répète en se tournant vers Lois et Carrie. Comment ça se fait ?

— Tu l'as secouée trop fort, répond Madame Wolinski. T'as dû lui provoquer de graves dommages cérébraux. Est-ce que ça va ? elle articule à l'intention de Tory, comme si elle avait besoin de deux secondes entre chaque mot pour en saisir le sens. Tu veux de l'aide ?

— Ou alors, c'est sa technique pour attirer ses victimes, chuchote Lane. Tu vas finir dans une bouche d'égout, mon pote, et t'auras rien vu venir.

Conley se recule encore un peu pour évaluer le danger et semble penser à quelque chose d'inquiétant. Il s'écroule sur l'autre sofa à droite, accessoirement sur les genoux d'Adam, et l'étouffe presque avec son imposant déguisement d'alien.

— Dégage, Lewis, j'arrive plus à respirer.

— C'est la nana d'un Campus Driver, il analyse à voix haute, se foutant des appels à l'aide de son ami d'enfance. Putain, elle a failli m'avoir... Elle est obligatoirement dangereuse. Elles le sont toutes ! il conclut en escaladant le dossier — et Adam au passage.

Il mime une croix avec ses doigts, avant de partir en courant vers le jardin, dans les bras d'un extraterrestre gonflable.

— Tu connaîtrais pas un prêtre exorciste, par hasard ? lance Amelia à Tory.

— Non, mais j'ai un oncle qui bosse dans un cirque en France. Il serait ravi d'avoir quelqu'un comme lui.

— Parfait ! approuve Carrie.

— Je reviens, annonce Amy en se levant. Depuis qu'il a enfilé ce costume, je rêve de me jeter sur lui pour le crever. C'est l'occasion idéale de lui courir après.

Elle traverse la baie vitrée et disparaît dans la nuit, sous le regard admiratif de Tory. Un étranger assistant à cette scène pourrait croire que c'est une plaisanterie, mais ici, tout le monde sait que Hitman ne balance aucune parole en l'air. La preuve en est, Lewis revient un quart d'heure plus tard, traînant derrière lui une toile verte agonisante.

Le temps et les discussions défilent. Tory n'a pas quitté mes jambes, et ça ne la dérange pas. *Moi non plus, d'ailleurs.* Elle a même calé son dos contre mon torse et posé son verre dans ma main comme si j'étais un fauteuil avec option porte-gobelet. Elle bavarde avec un tel entrain que je dois redoubler de vigilance pour ne pas finir avec un œil au beurre noir. C'est la première fois que nous interagissons en public avec autant de naturel. Difficile de cerner si elle est à fond dans son rôle, si elle a oublié ce que nous fabriquons ou si elle se rend compte que je ne suis pas si ennuyant.

— Je vais rentrer chez moi, elle bâille soudain.

— Déjà ? répondent Amelia et Carrie en même temps.

— J'allais refaire des smoothies ! clame Lois.

Elles l'ont adoptée à l'unanimité.

— Il est une heure du matin, et personne ne veut invoquer les esprits avec moi, elle soupire. Je n'ai plus rien à faire ici.

Elle se lève, s'étire et lance un au revoir général.

— Oublie pas de m'envoyer le nom du bouquin dont tu m'as parlé, lui rappelle Carrie.

Donovan se liquéfie et me mate avec horreur.

— Et toi, ceux que tu m'as conseillés, elle lui sourit.

Pour ma part, j'envoie à Don un sourire reconnaissant. Je préfère cent fois les livres de sa copine à ceux de la mienne. Je me mets debout et suis Tory jusqu'à la porte d'entrée.

— Tu te sens de conduire ou tu veux que je te ramène ? Je suis venu avec Raf, mais je peux te déposer avec ta caisse et revenir te chercher demain matin.

— C'est gentil, mais ça ira, merci.

— Envoie un message quand t'arrives chez toi.

— OK, on ne sait jamais, si ton maillot me porte la poisse.

Elle amorce un pas pour partir, avant de changer d'avis.

— La soirée était cool.

Je souris. *Oui, la soirée était vraiment très cool.*

— Bien sûr ! Les soirées avec moi sont toujours cool, je frime en m'appuyant contre l'encadrement de la porte. Et t'es loin d'avoir encore tout vu.

— T'as pas l'intention de lâcher l'affaire, hein ?

Elle croise ses bras sur sa poitrine, et je reprends une minute pour contempler sa tenue. Ma tenue, précisément. Je me souviens de la première fois que j'ai vu cette nana monter dans ma voiture avec son sac bordélique, ses bracelets à vendre et un fossé énorme entre nous. Ce jour-là, je n'aurais jamais cru m'entendre prononcer ce que je lui lance alors.

— Je vais gagner cette partie, Tory Garland.

31

Tory

Luke Winchester est en train de me rendre folle. Dix jours se sont écoulés depuis son match à Harvard, et on peut dire qu'il ne chôme pas pour me démontrer qu'il n'a rien du type rasant que je lui ai assuré être dans cet avion. *Ce petit fumier à l'ego éraflé regorge de ressources.* Même si son baiser avait pas mal ramolli mes intuitions à son sujet, je suis forcée d'admettre qu'il est doué pour parvenir à ses fins. Il avait déjà débuté son petit numéro avant Halloween, mais à partir de cette soirée, il est monté d'un cran, devenant miraculeusement plus intéressé par ma petite personne que par sa poisse incurable.

Je vais gagner cette partie, Tory Garland.

Je ne sais pas si son acharnement paie ou si ma vie intime est finalement plus ennuyante que pourrait l'être Luke, mais c'est moins facile de rester insensible à son attitude quand on se voit. *Et on se voit énormément.* Je le laisse venir chez moi presque tous les soirs, quand mes parents et ma grand-mère sont couchés. Presque, car il m'arrive aussi de passer quelques heures dans sa chambre, à être gracieusement alimentée de raviolis gratis et de vidéos de base-ball.

Au-delà d'être d'une compagnie drôle et divertissante, il multiplie les avances plus ou moins discrètes, avec suffisamment de finesse pour obtenir l'effet escompté. Hors de question de le lui avouer, mais son petit jeu de séduction déguisée devient de plus en plus excitant.

Décidément, tout me porte à croire que mon flair en matière d'hommes est à chier depuis Bronson.

Je déteste Luke de me faire douter, tout en adorant la sensation inédite qu'il me fait découvrir. Je fais semblant de m'en plaindre devant lui, mais au fond, ça me plaît. Je suis bien sûr profondément investie dans mes expérimentations magiques, mais il n'y a pas que ça. Il est devenu intrigant — et trop souvent torse nu pour que ce soit un hasard —, et je suis curieuse de voir où cela va nous mener.

Même Belzébuth semble l'apprécier à sa manière, et ça, c'est de la pure sorcellerie. En bref, il ne me manque pas grand-chose pour déraper, mais je compte bien continuer à laisser monter la pression qui grésille dans mon ventre.

— Tu attends quoi pour me lancer cette balle ?

Je sors de mes pensées et atterris au moment présent. Dans le jardin qui borde la résidence universitaire de Luke, sa balle de base-ball à la main. Plus loin face à moi, il manifeste son impatience en agitant son gros gant en cuir. Il a aussi à cœur de me prouver qu'on peut adorer jouer à la baballe, mais de ce côté-là, aucune chance que je me laisse avoir.

— Remontre-moi ce mouvement ridicule que tu fais pour prendre de l'élan, je crie.

Il lâche un soupir gavé. C'est la quatrième fois que je le lui demande, uniquement pour l'énerver. Il doit regretter d'avoir insisté pour qu'on se donne ainsi en spectacle. Je suis sûre qu'il aimerait m'envoyer sur les roses, voire me faire avaler son gant, mais nous avons un public. Elliot, notamment, qui ne loupe rien à notre pause sportive.

— J'peux lui montrer si tu veux, Winchester ! il propose justement.

Je discerne d'ici la mâchoire contractée de Luke.

— C'est super gentil ! je m'exclame.

Elliot me tape sur les nerfs, je préférerais lécher une batte de base-ball trois fois par jour que de tolérer sa proximité, mais... je trouve Luke particulièrement sexy aujourd'hui avec son marcel kaki. *Kaki !* J'ai eu le malheur de lui divulguer ma couleur préférée, je suis persuadée qu'il a choisi cette fringue exprès. Alors, c'est une occasion en or de combattre son opération séduction.

— Je m'en occupe, grogne mon entraîneur en courant vers moi.

Gagné ! Je cache mon sourire victorieux derrière mon index. Il jette son gant par terre et se place dans mon dos en marmonnant des insultes salées à l'attention de son coéquipier.

— Il voulait se rendre utile, je feins de défendre ce dernier.

Luke décale mes cheveux et approche sa bouche de mon oreille.

— Pas la peine de jouer à ça.

— Je ne vois pas de quoi tu parles.

— Il te suffit de me demander, si tu as envie d'un contact rapproché.

— Ce n'est pas...

Quand sa main se pose sur ma cuisse gauche et l'autre sur ma hanche droite, je prends conscience de mon erreur. Il écarte les doigts pour améliorer sa prise autour de ma jambe et les fait glisser jusqu'à mon genou. *Il n'en loupe pas une.* J'en perds presque ma balle. *Bravo, Tory !*

— Tu pivotes comme ça, tu lèves tes mains jusqu'à ta visière, puis tu montes ton genou au niveau du coude et tu tires.

Il accompagne mes mouvements avec son corps. Trois fois d'affilée. *S'il recommence une quatrième fois, je vais le regretter.*

— C'est bon, Tory ?

Très bon, oui.

— J'ai tout compris, retourne à ton poste.

— Parfait. Sache que j'ai un tas d'autres mouvements à te montrer, si ça t'intéresse.

— Comme manier une batte de base-ball ?

— Excellente idée ! J'en possède une de qualité professionnelle, il rétorque, du vice plein les yeux. Je frappe fort avec, sans jamais louper mon coup, je te ferai une démo.

Il repart à sa place à reculons, content d'avoir retourné la situation. *Bon sang, il est fort.* Remplie d'une bonne dose de tension, je presse le cuir entre mes doigts, lève déjà mon coude, mon genou et propulse la balle de toutes mes forces. J'ai mal pour lui avant même qu'elle n'atteigne son œil. *Oups.* Heureusement, il a eu le réflexe de le protéger de sa main. Il se plie en deux, les paumes sur le visage, avant de s'asseoir dans l'herbe. Je me précipite vers lui et m'accroupis.

— Ça va ?

— Laisse-moi une seconde. J'ai envie de t'insulter. Ça va passer.

— Fais voir ton œil.

Je lutte pour contrôler mon fou rire quand j'aperçois la bosse rouge qui grossit sur sa pommette. Sa main ne l'a pas totalement épargné. Son œil valide me foudroie. Je craque et ris à gorge déployée.

— Je suis désolée, j'articule.

— C'est frappant, il gronde.

Son choix de mot fait redoubler mon hilarité.

— T'as de la glace dans ta chambre ? je réussis à demander.

— Tu comptes me jeter des glaçons au visage ?

— J'y suis pour rien, c'est à cause de ta poisse, je me défausse. T'as de la glace ou pas ?

Il acquiesce, je lui tends la main pour l'aider à se remettre debout, et nous montons dans sa chambre.

Je pousse la porte et referme derrière nous. Rafael est en service, nous sommes donc en tête à tête.

— Je connais une recette pour soigner les...

— Même pas en rêve, il me coupe en s'effondrant sur son lit.

Je remplis un gant de toilette de glace et m'assieds sur le rebord du matelas.

— Enlève ta main, le guignard.

— Ne rejette pas ta faute sur ma poisse, sorcière.

— En tout cas, je suis rassurée, tu es trop bavard pour souffrir d'une commotion cérébrale.

— Je ressemble à quoi ? il souffle en retirant sa paume.

— À rien, comme d'habitude, je le taquine.

J'appose le gant sur la moitié gauche de son visage. Surpris par le froid, il agrippe ma cuisse. Je ne bronche pas. Pire, je reluque son biceps contracté et me mets à imaginer ses doigts migrer plus haut le long de mon collant et...

— À quoi tu penses ?

Son œil droit me sonde.

— Aux raviolis chinois, je réponds spontanément.

C'est un mensonge facile à gober, je ne pense qu'à ça.

— T'es en train de nous imaginer, il chuchote.

— Ouais, je suis bien forcée de reconnaître. Et tu jouis en quatre secondes, c'est déprimant.

Son rire plus rauque que d'ordinaire secoue le matelas.

— Il peut se passer beaucoup de bonnes choses en quatre secondes, il argue.

Luke n'a toujours pas retiré sa main de ma cuisse. Elle progresse imperceptiblement vers mon aine.

— Un, il compte.

Il avance lentement, je ne lui dis pas d'arrêter.

— Deux.

Mon collant est si fin que je ressens son contact comme si je ne portais rien.

— Trois.

Un courant chaud traverse mon ventre et se niche plus bas. Je suis en train de ruiner toutes mes affirmations quant à mon manque d'attirance pour lui, mais je ne m'éloigne pas pour autant. *Je n'y arrive pas, je veux ses doigts exactement à l'endroit qu'ils visent.*

Son air mutin s'efface, remplacé par un autre, indescriptible, que je ne lui connais pas encore. Il sait à quoi je pense. Mais lui, à quoi songe-t-il ? À mes replis soi-disant porteurs de chance ? À sa victoire si je comble la distance ?

Une légère hésitation subsiste. Je suis du genre à me fier à mon instinct, mais j'anticipe déjà trop le courant électrique qui va fuser entre mes cuisses pour m'y intéresser. J'écarte un peu plus ma jambe et... La sonnerie assourdissante de mon téléphone éclate dans la poche de ma robe.

Je fais un bond sur le matelas, sur lequel je suis installée trop au bord pour échapper à la chute. Je bascule sur le côté, et mon épaule amortit le choc au sol. Mon portable est toujours en vibreur ou silencieux, je n'ai donc pas l'habitude de l'entendre sonner, encore moins aussi fort.

— Putain... je râle en me redressant. Ta poisse devient contagieuse.

Je chope mon téléphone et le remets en mode silence. Bon sang, il a choisi son moment pour se manifester. *Ou alors...*

— Oh ! je souffle.

— Quoi ?

— Peut-être que l'univers m'a envoyé un signe pour t'empêcher d'atteindre mon clitoris.

— T'es sérieuse ?

— Un numéro inconnu m'a laissé un message sur mon répondeur. Sûrement pour me dire que j'ai raison depuis le début !

Luke me regarde comme si je divaguais tandis que j'approche l'appareil de mon oreille.

— Reviens sur ce lit, Tory. J'emmerde l'univers et tes inepties.

— Chut, j'écoute le message vocal de...

J'ouvre grand la bouche en découvrant l'expéditeur puis déverse une flopée de grossièretés à mesure que j'écoute. Est-ce que c'est réellement ce que je pense ?

— Oh mon Dieu ! je crie tout à coup. J'y crois pas !

— Qu'est-ce qu'il y a ?

L'euphorie me submerge, je bondis sur mes pieds et entame une danse de la joie.

— Tory ? me hèle Luke, interdit.

Je suis trop occupée à courir partout dans sa chambre pour lui répondre.

— J'peux connaître la raison d'un tel déchaînement de joie ?

— Les bonnes actions finissent toujours par payer ! j'exulte.

Cet appel est un putain de miracle !

Je me rassieds à côté de Luke et réécoute entièrement ce cadeau inattendu. Il n'y a qu'un seul minuscule détail qui m'interpelle, mais je trouve très vite la solution à quelques centimètres de moi. Mais oui, c'est parfait ! *Si ce n'est pas un signe avec un grand « S », ça !*

— T'es la reine du suspense, lance mon voisin.

— J'ai reçu quelque chose dont je rêve depuis un bail, je lui réponds enfin.

Je consulte mon calendrier numérique puis compte sur mes doigts en réfléchissant à toute vitesse. Quatre jours, c'est court, mais je m'en fiche ! Rien ne pourra m'empêcher d'aller là-bas. Rien ni personne, d'ailleurs. Et certainement pas Luke. *L'heure a sonné de me remercier pour mon investissement, mon lapin.*

— Mais encore ? il insiste.

Je bats des cils avec malice.

— Ne me regarde pas comme ça, il flippe.

— Je ne te donnerai pas de détails ce soir, j'préfère te laisser la surprise. Mais tu seras très vite au courant, c'est promis.

J'ai besoin qu'il vienne avec moi là-bas. Il avale sa salive et se gratte nerveusement le bras.

— Si je dois deviner ce qui pourrait te rendre si joyeuse, tout ce qui me vient est forcément mystique puissance dix.

— Je n'ai plus de secrets pour toi, je susurre.

— Est-ce que ça me concerne ? Je dois m'affoler ?

— On vit une histoire d'amour hors du commun, j'ironise. Tout ce qui me concerne te concerne, mon petit chéri.

— OK, je dois m'affoler.

Oh que oui.

— Naaan... Mais tu dois bloquer ton week-end !

— Celui qui arrive ? C'est dans quatre jours, j'ai des courses, je...

— Interdiction de refuser ! Ça va de soi... Harvard, tout ça tout ça.

Je pivote face à lui, me penche et pose mes paumes sur ses cuisses.

— Tu vas passer à la caisse, j'articule, avant de me lécher les lèvres.

Puis je me retourne, attrape mon sac et cours joyeusement jusqu'à la porte de sa chambre.

— Où est-ce que tu vas ? il s'effare.

— Je rentre chez moi !

— Maintenant ?

— Je dois organiser plein de trucs, je suis super excitée !

— Ouais, j'étais à deux doigts de m'en rendre compte et...

— À plus tard ! je l'interromps, tout sourire.

Je claque la porte derrière moi et sautille d'une marche à l'autre. Je ne foule peut-être même pas le sol tant je suis transie de joie.

32

Luke

Coincé derrière mon volant à écouter Tory chantonner, je capte l'ampleur de son pouvoir. Il est 14 h, et on roule depuis bientôt deux heures en direction d'un bled à cent soixante-dix bornes au nord de Miami sans que je sache pourquoi. J'ai pactisé avec une magicienne capable de m'embrouiller l'esprit comme un charmeur de serpent. *Je suis un putain de cobra débile.*

Je me répète cette phrase depuis qu'elle a quitté ma chambre il y a quatre jours, m'abandonnant sur mon lit avec ma sidération et un œil au beurre noir. M'autoriser à gravir sa cuisse a été comme me jeter un sort pour mieux me détourner de ce coup de téléphone qu'elle a reçu au moment où j'allais toucher au but. Elle a profité de notre duel graveleux pour actionner son piège, profité que mon sang soit trop occupé à irriguer autre chose que mon cerveau pour m'entraîner habilement dans un plan foireux. *Du pur Tory.*

Si je ne m'étais pas autant focalisé sur ma frustration et mes fantasmes inattendus, j'aurais été plus curieux de notre destination avant d'être au pied du mur.

— Dis-moi où on va, maintenant, je répète pour la dixième fois depuis qu'on a pris la route.

Elle s'étire sur le siège passager, me laissant ainsi entrevoir la moitié de son ventre. *Voilà typiquement le genre de distraction dont il est question.* J'agrippe plus fermement le volant et agrafe mon regard à la route plutôt qu'à son nombril tentateur, que je me verrais bien embrasser avant de... *Concentre-toi !*

Quatre jours que j'imagine les gémissements que je lui aurais soutirés si son putain de téléphone n'avait pas tout foutu en l'air. Quatre jours que je fabrique dans ma tête toutes sortes de courts-métrages à la hauteur des scénarios de Lane. Et c'est une torture pour chacun de mes sens. Je l'ai très peu revue depuis, parce que j'ai dû multiplier les courses pour couvrir mon absence de dernière minute. Alors, je ronge mon frein, excité à l'idée de me retrouver seul avec elle, mais incertain de satisfaire cette envie dévorante si notre destination ne s'y prête pas. *Dieu seul sait ce qu'elle a pu organiser.*

— On est bientôt arrivés ? j'insiste.

— Arrête d'agir comme un gamin chiant. On arrive bientôt, oui. Le suspense est presque terminé.

Quand elle a exigé que je bloque ce week-end sur mon calendrier, je l'ai fait sans rechigner. Je lui devais bien ça après Boston, et l'idée de partager une nuit avec elle m'a largement motivé. Cependant, à mesure que les bornes défilent et que l'excitation de ma voisine gagne en intensité, j'entrevois le traquenard. *Au milieu de nulle part.*

— Tu ne m'as même pas dit pourquoi tu as besoin que je vienne avec toi.

Je doute que ce soit pour une raison tendancieuse.

— Parce que c'est une activité très spéciale qu'on ne peut faire qu'en duo.

Ah ! Peut-être que si, finalement !

— Et je ne connais personne qui aurait voulu m'accompagner délibérément, elle termine.

Mes doigts deviennent moites autour du volant. Ça s'annonce mal.

— Oh ! Putain, l'angoisse.

Je savais que je devais m'affoler.

— Qu'un partenaire accepte de participer pile au moment où l'occasion se présente est un signe du destin.

Elle m'emmerde avec ces satanés signes.

— Accepter ? Pas sûr que ça soit le verbe le plus adapté.

Elle me décoche un coup d'œil qui ne tolère aucun débat.

— C'est notre *deal*, Luke. Je suis ta copine, et toi, mon fidèle serviteur. Je suis venue à Harvard, tu viens à Port Mayaca.

Elle a raison, vu le service qu'elle me rend chaque fois qu'elle prétend être ma meuf. N'empêche, je ne suis pas serein. Mes requêtes sont assez simples, mais les siennes... tout est possible.

— Tu vas passer un super week-end, relax.

Je me suis attaché au large sourire qu'elle m'adresse, je le trouve même de plus en plus communicatif, mais en cet instant, je frémis. Nous avons quitté l'axe principal et nous enfonçons dans une épaisse forêt traversée par une route sinueuse qui n'a de cesse de grimper. Je suis le chauffeur, mais c'est Tory qui pilote. Qu'a-t-elle bien pu manigancer au beau milieu de rien ?

— Où qu'on aille, est-ce que quelqu'un a prévu de boire mon sang, là-bas ? je m'enquiers.

— Non, elle répond d'une voix plate, comme si cette question était banale.

— Autre chose de bizarre que je devrais savoir ?

— Non.

En même temps, qu'est-ce qui est bizarre, pour Tory ?

— Est-ce qu'on va au moins dormir nus l'un contre l'autre ?

— Tourne ici, elle m'indique, imperméable à ma question.

Nous dépassons une large barrière en bois, qui a été ouverte pour nous autoriser le passage, et je roule au pas jusqu'à un parking en terre qui compte déjà six autres voitures. Un panneau affiche l'obligation de se garer ici, interdisant à tout engin motorisé de s'aventurer plus loin. Aucun indice ne me permet d'en apprendre plus sur notre programme.

Penchée sur le tableau de bord, le nez presque collé au pare-brise, Tory trépigne sur son siège. Comme chaque fois qu'elle est submergée par ses émotions, elle parle à toute vitesse en français. J'ai téléchargé une application la semaine dernière pour tenter de déchiffrer ce qu'elle baragouine, mais mon niveau est encore médiocre. Je reste donc dans le flou. Pire, son effervescence n'est pas du tout contagieuse.

— J'attends ce moment depuis des années ! elle s'excite en tapant dans ses mains. T'imagines pas la chance qu'on a d'être ici ! La liste d'attente est plus longue que la muraille de Chine, j'y suis inscrite depuis bientôt quatre ans. Participer à cette retraite spirituelle, ça relève presque du miracle.

Mes bras se couvrent de chair de poule.

— Tu as dit « retraite spirituelle » ?

— Surprise !

Mon front rencontre le volant.

— Tory... Tory... Tory...

Depuis mon réveil, j'ai eu le temps d'envisager toutes sortes de possibilités, mais pas celle-ci.

— Est-ce que ta voiture te répond, parfois ?

— C'est à toi que je m'adresse ! Ma bagnole ne m'attire pas à l'orée d'une forêt glauque pour participer à une retraite spirituelle !

— La meilleure de ta vie !

— Mais pour quoi faire ?

— Se nettoyer en profondeur, lâcher prise, se reconnecter à soi-même, mieux réfléchir à ses actes, trouver des réponses à ses questions...

Elle expire de bonheur en écartant les bras.

— Ce sera aussi excellent pour ta quête de chance !

Je ne sais pas en quoi consiste ce qui m'attend, mais dans mon imagination, ça a l'air chiant. Et avec Tory à la manœuvre... inquiétant.

— Pour ma chance, on ne pourrait pas participer à une activité plus familière ? On était bien partis, dans ma chambre.

— Luke, fais-moi plaisir et concentre-toi sur la nature, aujourd'hui. On verra le reste plus tard.

J'arque un sourcil.

— C'est une promesse ?

Elle détache sa ceinture et se rapproche de mon siège.

— On s'apprête à vivre un grand moment, c'est la seule chose à laquelle tu dois penser tout de suite.

Difficile de le mettre en pratique quand sa bouche n'est qu'à quelques centimètres de la mienne.

Elle s'empresse de quitter l'habitacle puis je l'entends ouvrir le coffre, avant de la voir se poster devant le capot. Avec son sac sur le dos et le nez levé vers le soleil, elle ressemble à une gamine devant l'entrée d'un parc d'attractions.

— Une retraite spirituelle, je répète encore en m'observant dans le rétroviseur. J'crois que c'est cette poisse qui cherche une nouvelle fois à me tester... Il a fallu que ses quatre ans d'attente soient récompensés pile quand je me retrouve sous sa coupe. Et pile quand...

— Bouge-toi ! elle m'invective.

Je sors à mon tour, prends mes affaires et fais mes adieux à ma caisse.

— Veille sur moi, Tori, je lui murmure en tapotant son toit. T'es ma seule véritable alliée.

Nous nous engageons sur un sentier caillouteux qui, au bout de six cents mètres, débouche sur une petite clairière. En son centre, plusieurs personnes sont réunies autour d'un homme à la carrure imposante qui me donne tout de suite le ton de ces prochaines quarante-huit heures. Vêtu d'un large saroual marron, son torse nu est orné de longs colliers. Sa barbe atteint sa poitrine, et une longue tresse pend le long de son bras. Dans quoi Tory m'a-t-elle embarqué ?

— Ce n'est pas comparable à un match de base-ball, aussi soporifique soit-il, je lui assène.

— Qu'est-ce qui te fait dire ça ? Ça n'a même pas encore commencé.

Je tourne sur moi-même en soupirant, curieux de découvrir qui sont les autres participants. Je comptabilise huit binômes, dont un particulièrement âgé qui...

— Qu'est-ce qu'elles font là ? j'hallucine à haute voix.

— De qui tu parles ? demande Tory en suivant la direction de mon regard.

Assises sur un banc aussi vieux qu'elles, les jumelles Faraday examinent celles et ceux qui patientent comme nous. Elles se chuchotent des paroles a priori hilarantes, vu leurs mines rieuses. C'est Hope qui me repère la première. *Enfin, je crois.*

— Ma vue me jouerait-elle des tours ? je l'entends s'exclamer en donnant un coup de coude à sa sœur. Prudence, regarde qui est là !

Deux mains ridées se mettent alors à s'agiter dans ma direction. *Quelle était la probabilité que je tombe sur elles ici, bien loin de leur ville d'origine ?*

— Tu les connais ? s'étonne ma voisine.

Je hoche la tête et prends son poignet pour l'emmener à leur rencontre.

— Salut, les filles, je démarre en déposant un baiser sur leurs mains tendues.

— Mais que fais-tu ici, mon petit Luke ? s'enquiert Prudence.

— Si seulement j'en avais la moindre idée, je souffle.

Le coude sacrément pointu de Tory s'enfonce entre mes côtes.

— Je suis là pour quelque chose qui me dépasse, j'articule avec précaution, en cherchant l'aval dans les yeux verts qui me toisent.

— Présente-nous ta fiancée ! me presse Hope.

— Ce n'est pas... encore ma fiancée, je me rattrape in extremis. Mais j'y pense de plus en plus. J'ai lu un article très intéressant sur les unions druidiques.

Deuxième coup de coude, plus puissant que le premier. Je réprime un râle de souffrance.

— Je m'appelle Tory, enchantée de faire votre connaissance. Ne vous fiez pas aux dires de Luke, il n'y a aucune chance que je m'unisse à qui que ce soit.

Il faut toujours qu'elle casse l'ambiance !

— J'ai été mariée quatre fois, précise l'une des jumelles. Ou peut-être cinq. Peu importe, on ne sait jamais ce que le destin nous réserve vraiment.

— Ce sont des amies de mes patrons, je précise à l'attention de Tory.

— Est-ce qu'on s'est déjà rencontrées ? réfléchit cette dernière en étudiant nos interlocutrices. Vous me dites quelque chose...

— Depuis quand vous vous adonnez à des retraites spirituelles ? j'interviens, encore ahuri de les croiser ici.

Je ne les connais pas aussi bien que mes boss, mais pour les avoir fréquentées à plusieurs reprises, j'ai du mal à les imaginer participer à ce genre de regroupement.

— C'est Elvis qui nous a parlé de cet endroit.

— Elvis ? La *community manager* de Donovan ?

— C'est la nôtre aussi ! elles déclament en chœur.

Mais oui, j'avais oublié que ce duo unique fait fureur sur les réseaux sociaux depuis plusieurs mois.

— Voilà d'où je vous connais. Je suis abonnée à votre compte ! s'exclame Tory.

Ravies de discuter avec l'une de leurs fans, les deux nonagénaires se lancent dans une conversation animée.

Quand le maître des lieux sonne le début des festivités, nous nous rangeons tous en ligne devant lui.

— Bienvenue dans cette parenthèse, ce trait d'union entre votre vous antérieur et futur. Vous repartirez délestés de nombreux poisons et prêts à traverser votre existence avec paix et amour.

— Merci, Merlin, scande tout le monde.

Merlin ? C'est trop pour moi. Je contracte ma mâchoire de toutes mes forces pour empêcher mon rire de s'échapper. Il remonte dans mon nez sous la forme d'un croassement. Tory se presse contre moi et enfonce ses ongles dans mon flanc, comme une menace de ce qu'elle pourrait me faire subir si je craque.

— Avant d'entamer nos activités, déposez vos sacs devant vous, que je puisse retirer le superflu.

Je ne réagis pas, c'est Tory qui m'arrache mon sac et le balance à mes pieds. Je suis le premier de la ligne, Merlin s'accroupit donc devant mes affaires et plonge sa main à l'intérieur.

— Pourquoi prendre mon portefeuille ? je m'inquiète en le voyant le jeter dans une grande cagette en bois.

— Parce qu'il contient votre argent et vos papiers d'identité.

— C'est exactement ce que dirait un proxénète.

Tory s'étrangle. Quant à notre « hôte », il gonfle ses narines et me hume.

— Tu as bien fait de venir, tu as énormément d'énergie à nettoyer.

— J'lui dis depuis le début, crache ma voisine.

— Je suis juste surpris de vous voir me confisquer mes papiers.

— C'est symbolique, reprend Merlin. Tu dois te reconnecter à ton essence, sans les chaînes du consumérisme et de l'identité que la société t'a imposées. Ici, tu n'es qu'un être vivant.

— Pourvu que ça dure… je marmonne.

Quoi répondre d'autre ? La réalité me cogne le front comme une gueule de bois désagréable un jour de semaine : j'ai atterri chez un illuminé.

33

Luke

Quand Merlin termine de nous dévaliser, il ne reste plus rien dans mon sac. *Pas même mon caleçon de rechange.* Il embarque sa caisse jusqu'à une petite cabane et disparaît à l'intérieur. J'attrape le coude de Tory et la tire sur le côté.

— Me laver les cheveux avec une mixture de ta fabrication ou répandre des herbes séchées aux quatre coins de ma chambre, d'accord. Mais passer un week-end au milieu d'une forêt, guidé par un type pieds nus qui porte un saroual en toile de jute, c'est abusé !

Elle se libère en retirant un à un chacun de mes doigts de son coude, croise les bras sur sa poitrine et fronce les sourcils.

— T'es pas lassé de tous tes *a priori* ? elle m'interroge en me regardant droit dans les yeux. J'peux savoir le sentiment que ça te procure de passer ton temps à juger les autres sur ce qu'ils font ou sur leur apparence ? Ça m'a toujours questionné.

Elle secoue la tête. Quant à moi, je perds trente centimètres et me sens minuscule face à ses grands yeux verts perçants.

— Tu ne connais même pas cet homme, elle reprend. Pas plus que tu ne connais Francis ou même moi. Pourquoi n'essaies-tu jamais de t'intéresser à qui ils sont, avant de te forger un avis sur eux ?

Son ton n'est pas mordant, mais je ressens malgré tout ses mots comme si elle les avait gravés dans ma chair.

— Je… Je ne suis pas autant… comme ça, je bredouille.

Elle mordille sa lèvre.

— C'est vrai, j'ai forcé le trait, elle admet. Mais c'est celui que tu deviendras si tu n'ouvres pas ton esprit à ce qui t'entoure. Tu sais, personne ne vient au monde avec une quantité de tolérance prédéfinie. Ça se cultive, ça se construit et ça se remet en question en permanence. Ce n'est pas toujours facile, parfois on commet des erreurs, mais c'est comme ça qu'on fait grandir sa bienveillance. Qu'on grandit tout court, dans un monde un peu plus accueillant.

Ses mots me laissent hagard de longues secondes. Tory est une fille intelligente, ce n'est pas le premier sermon qu'elle me sert, mais je lui découvre une humanité toujours plus profonde, comme j'en ai peu rencontré. Je me suis toujours vu comme quelqu'un d'indulgent, mais ce qu'elle vient de me dire me place face à une perspective nouvelle. Moins étroite.

— Tu as raison, j'acquiesce doucement. Je suis désolé.

Le sourire qu'elle m'offre en retour ne recèle aucune ironie. Il est vrai, riche. Magnifique.

— Profite de cet interlude. Qui sait ? Penser à autre chose que ta poisse la fera peut-être s'éloigner. Les gens viennent du monde entier pour participer à cette retraite. Ça vaut la peine d'essayer, tu crois pas ?

Après tout ce que j'ai déjà tenté, je ne suis plus à ça près.

— Pourquoi t'as pas demandé à ta mère ou ta grand-mère de t'accompagner, au fait ?

— Elles sont déjà venues ensemble, il y a quelques années, et tu ne peux pas participer deux fois.

En voilà une bonne nouvelle !

— Maintenant, débarrassez-vous de vos habits et appréciez la vigueur de la nature, s'exclame la voix de Merlin, de retour.

Le coin de mes lèvres s'affaisse instantanément.

— Putain, Tory, me dis pas que c'est un camp de na...

Je m'interromps, pour reformuler.

— Je ne juge en aucun cas les personnes qui s'adonnent au naturisme, je recommence. Mais je refuse que mon petit oiseau vole librement dans cette forêt.

— Ta poésie est si subtile, elle raille en commençant à retirer son gilet.

— Je ne me baladerai pas cul nu ici, j'insiste sans détour.

— Tu crois que je t'aurais amené là en sachant que je devrais subir la vision de tes miches pendant deux jours ?

— Oui, parce que mes miches sont très mignonnes et...

Merlin se matérialise à côté de moi, une pile de linge dans les mains.

— Voici vos tenues, il nous indique.

Me voilà rassuré. Tory le déleste de son offrande vestimentaire puis me tend ce qui ressemble à un pantalon large et rugueux, avec le tee-shirt assorti. *Très tendance.* Pour sa part, elle s'éloigne vers une étroite cabine en bois, une longue robe sous le bras. Je ferme les yeux et inspire un grand coup. *Ne pas rire, ne pas hurler, ne pas fuir.*

Dès que tout le monde est changé, nous migrons dans la forêt pour une longue promenade dans la nature. La plante de mes pieds se révolte de parcourir cette distance sans chaussures. J'insulte intérieurement à peu près chaque pierre saillante qui m'agresse et glisse plusieurs fois. *Même les jumelles avancent sans difficulté !* Je demande alors à l'univers ce qui l'a poussé à faire sonner ce téléphone de malheur, me catapultant dans cet endroit. Je n'obtiens pour seule réponse que la main de Tory qui s'agrippe à la mienne quand je manque de tomber. *C'est donc elle, la réponse à ma question existentielle?* Une drôle de fille aux cheveux rouges, à la robe informe taillée dans une toile épaisse, qui crapahute dans une forêt avec, comme guide, un dénommé Merlin ? Je me surprends à sourire tout seul et serre spontanément mes doigts plus fort autour des siens. *OK, l'univers, j'ai l'impression que tu te fous de ma gueule, mais nous verrons bien.*

Nous poursuivons notre périple pédestre sans nous lâcher, et entraîné par ma guide cosmique, je parviens finalement à oublier les branches qui me cisaillent.

Lorsque nous entrons dans une nouvelle clairière, plusieurs paillasses sont installées par terre, et notre grand maître du jour nous invite à y prendre place. Je tombe assis sur la mienne, trop content de pouvoir enfin me reposer.

— Avant de débuter une séance de méditation, je vais vous dévoiler quel animal sommeille en vous.

Après une marche aussi épuisante, tout le règne animal sommeille en moi, mon pote. Je ne peux pas m'empêcher de lâcher un miaulement tout bas.

— Luke... grogne Tory à ma gauche.

Mon feulement lui arrache un éclat de rire dont elle est la première surprise. Elle couvre sa bouche et me lance un énorme bout de bois dessus. Merlin passe d'une personne à l'autre. Je découvre que Prudence est une abeille, Hope une biche. *Tout va bien.* J'entends les voûtes plantaires sacrées de notre meneur fouler le sol jusqu'à nous. Il se poste devant Tory, annonce solennellement qu'elle est un renard tacheté, puis c'est mon tour. Il m'examine quelques secondes, avant de décréter :

— Un labrador.

Et le voilà déjà reparti, me laissant en proie à une Tory qui cache maintenant son hilarité derrière ses cheveux détachés.

— Avec ton golden retriever, t'y étais presque, elle rigole.

— C'est un coup monté, sale petite renarde rusée.

— Gentil, Médor, gentil.

Ma réplique est avortée par la voix de Merlin qui nous demande de nous allonger, de fermer les yeux et de visualiser notre animal totem.

J'ai bossé tard hier soir et j'ai remplacé Andy ce matin pour rattraper les courses que je vais manquer cet après-midi et demain. Une petite sieste est donc la bienvenue. J'écoute le bruit du vent dans les arbres, le chant des oiseaux, les explications merlinesques et finis par m'endormir. C'est ma charmante compagne qui me réveille en me pinçant le nez. Finalement, si ce week-end continue comme ça, je rentrerai chez moi frais comme un gardon.

— Nous allons commencer un nouvel exercice, annonce le responsable de la retraite en tapant sur un gong. La communication énergétique au sein de votre binôme. Vous n'avez pas choisi votre partenaire au hasard. Vous retrouver ici ensemble est déjà un lien entre vos harmonies.

— Ah, ah ! je murmure. Tu as entendu Merlin ? Tu ne pourras plus prétexter que nos ondes sont incompatibles.

— Tu ferais mieux de la fermer si tu n'as pas envie que je détraque ton organisme. Je pourrais boucher l'un de tes chakras avec mon petit doigt.

Elle le remue devant elle puis pose un baiser à son sommet.

— J'ai rien compris, je m'esclaffe. Assure-toi que je sache de quoi il s'agit avant de proférer tes menaces. Sinon, ça tombe à plat.

— Au contraire, c'est nettement plus sournois de te prendre en traître. Maintenant, arrête de me déconcentrer.

— L'un d'entre vous doit s'allonger, pendant que l'autre opère un contact manuel, poursuit Merlin.

Je tombe illico sur le dos et croise les bras derrière ma tête, ravi de prolonger mon repos. Tory s'agenouille près de mon flanc en secouant la tête.

— Flemmard...

— Félicite-moi d'être si motivé.

— Si vous êtes à l'aise avec votre partenaire, vous pouvez apposer vos mains directement sur son ventre, en peau à peau. Pour les autres, concentrez-vous sur le crâne, la gorge ou les pieds.

Tout sourire, je regarde Tory en relevant ce qui me sert de tee-shirt.

— Tu n'avais pas besoin de me traîner jusqu'ici pour tripoter mes abdominaux, je susurre. Je t'aurais laissée faire ça tranquillement chez nous.

Elle ouvre la bouche pour répliquer, mais ses yeux tombent sur mon nombril, et ses joues rougissent. *Tiens, tiens...*

— Quand viendra mon tour, tu t'occuperas de mes pieds crasseux, elle assène sans détour.

Elle ramène ses cheveux derrière ses oreilles en lorgnant un point devant elle. Elle est trop mignonne quand elle est déstabilisée. Et piquante. C'est son pare-feu émotionnel.

— Je n'espérais pas mieux, je suis un garçon qui se satisfait de peu.

— Tais-toi maintenant, tu m'empêches de réfléchir.

— Les filles me le disent chaque fois que je me dénude.

— Ça te rend pas trop nostalgique ? elle me cingle.

— Bien sûr que non, j'ai une copine qui me comble.

— Tais-toi, elle réitère avec plus de conviction.

Elle déplie ses doigts et rapproche doucement ses mains de mon corps. Je frissonne dès qu'elles me touchent. *C'est pas de la nostalgie, c'est de la torture.*

— Parfait, poursuit Merlin. Maintenant, fermez les yeux, inspirez et expirez cinq fois.

Un gloussement m'échappe.

— Il a dit cinq fois, je répète. C'est le diable en personne.

Tory entrouvre une paupière d'où s'échappe un éclair.

— Il a dit de fermer les yeux !

Je m'exécute, Tory expire et repose ses paumes sur mon abdomen. Elle tient cette position de longues minutes, sans bouger. Les indications de Merlin se muent progressivement en une espèce de musique de fond, je ne suis concentré que sur les doigts de Tory, qui semblent vibrer contre ma peau. Le bruit de sa respiration devient mon unique repère, et contre toute attente, je me laisse aller. Je cesse de penser, de douter et d'analyser cette étrange expérience. Mon seul ancrage devient ses mains douces et chaudes qui sont loin d'être déplaisantes. *J'adore les retraites spirituelles, finalement !* Elles courent à présent sur mes côtes, redescendent le long de mes flancs et conquièrent l'espace entre mes pecs. Elle a ajouté une huile parfumée à l'exercice, qui rend ses mouvements plus langoureux et électrisants. *C'est moi ou la température a augmenté, tout à coup ?*

J'ouvre discrètement les yeux, curieux de vérifier sur le visage de Tory si elle est aussi atteinte que moi par ce contact. Et c'est une très mauvaise idée. À la seconde où mon esprit la lie aux sensations que je ressens, mon corps dégaine au quart de tour. Je suis censé être détendu, mais l'effet inverse se produit. Pris au dépourvu, je suis incapable d'étouffer ma réaction. Tory est absorbée par ses mouvements et les conseils de Merlin, elle ne va peut-être pas remarquer que je... Ses doigts se raidissent, elle s'arrête net en lâchant un hoquet et ouvre de grands yeux éberlués. Merde.

— Tu...

Ses prunelles oscillent entre mon visage et la bosse qui déforme outrageusement mon pantalon en toile.

— Tu bandes ! elle siffle dans un chuchotis accusateur. Bien sûr, elle n’allait pas poliment l’ignorer.

34

TORY

Je sais très bien que Luke et moi sommes sur une pente glissante avec ses paroles graveleuses, ses gestes taquins et cette ébauche de préliminaires avortés. Je me suis habituée à la manifestation de sa fierté sous cette forme. Mais quelque chose d'aussi concret que ce qui pointe sous mes yeux en cet instant, c'est la première fois. *Ma super narine ne l'a pas vu venir.*

Penchée au-dessus de lui, témoin privilégiée de l'excitation dont je suis la source, mes résolutions harmonieuses m'abandonnent sans se faire prier, remplacées par des désirs intenses. Je me mets à avoir envie de lui, ici, en plein exercice de méditation censé me remplir de paix. *Ça ne se fait pas !* Pour ne pas m'envoler tout de suite au pays des mauvaises idées, je me raccroche à celle-ci : on n'entre pas en érection au beau milieu d'une retraite spirituelle !

— Tu bandes ! je l'accuse de manière étouffée.

— Nooon, il ment. Je suis naturellement proéminent. Ce tissu est plus fin que ceux que je porte habituellement, c'est pour ça que tu ne t'en aperçois que maintenant.

Ben voyons, comme si le tissu le plus épais pouvait cacher un truc pareil.

— Un peu de tenue, merde !

Je suis loin d'être une ingénue, surtout pas avec ce qu'il me passe par la tête, mais ce n'est pas le moment pour une telle démonstration. J'espère que personne ne le voit. *Tu parles, il ne manque plus que la lumière au bout de son phare pour guider tous les regards dans sa direction.*

— Excuse-moi, mais tu me touches de partout avec ton huile. Je ne suis pas un morceau de viande inerte et insensible.

— Pour que tu entres en méditation ! Pas en érection !

— J'y peux rien, ça ne se contrôle pas. Je ressens sûrement toutes les puissantes énergies qui circulent partout autour de moi. Elles ont dû trouver leur convecteur.

— Fais un effort.

Difficile de déterminer si c'est à lui ou à moi que je m'adresse. Je ferme les yeux, secoue la tête et tente de reprendre mon exercice en faisant abstraction de la réaction de Luke. Mais avec mes mains huileuses qui glissent beaucoup trop bien sur sa peau, je me mets à imaginer son corps luisant contre le mien et...

— Non, vraiment, j'peux pas, je grogne, avant de taper du poing sur son estomac.

Surpris, il se plie en deux et tousse bruyamment.

— Qu'est-ce qui se passe ? nous interpelle Merlin.

Merde ! Il ne doit pas être témoin de ça... Je me décompose puis panique.

— Rien du tout ! je crie.

Mon premier réflexe est d'abattre mes deux paumes entre ses jambes. Luke jure sous l'impact et s'agrippe à mon poignet. Quand je me rends compte de mon geste, une vague de chaleur remonte de mes doigts jusqu'à ma poitrine. *Lâche ce pénis tout de suite, Tory !* Je pousse un petit couinement et tombe assise par terre.

— Je vais m'adonner à tellement de rituels malfaisants sur toi cette nuit, je menace Luke entre mes lèvres pincées.

— Tu essaies de m'exciter encore plus ? il raille.

Il n'est même pas un peu gêné d'être ainsi affiché.

— Je parlais au sens littéral.

T'es sûre ? Non, mais ce n'est vraiment pas le moment de penser à ça.

— Un problème, petite renarde tachetée ?

Me rappelant l'arrivée imminente de Merlin, je réagis sans réfléchir et, comme toujours quand je stresse, je pars en roue libre. Je m'étends sur Luke, à la perpendiculaire, mon estomac écrasant sa virilité décriée. Je le regrette à la seconde où je fais l'avion en travers de son corps. *Il suffisait de lui ordonner de se retourner !*

— Qu'est-ce qu'elle fabrique ? j'entends la voix de Prudence ou Hope s'étonner.

Au-dessus de nous, je n'ai aucun mal à deviner le regard perplexe du maître des lieux. Plutôt que de se faire tout petit — dans l'espoir que je ne m'allonge pas sur sa gorge à la place —, Luke a le culot d'enfoncer le clou.

— Elle a lu ça dans un vieux livre, il indique. Apparemment, former une croix avec deux corps vibrants d'énergie, c'est cosmique.

Fumier !

— Cette jeune fille est très intrigante, commente Merlin.

— Vous trouvez ? ironise Luke.

Je garde la tête baissée, mon front dans l'herbe. *Il va me le payer cher.*

— Je crois qu'elle est entrée en transe, il murmure sur le ton de la confidence. Je la sens trembler de tous ses membres.

Ses nerfs, oui !

Quand les pas de Merlin s'éloignent, je roule le long des jambes de Luke et encore quelques mètres plus loin. Allongée sur le dos, je contemple le ciel en quête de quiétude. J'ai longtemps rêvé ce moment de déconnexion, et me voici polluée par des idées qui me clouent au sol. Je voulais ressentir l'énergie de la nature, pas celle de la queue de Luke ! Et quelle énergie... *Ses ondes dévastatrices vont avoir ma peau, c'est foutu.*

— Je m'excuse.

Je tourne la tête sur le côté. Luke a copié ma position en s'allongeant à ma gauche. Son visage est rieur, mais je le sens malgré tout penaud.

— Tu me soûles.

— Je ne voulais pas te manquer de respect.

Voilà, sa bienveillance refait surface chaque fois que j'essaie de le contrer. Bon sang, comment peut-il être si énervant et attachant à la fois ? Il est là, le problème. Ce que je ressens est une puissante contradiction. Je voudrais le détester d'ébranler mes projets spirituels du week-end dès la première activité mais je n'y arrive pas. Pire, je suis fauchée par un fou rire surnaturel.

— T'es vraiment le pire binôme sur lequel je pouvais tomber, Luke Winchester.

Si magnétiquement éloigné de mes goûts.

— C'est celle qui dit qui est, il rétorque en pouffant.

— T'es un boulet. J'ai attendu ce moment très longtemps, et toi, tu...

— Celui de t'allonger sur ma queue ? J'le savais !

— Et toi, tu bandes ! J'ai conscience que tout ça te passe au-dessus, mais c'est important pour moi. Alors, s'il te plaît, rien qu'un tout petit effort pendant vingt-quatre heures...

Il éloigne une mouche qui lui tourne autour.

— C'est promis, il acquiesce.

— Merci. Maintenant, masse-moi les pieds.

Durant le reste de l'après-midi, j'essaie de mettre mes fantasmes en sourdine pour profiter des conseils de Merlin, et aussi contradictoire que ça puisse l'être, c'est Luke qui m'aide volontiers en respectant sa promesse. Il ne sera pas le meilleur élève de cette session, mais je suis soufflée par le sérieux avec lequel il s'adonne aux multiples activités suivantes. Sa posture est détendue — comme le reste —, son air frileux a disparu, il est attentif, de bonne humeur… Encore un peu et je pourrais croire qu'il n'est pas si hermétique que ça, finalement.

Lorsque la nuit commence à tomber, notre groupe se sépare, et chaque binôme se dirige dans une direction opposée. Je me retrouve en tête à tête avec Luke, que j'écoute se lamenter de l'absence d'un dîner.

— Mais j'ai faim ! il râle.

— Mange de l'herbe.

— Je n'ai pas envie de purger mon estomac.

— Si tu continues à te plaindre, je te fais avaler un tronc d'arbre.

J'accélère, pressée d'arriver à l'endroit où nous allons passer la nuit. Je meurs de chaud, et il me tarde de me rafraîchir le corps et l'esprit dans le lac qui apparaît enfin devant moi. Le soleil va bientôt se coucher, mais la température doit encore avoisiner les vingt-cinq degrés.

— C'est ici que nous allons dormir ? articule Luke en examinant le spot.

L'endroit est magnifique. Une grande étendue d'herbe entourée d'arbres immenses et bordée d'un lac à perte de vue. J'avais vu certaines photos sur le site Internet de Merlin, mais elles ne sont pas à la hauteur de la magie des lieux. Une bouffée d'euphorie éclate dans ma poitrine.

— C'est une yourte ? continue Luke, en pleine exploration.

Il passe la tête à l'intérieur.

— Une petite yourte, il corrige. Plutôt sommaire, mais mignonne.

— Tu dis ça comme s'il était prévu que tu pionces à l'intérieur.

— Il y a des couvertures sur le sol.

— Oui, on appelle ça mon lit. Toi, tu dors dehors.

Il balaie le sol du regard, avant de hocher la tête.

— À la belle étoile, OK.

Zut, j'espérais engager une lutte sans merci !

Je dépose mon sac près d'un rondin de bois servant de siège, m'installe dessus et demande à Luke d'allumer un feu à l'endroit prévu. Dix-neuf allumettes plus tard, de jolies flammes éclairent le foyer.

— Je ne crois pas avoir déjà vu un lac aussi beau, je m'extasie. Il paraît qu'il a des vertus magiques.

— J'irai piquer une tête dans cinq minutes, la chaleur ici est plus étouffante qu'à Miami, il souffle. Et avec ce tee-shirt épais, c'est pire.

D'un geste du bras, il le retire et le balance par terre. Pour échapper à la vision de son torse transpirant, je me perds aussitôt dans la contemplation des flammes. *Aussi chaudes que mes idées déplacées déjà de retour.* Je perçois vaguement la voix de Luke qui me parle mais je ne l'écoute pas, trop occupée à faire des doigts d'honneur mentaux à mes pensées. Je suis ici pour me vider la tête, certainement pas pour la remplir de souvenirs de Luke à moitié nu.

— Tory ?

— Oui, c'est clair, je réponds au hasard.

Il s'éclaircit la gorge, jette une brindille dans les flammes et se tourne vers moi.

— Tory ? il insiste un ton plus haut.

— Oui ?

— Est-ce que je t'ai mise mal à l'aise, tout à l'heure ?

Mal à l'aise ? J'aurais préféré !

— Quand tu as dansé avec l'une des jumelles pour rééquilibrer ton âme ?

— Non, qu...

— Quand tu as câliné un arbre ?

— Tu sais de quoi je parle. J'vois bien que t'es bizarre. Je te cherche souvent, mais ne t'inquiète pas, je...

— Je ne m'inquiète pas, je le coupe. Si c'était Merlin qui avait eu la trique, je me serais probablement échappée par prudence. Mais en ce qui te concerne, je ne me sens pas en danger.

Pas celui auquel il pense, en tout cas.

— OK, tant mieux.

L'atmosphère est étrange, un mélange d'hésitation et de tentation. *Retraite spirituelle, mon cul !* Je ne me suis jamais sentie si brouillée qu'en cet instant.

— Tu veux des chamallows ? je lui propose en sortant un sachet de mon sac à dos.

Rien de mieux qu'une overdose de sucre pour engourdir mon cerveau. Je les exhibe entre nous, sous les yeux écarquillés et avides d'un Luke affamé.

— Comment t'as réussi à les faire passer ? il s'effare.

— J'ai un visage d'ange et un double fond dans mon sac. Ma grand-mère m'a briefée avant de venir, Merlin n'a rien vu.

— On voit qu'il ne te connaît pas, il rigole. J'ai cru qu'il allait mettre le mien en miettes pour s'assurer que je ne cachais aucun objet proscrit.

— Débrouille-toi avec les mauvaises ondes que tu dégages.

— T'es encore là-dessus ? Même après ces longues heures passées ensemble ?

Je me contente d'un mouvement d'épaules et d'une moue contrite. Il s'empare du sachet de chamallows et l'ouvre sans attendre.

— Dis donc, Tory, ce week-end n'est pas censé nettoyer ton corps et ton âme de toutes les vilaines petites choses qui les parasitent ? Typiquement, ces trucs pleins de sucre et de produits chimiques ?

— Sois pas anxieux pour moi, je ne mangerai que les roses, ce sont les plus purs.

Il éclate de rire.

— Et j'te rappelle que tu es mon binôme, donc j'avais déjà accepté de ne pas être entièrement débarrassée de ces vilaines petites choses qui me parasitent.

Même si elles sont plus puissantes que prévu.

Il attrape deux bâtons, pique une guimauve au bout et m'en tend un.

— Merci.

Assis côte à côte, nous contemplons les flammes rôtir notre repas.

— Finalement, c'est sympa d'être ici, commente Luke en soufflant sur sa sucrerie. C'est agréable de se couper du quotidien.

Je l'observe à la dérobée. Il le pense vraiment, et… je suis étonnamment contente de le découvrir plus ouvert.

— Je n'en crois pas mes oreilles, Merlin est un magicien !

— T'emballe pas, ses exercices de groupe me hanteront jusqu'à la fin de mes jours.

— T'as pourtant eu l'air de beaucoup les apprécier en début d'après-midi.

Il pousse un soupir frustré, avant de regarder mon profil. *Bravo, Tory, c'est malin de relancer le sujet !* Je me concentre sur le feu pour échapper à ses prunelles.

— Le sexe me manque, il lâche avant de croquer dans son chamallow et d'en mettre un nouveau à griller.

Sa phrase me provoque le même effet que s'il venait de me lécher le nombril.

— Plus que la chance ?

— Hum… Dilemme ! Ça te manque pas, toi ?

— Moi ? J'ai pas le souvenir que t'aies formulé la moindre clause m'interdisant de coucher avec quelqu'un.

Ma réponse le prend tellement au dépourvu qu'il en oublie de retirer sa guimauve du brasier. Je la vois noircir jusqu'à devenir un petit cube carbonisé.

— Tu te fous de ma gueule ? il articule.

Je passe ma langue sur mon pouce collant, laissant mon silence instiller le doute dans son esprit. Je suis une affreuse emmerdeuse.

— Tu te tapes d'autres gars pendant qu'on sort ensemble ?

Les blagues les plus courtes sont les meilleures, mais j'aime trop me foutre de lui.

— On ne sort pas ensemble.

Il jette son bout de bois et saute sur ses pieds.

— Officiellement, si ! Ta clause valait pour nous deux !

Sa vive réaction me surprend tellement que j'en reste bouche bée.

— Je plaisantais ! Qu'est-ce que t'es crédule, sérieux !

Sa respiration bruyante se coupe net. Il secoue la tête, comme s'il était lui-même surpris par son coup de sang.

— Je plaisantais, je répète en me mettant debout à mon tour. Bien sûr que j'me tape personne.

J'enfonce mon index dans son pec.

— J'ai pas eu besoin que tu me le demandes pour y penser !

Il pousse un grognement animal, avant de s'éloigner vers la rive.

— Tu joues avec mes nerfs, sorcière.

— Une passion comme une autre, Médor.

35

Tory

Je regarde Luke s'éloigner vers le lac et y tremper son pied. Puis, en deux temps trois mouvements, il se débarrasse de la toile rêche qui lui couvre les jambes, révélant un boxer qui moule beaucoup trop une paire de fesses absolument... *J'avais dit barbant ? J'espère me tromper, car avec un cul pareil, ce serait du gâchis.*

— T'as dit que l'eau de ce lac recelait mille vertus, j'vais tester cette théorie, il m'informe sans se retourner.

— Et tu m'as crue, pour une fois ?

— Non, mais j'adore me baigner, et il fait une chaleur à crever. Tu viens avec moi ? il propose en me regardant par-dessus son épaule.

Je remonte lentement mes yeux au niveau des siens. Pourquoi lui cacher que je le reluquais ?

— Allez, ramène-toi, il se marre, de l'eau jusqu'aux mollets. Elle est bonne.

Si je le rejoins dans ce lac, j'ai le pressentiment que nous n'allons pas nager très longtemps.

— Vas-y en premier, je l'encourage. Comme ça, si un monstre marin t'entraîne dans les profondeurs pour te dévorer, je pourrai témoigner de tes derniers instants à ton enterrement.

Il s'arrête à un mètre du bord.

— Est-ce qu'un esprit antique te souffle toutes ces merveilleuses phrases, ou ton cerveau les crée tout seul ?

— Je ne dévoile jamais mes sources, je déclare.

Lorsqu'il est totalement immergé et entame un crawl rapide, je me déshabille. Je n'ai pas de maillot de bain, mais mes sous-vêtements feront l'affaire. J'approche à mon tour du bord. Le soleil a disparu derrière les cimes, et le crépuscule donne à l'eau une couleur rouge orangé. C'est superbe.

— Je suis toujours de ce monde ! m'envoie Luke, qui a nagé si loin que sa tête est minuscule vue d'ici.

— C'est ce que disent tous les types dans les films d'horreur juste avant d'être trucidés.

— Tu ne devrais pas respirer l'amour et la sérénité après une journée comme celle-ci ? il crie en retour.

Je lui souffle un baiser avec la main et approche mes orteils de l'eau. Oh ! Je vais probablement revoir mon planning. Luke a menti, elle n'est pas bonne. Sauf s'il cherche à conserver un cadavre.

— Allez, Tory, plonge !

— J'ai trempé mes pieds, c'est bon.

— Arrête, les légendes disaient vrai : ce lac est magique, je le sens !

— Boucle-la, il est surtout gelé.

— Une fois que t'es dedans, c'est nickel.

Oui, toujours la même rengaine manipulatrice. Quand l'eau est froide, elle est froide. Point. Mais le calme qui règne ici me donne envie de dépasser ça, pour profiter de la nature. Je le regretterai si j'abandonne.

— Tu veux que je vienne pisser près de toi pour te réchauffer ?

Profiter de la nature, en théorie… *Il ne respecte rien !*

— Tu peux la fermer, Winchester ? J'essaie de communier avec les énergies de cet endroit sans que ton pénis ne vienne constamment s'en mêler !

J'entends l'écho de son rire rebondir un peu partout. Je m'immerge jusqu'aux hanches en me dandinant, mais la partie la plus complexe s'amorce.

Mon ventre, qui se contracte pour manifester son refus catégorique. *Pourquoi je n'ai pas été sélectionnée au mois de juin, bon sang ?*

— C'est trop froid, je gémis.

— T'y es presque, vas-y.

Sa voix soudain plus proche me fait tressaillir. Alors que Luke nage jusqu'à moi, je le pointe d'un doigt menaçant.

— Si tu m'éclabousses, je te perds dans cette forêt, et tu ne retrouveras jamais la civilisation.

— C'est la menace la moins terrifiante que tu m'as balancée depuis qu'on se connaît. On dirait que l'eau froide est ton point faible, c'est bon à savoir.

— Tu veux parier ? Maintenant, recule, le lac est assez grand pour que tu ailles barboter loin de moi.

La moitié de son visage est immergée, et son rire forme des bulles à la surface de l'eau. Quant à ses yeux… Ils ne loupent rien de mon corps. Je m'oblige à ne pas croiser son regard tout de suite et passe mes mains mouillées autour de mon nombril, derrière ma nuque et sur ma poitrine. *C'est pour m'habituer à la température, bien sûr.* Puis j'avance droit devant, plie les genoux et disparais dans les profondeurs de ce congélateur géant.

— Putain de merde, je m'étrangle en refaisant surface.

Les battements de mon cœur accélèrent, et ma gorge se contracte.

— Je vais me transformer en glaçon !

— Ne reste pas statique, me conseille Luke.

Je m'élance dans une brasse un peu raide pour réchauffer mes muscles. Après plusieurs minutes, le froid me semble effectivement moins agressif, et je profite d'un ciel maintenant étoilé pour faire la planche sous la Voie lactée.

Je finis par fermer les yeux, me laissant ballotter à la surface, légère et apaisée. *Enfin un peu de calme.*

Même si Luke n'est pas le binôme idéal, je suis contente d'être ici. J'en rêvais depuis des années et… Mes pensées agréables se noient lorsque je sens quelque chose se faufiler le long de mon dos. Je bats des bras et des jambes en hurlant. Si fort que des oiseaux s'envolent des arbres.

— Qu'est-ce qu'il y a ? s'inquiète Luke en nageant à toute vitesse jusqu'à moi.

Je ne lui laisse pas le temps de reprendre son souffle, je m'accroche à sa nuque et noue mes jambes autour de sa taille. Surpris, il boit la tasse.

— Merde, Tory, il tousse en galérant pour flotter.

— Quelque chose m'a touchée ! C'était long et énorme.

— Je n'ai pourtant pas retiré mon caleçon, il ricane.

Je lui frappe la tempe.

— Ce n'est toujours pas le moment ! Là, regarde !

Redoublant d'efforts pour nous maintenir à la surface, il balaie l'eau avec sa main, et je vois ses doigts se fermer sur une forme longiligne.

— Oh ! Mon Dieu ! il crie en agitant son bras dans tous les sens. Oh ! Mon Dieu !

Je crie encore plus fort que lui, enfonce mes talons dans ses reins et cache mon visage dans son cou.

— C'est un anaconda ! il braille, avant d'exploser de rire.

Je relève la tête aussi sec.

— C'est une plante, il se marre en hissant une longue tige feuillue hors de l'eau.

— T'es vraiment un connard !

Il est mort de rire. Je dois combattre la pulsion qui monte en moi et me pousse à lui enfoncer la tête sous l'eau. Je lui laisse la vie sauve uniquement parce que je refuse de nager seule jusqu'à la rive dans ce lac angoissant.

— Ramène-moi au bord, j'ordonne en posant mon menton au-dessus de sa clavicule. Tout de suite.

Sa poitrine est encore secouée par sa blague débile, la mienne vibre d'adrénaline. *Je le déteste.*

Dès qu'il a pied, il fait une pause et aspire de grandes goulées d'air.

— Je reste convaincu que je ne sortirai pas indemne de cette retraite spirituelle, il se plaint.

— Petite nature.

— Tu n'es pas en position de me juger, Mademoiselle « je flippe de me baigner dans un lac inoffensif ».

Je recule la tête pour lui tirer la langue. Face à lui, je prends soudain conscience de ses mains sous mes fesses, de nos peaux collées l'une à l'autre et de son souffle rapide près de mon oreille. *Et de combien c'est agréable d'être dans ses bras.* Un nouveau frisson me parcourt, mais je suis certaine que le froid ou la peur n'en sont pas responsables. On se défie du regard, piégés dans une mise à l'épreuve insensée. Je perçois le léger claquement qui résonne en moi, sonnant le glas de mon ultime résistance. Nous nous dévisageons, muets comme nous l'avons rarement été. J'ai la parole facile, mais là, je suis focalisée sur les sensations qui m'assaillent et annoncent les actes à venir.

— Tu prévois de me lâcher ? il murmure.

Je referme mes jambes plus fort autour de lui en guise de réponse.

— Je préfère que tu me portes jusqu'à la yourte.

— Tu me feras tout faire.

— C'est celui qui dit qui est, je réplique en haussant les épaules.

Au-delà du double sens de cette réponse, ce simple mouvement fait clapoter l'eau à la naissance de ma poitrine. Les yeux de Luke tombent sur le renflement de mes seins qui émergent à la surface et y restent scotchés une poignée de secondes. Suffisamment pour que mes tétons apprécient cette attention et s'empressent de convaincre le bas de mon ventre de se joindre à la fête. Il détourne son regard, fixe un point sur la gauche avant de fermer les paupières très fort.

— Quoi ? je chuchote en le dévisageant.

— Tu devrais me lâcher.

— Pourquoi ?

— Parce que je ne tiens pas à te manquer de respect une deuxième fois aujourd'hui.

Est-ce qu'il se rend compte à quel point son approche de gentleman est excitante ? Même si, je le reconnais, à ce stade, un rien m'émoustille.

— Tu arrives à bander dans cette eau glaciale ?

J'ai très envie de glisser de quelques centimètres vers le bas pour confirmer ses paroles.

— Parfaitement. T'as envie de vérifier ?

Il bombe le torse quand je remue contre lui pour aligner nos hanches. Il y arrive parfaitement, c'est bien vrai. *Il y a bien un anaconda floridien dans ce lac !* D'un mouvement calculé du bassin, je mesure sa longueur. Il souffle fort et resserre sa prise autour de mes fesses, me plaquant davantage contre son érection. Quant à moi, j'ai déjà oublié la fraîcheur de l'eau et les raisons qui me poussaient à refuser ses avances.

— Pour répondre à ta question de tout à l'heure, bien sûr que le sexe me manque, je susurre. Quand on t'interdit quelque chose que tu aimes, t'as forcément dix fois plus envie de t'y jeter tête la première.

Le dire à voix haute sonne comme le troisième et dernier vœu qu'on formulerait au génie du désir. *Pouf ! Le voilà libéré de sa lampe !* L'atmosphère se transforme complètement.

— Même avec le type le plus barbant que tu connaisses ? il cherche mon consentement.

— C'est le moment de me prouver que j'ai tort, Luke Winchester.

36

LUKE

Après son massage aphrodisiaque, sentir le corps de Tory contre le mien mettait déjà mes nerfs à rude épreuve. À présent, la surprendre se mouler à mon érection déclenche un raz-de-marée. *Du pur Tory, une fois de plus.* Je connais l'expression « souffler le chaud et le froid », mais avec elle, c'est quelque chose d'encore plus extrême. Comme une montagne vertigineuse qu'on gravit sans réfléchir, et dont on atteint le sommet sans s'en rendre compte. Et une fois tout là-haut, le vertige prend aux tripes. La vue est magnifique. Ensorcelante.

J'ai cherché à provoquer ce moment depuis Harvard pour la mettre face à sa mauvaise intuition, mais c'est moi qui suis aux prises avec la mienne en cette seconde.

« C'est le moment de me prouver que j'ai tort, Luke Winchester. » Je n'avais pas deviné la déflagration que provoquerait cette phrase dans mon corps. J'envisageais sans problème la possibilité d'une partie de jambes en l'air avec Tory pour un tas de raisons futiles, mais rien ne me préparait à l'intensité de mon appétit décuplé par ses paroles. *Je pourrais crever asphyxié si je ne la bouffe pas tout entière.* Est-ce que c'est ce lac magique qui me retourne autant la cervelle ? Peu importe. Je ne joue plus. Ou plutôt, si, je joue une partie que je refuse de perdre.

L'une de mes mains quitte son cul parfait, et mes doigts s'emmêlent dans ses cheveux. Je tire doucement dessus, contenant encore mes mouvements. Je ne discerne pas une once de timidité sur son visage. Tory se dresse fièrement devant moi, comme sur un champ de bataille. Elle me rend dingue, et je compte bien lui rendre la pareille au centuple.

— Regarde-moi remporter cette manche, Tory Garland.

— Bonne chance, Luke Winchester.

Je trouve ses lèvres avant qu'elle ne reprenne son souffle, aspirant ses mots qui semblent nous résumer à eux seuls. Je l'enferme dans mon étreinte et accueille sa langue qui arrive tout de suite. *Boum.* Une deuxième explosion plus puissante encore. Je me souvenais qu'elle embrassait bien, mais notre premier baiser s'était déroulé dans un contexte quasi professionnel. Celui-ci n'a pas de public. Aucune limite. Zéro retenue. Les conditions parfaites pour du très bon sexe. Elle l'ignore encore, moi j'en suis certain.

L'un comme l'autre libérons alors toute la frustration accumulée depuis ce qui ressemble à une éternité. Elle bouge en rythme avec sa langue survoltée, s'accroche à mes cheveux quand je tire sur les siens pour l'embrasser plus profondément. Cette saleté de culotte m'empêchant d'atteindre sa peau, je la décale avec empressement et lâche un râle excité en sentant la rondeur de ses fesses se mouler à mes paumes. Je suis tellement dur que le poids de ma queue pourrait m'entraîner au fond du lac. Je dois sortir de l'eau. Tout de suite.

Je glisse sur les pierres à mesure que je progresse vers la rive mais ne quitte pas la bouche de Tory une seule seconde. Ma force est décuplée par l'excitation. Je la soulève comme une feuille hors de l'eau et la porte sur la terre ferme. Elle voulait que je la conduise jusqu'à la yourte, elle ne va pas être déçue. Je pousse la porte en tissu, et nous tombons tous les deux sur l'espèce de monticule qui fait office de matelas. Au-dessus d'elle, je suis incapable de me détacher de ses lèvres, mais je la veux entièrement nue. Je m'agenouille entre ses jambes, attrape les rebords de sa culotte et la regarde pour obtenir son aval. Ses yeux vifs et brillants, couplés à sa bouche gonflée, donnent vie à un portrait prodigieux. Elle lève ses fesses sans prononcer un mot, m'étudiant avec un sourire en coin. Il y a plus de défi dans son regard que d'eau dans ce lac. Le tissu glisse sur ses cuisses, elle les ramène vers elle pour m'aider à l'en débarrasser, avant de les reposer au sol. *Oh ! Bordel !* Heureusement qu'elle n'a pas le pouvoir de lire dans mes pensées, parce qu'il n'y aurait plus aucun suspens. Je me retiens de la toucher, de lécher les gouttes d'eau qui parsèment sa peau, de la goûter... C'est un supplice indescriptible, mais je lutte. Je veux la voir gravir un Everest de plaisir en suffoquant d'impatience. Prendre mon temps, pour qu'elle s'imagine tout ce que je vais lui faire, qu'elle trépigne de me sentir ne serait-ce que l'effleurer. Et quand elle n'en pourra plus, je vais la... Soudain, un éclair de lucidité me traverse. Je regarde partout autour de moi, mais je sais déjà que... *Non !*

— Tu paniques ? elle raille dans un murmure.

— Non, je pense à Merlin, j'articule d'une voix hachée.

— T'es sérieux ? Tu penses à lui maintenant ?

— Pas comme ça, je grimace. Mais Merlin a gardé mon portefeuille.

— Et ?

— La capote que j'ai toujours sur moi est dans mon portefeuille.

Tory retient son souffle, avant de le relâcher en gémissant lorsqu'elle comprend ce que ça signifie. Une part de moi est ravie de percevoir cette frustration que je visais. L'autre se frappe le visage.

— Va le chercher, elle ordonne.

— Hein ?

Elle me repousse sur le côté et s'assied en tailleur sur la pile de couvertures. Sans culotte ni pudeur, elle me défie de refuser.

— Va le chercher.

— Tu crois qu'il va me le rendre ?

— Bien sûr que non.

— Alors quoi ? Je dois m'introduire dans sa hutte pour le récupérer sans me faire prendre ?

— Tout à fait. Et c'est maintenant ou jamais, elle tranche.

Mon regard dérive entre ses jambes, la seconde suivante, je suis debout. J'ai rarement eu aussi envie de coucher avec une fille, je suis prêt à prendre le risque.

— J'y vais. J'me dépêche.

Un pied dehors, je m'immobilise et pivote vers elle.

— Je m'apprête à risquer ma vie en traversant un bois obscur, peut-être davantage en tentant de m'introduire dans la case de Merlin. Alors, ne t'endors pas.

— Tu as quinze minutes, elle déclare. Au-delà...

Elle tapote sa narine gauche. Hors de question qu'elle gagne, l'occasion est trop belle. Je fonce à l'extérieur, enfile ce pantalon insupportable et m'engouffre entre les arbres.

Courir pieds nus est difficile, m'efforcer d'ignorer la probabilité d'être coursé par un animal l'est tout autant, mais je débouche sur le terrain principal plus vite que prévu. Sur la gauche, assis devant sa hutte, une drôle de pipe en équilibre entre ses lèvres, Merlin se balance d'avant en arrière en chantonnant. Au moins, il n'est pas à l'intérieur, mais j'espérais qu'il serait parti en pèlerinage nocturne.

Je longe les troncs silencieusement pour m'approcher le plus près possible sans être vu. OK, maintenant, il me faut une diversion, et je n'ai pas le temps de réfléchir trop longtemps. *Allez, Luke, vas-y au talent.* J'ouvre la bouche, l'entoure de mes mains et reproduis un cri d'animal indéterminé, avant de lancer une pierre le plus loin possible derrière moi. Merlin cesse de fredonner et pose son regard dans cette direction. Je reproduis le même cri, mon cœur flirtant avec les deux cents pulsations à la minute.

— On dirait une chouette… je l'entends prononcer. Symbole de la connaissance et de la clairvoyance… C'est un signe !

Il bondit hors de son fauteuil et s'enfonce dans la forêt, aux aguets. Je me colle à mon tronc d'arbre et retiens ma respiration lorsqu'il passe à côté de moi. Heureusement, il a le nez levé, à l'affût d'une foutue chouette qu'il ne trouvera jamais. *Je ne savais pas que j'imitais si bien les cris d'oiseaux.*

Dès que le bruit de ses pas s'est évaporé, je sors de ma cachette et file jusqu'à ses quartiers. Pas de temps à perdre, s'il me prend en flagrant délit, je suis bon pour être maudit sur dix générations. C'est un risque à prendre pour ce qui m'attend sous ma yourte.

J'enjambe les trois petites marches, le bois du perron craque sous mon pied, je grimace mais poursuis ma mission. J'attrape la poignée, pousse la porte et…

— Que fais-tu ici, jeune délinquant ?

Mon sursaut est si violent que je manque de tomber dans les pommes. Je suis sur le point de sauter dans un buisson quand je reconnais la voix qui a chuchoté. *Enfin, j'ai une chance sur deux.*

— Hope ? je murmure.

— C'est Prudence.

Raté. Une main sur le cœur, je pivote vers elle. Debout dans l'herbe, la même robe affreuse que Tory virevoltant au vent, elle ressemble à une apparition fantomatique. Ses yeux forment deux fentes inquisitrices. Je me pare d'un masque innocent.

— Bonsoir, ça va ? je la salue poliment en surveillant les alentours.

— J'ai cru que tu étais un rôdeur, j'allais sortir mon spray au poivre.

Suis-je le seul que Merlin a entièrement détroussé, ou quoi ?

— Ne soyez pas inquiète, je ne fais que passer. Vous pouvez retourner vous coucher tranquillement.

J'aime beaucoup Prudence, mais j'aimerais encore plus qu'elle se tire fissa. Merlin peut revenir à tout moment.

— Qu'est-ce que tu manigances ? elle m'interroge.

Rha !

— J'ai besoin de mon portefeuille, il se trouve à l'intérieur, j'avoue.

— À quelles fins ?

Prendre un pied d'enfer avec ma fausse petite amie.

— Ces bois grouillent de bêtes sauvages, j'improvise. Si un ours m'attaque pendant la nuit, j'veux être sûr que mes papiers d'identité soient à proximité pour que les secours identifient mon corps. Mes proches méritent de savoir.

Elle me dévisage sans sourciller, j'ai peut-être légèrement abusé.

— Quel jeune homme prévoyant tu es, cher Luke. Dommage que tu ne sois pas suffisamment cortiqué. Lane et les autres ont déjà compris que je n'étais pas une vieille chose sénile. Vous autres, chauffeurs de Miami, avez encore tellement de choses à apprendre sur les jumelles Faraday.

Sa langue claque contre son palais. Puis elle ouvre le petit sac argenté pendu à son épaule, fouille à l'intérieur et en extrait deux carrés en aluminium noir et doré.

— Tiens, mon grand.

— Comment...

— Ce serait inconscient que tu te reproduises avant d'avoir atteint la majorité intellectuelle.

Je ne réagis pas à sa remarque, pétrifié devant les préservatifs qu'elle me tend. Elle a quatre-vingt-dix ans bien entamés, je m'interdis de la visualiser... *Ah ! Trop tard !*

— Je garde les autres, tu ne m'en voudras pas ? elle ajoute.

Pressé de fuir cette situation gênante, j'attrape les capotes, bafouille un merci et m'en vais.

Sur la dernière marche, je remarque quelque chose qui me donne une idée exquise. Je m'en empare et déguerpis. *Si Tory s'est endormie entre-temps, une baignade nocturne me fera le plus grand bien.*

Je retrouve mon chemin sans accroc et déboule dans la yourte plus vite que si j'étais traqué par un tueur en série. Dieu merci, dans la semi-obscurité, je discerne l'objet de mes désirs, encore éveillée. Allongée sur le ventre, en appui sur ses coudes et une couverture recouvrant la moitié inférieure de son corps, elle bouquine à la lumière d'une bougie. À cette vision, je redeviens aussi dur qu'avant ma mission suicide. *Mon expédition ne m'a pas coupé l'envie.*

— J'ai réussi, je lance en entrant. J'ai survécu, je complète.

Elle prend une longue inspiration, tourne son profil vers moi et me regarde par-dessus son épaule nue. C'est étrange comme elle peut sembler différente, tout à coup. Elle a toujours cette aura presque mystique et cette lueur piquante dans ses prunelles, mais il y a autre chose d'indéfinissable.

— Tu as fait vite.

Son étonnement me donne l'impression d'être un héros.

— C'est fascinant, la vitesse que t'es capable d'atteindre quand une meute de loups est sur le point de se jeter sur toi.

— T'as plus de chance de croiser des pumas, dans ce coin.

Ravi de l'apprendre.

— C'est la première fois que je me félicite d'avoir perdu cette fameuse chance, j'ironise en approchant.

Je m'étends à côté d'elle, retire mon pantalon et tire sur la couverture qui la recouvre pour l'envoyer à l'autre bout de la yourte. Elle referme son livre, le pose plus loin, éloigne la bougie qu'elle a allumée et s'allonge à plat ventre, la joue sur ses mains jointes.

— J'pensais pas que tu y arriverais, elle murmure. J'ai pas voulu t'inquiéter, mais Merlin est connu pour être un insomniaque à l'audition ultra développée.

Et un amateur de chouettes. Je décide de lui cacher la façon dont j'ai obtenu ces capotes.

— Je suis un mec incroyable.

— J'attends toujours que tu me le prouves.

Nous nous dévisageons de longues secondes, attendant de voir lequel de nous va bouger le premier. Ça n'a rien de commun avec ce que j'ai pu expérimenter jusqu'ici mais, en même temps, c'est Tory. Y a-t-il une seule chose de commun chez cette fille ?

37

Tory

Luke me regarde en silence, les joues rosies et la poitrine encore soulevée par sa course à travers la forêt. J'hésite entre rire et l'applaudir. Honnêtement, j'avais parié contre lui dans sa quête de préservatifs et je suis surprise. Quoique... Il est du genre persévérant. J'aurais pu me douter qu'il y arriverait. *Y aura-t-il un autre domaine dans lequel il va me surprendre, ce soir ?*

Le bout de son index qui se met à tracer une ligne sur mon dos tend à me faire pencher vers un « oui ». Mon désir suit son doigt comme s'il était son berger, en direction de mes fesses. Mes reins se cambrent un peu, mon souffle s'épaissit, je me prépare à la sensation de sa caresse plus intime et... il repose sa main à côté de lui. Je me mords la langue pour ne pas l'insulter et continue à maintenir son regard présomptueux.

Je le laisse mener la danse — pour l'instant, en tout cas —, curieuse de découvrir sa façon de faire l'amour. J'ai toujours pensé que ça pouvait en dire long sur les gens. En y repensant, Bronson était aussi égoïste au lit que dans la vie. J'aurais dû me douter de sa fourberie.

— Viens t'asseoir sur moi, gronde Luke.

— Bien sûr, j'accède à sa demande en prenant tout mon temps pour changer de position.

Mon attitude lui tire un souffle rieur. Je dissimule le torrent d'excitation qui se déchaîne en moi derrière cette mise à l'épreuve charnelle. Je m'assieds à califourchon sur ses jambes, reluque son torse et son ventre, avant de m'intéresser au renflement de son boxer. Intérieurement, je suis avide de plaisir. J'espère qu'il va me faire mentir et vite. Très vite.

Il se redresse, bloque mon menton entre deux doigts et insère sa langue entre mes lèvres. Il a du talent pour embrasser, ça, je l'avais déjà compris. Mais il semble encore meilleur à chaque nouvel épisode. Mon pouls accélère, mes hanches se balancent pour trouver le meilleur point de friction, et… il abandonne ma bouche. Putain, il va me rendre folle, à m'attiser avec autant de sadisme.

— Ça va venir, il murmure en s'intéressant à ma poitrine.

Il le fait exprès mais il le fait très bien. Je frémis quand ses mains se faufilent dans mon dos pour dégrafer mon soutien-gorge. Encore suspendu à mes épaules par deux fines bretelles, mon soutif ballant lui laisse entrevoir le bas de mes seins. *Et il n'a pas tout vu.* Il déglutit d'envie, pince le petit nœud, tire sur ce morceau de dentelle superflu et… contracte tous ses muscles en inspirant.

Je reprends la situation en main quelques secondes, durant lesquelles il est fasciné par mes tétons percés.

— Ça, c'est… très intéressant, il articule d'une voix rauque.

Je me régale de le voir en proie avec ses émotions.

— Voyons comment tu t'en sors, je le cherche.

— Ce genre d'inconnu ne m'effraie pas.

— Un novice… je souris.

Sa bouche s'étire aussi. Il glisse une paume au bas de mon dos, une autre sous mon sein droit et me penche juste ce qu'il faut pour effleurer l'un de mes tétons du bout de sa langue. Puis presser la rondeur qui remplit sa paume, la soulever, la tendre. Mon corps est si sensible de subir tous les petits assauts de Luke depuis que nous avons commencé qu'il m'envoie des pics d'hormones inédits. J'appréhende d'être encore une fois coupée dans mon escalade, alors je résiste à mes propres réactions. Je les retiens, même quand mon téton retrouve la chaleur de sa langue. Je les retiens encore, même quand ses dents tintent contre les deux petites boules d'acier. Jusque-là, ça reste un plaisir familier. Mais Luke ne s'arrête pas. Il devient plus aventureux, et il se passe un événement inattendu. Je m'arrime à ses épaules, et un cri bref m'échappe.

— Putain ! je feule en me penchant en arrière pour regarder sa main venue se loger entre mes cuisses.

— Du premier coup, il déclare sur un timbre supérieur.

— Qu'est-ce que c'était ?

— Ton clitoris.

— Ça, je le sais, abruti ! C'était quoi, ce délire avec ton pouce et ton index ?

— Un tour de magie, il déclare.

Je le jauge avec une stupéfaction teintée d'extase.

— Et tu m'as pas encore vu sortir le lapin du chapeau, il ajoute en humectant ses lèvres.

— Recommence. Mais je te préviens, Luke, si tu t'arrêtes en chemin, je te tue.

Ma bouche asservit la sienne, ses doigts mes replis. Mes fesses décollent, mon esprit est déjà dans la stratosphère. Il broie l'une d'elles d'une poigne de fer pour me guider sur sa main. Nos dents cognent, il va plus vite, et je débite tout ce qui me passe par la tête à mesure que le plaisir me submerge.

— J'adore t'entendre gémir en français.

Il gémit presque lui aussi en me disant ça, et ce simple son accélère mon orgasme. Je m'effondre, son dos retombe lourdement contre le sol.

— Je vais compter jusqu'à quatre, il chuchote sans me donner de répit. Un, deux, trois...

D'une rotation experte, il me plaque au matelas de fortune, son poids reposant sur mon bassin.

— Quatre.

Je suis encore dans un léger brouillard mais je comprends facilement ce qui l'habite. Je m'empare de son caleçon et tire d'un coup sec. Il s'en défait avec agilité, se rassied sur moi, et loin d'être intimidée par ce qui se dresse entre nous, je referme mes doigts autour et étire son désir. Ses bras cèdent, et son front tombe sur le mien. Mon geste est mesuré, régulier, pour me délecter des secousses qui animent son corps, mais surtout prédire celles qui vont se propager en moi lorsqu'il s'y présentera. Il cherche ma bouche, m'embrasse sauvagement, bouge comme s'il me faisait l'amour, avant de ramasser le préservatif et de l'ouvrir. Timing parfait, je n'en peux plus. J'écarte spontanément les cuisses.

— T'as cru que ce serait aussi sommaire ? il m'interroge.

Je fronce les sourcils, tandis qu'il tend son bras derrière ma tête pour attraper quelque chose.

— Je l'ai empruntée à Merlin.

Luke exhibe une longue bouteille en verre que je reconnais au premier coup d'œil. Il fait sauter le bouchon et la retourne au-dessus de ma poitrine. Une huile parfumée coule alors entre mes seins. Celle dont je me suis servie sur lui lors du premier exercice. Cependant, c'est son tour de m'en enduire, d'une tout autre manière. *La meilleure.*

— J'y pense depuis tout à l'heure, il susurre.

J'y pensais aussi et je ne risque plus de l'oublier. Il déverse l'autre moitié sur ses épaules, et, hypnotisée, je regarde les lignes luisantes dévaler son torse, son ventre, et disparaître à la jonction de nos sexes. *Qui est cet inconnu ?*

Je meurs à petit feu tandis qu'il s'applique à rendre chaque centimètre de mon buste aussi brillant que ses prunelles dans lesquelles la flamme de la bougie se réfléchit. *Sorcellerie.*

Il s'allonge sur moi, va et vient contre mes courbes pour étaler davantage cette huile entêtante, son souffle bruyant couvrant à peine le mien. Chaque fois que sa queue glisse au-dessus de mes lèvres, je me cambre, prête à l'accueillir, mais il ne me pénètre pas. Je le déteste. Il est incroyablement insupportable.

Je finis par le bousculer pour reprendre ma place au-dessus de lui. *Ça suffit.* Ses doigts dessinent mes seins dans une ultime bravade.

— Depuis quand t'es aussi sexy, Tory Garland ? il gronde.

Et toi, Luke Winchester ?

— Allez, mon lapin...

Il attrape mes hanches, me soulève, et avant d'avoir eu le temps de formuler un « abracadabra », le sortilège le plus puissant jamais répertorié s'abat en moi.

38

Tory

Le son d'un gong résonne quelque part et se répète plusieurs fois, repoussant mes songes dans les tréfonds de mon esprit. Étendue sur le ventre, la moitié du visage enfoncé dans un tissu épais, j'ouvre un seul œil et découvre qu'en dehors de la yourte, le soleil s'est levé. Il filtre par les coutures et diffuse déjà sa chaleur étouffante. Je suis en nage, et quelque chose pèse sur mon dos.

— C'est quoi, ce bruit chiant ? grogne une voix rauque dans mes cheveux.

Ah ! Oui, quelqu'un pèse sur mon dos, au temps pour moi. Logique que j'aie aussi chaud, Luke est à moitié allongé sur moi, sa peau nue couvrant la mienne. Mon cœur s'emballe, encore électrisé par les ondes de plaisir qu'il a dû absorber cette nuit. *Nom d'un chien, qui aurait cru que Luke serait un aussi bon coup ? Et endurant !* Je suis du genre insatiable, et il ne m'a pas déçue. *Loin de là.* J'avais tort sur toute la ligne, il n'est pas du tout le partenaire que j'avais imaginé. Luke n'est pas barbant. C'est un putain d'extraterrestre provenant d'une galaxie nommée Luxuria, capable de dégainer plus vite que son ombre sans louper sa cible. *Ce que ça fait du bien de prendre son pied.*

— C'est sûrement Merlin qui sonne le rassemblement, je bâille en m'étirant.

Luke s'étire aussi, sans se décoller de moi. Son torse moite et encore un peu huileux glisse contre mon dos, écrasant mes seins sensibles contre les couvertures. Ses hanches remuent et réveillent mes cellules comme un shot multivitaminé. Je galère chaque matin pour émerger, mais aujourd'hui, toutes mes capacités sont au garde à vous. Et celles de Luke aussi...

— Est-ce qu'on peut recommencer tout de suite ? il murmure, une main sur mes reins.

Je rigole doucement. Pas de réveil bizarre, gêné ou silencieux. J'adore qu'il soit sans prise de tête.

— T'avais raison pour ce week-end, je ressens une grande spiritualité par ici, il souffle.

Ses doigts dévalent ma hanche quand une nouvelle salve de gong retentit.

— Je crois que le maître des lieux s'impatiente.

— Il ne remarquera peut-être pas notre absence, il tente en imprimant sa paume sur ma fesse.

— Après t'avoir vu en action hier, y'a peu de chance qu'il t'oublie.

— Ça vous fait un point commun, il frime.

Je lui tourne toujours le dos, mais j'ai une idée très précise de la tronche qu'il doit tirer. Je gigote sous lui et roule sur le flanc pour lui faire face. *Voilà, exactement cette tête-là.* Il est content de lui. *Oh ! Il peut l'être.* Même si j'avais voulu jouer la carte de la mauvaise foi et prétendre qu'il se débrouille au lit tel que je l'avais prédit, il ne m'aurait pas crue. *J'ai perdu toute crédibilité quand je l'ai supplié de ne pas s'arrêter.*

— T'es toujours aussi arrogant au réveil ? je le cingle.

Absorbé par ma poitrine, il oublie de me répondre. Lire autant d'envie sur ses traits me chatouille entre les jambes.

— Hé oh ?

— Ces piercings ont été trempés dans une potion, pas vrai ? Ils me fascinent.

Flattés, mes tétons durcissent.

— Je ne m'attendais pas à ça, il continue sans cesser de les reluquer.

Et moi donc !

— Je ne m'attendais pas du tout à ça, il répète à voix basse en me reluquant tout entière. C'était...

Épique ? Oh oui ! À tel point que je peux affirmer sans détour qu'il s'est hissé sur la première marche du podium. J'ai couché avec plusieurs hommes, mais pas comme ça... Pas si longuement, jusqu'à être étonnée qu'il fasse déjà jour.

Il reporte ses yeux mutins plus haut et s'avance vers ma bouche. Être subjuguée par ses prouesses n'a pas grillé tous mes neurones, je l'arrête donc d'un doigt.

— On a utilisé les deux capotes que tu avais. À la niche, Médor.

— Eh merde... Est-ce que je peux au moins t'embrasser ? J'ai l'impression que ta langue fait l'amour à la mienne chaque fois qu'elle se glisse dans ma bouche.

Son compliment me tire un petit sourire arrogant.

— Je sais qu'on est nus dans une yourte sommaire, au milieu d'une forêt sauvage, après une nuit de transe, et que tout ça réuni pourrait pousser à revoir nos fondamentaux... mais ce n'est pas une raison suffisante pour outrepasser les règles d'hygiène. Il fait cinquante degrés, je compte bien aller tremper ma langue et tout le reste dans le lac avant tout autre chose.

— Donc après, il y aura tout un tas d'autres choses ?

— On s'est envoyés en l'air une bonne partie de la nuit, tu as probablement drainé toute ma chance. Ça devrait te suffire, non ?

J'ai conscience qu'il a aussi couché avec moi dans ce but, mais ça ne me traumatise pas. Luke a toujours annoncé la couleur immédiatement, et je n'avais jamais pris autant de plaisir. Le deal est correct.

— J'te dirai quand j'aurai des preuves, il contre.

— Moi qui espérais que cette retraite spirituelle ramollirait ton scepticisme.

— Tu n'es pas en position de me le reprocher. C'est de ta faute si je durcis au lieu de ramollir.

Je lorgne le bas de son ventre et sens le mien palpiter. Au-delà d'apprécier être la raison de son excitation et de sentir les réminiscences de ses coups de reins époustouflants, ça me plaît qu'il soit attiré par quelqu'un d'aussi différent de lui. Il s'éloigne du Luke qui m'a acheté des bracelets à la rentrée. Coincé dans sa toute petite réalité, centré sur un périmètre si étroit que j'en étais moi-même oppressée. Au fond de moi, j'espérais qu'il réagirait de cette façon. Je n'avais juste pas prévu que ça passerait par une nuit torride.

— À quoi tu penses, Tory ?

Je me mets debout sans répondre et avance vers la sortie. J'ai des courbatures absolument partout et besoin d'un grand coup de frais. Avec un peu de chance, je me souviendrai que je suis supposée être venue ici pour un tout autre dessein.

— J'vais me baigner.

— Toute nue ? il me lance au moment où je pousse la tenture qui sert de porte.

— Oui.

— T'as plus peur de l'anaconda ?

— Non, j'ai combattu ma phobie cette nuit.

Je l'abandonne sur ces paroles et traverse rapidement l'espace qui me sépare de la rive.

L'eau est aussi froide qu'hier, mais le soleil tape déjà fort, et je m'immerge sans difficulté. La fraîcheur qui s'insinue partout en moi était plus que nécessaire et...

— J'adore les retraites spirituelles !

Surprise par la voix de Luke aussi proche, je dérape sur une pierre vaseuse et me rattrape in extremis à son poignet.

— *Tu m'as fait peur, idiot !*

Je lui envoie une vague d'eau dessus.

— J'ai rien compris à ce que tu viens de dire.

Je ne me suis pas rendu compte d'avoir crié en français.

— Mais après une nuit à t'entendre gémir dans cette langue, j'en déduirai toujours que tu exprimes ton ravissement envers moi, il ajoute.

Il se trempe entièrement, repousse ses cheveux en arrière et me scrute intensément.

— Quoi, encore ?

— Quand est-ce que tu vas me le dire ? il demande.

— De quoi tu parles ?

— Que tu t'es gourée sur toute la ligne.

Bien sûr, il n'allait pas s'en priver.

— Que mon ravioli est loin d'être sans sauce et sans saveur, il renchérit. Que Harry Potter lui-même ne détient pas une telle baguette.

— Mais quel frimeur.

— Pas du tout. Je constate selon les éléments que j'ai pu analyser. « Luke, Luke, putain, Luke ! » il s'écrie alors d'une voix censée ressembler à la mienne. « Continue, si tu t'arrêtes, je te tue ! »

Je le bâillonne pour qu'il la ferme, mais il persiste à geindre sous ma paume. Aux grands maux les grands remèdes, j'utilise ma deuxième main pour l'attaquer plus bas. Ça fonctionne, il s'étrangle aussi sec. Je le relâche et m'éloigne au cas où il envisagerait de se venger.

— Oh ! Allez, Tory ! Ça arrive à tout le monde de commettre une grossière erreur de jugement. Je me sens l'âme charitable pour te pardonner.

Je disparais sous l'eau et réapparais à quinze centimètres de son visage.

— *Mea culpa*, j'admets, mes mots formant de petits ronds à la surface. J'ai exagéré. Tu m'ennuies seulement quand tu es habillé.

Il pose sa main sur mon crâne et m'enfonce la tête sous l'eau. De retour à l'air libre, je lui recrache au visage toute l'eau que j'ai dans la bouche, avant d'enrouler mes bras à son cou et mes jambes autour de sa taille. Ses mains reprennent leur place sous mes fesses. *J'ai encore envie de lui, alors que je devrais déjà être en train de boire les paroles de Merlin.* Je pensais que des ébats aussi sensationnels apaiseraient mon manque de sexe, mais pas le moins du monde. Voilà peut-être le pouvoir de ce lac : amplifier la libido...

— Tu estimes pouvoir recommencer combien de fois avant le coucher du soleil ? il s'enquiert.

Je ne suis pas la seule, apparemment.

— Qui te dit que j'envisage de recommencer ?

À peu près toutes mes hormones.

— Ton corps nu accroché au mien ?

— Oh ! Ça ? C'est la flemme de nager, ne te méprends pas.

Je ne suis pas très convaincante mais je ne cherche pas à l'être, à vrai dire. D'autant que l'eau atteint tout juste la poitrine de Luke.

— Plus j'y pense, plus j'me dis que ce serait pratique, il suggère avec un grand sourire.

— Continuer à coucher ensemble serait pratique ? j'articule.

— Oui, j'y ai beaucoup réfléchi.

— Beaucoup comme cinq minutes ?

— Plutôt dix.

— J'ai rarement rencontré de spécimen aussi doué en séduction.

— Qui a dit que j'essayais de te séduire ?

Bonne réponse.

— Je dis juste que ça nous offre un avantage non négligeable. On est coincés encore plusieurs mois ensemble, privés de sexe si on suit les règles de notre arrangement...

Il jette un petit coup d'œil à mes seins qui flottent à la surface.

— Et tu ne peux pas nier que nos ondes éroticosmiques sont foutrement compatibles.

— T'es seulement un guignard qui espère te soigner en trempant ta nouille dans ma soupe.

— Doublement pratique, alors !

Il n'a même pas la décence de nier. Il a le mérite de jouer franc jeu, et c'est une qualité indéniable.

— Tu imagines toutes ces longues semaines qu'il nous reste encore à passer ensemble ? il reprend. On a trouvé une façon de les rendre nettement plus sympathiques... Moins d'habits, moins d'ennui.

— C'est un slogan qui claque, je ris.

Un nouveau gong retentit par-delà les arbres, comme pour sceller cet avenant à notre contrat.

— Merlin nous attend, dépêchons-nous.

***

Luke vient de me déposer au coin de ma rue, et j'ai toujours aussi mal aux cuisses après notre nuit sportive. Cette deuxième journée de retraite spirituelle a été incroyable. J'approche de chez moi, un grand sourire aux lèvres. Peu importe que le Campus Driver ait râlé tout le trajet de retour parce qu'il mourait de faim, je suis ravie de ces quarante-huit heures de déconnexion. J'ai appris un tas de trucs et je suis déjà triste de me dire que je ne remettrai plus les pieds là-bas.

Je déverrouille la porte de ma chambre, lance mon sac dans la pièce et repère immédiatement Wild et Belzébuth en train de roupiller sur mon fauteuil.

— Vous pourriez simuler votre joie de me revoir.

Aucune réaction, pas même un petit roucoulement de Wild.

— Tu as une très mauvaise influence sur cet oiseau, Bel.

Je retire mes chaussures, allume un bâtonnet d'encens et…

— Alors, cette retraite spirituelle ?

Je décolle du sol, surprise d'entendre la voix de ma grand-mère dans mon dos. Je me retourne et tombe nez à nez avec… ma mère. *Elles m'attendaient toutes les deux de pied ferme ou quoi ?*

— Tu as mal dormi dans la yourte ? elle s'inquiète en m'attrapant par le menton. T'as une mine fatiguée.

— Elle a plutôt l'air déconnectée, commente ma grand-mère.

Oui, c'est une bonne façon de décrire ce que je ressens.

— C'était très chouette ! J'aurais pu rester là-bas un mois entier.

Pour tout un tas de raisons plus ou moins spirituelles.

— Tu m'étonnes, elles ricanent.

— Et Luke, il a aimé ? s'intéresse ma mère.

Oui, mais je crois savoir ce qu'il a préféré parmi toutes nos activités.

— Ouais, au final, il a…

Je me mords l'intérieur des joues en me rendant compte de ce que j'ai dévoilé par inadvertance. Je leur avais seulement dit qu'un ami m'accompagnait, je n'ai jamais évoqué Luke.

— Comment tu sais que j'étais avec Luke ? je demande. D'ailleurs, comment tu sais qui est Luke ? j'ajoute en arquant un sourcil vers cette vieille commère d'Armelle.

Elle est la seule à l'avoir rencontré une malheureuse fois, et je ne compte plus toutes les occasions qu'elle a eues de me reparler de son sex-appeal. *Son flair est meilleur que le mien, soit dit en passant.*

— Oui, je lui ai parlé de mon petit Luke ! elle se défend.

Elle est obnubilée, ma parole.

— D'habitude, j'ai un faible pour les Français, mais lui me plaît ! Il me fallait une complice pour comptabiliser le nombre de fois où il gare sa voiture dans notre rue.

Quoi ! Parce qu'elles l'épiaient tout ce temps ?

— Non, mais je rêve !

— Oh ! Ça va ! rigole ma mère. On ne collait pas notre oreille à ta porte ! Enfin, si, juste une fois pour prendre la température.

— Puisqu'on aborde le sujet, c'était assez barbant, révèle ma grand-mère.

Ce mot me renvoie illico à la bouche de Luke sur mes piercings et... *Bon sang, quelles commères !*

— Rha ! J'ai pris la chambre la plus éloignée de vous tous pour une bonne raison !

— Est-ce que vous flirtez ? embraie ma mère. Dis oui !

Au secours ! Je m'absente quarante-huit heures et je reviens dans une dimension parallèle où mes ancêtres insupportables tentent de jouer les entremetteuses.

— Non !

Ce n'est pas un mensonge, on n'a jamais flirté, tous les deux.

— Yuan m'a dit qu'il venait régulièrement lui acheter des raviolis, elle poursuit en se frottant les mains. Il te fait la cour, c'est certain.

— Depuis quand vous vous intéressez à ma vie sentimentale ?

— Depuis Luke, réplique ma grand-mère. De tous ceux que tu as ramenés dans ta chambre, c'est le premier à ne pas avoir marché sur la dalle maudite.

Ma grand-mère a décrété que le trottoir devant chez nous comporte un morceau scellé là par un esprit vengeur. Elle m'a tellement bassiné avec ce carré de béton plus clair que les autres que je n'ose plus marcher dessus. Découvrir qu'elle surveille aussi celles ou ceux qui le foulent rend cette situation encore plus farfelue.

— C'est vrai qu'il a de jolis muscles bien sculptés ? chuchote ma mère. Ta grand-mère a réussi à prendre une photo, une fois, mais c'était flou.

Ça va trop loin.

— Voilà exactement la raison pour laquelle je ne voulais pas vous parler de Luke, je grogne. C'est juste un type de la fac que j'aide pour ses problèmes de poisse, arrêtez d'imaginer n'importe quoi. Il me fournit en raviolis dans un échange de bons procédés.

Le regard qu'elles partagent n'augure rien de bon.

— Maintenant, allez-vous-en, vous êtes en train de ruiner tout ce que Merlin a tenté de m'inculquer.

Et j'ai déjà eu mon lot de distractions.

— Et si tu l'invitais pour Thanksgiving ?

— Merlin ?

— Luke !

Oh, mais quelle horreur !

— Sortez de ma chambre.

Je les pousse moi-même vers la sortie et referme le battant sur elles.

— Tu ne veux pas venir dîner avec nous ? j'entends rire ma mère.

— Non, merci !

Je pousse le verrou et m'accroupis, la tête entre les genoux. *Elles ne doivent jamais croiser Luke. Jamais.*

Je file sous la douche, me glisse dans une tenue confortable et m'occupe de ma boutique en ligne en piochant dans ma réserve de bonbons d'Halloween. Encore pleine d'énergie, je lance un *live* pour raconter mon week-end — sans la partie censurée — puis range mon bureau, mes bocaux par ordre de grandeur, mes livres, mes bocaux par ordre alphabétique.

Quand je me rends compte que je suis au milieu de mon dressing à trier mes tee-shirts par couleur sans raison, je lâche tout et pars m'étendre à plat ventre sur mon lit. *OK, stop, qu'est-ce qui t'arrive ?* Quelque chose me turlupine, mais impossible de déterminer de quoi il s'agit.

Je roule sur le dos et contemple mes doigts de pieds. Est-ce que c'est le contrecoup des séances de méditation qui me procure ce sentiment de... néant ? C'est super bizarre, j'ai l'impression d'être censée faire quelque chose sans savoir de quoi il s'agit.

Je me retourne à nouveau sur le ventre. Et Luke, qu'est-ce qu'il fait ? Est-ce qu'il est allé acheter un ticket de loterie juste après m'avoir déposée, pour mettre sa chance à l'épreuve ? Ou bien il mange ce satané hamburger avec lequel il m'a rebattu les oreilles sur la route du retour ? Est-ce qu'il est à poil dans sa salle de bains ?

J'entends le moteur d'une voiture vrombir dans ma rue, je me redresse sans réfléchir. Elle s'éloigne, et ma tête retombe sur l'oreiller. *Fausse alerte.* J'ai eu peur que ce soit Luke qui débarque à l'improviste, au risque que les pipelettes qui vivent sous ce toit se jettent sur lui. Et en même temps, je suis un peu déçue que ça ne le soit pas, parce que... je m'ennuie. Et c'est à sa compagnie que je pense ? *Univers parallèle, bonsoir !*

Je saisis mon téléphone sur la table de nuit sans aucune raison particulière, et au moment de le déverrouiller, un message s'affiche sur l'écran. Le simple fait de lire le prénom de l'expéditeur me provoque une bouffée de chaleur.

UNLUCK : Tu dors ?

Est-ce qu'il pense à ce que je pense ? Je mords dans ma lèvre et retrousse mon nez. Coucher avec lui a donné une nouvelle dimension à notre pseudo-relation. C'est toujours une sorte de jeu, mais bien plus divertissant que le premier.

TORY : Non.

UNLUCK : Tu veux dormir ?

TORY : Non.

UNLUCK : Tu veux me rejoindre dans ma chambre ?

On est définitivement sur la même longueur d'onde. Moins d'habits, moins d'ennui.

TORY : J'arrive.

39

Luke

Au milieu du terrain d'entraînement, je lance mes meilleures balles depuis dix minutes.

— C'est dingue ! s'effare Jarod. Dès que Victory s'est assise dans les gradins, ton jeu s'est amélioré.

Je lorgne le siège occupé par Tory en souriant. Ce n'est pas sa chance qui contamine mon jeu, mais l'impatience de la ramener dans ma chambre après avoir terminé ma session. Coucher avec elle est devenu le meilleur moment de ma journée, je n'arrive pas à m'en passer. J'ai tout le temps envie de l'entendre gémir en français et d'être surpris par son inventivité sexuelle. Je comprends nettement mieux la signification qu'elle donne au mot « épique ».

Tory est capable de faire l'amour à peu près partout, en dix minutes comme en deux heures, sans se soucier de l'angle de son corps ou du mien. Et je parle en connaissance de cause puisqu'en un peu plus d'une semaine, nous avons eu beaucoup — beaucoup — d'occasions d'expérimenter.

Je savais qu'elle se plantait sur mon compte mais j'étais loin d'imaginer que nous formerions une équipe aussi explosive au lit.

— Je te l'avais bien dit, il affirme en jouant des sourcils. Le meilleur remède contre ta poisse !

On verra bien... Traîner avec une sorcière des temps modernes ne m'a pas rendu moins sceptique. Que mes coéquipiers y croient est ma seule préoccupation.

C'était l'objectif ! De mon côté, j'ai trouvé une nouvelle source d'obsession depuis ce qu'il s'est passé dans cette yourte. Ma fameuse poisse ne m'obnubile plus tant que ça.

— C'est moi ou un pigeon vient de se poser sur son épaule ? tique Jarod.

— Oh ! C'est Wild, je réponds en haussant les épaules. Il s'est pris d'affection pour nous.

Le volatile ne s'est toujours pas décidé à nous quitter, et je me suis habitué à sa présence à lui aussi. Cet oiseau étrange est rapidement — et mystérieusement — parvenu à localiser ma chambre universitaire et me tient parfois compagnie là-bas. Raf est persuadé que c'est Tory qui l'envoie m'espionner, et je ne le contredis pas. C'est hilarant de voir sa tronche suspicieuse dès que Wild apparaît sur le rebord de notre fenêtre et toque au carreau avec son bec. Il est libre d'aller et venir entre ma chambre et celle de Tory, et rentre tous les soirs au bercail retrouver son félin préféré.

— Et tu trouves ça normal ? chuchote mon pote.

Je hausse encore les épaules. Il triture son gant en cuir.

— Fais gaffe quand même, Lucky.

— Il n'est pas méchant et il se lave tous les jours.

— Je parle pas de ça ! Tu sors avec Tory pour faire revenir ta chance, mais quand je t'écoute, j'me dis que t'es plus tout à fait le même. Elle a un pigeon sur l'épaule, mec !

Mes yeux se reposent sur elle, qui m'adresse un doigt d'honneur en remarquant que je la regarde. Wild attire l'attention autour d'elle, mais elle s'en contrefout royalement.

— Va pas tomber dans ses trucs bizarres, hein ? poursuit mon coéquipier.

Ça me gêne de l'entendre dire ça. Tory est une fille chouette, il ne la connaît pas et ne sait pas de quoi il parle. Je devrais lui dire qu'il raconte n'importe quoi, mais je ne le fais pas.

— T'inquiète pas pour moi, je me force à rire. Maintenant, retourne à ton poste attraper mes balles infernales.

Quand le coach annonce la fin de l'entraînement, je trottine en direction de Tory et me hisse sur la barrière pour me mettre à sa hauteur.

— T'es arrivée en retard, je lui lance.

— Je me suis arrêtée à la piscine pour une livraison ésotérique express. Je viens d'encaisser soixante-dix dollars, alors estime-toi heureux de me faire face. Tu as failli ne plus me revoir du semestre, j'étais à deux doigts de partir dilapider tout mon argent.

— Dépenser soixante-dix billets ne devrait pas t'éloigner de moi très longtemps.

— Pour l'instant, il y a une seule chose qui ne m'éloigne pas très longtemps de toi. Et elle est actuellement oppressée dans cet immonde pantalon rayé. Il est vraiment très laid, même s'il te fait un joli cul.

J'adore nos nouveaux sujets de conversation. Wild aussi apparemment, car il se pose sur la rambarde qui nous sépare Tory et moi.

— Il n'y a donc que mon pénis qui t'intéresse ?

— Oui, elle acquiesce sans détour. C'est mieux que rien.

— Je me sens utilisé, je renifle.

— Non, mais je rêve ! J'te rappelle que je ne comptais pas coucher avec toi mais que tu as insisté.

— Et j'ai bien fait.

Elle hoche la tête.

— Je vais vite me laver et j'arrive, je la préviens.

— Ça marche.

Je me penche en avant pour l'embrasser, j'en ai envie depuis qu'elle est apparue dans le stade. *Putain, cette langue est hors du commun.*

— Je me magne.

— S'il te plaît, elle me prie.

On est raccord sur le programme qui nous attend, c'est génial d'avoir revu notre arrangement de base. Officiellement, ça donne bien plus de relief à notre simulacre de couple ; officieusement, ça nous offre un éventail d'orgasmes plus fous les uns que les autres.

Je saute en arrière et cours vers les vestiaires. J'ai demandé à Dallas de se charger de mes courses de la soirée, je suis donc libre de la passer avec les seins de Tory dans chacune de mes mains.

Je prends une douche rapide et m'empresse de ramasser mes affaires dans mon casier.

— Ça a l'air sérieux entre vous, finalement.

Je referme le battant en fer, qui laisse apparaître un Elliot adossé aux casiers voisins.

— Comment ?

— Toi et Victory, ça a l'air sérieux.

Sa tronche blasée est la même depuis le début de ma fausse relation avec Tory, mais aujourd'hui, elle me donne envie de lui balancer mon poing dans le nez. S'il pouvait me piquer ma meuf, il ne s'en priverait pas. Il n'est pas le seul, cela dit, mais elle est à moi pendant encore plusieurs semaines.

— T'as changé en un mois et demi, il continue.

Il tient carrément les comptes ? D'abord Jarod, maintenant lui, qu'est-ce qu'ils ont tous aujourd'hui à analyser ce qu'il y a entre Tory et moi ?

— Tu devrais te méfier des bracelets qu'elle te fait porter, il persiste. Ils sont peut-être ensorcelés.

J'éclate de rire. Il me croit assez stupide pour gober ses mises en garde sournoises ?

— C'est gentil de t'inquiéter pour moi, mec. C'est vrai que je me sens différent. C'est sans doute l'amour qui modifie mon ADN, je le cingle.

Je balance mon sac sur mon épaule.

— Je dois y aller, elle m'attend pour un rituel très intense. Je serai à poil, je chuchote. Si tu ne me vois pas revenir sur le campus demain, dis à mes parents que je les aime et que je suis désolé d'avoir embouti la voiture de mon père quand j'étais au lycée. Oui, c'était moi, je conclus en secouant la tête.

Je lui tapote le bras et trace rejoindre la plus exaltante des magiciennes.

— On peut y aller ! je crie en la repérant à l'entrée.

Je passe un bras autour de ses épaules et scrute le bracelet blanc à mon poignet. *Elliot est un fouteur de merde, c'est hallucinant.*

Nous nous mettons en marche, Wild volant au-dessus de nous.

— T'as des projets pour Thanksgiving, jeudi ? je lui demande.

— Repas de famille. Mon père est très attaché à cette fête. C'est le seul véritable Américain de nous quatre, alors c'est son grand moment de gloire.

— J'imagine ce que ça doit être de vivre parmi vous, je me marre.

— Un conte de fées ! elle réplique. Et toi ? Tu rentres à San Francisco ?

— Non, j'irai pour Noël, et c'est trop cher de faire l'aller-retour deux fois à un mois d'intervalle. On se retrouve tous chez Raf. Rejoins-nous après avoir mangé, si ça te dit.

— Vous passez énormément de temps ensemble. C'est pas lassant ?

— Pas du tout. Je te signale qu'on se voit quasiment tous les jours, toi et moi. Tu te lasses ?

— Ça n'a rien à voir.

— Pourquoi ça ?

— Tu te tapes tes potes dans votre douche ?

— Non, mais...

— Sur la banquette de ta voiture ?

— Non plus, mais...

— Sur le toit du bâtiment des sciences ?

— Quoi ? On a rien fait là-bas. D'où ça sort ?

— Ah ! Pardon, c'était pas avec toi... elle raille.

Ça n'a aucun sens, mais je me mets soudain à l'imaginer en pleine action avec un mec qui prend les traits d'Elliot. Je balaie d'un mouvement de tête l'inconfort que ça me provoque.

— Tout ça pour dire que ce n'est pas comparable, elle conclut.

— T'es en train de me dire qu'il n'y a que du sexe entre nous ? je m'écrie, une main sur le cœur.

— Du sexe et de la magie.

Le coin de mes lèvres se soulève.

— C'est un deal convenable.

Le temps d'atteindre ma résidence universitaire et de claquer la porte de ma chambre derrière nous, j'ai déjà mes mains sur la taille de Tory et ma langue collée à la sienne. Nos hanches impatientes se cognent, nos lèvres se dévorent. C'est définitivement le meilleur moment de la journée. Si j'avais su que cette bouche pleine de vilaines reparties cachait un putain de coffre au trésor, j'aurais négocié cet extra dès le départ.

— Choisis, je souffle.

— Le bureau.

Je la soulève et la repose à l'endroit souhaité. Elle porte une longue jupe ample, rien de plus facile pour accéder à sa culotte et la faire rouler jusqu'à ses chevilles. En appui sur ses coudes, elle ne perd aucune miette de mes gestes, moi, aucun des sons qui vibrent dans sa gorge. Elle est canon avec ses pommettes rougies qui font ressortir toutes ses taches de rousseur. *J'ai du mal à me dire que c'est la même Tory qu'au début.*

Je remonte son tee-shirt au-dessus de son soutien-gorge et tire sur l'un des bonnets pour dégager son sein. Il n'existe rien d'aussi beau qu'un téton percé. Ce truc bousille mon cerveau depuis que je l'ai découvert. Je le prends aussitôt dans ma bouche.

— T'as changé de parfum ? je lui demande, ma voix étouffée par cette rondeur voluptueuse.

— J'ai modifié la composition de mon huile pour le corps.

Sa voix est hachée de plaisir.

— Pour la rendre plus électrisante, elle précise.

— Et il se passe quoi quand on l'ingère ? je m'enquiers en léchant son aréole.

— Des trucs de fou, j'espère.

— Plus fous qu'avec cette tisane aphrodisiaque que tu m'as fait goûter avant-hier ?

Elle ferme les yeux et presse ses lèvres à ce souvenir. Tisane aidant ou non, on a fait l'amour tellement longtemps sans se rendre compte de l'heure que j'ai loupé le début de mon service.

— Si c'est le cas, je la commercialise direct, elle sourit.

— Et je t'en fais mettre trois caisses de côté !

Je remonte sur sa bouche tout en tirant sur les boutons de mon jean, pressé d'entrer en elle. Un cliquetis insistant attire mon attention à ma gauche, je tourne la tête vers la fenêtre.

— Je me demande encore comment ce pigeon a pu me localiser, je pouffe.

J'abandonne Tory et approche de la vitre derrière laquelle Wild manifeste sa volonté d'entrer à coups de bec.

— Désolé, mon pote, c'est pas de ton âge ! Va faire un tour et reviens dans...

Je pivote vers Tory et l'évalue rapidement.

— Ne reviens pas, je décrète.

Je tire le rideau et repars me caler entre ces genoux qui agissent comme des aimants. Je masse l'intérieur de ses cuisses, presse mes deux pouces à l'endroit où ils se rejoignent et frémis quand elle tire sur mon pantalon pour qu'il tombe à mes chevilles. Je survole mon bureau à la recherche d'une capote, mais elle en a déjà une prête à l'emploi dans sa main, qu'elle exhibe entre deux doigts.

— Sorcellerie ! je clame en m'en emparant.

Je ne l'ai même pas vue l'attraper ni la sortir de l'emballage.

Encore une fois, il n'y a aucun temps mort dans nos ébats. Tout s'enchaîne trop bien, comme si une force obscène était aux commandes. *Tout est surnaturel chez cette fille, même coucher avec elle.*

Prêt à poursuivre, je l'attrape par les hanches et la fais glisser sur le bois. Immiscé en elle, je la sens se contracter autour de moi et l'entends psalmodier de douces paroles françaises. C'est une formule magique hypnotisante qui fait disjoncter tous mes fusibles.

Ses talons enfoncés dans mes reins, elle s'agrippe à mes épaules pour amortir mes va-et-vient. Il se passe toujours quelque chose d'irréel quand nos sexes s'épousent. *Je me sens aspiré hors de mon corps, volé à moi-même.*

Je la bloque contre mon torse, écarte sa cuisse au maximum et accélère, cherchant nos limites. Je n'en trouve aucune, et mes râles redoublent. Je sens un plaisir intense irradier mon ventre, contracter mes fesses et... la porte de ma chambre s'ouvre. J'ai tout juste le réflexe de tirer sur le tee-shirt de Tory pour couvrir sa poitrine.

— Oh ! Bordel ! crie Juliet en pilant sur le seuil.

Elle a une vue directe sur nous et ouvre de grands yeux choqués.

— Euh, salut, Crocsy... On peut t'aider ? je halète encore.

— Parce que tu couches avec lui ? elle s'étrangle en matant sa copine.

Mes sourcils montent si haut que j'en ai presque le vertige. *Pourquoi est-ce que ça la surprend autant ?*

— Sur le bureau ! elle ajoute précipitamment. Sur le bureau, elle répète en variant les intonations.

Elle est bizarre.

— Désolée, elle se racle la gorge. Ça m'a surprise de vous trouver là, à vous accoupler… sur un bureau, elle insiste. Vous faites ça depuis longtemps ?

— Cinq minutes, répond Tory.

— Ah oui ! C'est récent.

— Voilà.

Et sinon, les filles, ça ne dérange personne que je sois les fesses à l'air entre deux cuisses ? Apparemment, non. Juliet adresse à Tory une moue interrogatrice. Lorsque je me tourne vers cette dernière, je distingue son haussement d'épaules. Leurs regards se parlent, mais comprendre ce qu'elles veulent se dire est aussi compliqué que déchiffrer le français.

— Est-ce qu'on peut…

— Pourquoi t'as crié ? j'entends la voix de Raf lui demander.

…terminer en tête à tête ?

Apparemment, toujours pas.

— Luke est là, elle répond. Avec…

— Oh ! Il est là ? Un revenant ! J'ai cru qu'il était parti vivre chez Ramos Fernando.

Sa tête apparaît au-dessus de celle de sa nana.

— Mec, on te voit plus en ce mom…

Quand Raf aperçoit ce qu'ils viennent d'interrompre, il bloque sur mes fesses et s'empresse de plaquer ses paumes sur les yeux de sa copine.

— Couvre ton cul, putain !

— Et quel cul ! se marre Juliet, qui semble avoir dépassé sa stupeur.

— T'as vu ça ? valide Tory.

— Ça suffit ! grogne mon coloc.

C'est son bras entier qui couvre le visage de Juliet, maintenant.

— C'est quoi, ce bruit ? elle tique tout à coup.

Les cris de ma queue qui s'impatiente ?

— C'est Wild, répond Tory. Il attend sur le rebord de la fenêtre et persiste à taper son bec contre le carreau pour qu'on le laisse entrer.

— Apparemment, cette chambre est devenue *the place to be,* j'ironise.

Le visage de Raf est un mélange de perplexité et de crispation.

— Tout ça est trop...

Il ne termine pas sa phrase, fait reculer Juliet vers la porte et la pousse dans le couloir.

— On va chez Divina, il l'avertit.

Il s'apprête à se tirer aussi mais s'arrête sur le seuil.

— Je croyais que tu bossais, ce soir, il m'envoie par-dessus son épaule.

— Dal a pris mon service.

Les sourcils froncés, Raf me jauge, avant de survoler Tory des yeux.

— Encore ?

— On est légèrement occupés, là... On peut finir cette conversation plus tard ?

Il soupire et claque la porte. Je reste quelques secondes à l'observer. *Pourquoi est-ce qu'il est aussi tendu ?*

— La prochaine fois, on oubliera pas de fermer la porte à clé, je lance en me retournant vers Tory.

Je soulève à nouveau son tee-shirt.

— Redonne-moi un peu de cette huile électrisante, j'exige en pointant son sein. Histoire de reprendre là où on en était.

40

Tory

Le soir de Thanksgiving est le seul moment de l'année où ma grand-mère fout la paix à mon père et le laisse vivre son plaisir d'Américain. Depuis le début d'après-midi, il s'affaire dans la cuisine en sifflotant, et pour une raison mystérieuse, sa femme et sa belle-mère lui filent un coup de main sans ronchonner. Elles sont même toutes les deux très excitées par ce repas, ce qui n'est jamais arrivé.

Je devrais chercher à en comprendre la raison, mais mon esprit est accaparé par le montage de plusieurs vidéos. Cet automne, j'ai consacré plus de temps à partager ma chance avec Luke que ma passion avec ma communauté. Résultat : je viens de passer deux heures le nez collé à mon ordinateur pour rattraper mon retard. Cela dit, j'utilise mes expériences sur mon guignard de faux petit ami pour alimenter mon contenu. Grâce à lui, j'ai à disposition une panoplie de rituels de bonne fortune. Du plus simple au plus complexe à réaliser, j'en ai testé un sacré paquet sur Luke. Et je crois que les effets commencent à apparaître, d'ailleurs. Je n'ai plus assisté à un événement malheureux depuis un moment.

— Tu viens, Tory ? me hèle mon père depuis le bout du couloir. C'est presque prêt !

La joie dans sa voix me fait sourire.

— J'arrive !

Je lorgne mon horloge, qui affiche 18 h 30. J'estime qu'il est bien trop tôt pour manger, mais impossible de demander à mon paternel de patienter plus longtemps. Et puis ça m'arrange, dans un sens, puisque j'ai accepté de rejoindre Luke chez Rafael après le dîner.

J'enregistre mon travail et enfile rapidement la nouvelle robe que m'a offerte ma mère pour l'occasion. Vraiment, cette année ne ressemble pas aux précédentes, où le thème était pyjama de soirée. Je trace un trait d'eye-liner au coin de mes yeux, applique un peu de mascara et détache mes cheveux avant de rejoindre ma famille dans la salle à manger.

Devant la cheminée, je surprends ma mère et ma grand-mère en train de chuchoter et de rire tout bas.

— Vous parlez de quoi ?

— C'est une conversation d'adultes, élude ma mère. Je savais que cette robe t'irait à ravir !

Je tente de décrypter leurs figures intrigantes mais abandonne quand mon père me largue dans les mains sa tarte à la citrouille. Je la pose au milieu de la table, qui déborde déjà de mets.

— T'as carrément sorti la porcelaine, mamie ? j'hallucine. T'as de la fièvre ?

Un autre détail attire alors mon attention.

— Pourquoi vous avez dressé cinq assiettes ? je m'étonne en examinant la table plus attentivement.

— Il faut toujours mettre un couvert de plus, sourit ma grand-mère.

— Pardon ? Depuis quand tu ne crains plus que le fantôme de papi prenne ça pour une invitation à te hanter ?

— Oh ! Il est passé de l'autre côté maintenant, c'est bon.

— Bonne nouvelle ! j'ironise. Mais je hais le chiffre cinq, je grommelle.

— Alors, mets une sixième assiette ! propose ma mère.

— J'peux aussi simplement retirer celle-ci.

J'attrape la fourchette et le couteau pour les poser sur...

— Non ! elles crient en chœur.

Je les dévisage, un sourcil arqué. *Il se trame définitivement quelque chose.*

— Qu'est-ce qui se passe, aujourd'hui ? j'articule avec suspicion.

— C'est Thanksgiving ! elles clament d'une seule voix.

— Sans blague ? C'est la première année où vous vous comportez comme si c'était le 14 juillet.

Je me tourne vers mon père, qui sort de la cuisine avec un plat rempli de frites de patate douce.

— C'est quoi, leur délire ?

— Aucune idée. Les planètes doivent être correctement alignées, pour une fois.

Je le toise comme s'il avait perdu la tête.

— D'accord, si tu te mets à parler comme ça, c'est encore plus grave que prévu. Qui est sur le point de mourir ? Vous allez divorcer ? L'un de vous a écrasé Belzébuth et vous n'osez pas me le dire ?

— C'est Thanksgiving ! ils déclarent tous les trois, avant de disparaître dans la cuisine.

S'ils le répètent une troisième fois, j'emporte mon assiette pour manger dans ma chambre.

Je tire ma chaise pour m'y asseoir, le front encore plissé d'incompréhension. Mes fesses sont sur le point de s'installer confortablement sur un petit coussin bleu quand des coups sont frappés à la porte.

— Me dites pas que c'est encore le voisin qui vient nous piquer du pain de maïs... je soupire pour moi-même.

Je marche jusqu'à la porte d'entrée et tire sur le battant, affichant mon meilleur sourire et... *Non, mais je rêve ! C'est une blague ?* Je referme aussi sec et m'éloigne à reculons. J'ai dû inhaler mes huiles essentielles un peu trop longtemps, parce que j'ai cru voir quelqu'un qui n'a pas du tout sa place à cet endroit.

Toc, toc, toc.

— Tory ! Quelqu'un frappe ! s'égosille ma mère. Va ouvrir, s'il te plaît !

Non, non, non. Réagis ! Je rouvre la porte, juste assez pour qu'apparaisse la moitié de mon visage par l'interstice. *C'est bien lui, juste là, sur mon paillasson, un territoire qui lui est interdit.* Les mains dans le dos, Luke affiche un sourire essoufflé, comme s'il avait couru dans mon allée. Il porte une jolie chemise gris clair qui épouse parfaitement son corps, elle lui va vraiment bien… mais je pourrais y mettre le feu par la pensée.

— Qu'est-ce que tu fous là ? je chuchote, les yeux écarquillés. Tu arrives trop tôt et par la mauvaise porte ! Tu délires, ou quoi ? Bouge de là, elles ne doivent surtout pas…

— Qui est-ce ? j'entends la voix de ma grand-mère demander.

— Juste un gars qui essaie de nous vendre des boîtes en plastique ! je crie.

Je me tourne vers Luke, le regard assassin.

— Non merci, monsieur ! je parle fort pour que toute la maison m'entende. Je déteste les Tupperwares, je perds toujours les couvercles. Allez, au revoir !

Je claque la porte sur son visage interloqué et recule pas à pas. *Pourquoi il…* La sonnette tinte. *Mais enfin, qu'est-ce qui lui prend ?* Je saute en avant et fais à nouveau pivoter le battant.

— Luke, à quoi tu joues, bordel ?

— Apparemment, t'es pas au courant… il grimace.

— De ta disparition inquiétante si tu ne te tires pas très vite ? Si, si, je suis parfaitement au courant !

— Non, de ma mission de sauvetage de l'univers, il m'indique gravement.

— Pardon ?

— Oui, moi aussi m'entendre dire ça me tord le bide, mais j'ai reçu un appel de ta grand-mère il y a une heure…

— Quoi ? je suffoque de sidération.

— ...m'informant que sa narine gauche lui avait soufflé quelque chose de terrible. En gros, si je ne venais pas dîner avec vous ce soir, il se passerait un truc horrible.

Elle n'a pas osé ? Non, mais quelle vieille femme bornée prête à tout ! La cinquième assiette prend tout son sens, et l'attitude de ma famille aussi. Les trois sont dans le coup.

— Et tu l'as crue ?

— Bien sûr que non, tu me connais !

— Alors, pourquoi tu sonnes quand même chez moi ? j'articule en tentant de maîtriser ma voix.

— Tandis que je refusais poliment tout en traversant le campus, j'ai croisé ton copain Francis. J'ai voulu être sympa et me racheter après toutes ces années à l'éviter. Je l'ai salué, il m'a regardé droit dans les yeux et m'a dit : si tu te dresses contre le dessein de l'univers, tu vivras une vie entière de malheurs.

Il hoche la tête comme si toute cette explication était d'une logique implacable.

— Et tu l'as cru ? je répète d'un ton plus agacé.

— C'est long, une vie entière de malheurs, il souffle.

C'est à peu près ce que je lui réserve s'il pose une seule de ses miches à ma table.

— La coïncidence était quand même énorme. D'autant qu'Armelle avait vraiment l'air sérieuse. Alors, j'ai sauté dans ma voiture et, plutôt que de prendre la direction de chez Raf, j'ai rappliqué ici.

— Tu as conscience que c'est une histoire à dormir debout ? Toi plus que quiconque devrait le savoir.

— Ouais, mais... d'abord ta grand-mère, puis Francis... J'ai paniqué. Je n'allais pas refuser une invitation au risque de provoquer l'Apocalypse, il argue. Je ne tiens pas à aggraver mon cas. Alors, on rejoindra les autres ensemble après, c'est pas grave.

— Mais si, c'est grave ! Tu ne vois pas dans quoi tu mets les pieds, espèce d'inconscient ! Pourquoi tu ne m'as pas téléphoné ? Je t'aurais dit que tu prends plus de risques à venir ici qu'à braver les fausses prédictions d'Armelle Gautier.

— J'ai essayé de t'appeler, mais tu n'as pas répondu.

En y pensant, je ne sais pas ce que j'ai fichu de mon téléphone.

— Elle m'a piqué mon portable, je percute.

Comment aurait-elle eu le numéro de Luke, sinon ? J'hallucine !

— J'ai même d'abord tapé à ta chambre, sans succès.

Je suis tellement occupée à le mater de travers que je ne remarque pas la présence qui se poste dans mon dos.

— Oh ! C'est mon petit Luke !

Je décolle du sol, repousse spontanément la porte, mais Luke a plus de force et de réflexes que moi.

— Bonsoir, Armelle ! il lance gaiement en se faufilant dans le vestibule. Comment allez-vous depuis la dernière fois ?

— À merveille, elle s'extasie.

Tu m'étonnes, elle est ravie d'avoir réussi son coup !

— Sauver l'univers, hein ? je siffle.

— Ah ! Toi aussi, tu l'as senti ?

— Non, mais je sens autre chose arriver, je la menace.

— Comment ?

— Ne joue pas la sourde quand ça t'arrange ! Pas avec moi !

— Je vous ai apporté des fleurs, intervient Luke en sortant un bouquet de derrière son dos.

Toute cette scène est digne d'un spectacle de prestidigitation auquel je n'ai pas choisi d'assister.

— Mais quel ravissement pour les yeux ! elle minaude.

Et ce ne sont pas du tout les fleurs qu'elle admire.

— C'est bien que tu sois venu, je sens déjà de meilleures ondes autour de moi.

— Même quand Tory vous regarde comme ça ? rigole Luke.

— Elle est inoffensive.

C'est ce qu'on verra !

— Avec vous, peut-être, mais je ne parierai pas là-dessus avec moi.

— Enfin un peu de clairvoyance, je le félicite.

— On allait sortir la dinde du four, viens t'asseoir à table, mon petit Luke.

Tandis qu'elle repart en trottinant avec son bouquet, notre invité surprise tente une progression dans le vestibule. J'ai le cerveau en vrac mais encore assez de jugeote pour tendre mon bras et lui bloquer la route.

— Tu vois bien que ma grand-mère a développé une passion inquiétante pour toi. Surtout pour ton corps, d'ailleurs ! Je ne savais pas qu'elle pouvait être aussi superficielle. En plus, elle a toujours revendiqué la suprématie française concernant ses goûts en matière d'hommes. Ce n'est pas pour rien qu'elle n'a eu aucun compagnon depuis qu'elle vit ici. D'accord, c'est aussi pour emmerder mon père. Mais quand même, c'est très effrayant après toutes ces années, sans oublier qu'elle a embrigadé ma mère dans ses délires et que...

Je m'interromps, perdue dans le fil de ce que je comptais lui dire.

— T'es toute bleue, respire ! il se moque de moi. Tu disais donc qu'Armelle est fascinée par ma personne ? Ça m'honore. Enfin une Garland qui me considère à ma juste valeur.

— C'est une Gautier, pas une Garland, je contre. Et je me rassure en me disant qu'elle et ma mère vont vite s'apercevoir que tu es d'une compagnie emmerdante.

— Je retirerai ma chemise si je sens le vent tourner, il frime. Je sens que j'ai bien fait de venir. Pour l'univers, bien entendu, mais aussi pour rencontrer ta mère. Tes proches sont un peu comme ma belle-famille, mine de rien.

Oh mon Dieu ! J'ouvre la bouche pour hurler en silence, avant d'attraper Luke par le bras et le pousser contre le mur du couloir. Sa paume trouve tout de suite ma hanche, avec un peu trop de naturel. Je tape dessus et recule d'un mètre. J'ai déjà compris que je ne m'en débarrasserai pas, mais je peux au moins limiter les dégâts.

— Je te préviens, ici, on n'est pas un faux couple, je parviens à formuler.

Bon sang, je leur ferai payer ce coup monté.

— Tu fais semblant de ne pas faire semblant d'être mon faux petit ami, c'est compris ?

Il cligne des yeux.

— Tu peux répéter plus lentement ?

Mon cerveau est sens dessus dessous.

— Oh ! Tu sais très bien ce que je veux dire ! je m'exaspère.

— OK, mais du coup, si on est pas un faux couple, on est quoi ? il m'interroge.

On est… bonne question.

— T'avais qu'à y réfléchir avant de te pointer ici !

— J'ai pas eu le temps de réfléchir avec l'Apocalypse à mes trousses.

— Mais t'as eu le temps d'aller acheter des fleurs…

Il m'énerve ! Combien de temps me faudrait-il pour me jeter sur lui, le ligoter et le balancer derrière ma haie ni vu ni connu ?

— Voilà comment ça va se passer : tu t'assieds, tu avales ton repas rapido, et ensuite, on s'en va direction l'Alabama, où je cacherai ton corps sous un gros rocher.

— Compris ! Au fait, cette robe te va très bien. C'est la première fois que tu la mets, non ?

— Je t'emmerde, je lance en partant d'un pas brusque vers la salle à manger.

— C'était un vrai compliment ! il rigole derrière moi.

Lorsque nous pénétrons dans le salon, trois têtes curieuses et rayonnantes se tournent vers nous.

— Un Américain ! crie mon père en levant les bras. Bienvenue, fiston ! Viens t'asseoir à côté de moi.

— Il ne t'a pas transmis son sens de l'accueil, me murmure Luke en me dépassant.

Il n'est absolument pas intimidé de s'asseoir à la gauche de mon paternel. Bien au contraire.

— Luke Winchester, enchanté de faire votre connaissance, monsieur.

— Tu peux m'appeler Oli.

— OK, super !

Fiston, Oli... Quelle est l'étape d'après ? Se lancer une balle de base-ball dans le jardin ?

C'est au tour de ma mère de se présenter. Je suis tellement scotchée par la situation que je suis encore debout devant ma chaise. Que ma grand-mère et ma mère aient orchestré tout ça ne me surprend pas des masses. Mais que Luke ait gobé leurs sornettes est inexplicable. Parmi toutes les choses auxquelles il aurait enfin pu se mettre à croire, il a fallu que ça tombe sur celle-ci !

— Tu t'assieds pas ? il m'interroge en tapotant sur le siège voisin du sien.

Comment fait-il pour être si à l'aise alors que je me sens chamboulée par sa présence ?

— Si, si.

Plus vite je m'installe, plus vite ce repas se termine.

— Alors comme ça, tu joues au base-ball chez les Panthers ? reprend mon père.

Comment il est au courant de ça ?

— Oui, je suis leur *pitcher.*

— Ça en jette !

— Vous aimez ce sport ? s'étonne Luke.

— Je l'adore ! Je n'ai jamais réussi à embarquer ma femme là-dedans, je suis content d'avoir enfin un allié.

Un allié ? Il envisage Luke comme son gendre parfait ou je rêve ?

— Tory aussi est difficile à convertir, mais je ne baisse pas les bras.

— Tu devrais directement te les couper, je le cingle en remplissant mon assiette de nourriture.

— Ma fille est têtue comme une mule, bon courage !

— Je m'en suis rendu compte, ricane Luke en m'envoyant un clin d'œil. C'est un combat ardu mais pas impossible à mener. J'ai déjà réussi à la faire changer d'avis une fois.

— Ah oui ? Changer d'avis sur quoi ? s'enquiert ma mère.

Entre deux cuillères de purée, je balance à Luke une mise en garde silencieuse.

— Elle était persuadée que j'étais un type ennuyant, il déplore.

— Comment peut-on être ennuyant avec un si joli minois ? roucoule ma grand-mère.

— Par pitié, c'est hyper gênant ! je gémis. Je propose qu'on mange tous en silence pour rendre hommage aux longues heures de préparation qu'ont nécessitées ces plats.

— Vous vous connaissez depuis longtemps, tous les deux ? m'ignore ma génitrice.

Sa façon de poser son menton dans le creux de sa main pour boire les paroles de Luke me donne des bouffées de stress.

Voir Luke aussi à l'aise à notre table et ma famille complètement séduite provoque comme un bug dans mon paysage. Jusqu'à maintenant, il avait une place bien précise, mais il est en train de jouer avec les lignes. J'ai commencé par lui vendre des bracelets, puis j'ai accepté de faire semblant de sortir avec lui, avant de me mettre à coucher avec lui, et maintenant il partage mon repas de Thanksgiving comme si c'était la chose la plus normale au monde. Quelle sera la prochaine étape ? Laver ses slips ? *Je me sens légèrement envahie.*

— Mon meilleur ami sort avec Juliet, leur explique Luke. J'ai sympathisé avec Tory à la rentrée quand j'ai eu besoin de ses bracelets magiques. Je ne sais pas si elle vous l'a dit, mais j'ai une poisse d'enfer depuis le mois d'avril, alors votre fille m'aide gentiment à m'en débarrasser.

Bon, cette version est parfaite.

— Et elle est pleine de ressources, il complète.

Je m'étouffe avec ma bouchée et vide un verre entier de vin français pour la faire passer. Je le remplis immédiatement et découvre que les verres suivants font même passer le nœud dans ma gorge. Encore un de plus et je me détends enfin. Après tout, ce repas n'est pas si catastrophique. Mon père est aux anges de pouvoir discuter de trucs américains avec son compatriote, et les deux escrocs supposés me servir de modèles féminins trouvent en Luke une oreille attentive pour toutes leurs pratiques ésotériques. Si elles l'avaient connu il y a quelques semaines, sceptique comme jamais, elles n'apprécieraient pas autant sa compagnie. *Je leur ai mâché tout le travail !*

C'est d'ailleurs en observant Luke bavarder avec elles que je me rends compte de combien il a changé d'attitude. Je le trouve beaucoup plus ouvert, intéressé, souriant... séduisant. *OK, j'ai un peu trop bu.*

— C'est quand même quelque chose, les femmes Garland, j'entends Luke dire à mon père.

— Oh ! Tu sais, fiston, toutes les Françaises sont comme ça.

— Vous êtes sûr ?

Mon père hoche la tête avant d'enfourner une cuillère de tarte dans sa bouche. Luke se penche vers moi.

— Vous lui avez fait gober ça pour qu'il ne pose pas trop de questions, avoue, il chuchote.

— Peut-être bien, je pouffe.

— Ta famille est vraiment géniale, il sourit en volant un bout de mon pain de maïs.

Il reprend sa conversation avec son nouveau meilleur ami Oli, et je contemple son profil une longue minute. J'étais tendue à l'idée qu'il investisse mon espace personnel et je le suis toujours, mais pour une raison différente. Il l'investit un peu trop bien, à tel point que ça me plaît de le voir éclater de rire avec mon père ou faire du charme à ma grand-mère. *Sorcelleriiie.*

— Hey ! je le hèle discrètement en décryptant soudain son attitude.

— Oui ?

— Je t'ai demandé de ne pas jouer mon faux petit ami ici, alors arrête ça tout de suite, je chuchote.

— Quoi ? Mais je ne joue pas, il répond, visiblement étonné par mes paroles.

— Tu veux voir ma collection de cartes de base-ball ? lui lance alors mon paternel.

— Carrément ! il se réjouit.

Ils quittent la table, me laissant perplexe devant mon assiette. *Luke ne joue pas ?* Je repense soudain à quelque chose que Luke m'a demandé tout à l'heure et qui tourne en boucle dans ma tête maintenant. *Si on est pas un faux couple, on est quoi ?* Je n'étais pas censée me poser cette question. Luke et moi, on s'est construit sur du *fake*, le meilleur rempart possible contre ce genre de tribulation. Je ne devrais pas me demander ce que nous sommes. Encore moins chercher à répondre.

41

Tory

Je relis le même paragraphe en boucle. J'adore la chimie, mais aujourd'hui, elle ne me passionne pas. Alors que les examens ont débuté hier, mon attention est particulièrement volatile. Depuis le lit de Luke sur lequel je suis assise, un cahier ouvert devant moi, mes yeux remontent sans cesse vers Luke, accoudé à son bureau. Il pourrait réviser seul mais il a décrété qu'on bosserait mieux à deux. Foutaises ! Sa compagnie ne m'aide pas à me concentrer. Au contraire, je suis en proie à mille tourments mentaux. La partie gauche de mon cerveau, celle qui est supposée rendre ma réflexion analytique et méthodique, doit ressembler à une vieille chambre à air toute flasque. C'est donc l'hémisphère droit qui a pris le contrôle. Le moins organisé des deux. Voilà pourquoi je contemple Luke à la dérobée, sans parvenir à ordonner mes pensées.

— Qu'est-ce qu'il y a ? il me demande en surprenant mon espionnage.

Je rabats mes iris sur mes notes et adopte une mine studieuse.

— Rien, pourquoi ?

— Tu me regardais.

— Pas du tout, je révise.

— Ah ! Bon, OK.

Il n'est pas convaincu mais reporte son attention sur ses fiches. Un soupir m'échappe, attirant à nouveau son regard sur moi.

— Tu galères ? il s'enquiert.

Je hausse les épaules tandis qu'il s'étire sur son siège.

— T'en es où ?

Où j'en suis ? Il ne pouvait pas me poser pire question.

— Nulle part.

Et je ne parle pas seulement de mes révisions anarchiques. Depuis le repas de Thanksgiving, je suis désorientée, par sa faute. Selon notre arrangement, notre pseudo-relation devait se cantonner aux frontières du campus, parce que ça me semblait le maximum que je puisse tolérer. On a outrepassé plusieurs de nos règles au fil des semaines, sans aucune conséquence palpable. Mais la dernière entorse a été celle de trop.

Luke est entré chez moi par la grande porte, il s'est assis à côté de mon père, a discuté de Merlin avec ma grand-mère et a même aidé ma mère à essuyer la vaisselle en écoutant ses théories sur les signes astrologiques. Je voudrais le nier, mais j'ai adoré. Il s'est comporté comme s'il faisait réellement partie de ma vie, et la barrière du factice derrière laquelle j'étais paisiblement installée s'est fissurée, mélangeant deux réalités. Deux réalités que je galère à dissocier, à présent.

Du coup, on est quoi ? Voilà la question qui me taraude le plus. J'ai voulu me tirer les cartes pour obtenir ne serait-ce qu'un semblant de réponse mais je n'ai pas osé. Une première ! Je crois que ce qui m'interroge n'est pas seulement ce que nous sommes, mais ce que je voudrais que l'on soit. *Voilà le véritable problème.*

Dimanche, il m'a emmenée au cinéma *drive-in* voir une rediffusion de *Hocus Pocus*, bordel ! Quel faux couple fait ça ?

Je lutte de toutes mes forces pour obliger mes yeux à rester scotchés aux petits carreaux, mais ils se reposent déjà sur Luke, et je recommence à cogiter.

Il n'est plus celui que je me figurais. Je pensais l'avoir cerné dès notre première rencontre, je le trouvais gentil, loyal et barbant. Un cocktail qui n'est pas supposé faire tourner la tête. Alors, pourquoi j'ai l'impression d'en avoir trop bu et de ne plus être maîtresse de moi-même ? C'est Luke Winchester, un joueur de base-ball pas foutu de s'écarter quand une échelle se dresse en travers de sa route. Pire que ça, c'est un mec qui m'a demandé de sortir avec lui pour soigner sa malchance. Un combo à fuir. Et pourtant... Ce que j'éprouve quand on est ensemble est inédit, et j'y cherche un sens.

Le retrouver à la bibliothèque aurait été une meilleure idée, mais lorsqu'il m'a promis une pause très divertissante après nos révisions, je n'ai pas eu le cœur à décliner. Je suis faible, et pas plus avancée.

— Tu me regardes encore, il interrompt mon monologue interne. Je sais que je suis très mignon, mais je m'en voudrais de te faire louper tes exams.

— Ça n'a rien à voir avec ton physique, espèce de phoque arrogant.

Même si je le trouve plus attirant de jour en jour, ce n'est que la partie émergée de l'iceberg.

— Un phoque, carrément ? C'est original. Si ce n'est pas ma beauté céleste qui te captive, c'est quoi ?

— Tu fais du bruit avec ton nez, j'esquive.

— Parce que je respire, tu veux dire ?

— Voilà, exactement.

— Je pense pouvoir retenir ma respiration environ quatre-vingt-dix secondes. Ça ira ?

— Tu ne voudrais pas plutôt tenter quatre-vingt-dix minutes ? je suggère.

— Tu connais une formule pour me ramener à la vie ensuite ?

— De la nécromancie ? je fais mine de réfléchir. Je n'ai aucune notion dans ce domaine...

Il referme son classeur en riant.

— Tu veux un coup de main ?

— Pour percer les mystères de la nécromancie ?

— Non, pour réviser. J'peux te faire réciter, si ça t'aide.

— Pas question que tu découvres les secrets de la biologie moléculaire ! De nous deux, je suis et je resterai l'unique menace chimique. Toi, tu as l'informatique. Contente-toi d'être un pro du hacking.

— Un duo de choc, il rit.

Un duo de choc, c'est clair. Les choses seraient plus simples si j'étais convaincue qu'il est miraculeusement devenu un ami. On s'entend bien, on ne s'ennuie jamais, il est Poisson et je suis Cancer, alors c'est peut-être ce qu'il est...

— Tu te déconcentres facilement, aujourd'hui. Plus que d'habitude, il précise sur un ton moqueur.

— Peut-être parce que j'ai passé de longues heures à torturer mes neurones sur des sujets de partiels tout droit sortis de l'esprit d'un sadique.

Pour ne rien arranger, ces deux premiers jours d'exam ont été une torture. Enfin... pas pour tout le monde. Voilà ce qui me déconcentre d'autant plus facilement aujourd'hui !

— J'te signale qu'on a pas tous eu la chance de tomber pile poil sur les sujets qu'on espérait ! je lui lance avec dédain.

— Rien à voir avec la chance, le hasard a récompensé mon dur labeur, c'est tout.

Si seulement... Mais non, il peut se convaincre du contraire ou appeler ça comme il veut, il a eu de la chance. C'est tout.

— Alors continue de bosser, je lance en me planquant à nouveau derrière mon cahier.

Il a beau ne pas le verbaliser pour une raison qui m'échappe, c'est arrivé. Luke Winchester a eu de la chance. Deux jours d'affilée. Ce constat devrait me ravir, mais il m'enfonce encore plus dans mes réflexions.

Qu'est-ce qui se passera s'il se débarrasse définitivement de sa poisse ? Est-ce qu'il va me serrer la main, me remercier pour le service rendu et reprendre sa petite vie ? On se croisera sur le campus et on se tapera dans la main en souvenir de notre mission ?

Je repousse mes notes — mon cerveau ne les imprimera pas aujourd'hui, de toute façon — et m'étends à plat ventre sur le lit. Les draps de Luke sentent son odeur ; je roule sur le dos en pestant intérieurement. Je cherche mon téléphone sur la couette et le lève au-dessus de mes yeux, décidée à ouvrir la conversation que nous partageons lui et moi, sans savoir ce que je compte y chercher. Je remonte au tout premier message. Peut-être qu'en les relisant tous depuis le début, un élément m'éclairera sur ce qui me traverse.

Ses premiers SMS datent du 29 septembre.

UNLUCK : Salut, c'est Luke.
Je suis le pote de Juliet.
Elle m'a filé ton numéro. Apparemment, tu veux qu'on se voie pour « tu sais quoi ».

Aujourd'hui, ce « tu sais quoi » n'a plus rien à voir avec ce qu'il sous-entendait. Aucune boule de cristal n'aurait pu me prédire un tel retournement de situation. Ce sont peut-être ces trois mots qui ont lancé le maléfice dont je suis victime. *Tu sais quoi...* Coupables ou non, ils sont sacrément puissants parce qu'ils réveillent subitement mon envie de lui. *Magie noire !*

J'inspire et expire, mène un combat silencieux, avant de rendre les armes. Je me redresse sur les coudes.

— T'en es où, toi ?

Il lève les yeux vers mon visage, survole mon corps allongé sur son matelas, et son air studieux s'évapore en moins d'une seconde.

— Ça dépend, il souffle en pivotant face à moi.

Est-ce que je suis devenue si facile à décrypter ?

— J'ai besoin d'une pause.

Et je ne parle toujours pas seulement de mes révisions.

— Va pour une pause, il adjuge en balançant ses cours par terre.

En trois mouvements, il se retrouve hissé au-dessus de moi, et ma poitrine tressaille. Est-ce qu'il me regarderait comme il le fait à cette seconde s'il jouait encore réellement son rôle ?

Je rive mon regard au sien et laisse mon instinct me souffler la marche à suivre. C'est le 6 décembre aujourd'hui, et notre fausse relation est supposée perdurer jusqu'en mars. Pourquoi ne pas profiter de ces trois prochains mois pour étudier la situation, au lieu de m'étouffer sous mes questions ? Après tout, rien ne presse...

Sa bouche échauffe mon cou et crée une étincelle inspirante qui apporte une nouvelle pensée dans son sillage. *Tory, tu devrais avoir honte de...*

— À quoi tu penses ? il murmure en glissant ses doigts sous mon tee-shirt.

— Devine.

Il plisse les yeux pour me percer à jour. Il se donne du mal pour rien, c'est impossible qu'il devine que je ne compte pas faciliter la tâche de cette bonne fortune qui vient piétiner mes plates-bandes. À partir de maintenant, pas moyen de m'adonner au moindre petit rituel comme je l'ai fait jusqu'ici. *Que dalle !* Je n'irai pas jusqu'à souhaiter que Luke redevienne victime de sa poisse, mais je ne serai plus son alliée sur ce coup. Et je compte bien commencer par récupérer discrètement le grigri porte-bonheur que j'ai pendu à son rétroviseur et les bracelets que je lui ai vendus.

Du sabotage ? Non ! Je préfère juste laisser la nature faire son œuvre. Si sa chance se décide malgré tout à revenir définitivement et que Luke repart de là où il est venu... je serai fixée. Et c'en sera terminé de cette comédie au goût de trop vrai.

42

Luke

Ce soir, pendant que Tory participe au repas de Noël de son club d'herboristes, une autre Tori — celle avec un « i » — me tient compagnie. Nous ne sommes pas en tête à tête, car je jongle entre des rencards pour la Love Machine et des courses classiques.

— Bonsoir, Lucky Luke ! me lance justement un client en s'installant sur la banquette arrière de ma voiture.

— Tout va bien, mec ? je réponds en manœuvrant pour me réinsérer dans la circulation.

— Super, ouais ! Pour commencer, on est enfin en vacances !

— Parle pour toi, je souris. Il me reste encore une heure de boulot.

— Désolé. Mais t'y es presque !

Il boucle sa ceinture et reprend la parole.

— Ensuite, au moment de réserver mon chauffeur, j'ai eu le choix entre Amy et toi, et en cliquant sur ton profil, j'ai reçu une notif pour un rabais de trente pour cent. T'es incroyable.

Inutile de lui dire que c'est une réduction aléatoire que je ne maîtrise pas. Je me contente de lever un pouce puis de le déposer devant sa résidence universitaire cinq bornes plus loin.

J'ai l'impression que ça fait une éternité que je n'ai pas passé une soirée comme celle-ci, avec ma caisse, ma casquette de Campus Driver et un programme de solitaire prévu à la fin de mon service. Pas de Tory — avec un « y » — pour me souhaiter bonne nuit en chair et en os. Son dîner va finir tard, et de mon côté, je décolle pour San Francisco aux aurores demain.

Je reste une semaine chez mes parents, c'est prévu depuis longtemps, mais maintenant que c'est imminent, j'aurais bien aimé faire mes adieux aux seins de ma fausse copine avant d'embarquer. *Ça m'étonnerait qu'elle accepte de les prendre en photo pour me consoler.*

Il me reste encore un quart d'heure à patienter avant de retourner chercher les tourtereaux que j'ai déposés au cinéma. J'en profite pour mater quelques vidéos de furoncles sur le Net et envoyer les meilleures à Tory. Un texto de sa part arrive dans la foulée.

TORY : Tu essaies de me couper l'appétit ?

LUKE : Pas du tout ! J'ai supposé que tes amis et toi pourriez concocter une mixture anti points noirs. Je ne suis que votre muse.

TORY : Quelle gentille attention… Mais on n'étudie pas aujourd'hui, c'est une soirée détente.

LUKE : Tu t'amuses bien ?

TORY : Il n'y a pas de raviolis chinois.

Je visualise sa moue dépitée. Je me demande comment elle peut manger autant de ces trucs sans en être écœurée.

LUKE : Ces gens ne savent pas faire la fête !

TORY : Ma déception est immense, je ne veux plus jamais les revoir.

LUKE : Sois indulgente. À force de traîner avec moi, les humains te semblent fades en comparaison. Mais je suis sûr qu'ils ne sont pas si ennuyants.

TORY : Ce serait donc pour ça ? Bien tenté ! Malheureusement, tu ne peux pas être juge et partie, alors je n'ai pas confiance en ton intuition concernant la nature rasante des gens.

LUKE : Pas plus que je n'ai confiance en la tienne. J'en suis la preuve vivante.

Elle continue à prétexter qu'il n'y a que dépourvu d'habits que je suis divertissant, mais on connaît tous les deux la vérité. Elle est juste trop têtue pour reconnaître que sa narine gauche était bouchée quand elle m'a reniflé pour la première fois.

LUKE : Tu ne vas pas me voir pendant une semaine. Je plains toutes celles et ceux qui croiseront ton chemin.

TORY : Voyons le bon côté des choses : ça me permettra de m'habituer dès maintenant à cette vie insipide qui m'attend quand notre contrat prendra fin.

Notre contrat. Je dois relire ces deux mots plusieurs fois pour comprendre le sens du message. Cet accord m'était complètement sorti de la tête ces derniers temps. Il faut dire que Tory ne ressemble plus tellement à celle du début. *Elle est... Elle est...* Mes sourcils se froncent à mesure que je cherche ce qui a changé chez elle, mais je ne trouve rien. Elle est exactement la même. *Tu respires trop de fumée d'encens, mon vieux, ça te ramollit la cervelle.*

TORY : Maintenant, laisse-moi l'usage de mes mains pour me resservir à boire.

LUKE : N'oublie pas que tu conduis.

TORY : C'est Amy qui m'a déposée et qui reviendra me chercher. Je suis donc libre de descendre ce litre de... TISANE AUX PLANTES !

LUKE : OK, ils sont chiants à mourir.

TORY : Voilà.

LUKE : Je dois reprendre la route de toute façon, on se reparle plus tard.

TORY : Bisous bisous, mon lapin.

Je rigole tout seul en redémarrant et reprends la direction du cinéma. J'aurais dû soudoyer Dal pour qu'il me remplace ce soir, encore une fois, parce que je brûle de tout plaquer pour aller boire une tisane aux plantes avec Tory.

En temps normal, la perspective de revoir mes parents est réjouissante, mais ce soir, l'idée de quitter Miami demain pèse sur mes épaules.

Et ce ressenti ne s'améliore pas. Je dors très mal et me réveille avec la tête lourde et le ventre noué. Je suis carrément anxieux en approchant de l'aéroport, plus encore en apercevant le portique de sécurité que je passe pourtant sans encombre, cette fois.

Je reçois un message de Tory au même instant.

TORY : Alors ? Fouille anale ou pas ?

Je tourne sur moi-même, m'attendant à l'apercevoir quelque part, mais je ne repère aucune tignasse rouge. Dommage.

LUKE : RAS. Avoue que tu es déçue. T'es tombée du lit ?

TORY : Je crois que la tisane m'a empêchée de dormir.

LUKE : J'ai quasiment pas fermé l'œil non plus. On aurait mieux fait de passer la nuit ensemble.

TORY : Tu aurais eu toutes les chances de louper le décollage.

Ouais, toutes les chances…

TORY : Repose-toi pendant le vol.

Je suis sur les nerfs, ça me paraît compliqué.

LUKE : Oui, chef.

TORY : Je vais prendre mon petit-déj. Bonnes vacances !

Lorsque je monte dans l'avion, j'ai du mal à déglutir et les mains moites. Quelque chose m'inquiète, je suis à l'affût, comme un mauvais pressentiment tenace. *Même à distance, la narine de Tory parvient à déteindre sur moi !* Au moment où cette dernière s'imprime dans mon esprit, je me sens tellement oppressé que je suis obligé d'aller me rafraîchir aux toilettes.

En m'installant dans le taxi pour rejoindre la maison de mes parents, ça ne va pas mieux. Une vilaine sensation s'étend dans ma poitrine.

— Qu'est-ce qui t'arrive ? je me demande à moi-même en me frottant le visage. Tu stresses comme quand…

Comme quand j'avais peur que ma poisse foute ma carrière en l'air. Je n'y pensais plus ces derniers temps, bien occupé avec Tory, et… Là encore, songer à elle me tord les boyaux. *Merde, est-ce que…* Je ne vais pas la revoir pendant une semaine entière, est-ce que j'ai peur que cette guigne infernale en profite pour revenir me hanter ?

***

La tête relevée au-dessus des sièges, je mate l'allée encombrée de passagers en pestant intérieurement. On a atterri sur le tarmac floridien depuis une éternité. Qu'est-ce qui leur prend aussi longtemps avant de nous permettre de descendre de ce putain d'avion ?

Je lorgne mon portable. Il ne s'est écoulé que deux minutes depuis la dernière fois que j'ai consulté l'heure, mais j'ai l'impression que le temps a décidé de jouer avec mes nerfs depuis une semaine. Tout me semble infiniment long. Je trouvais l'idée de quitter Miami étrangement pesante samedi dernier, mais ce n'est rien comparé à ce que j'ai ressenti à San Francisco les six jours qui ont suivi.

— Allez, allez, je bougonne en remuant sur mon siège.

Le vieil homme assis à ma gauche se tourne vers moi et me dévisage en souriant.

— J'en connais un qui est pressé de retrouver sa moitié, je me trompe ?

C'est un euphémisme ! Je viens de passer mes vacances la poitrine comprimée dans un étau, incapable de déterminer l'origine d'un tel malaise. Je me suis surpris plus d'une fois à surveiller bêtement mes arrières, comme si la malchance préméditait une nouvelle offensive. Pas plus tard que tout à l'heure, j'ai même imaginé qu'une horde de mouettes pourrait percuter les réacteurs et nous obliger à amerrir je ne sais où. Vu mon passif, avec ces fichus volatiles, rien d'impossible !

Alors, oui, je suis pressé de rejoindre Tory pour me débarrasser de cette crainte complètement absurde et reprendre nos activités bien plus agréables. Sa famille de France était chez elle pour les fêtes, je me suis donc bien gardé de lui partager mes états d'âme débiles par SMS. Lire nos messages était une des rares choses à améliorer mon état. *Les sextos, c'est vachement plus cool.*

— C'est si flagrant ? je réponds à mon voisin.

— Oh que oui ! il acquiesce. Ce doit être une personne hors du commun pour vous mettre dans un tel état d'impatience.

— Vous n'avez pas idée ! Elle pratique la magie, je murmure avec un clin d'œil.

Lorsque je quitte enfin l'avion, je traverse l'aéroport en courant. C'est Raf qui vient me chercher, et j'espère que la circulation est fluide car j'ai un programme très précis en tête. Dès qu'on aura rejoint le campus, je sauterai dans ma caisse et foncerai chez Tory. J'ai rêvé d'elle cette nuit. C'était si intense et réaliste que je me suis réveillé en nage. Il me tarde de la sentir sous mes doigts, j'ai eu envie d'elle tous les soirs.

Je repère facilement l'Alfa Romeo orange de mon meilleur pote et accélère pour l'atteindre. J'ouvre la portière, lance mon sac sur la moquette et m'écroule sur le siège passager.

— Un peu de respect ! me rabroue quelqu'un derrière moi.

Tandis que Raf redémarre, je remarque que la banquette arrière est occupée par Dallas et Andy.

— Oh ! Salut, les gars ! Je ne savais pas que vous seriez là aussi. C'est bon de vous revoir.

— T'as passé un joyeux Noël ? me demande Andy.

— Ouais, c'était sympa, mais je suis trop content d'être de retour. J'avais oublié l'écart de température entre San Francisco et ici, j'ajoute en retirant mon sweat.

Dallas me secoue l'épaule.

— T'inquiète, mon pote ! On a prévu d'aller se boire une bonne bière chez Lewis, ça te réchauffera !

— Maintenant ?

Il opine.

— Ce sera sans moi, désolé.

— Quoi ? Tu déconnes, hein ? Tout le monde est là-bas !

— Et ils restent chez Conley jusqu'au Nouvel An, je les verrai demain. Il faut que j'aille retrouver Tory.

— Elle vient aussi, m'indique Raf. Juliet m'a filé son adresse pour qu'on passe la prendre, elle est déjà au courant et nous attend.

— J'te préviens, ta nana veut rejouer une partie de mimes, ajoute Dallas. T'as choisi la plus bizarre entre toutes, mon pote.

— J'préfère que tu me déposes à ma voiture, j'insiste. On vous rejoindra ensuite.

Sauf si on ne voit pas le temps passer. Tory ne s'attend pas à ce que je débarque tout seul, et je ne compte pas la prévenir. Je suis persuadé qu'elle ne m'en voudra pas de lui faire louper une ou deux parties de son nouveau jeu favori.

— Oh ! Je vois ! se marre Andy. T'es en manque de sexe !

Je pivote vers lui, affichant un grand sourire.

— T'as tout compris.

— Laisse tomber, ils vont jamais nous rejoindre, devine Dal en reproduisant un geste obscène.

À côté de moi, Raf secoue la tête en entrant dans le parking du campus.

— Elle t'a ensorcelé. T'es devenu un putain de fantôme depuis que t'es *in love*, c'est dingue.

— Dixit un type *in love* lui aussi, je réplique en me tenant prêt à sauter du véhicule.

— Raf a raison, approuve Andy. D'ailleurs, t'es même plus souvent avec elle qu'au volant de ta voiture, il se révolte.

— Mais bien sûr !

J'agite mon trousseau de clés entre nous pour lui prouver qu'il a tort.

— En fait, je sais ! crie Dallas en avançant entre les sièges. Avec toutes les tisanes qu'elle lui fait boire, elle a dû l'envoûter.

Je lève les yeux au ciel et détache ma ceinture.

— Oh ! Mais oui ! C'est pour ça qu'on le voit quasiment plus depuis des semaines ! renchérit Andy.

— Elle l'a rendu accro à sa magie, voilà pourquoi il nous néglige, assène Dallas.

— Je suis sûr qu'elle lui a fait inhaler une petite fiole, ajoute Raf. Il n'est plus lui-même.

Je pousse la portière et monte sur le trottoir. *Jarod et Eliott m'ont déjà dit quelque chose comme ça, non ?* Peu importe, tout ce qui m'intéresse, c'est d'arriver aussi vite que possible chez Tory.

43

Tory

Je tourne en rond dans ma chambre depuis ce qui ressemble à une éternité. La première semaine des vacances touche à sa fin, et je ne me suis jamais autant ennuyée que ces six derniers jours. Même ma pierre d'aventurine n'est pas venue à bout de mon ennui. Il ne m'a pas fallu longtemps pour en comprendre la raison. Luke Winchester. Cet idiot m'a manqué. Je mets au défi les meilleurs médiums du pays d'avoir pu prédire un phénomène pareil.

Je lorgne l'horloge, pressée que mes chauffeurs arrivent. Surtout l'un d'entre eux.

— 18 h 18. Une heure miroir, ça faisait longtemps...

Je m'empare de mon portable et en cherche la signification sur Internet. Ce que je lis me tire un grognement plaintif. « Vous piétinez trop pour rester dans cette union. » *Non, sans déconner ? Je n'ai fait que piétiner cette semaine, merci de me le rappeler.*

— Donc je suis censée faire quoi ? je m'adresse au vide devant moi. Dire à mon faux petit ami que j'aimerais bien quelque chose de plus vrai ? Partir en courant ?

Ou patienter comme prévu jusqu'au mois de mars ? Vu ce que son absence me fait ressentir, maintenant, je crois que le risque est trop grand. Plus j'attendrai, plus je vais m'attacher, et il me faudra avaler des litres de philtre pour soigner les cœurs brisés si la conclusion n'est pas celle espérée.

— Bon sang, je me doutais que ce contrat était une folie, je grommelle toute seule.

Comment ai-je pu me mettre dans une situation pareille ? Le souci n'est pas d'oser aborder ce sujet avec Luke. S'il me repousse, ce sera douloureux, mais je m'en remettrai. Le véritable problème, c'est plutôt s'il accepte. Difficile d'oublier la raison qui le pousse à me fréquenter. Sa quête de chance à la noix. Comment puis-je être certaine de ce qui l'animera sincèrement si on se lance dans une vraie relation ?

Je recommence à arpenter ma chambre en triturant mes colliers. Et si la réponse se trouvait dans mon tiroir ? Je fonce jusqu'à mon bureau et en extrais mon oracle. Je bats les cartes rapidement, les étale sur le plan de travail et me frotte les mains en inspirant. Je tends mes doigts vers une première lame et m'en empare quand des coups sont frappés à ma porte-fenêtre. Quel timing pourri !

Les battements de mon cœur accélèrent, mes yeux oscillent entre la porte et la carte que je n'ai pas encore retournée. Est-ce que je dois interpréter cette interruption comme un signe de ne pas poursuivre ce tirage ? Mon cœur balance, avant de remporter la bataille contre ma raison. Je repose la carte face cachée, me recompose une mine neutre et approche de la porte. J'écarte le rideau, et à travers la vitre, Luke croise mon regard. Son sourire s'élargit tandis que je me liquéfie. *Eh merde, il m'a eue ! Il n'y a rien de simulé dans ce que je ressens en cet instant.*

J'inspire un grand coup et ouvre le battant.

— Salut, je prends mon sac et j'a...

La fin de ma phrase se fait avaler par sa bouche qui s'écrase contre la mienne. Sa langue pressante s'engouffre entre mes lèvres, et je pousse un petit cri de surprise qui se transforme aussi vite en gémissement de plaisir. Il me pousse à l'intérieur, claque la porte avec son pied, sans cesser de m'embrasser. *Waouh ! Est-ce que je lui ai manqué, moi aussi ?* L'arrière de mes cuisses bute contre mon lit, et je tombe assise sur le rebord. Luke suit le mouvement et s'agenouille entre mes jambes. Il n'a toujours pas dit un mot et s'emploie à tirer sur mon tee-shirt pour le sortir de mon pantalon. J'ai tout juste le temps de cligner des yeux que sa tête disparaît sous le tissu.

— Vous revoilà, je l'entends s'émerveiller en frottant son nez entre mes seins.

Son soupir d'aise m'arrache un rire. Il ne perd pas de temps.

— Tes potes nous attendent dans la voiture, non ? je l'interroge, la voix hachée autant d'émotion que de désir.

— Je suis seul, il répond. Je voulais te voir.

Il conclut sa phrase en mordant l'un de mes seins.

— Je sens ton cœur battre à tout rompre, il chuchote.

Je me sens mieux maintenant qu'il est là. Même sa voix m'avait manqué.

— Tu te languissais, toi aussi ?

Moi aussi ?

— Il bat encore plus vite à présent, j'ai visé juste, il persiste en aspirant mon piercing.

J'ai très envie de lui, mais ce n'est pas le bon moment. Pas ici, ni maintenant.

— Sors de là. Mes parents et ma grand-mère sont à la maison, et je suis sûre qu'elle a déjà remarqué ta voiture dans l'allée.

— Je serai très silencieux, il me promet.

— Mais pas moi. Alors recule un peu, espèce d'obsédé.

Son soupir résigné réchauffe ma poitrine. Il pose un baiser sur chacun de mes tétons et réapparaît devant moi. Qu'est-ce que j'avais dans les yeux pour ne pas voir à quel point il est beau ?

— Bonjour, Luke.

Mes mots sonnent comme si je le rencontrais pour la première fois.

— Je suis terriblement impoli, il feint de s'excuser. Bonjour, Tory.

— Comment était ton séjour à San Francisco ?

Il cille, mordille sa lèvre et fourrage dans ses cheveux.

— Super.

J'arque un sourcil suspicieux.

— Ça ne s'est pas bien passé ?

Il éclate de rire, se redresse puis s'allonge à côté de moi. Je m'étends dans la même position et tourne la tête vers lui. Je frissonne quand, du bout de son doigt, il trace une ligne le long de mon nez

— J'avais déjà oublié ta clairvoyance, sorcière.

— Le Père Noël ne t'a pas offert la voiture télécommandée que tu avais mise sur ta liste ?

— Tu vas te foutre de moi si je te raconte, je ne suis pas sûr que ce soit une bonne idée.

— Crache le morceau.

Il attrape l'un de mes colliers et joue avec les breloques en réfléchissant. Je déteste la façon dont mon pouls s'emballe. Est-ce qu'il a subi la même morosité que moi et imagine que je vais me moquer de lui s'il m'en parle ?

— Je me suis senti bizarre dès mon départ, il entame. Je n'avais plus tellement envie de rentrer chez mes parents et j'ai eu la boule au ventre toute la semaine.

Je m'efforce de contrôler ma respiration.

— Tu sais pourquoi ? j'articule.

— J'ai retourné ça dans tous les sens et je pense avoir compris ce qu'il s'est passé.

Il retrousse son nez en me regardant droit dans les yeux. *Dis-le, dis-le, dis-le...*

— Tu m'as manqué.

Une vague d'émotions remonte de mon ventre jusqu'au sommet de mon crâne et...

— Je crois que j'ai flippé toute la semaine de voir cette poisse refaire surface dans ma maison.

...et me noie de l'intérieur. J'écarquille les yeux.

— T'inquiète pas ! il s'empresse de me rassurer. Il ne m'est rien arrivé, au final.

C'est la douche froide, il est complètement à côté de la plaque. Je me rassieds d'un mouvement brusque, le souffle court.

— Donc tu t'es senti mal là-bas parce que je n'étais pas là pour couvrir tes arrières ? je récapitule en tâchant de ne pas exploser.

— Ouais, je sais, c'est débile, mais c'est la seule explication que j'ai trouvée.

Je devrais me taire, prendre mon sac et monter dans sa voiture pour rejoindre les autres, continuer à simuler encore quelques heures, le temps de m'éloigner calmement. Mais je ne peux pas. Je ne peux pas garder à l'intérieur cette fureur qu'il n'a même pas conscience d'avoir déclenchée.

— Donc tu t'es senti mal là-bas, je répète lentement, et la première explication qui te passe par la tête, c'est que ton porte-bonheur t'a manqué ?

Je suis essoufflée, et mes épaules montent et descendent. Luke s'en aperçoit et se rassied lui aussi.

— Qu'est-ce qu'il y a ? il me demande en penchant la tête.

Il cherche mon regard, mais le mien est collé sur la ligne de cartes étalée sur mon bureau. Inutile de poursuivre mon tirage, les réponses arrivent d'elles-mêmes.

— Tu vas éclater de rire ? il m'interroge.

D'accord... Je suis seule dans cette histoire, ça ne peut pas être plus évident.

— Donc tu t'es senti mal là-bas, je déclare pour la troisième fois, et tu ne t'es pas demandé si je ne te manquais pas, tout simplement ?

C'est horrible à prononcer, mais je me fous de ma dignité. Je dois en être certaine.

— Mais si, c'est ce que je viens de te dire.

Je me souviens de la déflagration que j'ai ressentie quand j'ai cédé aux avances de Luke. Elle était puissante, mais celle-ci... rase tout sur son passage. *Pour lui, je ne suis que Victory.*

Ma retenue cède, je saute sur mes pieds et me dresse devant lui.

— Pas ma chance, putain ! J'te parle de moi ! Juste moi.

Juste moi... C'est si compliqué ? J'ai crié très fort, plus que je ne le voulais, et Luke devient livide.

— Tu sais quoi, laisse tomber, je soupire. Tu respectes les termes de ton contrat, c'est moi qui...

Je prends une vive inspiration. Autant lui balancer la vérité.

— J'ai aussi passé une semaine de merde. J'étais nerveuse, oppressée, morose... J'imagine que ça te parle ?

— Oui... Tory, qu'est-ce que j'ai dit pour t'énerver ? il s'inquiète.

Exactement ce que je craignais d'entendre depuis Thanksgiving.

Il quitte mon lit et s'avance vers moi, je recule aussitôt. Il s'immobilise, totalement démuni face à ma réaction.

— Je me suis sentie mal ici, parce que tu m'as manqué, Luke.

Je lutte contre des larmes que je refuse de verser pour lui. Il me dévisage, le front plissé, et secoue la tête comme s'il était ballotté dans une tempête de pensées.

— Et toi... tu t'es senti mal là-bas, parce qu'il n'y a que ta poisse qui t'intéresse, j'assène. On a traîné ensemble un temps infini, tu as mangé avec ma famille, je commençais à espérer que tu voies au-delà de Victory. T'y croyais même pas, à cette réputation ! Mais t'es exactement comme les autres, Luke, et je me suis surestimée en pensant pouvoir jouer cette comédie. C'est terminé, j'en ai ma claque de cette mascarade. Tu ne vaux pas mieux que Bronson au final, et je mérite mieux que ça.

Je mérite qu'on m'aime tout entière, pas juste la partie avantageuse.

Je lis sur son visage sa prise de conscience. Il m'a blessée et il est désarçonné.

— Merde, il souffle. Merde, attends, donne-moi une seconde.

Il presse ses paupières, serre le poing et le plaque contre son front.

— Je t'ai donné des semaines entières, je rétorque. Et de la chance, j'ajoute, amère. T'es si aveugle que tu t'en es même pas rendu compte, mais j'ai rempli ma part du ma...

— Donne-moi une seconde ! il beugle tout à coup.

C'est la première fois que je l'entends élever la voix. Je me raidis, et Wild se met à voler dans la pièce, rendu inquiet par l'atmosphère électrique. Luke se poste à ma fenêtre, observe mon jardin puis examine ma chambre, le cône d'encens qui brûle sur mon bureau, mes lames d'oracle à côté et l'étagère de bocaux au-dessus. Une main dans les cheveux, il se tourne ensuite vers moi et me passe au crible avec une intensité étouffante. Ce qui occupe ses prunelles ne me donne aucun indice sur ce qui l'habite.

— À San Francisco, dès que je pensais à toi, j'avais du plomb dans la poitrine, il déclare sur un timbre rauque. On est censés faire semblant d'être ensemble, alors j'ai cru que... Mais en fait, je...

Bon sang, qu'il termine ses phrases !

— En fait, je n'avais pas envie de passer une semaine loin de toi... il semble se rendre compte, le regard dans le vague.

Son sursaut de conscience ravive une étincelle d'espoir, mais l'espèce de panique qui crépite autour de lui invoque ma méfiance. Il a l'air complètement dépassé. *Hermétique et sceptique.*

— Tu ne devrais pas me manquer, il reprend plus bas. Pas comme ça, pas autant, pas au point d'en avoir mal au bide.

Il lorgne alors le bracelet rose du vendredi qui orne son poignet. L'un des rares que je n'ai pas réussi à lui subtiliser.

— Les gars disent que tu m'as jeté un sort, il murmure.

Ses paroles me frappent comme s'il m'avait lancé sa fichue balle de base-ball en pleine face.

— Qu'est-ce que tu viens de dire ?

— Quand on a démarré notre fausse relation, on était clairement incompatibles, tu l'as dit toi-même. Puis j'ai eu l'envie monumentale de t'embrasser, de coucher avec toi, de recommencer cent fois et, aujourd'hui, j'y pense tout le temps. Tu...

— Attends, je le coupe en reculant d'un pas. On est d'accord que ton histoire de sort est à prendre au second degré ?

C'est forcément une façon tordue de m'expliquer qu'il a des sentiments pour moi, hein ?

— C'est pas normal que je sois autant obnubilé, il répond. Que quelques malheureux jours loin de toi soient aussi insupportables. Ça fait des semaines que tu pratiques toutes sortes de rites sur moi, que je bois tes tisanes bizarres, que je...

Un rire nerveux m'érafle la trachée. Il est sérieux, et moi... brûlée vive sur son bûcher.

— Donc si je résume, tu viens de découvrir que tu es plus attaché à moi que tu le pensais, et la raison la plus plausible pour l'expliquer serait que je t'ai lancé un sort ?

C'est forcément une caméra cachée. Il ne peut pas être assez con pour me balancer une telle chose.

J'attends son clin d'œil, mais je n'obtiens rien du tout. Ce mec n'a jamais cru à l'ésotérisme, il s'est conformé à mes pratiques en dernier ressort, et le voilà à envisager une intervention surnaturelle pour expliquer ses émotions. C'est encore pire que ce que je craignais. Mille fois plus douloureux qu'un amour à sens unique.

— Développe ta réflexion, Luke. Victory est tellement repoussante qu'il faut nécessairement être envoûté pour tomber amoureux d'elle ? C'est vrai, après tout, qui aurait envie d'être avec moi, sinon ? Hormis des connards égocentriques en quête de gloire ?

Mes mots acerbes le font tressaillir. Il secoue la tête, ferme les yeux en jurant et bondit vers moi.

— Non, attends, Tory, c'est pas du tout ce...

— Tu m'as percée à jour ! je m'exclame en le repoussant. Pour être honnête, je t'ai effectivement jeté un sort pour que de la merde liquide te sorte par le cul. Mais vu qu'elle te sort par la bouche, apparemment, je me suis trompée de formule.

J'ouvre la porte-fenêtre à la volée. *Il doit partir avant que mes dernières résistances disparaissent.*

— Dégage. Tout de suite.

— Non, stop, je...

— Wild ! Attaque !

J'ai balancé ça sans réfléchir, mais mon ami à plumes répond à mon ordre. Il opère un piqué sur Luke, qui est obligé de battre en retraite. Cette scène serait jouissive si je n'avais pas le cœur en bouillie.

— Tory ! J'te jure que...

Je claque la porte. *J'espère que Wild va lui crever les yeux.*

— Tory ! je l'entends m'appeler.

Et bouffer sa langue. Rien de ce qu'il pourra dire n'y changera quoi que ce soit.

Je cours dans mon dressing et m'enferme à l'intérieur, les mains plaquées contre mes oreilles. Je ne perçois plus sa voix dehors, mais dans ma tête, ses paroles humiliantes résonnent encore.

Je ne veux plus jamais avoir affaire à Luke Winchester.

Plus jamais.

44

Luke

Je suis allongé sur mon lit depuis bientôt deux heures, en pleine contemplation de la toile d'araignée qui s'étend dans l'angle du plafond de ma chambre. Je discerne un minuscule insecte pris au piège et ressens un profond élan de compassion.

— J'te comprends, mon petit pote, je lui adresse d'une voix lasse. Moi aussi, je suis allé me foutre dans une situation de merde...

Et je mériterais qu'une énorme araignée vienne me foutre des baffes avec chacune de ses huit pattes. J'attrape les deux bracelets que j'ai posés sur mon ventre — les seuls que j'ai retrouvés — et les manipule en me remémorant le jour où Tory est montée dans ma voiture pour me les donner. Elle semblait tout droit sortie d'une autre dimension. Si on m'avait dit que, trois mois plus tard, je serais en train de me morfondre dans mon pieu après m'être fait larguer par cette nana bizarre, je n'y aurais jamais cru.

Ne jamais dire jamais.

Largué par ma fausse petite copine, qui n'était plus si fausse que ça... Plus du tout, même. Maintenant, je le sais. *Mieux vaut tard que...* Non, je l'ai compris trop tard, et en réagissant de la plus terrible des façons. *T'es un idiot, Winchester, je n'arrive pas à croire que t'aies pu être aussi nul avec elle.*

Il s'est écoulé vingt-quatre heures depuis que Tory m'a éjecté de sa chambre. Dans un claquement de doigts, je me suis retrouvé seul sur sa pelouse, abasourdi. Comme si quelqu'un avait appuyé sur le mauvais bouton de ma vie. *C'est toi et ton gros doigt, imbécile !*

L'envie de rester devant sa porte était forte, mais celle de la laisser tranquille a prédominé. Et Wild ne m'a pas ménagé. Je l'ai mise hors d'elle, blessée et humiliée, rien de bon n'aurait pu sortir d'une nouvelle confrontation. J'étais trop sens dessus dessous, il fallait que je me pose et que je réfléchisse. *Ce que j'aurais dû faire avant de sortir un tel ramassis d'âneries.*

Quand Tory a suggéré que c'était peut-être elle qui m'avait manqué et que j'ai subitement compris d'où provenait ce poids qui m'avait étouffé chez mes parents, un barrage a cédé en moi. Mon esprit a été inondé de sentiments indéchiffrables, de doutes et de craintes tordues. Tout s'est mélangé, y compris les paroles de mes coéquipiers et de mes meilleurs potes.

Quand je repense à ce que j'ai osé dire, je me retiens de cogner mon crâne contre le mur. *« Victory est tellement repoussante qu'il faut nécessairement être envoûté pour tomber amoureux d'elle ? »* J'ai eu une journée pour me repencher sur ses propos, même s'il ne m'a fallu que deux minutes pour comprendre mon erreur. Ce n'est pas du tout ce que je voulais dire, mais je suis un abruti, trop con pour me rendre compte que j'étais simplement tombé amoureux de Tory. Sans artifices ni potions.

Je lorgne mon téléphone, qui n'affiche toujours aucun message de sa part. Je lui en ai envoyé trois, qu'elle n'a même pas ouverts, et quand j'ai essayé de lui téléphoner, je suis tombé directement sur sa messagerie. *Largué et probablement bloqué, c'est nickel.* J'ai besoin de lui dire qu'en plus d'être barbant et sceptique, j'étais bouché, mais que j'ai ouvert les yeux, que je suis désolé, que je n'ai jamais pensé une seule seconde qu'il me faudrait un philtre pour tomber amoureux d'elle et que... je la veux pour de vrai. *C'est limpide maintenant que j'ai tout foutu en l'air, évidemment.* Mais est-ce que ça suffirait ? Vu sa réaction, Tory partage mes sentiments, mais avec elle, rien n'est jamais simple. Elle n'a pas l'air du genre à s'encombrer de tocards. Sans compter que je ne m'accorde pas beaucoup de confiance après une telle prestation. Je serais fichu d'aggraver la situation. Résultat, me voici avec pour unique compagnie mes monologues internes et un pigeon revanchard.

— Tu refuses encore de manger ? j'envoie à Wild, qui est juché sur mon armoire.

Ses pattes claquent sur le bois tandis qu'il me tourne le dos. *Génial, il me fait la gueule, lui aussi.* Après m'avoir roué de coups de bec hier soir, il a décidé de se pointer dans ma chambre cet après-midi, uniquement pour répandre sa morosité autour de moi, ainsi qu'une fiente sur mon bureau. Il se comporte comme si papa et maman avaient divorcé et que Petit Wild ne le supportait pas.

— Au lieu de me manifester ta rancune et ton mépris, si tu volais plutôt jusqu'à Tory pour lui délivrer un message ? je lui propose. Un p'tit coup de main n'est pas de refus.

Le roucoulement qu'il émet a tout l'air d'un « démerde-toi ». Je voudrais bien mais je n'ai pas la moindre idée de comment me rattraper efficacement. Avouer à Tory que je l'aime ne réglera pas tout puisqu'elle pense aussi que c'est son superpouvoir qui me pousse vers elle. *Tu t'es débrouillé comme un chef, Lucky.*

Je roule sur le ventre et enfonce mon visage dans l'oreiller. Est-ce que je pense à chercher sur Google un rituel pour reconquérir une fausse ex-copine ? Ouais... Le vibreur de mon portable brise le silence, je bondis du lit, mais ce n'est que Rafael qui écrit sur notre conversation de groupe.

RAF : On vient d'arriver dans Miami, on trace direct chez Amy et Lewis. Vous êtes déjà là-bas ?

Juliet et lui sont partis à Orlando tôt ce matin pour un match de roller derby, j'ai donc pu profiter d'une chambre sans colocataire pour ruminer en cachette. Même mes chers voisins Andy et Dal n'étaient pas là aujourd'hui. Nous avons tous rendez-vous chez Conley pour profiter de la présence de Lane, Don et Adam avant qu'ils ne repartent chez eux début janvier. Je devrais déjà être en route...

DAL : J'ai le doigt enfoncé sur la sonnette ! Pour le plaisir de foutre les nerfs à Hitman.

AMY : Ma sœur m'a offert un doberman pour Noël. Il s'appelle Rhésus. Ton groupe sanguin, c'est bien O+ ? Son préféré. Il court t'accueillir comme il se doit.

DAL : Comment tu connais mon groupe sanguin, putain ?

Je ne suis pas motivé par l'idée de sortir de ma tanière, mais Raf avait raison, je les ai négligés ces dernières semaines, trop obsédé par ma guigne puis par Tory. Sans compter que j'en suis au stade où j'ai besoin de partager mon désarroi avec mes amis. Si je leur avais tout raconté depuis le début, ils ne m'auraient pas foutu cette idée débile en tête et m'auraient peut-être empêché d'être aussi stupide. Le moment est venu de leur avouer la vérité sur mon couple avec Tory, en espérant bénéficier de leur aide pour démêler ce merdier.

LUKE : Je décolle dans 5 minutes.

Je passe les premières fringues qui traînent à ma portée et ouvre la fenêtre pour Wild.

— Tu peux rester si tu v…

Il s'envole sans me laisser terminer, en me filant un coup d'aile au passage. Cet animal est déconcertant, mais je m'y suis attaché. *Ça devient un schéma répétitif.*

La boule au ventre, je traverse la résidence et marche jusqu'à ma voiture. Le campus est encore pas mal déserté, mais rien que de penser à la reprise des cours, la boule remonte dans ma gorge. C'est ma troisième année de fac, pourtant je galère à me souvenir de ce que je faisais de mes journées avant que Tory les remplisse de sorcellerie et de raviolis chinois. J'ai été déboussolé qu'elle me manque autant pendant mon séjour à San Francisco, mais à côté de ce que je ressens en cet instant, sans elle et sans perspectives que les choses s'arrangent entre nous, c'était une promenade de santé.

— J'ai le cerveau en compote, je marmonne pour moi-même.

J'ouvre ma portière, tombe assis sur mon siège et insère la clé dans le démarreur.

— Il va falloir que je trouve un moyen de me rattraper. J'espère que les gars auront une idée de génie pour me sortir de là.

Si une formule magique existe pour effacer ces dix minutes catastrophiques du 29 décembre, je suis prêt à la réciter jour et nuit.

Je lance le moteur et lève spontanément la main vers mon rétroviseur pour toucher le grigri offert par Tory. C'est devenu une habitude réconfortante, un réflexe qui révèle bien des choses, là encore, et qui aurait dû me mettre la puce à l'oreille. Mais cette fois, mes doigts ne rencontrent que du vide. *Où est-il ?* J'arrache presque le rétro pour m'assurer qu'il ne s'est pas emmêlé autour, me contorsionne dans tous les sens pour vérifier chaque recoin, en vain. Il n'est plus là, ce qui me fait le même effet qu'un coup de massue. *D'abord les bracelets, maintenant ça…* Je me sentais déjà mal, c'est pire à présent. *Comme perdre Tory une deuxième fois.*

C'est la goutte de trop, tous les souvenirs que j'ai avec elle me poignardent de toutes parts, et je craque. Mon volant absorbe mes coups de poing, et mon appuie-tête devient le punching-ball favori de l'arrière de mon crâne. Putain, comment est-ce que j'ai pu lui balancer un truc pareil sans deviner que ça la blesserait autant ? Je n'ai pas perçu le double sens horrible qu'il y avait derrière mes paroles, j'étais bouleversé par mes émotions et… j'ai tout bousillé.

Les muscles encore tendus par ma crise de nerfs et cette culpabilité lancinante, je m'engage dans le trafic. Amy et Lewis vivent dans un quartier résidentiel protégé par un gardien qui connaît nos voitures de collection par cœur. Je lui adresse un salut poli de la main, passe le portail sécurisé, remonte la grande allée et me gare entre la Plymouth de Don et la Camaro de Lane. En dehors de Lois, qui est partie pour un petit voyage avec ses parents et ses frères, toute la clique est réunie.

Je coupe le contact et sors sans attendre. J'étouffe dans l'habitacle.

Je m'apprête à grimper les marches menant au perron lorsque la porte d'entrée s'ouvre sur Dallas. J'avance vers lui d'une démarche raide.

— Hello, Lucky ! il m'accueille en ouvrant grand ses bras.

Je le laisse m'étreindre, droit comme un piquet cimenté au sol. C'est exactement le sentiment que j'ai. Je me sens lourd et entravé par la connerie monumentale que j'ai commise. Sentant mon inconfort, Dallas se fige, recule d'un pas pour me mater puis lâche un long

« hum ». Il me tire à l'intérieur, claque la porte et me pousse dans l'immense cuisine.

— Les gaaars ! il beugle de but en blanc. Les gars, ramenez-vous !

— Qu'est-ce qu'il y a ? crie Lane depuis le salon.

Il m'examine encore une fois.

— Réunion de criiise !

Je perçois immédiatement l'agitation dans le salon, les voix de mes potes qui se rapprochent puis cessent dès qu'ils m'aperçoivent. Il ne manque qu'Amelia, Carrie et Adam, qui sont sûrement encore en chemin ou perdus quelque part dans cette baraque gigantesque.

— Oh ! Cette tête ! balance Andy, son poing devant la bouche.

— Il est affreux, bâille Amy.

Et j'espérais du réconfort ?

— On t'abandonne une journée et c'est comme ça qu'on te retrouve ? renchérit Rafael.

45

Luke

L'un après l'autre, ils y vont tous de leur commentaire sur mon apparence déprimante. *Merci du coup de main, les gars, je me sens déjà mieux !* La seule qui garde la bouche fermée, c'est Juliet. Elle me toise, impassible, dépourvue de sa sympathie habituelle. Est-ce que Tory lui a raconté notre *clash* ? Est-ce qu'elle a eu de ses nouvelles ?

— Une bonne grosse poisse à déplorer ou y'a de l'eau dans le gaz avec la sorcière rouge ? s'enquiert Raf.

Si Crocsy est au courant, elle n'a pas l'air d'en avoir parlé à son mec. Je tire une chaise et m'installe au bout de la grande table. Je me retrouve dans la peau de Rafael, quand Juliet et lui se sont disputés au printemps. Chacun prend place, et avant d'entamer mes aveux, je leur fais promettre à tous de me laisser parler jusqu'au bout sans m'interrompre. Dès que je reçois leur parole, je me lance dans mon exposé foireux. Cette poisse étouffante, mes coéquipiers prêts à m'évincer, les deux types avec leur site Internet en mon honneur, les courses de moins en moins nombreuses et le quiproquo qui m'a poussé à conclure cet arrangement avec Tory Garland, un porte-bonheur personnifié que les gars aux dents longues s'arrachent.

— T'es en train de nous dire que tu fais semblant de sortir avec Tory depuis le mois d'octobre ? hallucine Andy.

— Trois mois ? s'étrangle Dallas.

— Mais je vous ai chopés en plein feu de l'action deux fois, pointe Raf.

— Tory simulait sûrement très bien, là aussi, lance Juliet en me matant avec insolence. J'arrête pas de lui dire qu'elle devrait s'orienter vers une carrière d'actrice.

— Elle ne simulait pas ! je me récrie.

— Qu'est-ce que t'en sais ? elle me provoque.

— J'étais là, j'le sais.

Vu son attitude, elle est au courant pour hier soir, c'est indéniable. Tory a dû me laminer, et je ne peux pas le lui reprocher.

— Laisse-moi m'expliquer avant de me détester.

— Je ne te déteste pas, Luke. Tory est ma meilleure amie, je suis fâchée, c'est tout. Si ça peut te rassurer, voir ta face de zombie atténue légèrement ma rancune. Et puis j'aurais dû me douter que cette comédie finirait mal.

Je cligne des yeux.

— Tory te l'avait dit, je comprends alors.

— Ouais.

— Quand ?

— Dès le début.

— Et tu ne m'as pas filé ce potin croustillant ? se révolte Raf.

— Non.

Il l'évalue, avant de se renfoncer dans son siège en ronchonnant. On avait convenu de garder notre arrangement secret, mais est-ce que Tory et moi avons respecté une seule de nos règles, au final ? J'inspire, prêt à poursuivre, quand des bruits de pas dévalant l'escalier à toute vitesse retentissent soudain. Nous relevons tous la tête pour voir Carrie déraper dans l'encadrement de la porte et s'y rattraper, essoufflée. Son éternel chignon a souffert de l'exercice et pend lamentablement sur le côté de son crâne. Qu'est-ce qui lui arrive ?

— Y'a une promo flash à la librairie ou quoi ? ricane Lane.

— Ou elle est en rade de lait et doit filer au supermarché ? renchérit Lewis.

Elle les ignore, lève une main pour les faire patienter le temps qu'elle reprenne son souffle puis rive entièrement son attention sur moi.

— Mon cher Luke.

— Euh... oui ? je bafouille.

À ma gauche, Donovan rigole dans sa barbe. À y regarder de plus près, c'est le seul à ne pas être étonné par l'apparition tonitruante de sa copine. Soit il est usé par l'habitude, soit il...

— Du *fake dating* ! elle hurle alors.

OK, il l'a prévenue par SMS... Elle s'élance vers la chaise face à moi et tombe dessus avec précipitation, manquant de tomber à la renverse. Elle se stabilise avec le rebord de la table, avant de lâcher un cri de joie.

— C'est le plus beau jour de ma vie ! elle s'exclame en applaudissant. Du *fake dating,* ma trope préférée !

Hein ?

— C'est quoi, une trope ? demande Rafael.

Bonne question.

— C'est un type d'histoire récurrent dans les romans d'amour de Madame Wolinski, nous éclaire Lewis sur un timbre savant. Y'a aussi le *childhood friends to lovers,* le *enemies to lovers,* le *friends to lovers,* le *enemies to friends to lovers...*

— Celui-là, c'est Lois et moi, précise Lane.

— Arrête, Laney. Tout le monde sait que vous n'avez jamais été ennemis, soupire Lewis.

J'échange un coup d'œil paumé avec mes coéquipiers floridiens. J'ai déjà l'esprit sens dessus dessous à cause de ma dispute avec Tory, mais ces énergumènes sont en train de m'achever.

— Comment tu connais tout ça, Conley ? s'étonne Andy.

Le concerné se gratte le menton.

— T'as raison, putain, je crains ! Je traîne beaucoup trop avec Madame Wolinski, c'est une honte.

— Taisez-vous, Luke doit me raconter ! s'impatiente Carrie. Je dois absolument tout savoir sur son histoire de fausse petite amie ! C'est comme un rêve éveillé.

— Ton empathie m'apaise, j'ironise. Merci d'être dans ma vie.

— Oh ! Ça va ! Les romances finissent toujours bien, détends-toi.

Dans ses romans, ouais. J'envoie à Don une œillade désabusée.

— Pardon, mec, mais j'étais obligé de lui en parler. Je suis sûr qu'elle va pouvoir t'aider.

— M'aider ?

— Elle a de l'expérience avec les *bookboyfriends* foireux, ses livres en regorgent. Rappelle-toi, elle a filé un coup de main à Raf et même à Lewis avant ça.

— T'oublies pas quelqu'un ? lui lance sa copine.

— J'étais déjà un petit ami parfait sans le savoir. Ne te surclasse pas, mon cœur.

Il n'est pas assez rapide pour esquiver l'objet qu'elle lui jette en pleine figure. Pile au milieu du front.

— Tu vises toujours aussi bien, Carrie, la félicite Lewis.

— OK, elle nous a coachés, Raf, Lewis et moi, corrige Don en frottant le point d'impact.

— Ça commence à faire beaucoup, elle prend conscience à voix haute. Avec toi, Luke, je comptabiliserai quatre chauffeurs à remettre dans le droit chemin amoureux...

Elle remonte ses lunettes sur son nez.

— C'est une vocation ! Je vais arrêter de chercher du boulot et dire à Adam de m'embaucher dans votre entreprise, elle argue alors en se recoiffant. Je serai conseillère sentimentale pour Campus Drivers. Aucune chance de finir au chômage avec votre engeance. Ni d'avoir de la concurrence. Personne n'est assez fou pour se lancer dans une telle entreprise.

— Pourquoi à Adam ? tique Lane. On est tous les boss, ici.

— Parce que dans votre royaume, c'est lui le roi.

— Mensonge ! braille Lewis.

— Les absents ont toujours tort, rétorque Don.

Comme un fait exprès, c'est le moment que choisit le fameux roi des Campus Drivers pour arriver avec sa reine.

— Amelia, Adam, vous tombez bien ! se réjouit Carrie. Maintenant, asseyez-vous et taisez-vous, elle change de ton. Luke s'apprêtait à me déballer un grand moment de romance.

— Encore un chauffeur qui a loupé le virage ? ironise Amelia.

— Bien entendu. C'est dans leurs gènes, de génération en génération. Vas-y, Winchester, passe aux aveux.

Ne cherchant même pas à me battre, je lui répète ce que j'ai déjà raconté aux autres. Quand arrive le moment où ma relation avec Tory a basculé dans le sexe, Carrie exulte.

— J'ai l'impression d'avoir lu cette histoire cent fois, mais c'est toujours aussi excitant !

— Moi, je suis encore vexé que tu nous aies menti, grommelle Dallas.

— Laisse-le tranquille, le rabroue Amelia. Vous êtes constamment en train de vous renifler le derrière, Luke a le droit à son intimité.

C'est bien la copine d'Adam. Carrie claque des doigts pour reprendre le contrôle de la conversation.

— Maintenant que tu nous as raconté tout ça, passe au moment où tu as été stupide.

— En rentrant de chez mes parents hier, j'étais tendu d'avoir passé la semaine à me sentir mal. J'ai cru que j'avais peur d'un nouvel élan de poisse en étant loin de Tory, mais c'est elle qui m'avait manqué. D'une force qui m'a complètement désarçonné et retourné le cerveau.

— Ah... souffle Rafael. Désolé, mec, on t'a taquiné à ce sujet dans la voiture. J'avais pas capté que t'étais à ce point mordu. Même si elle m'effraie presque autant que Hitman, j'aime bien Tory.

— T'inquiète, Raf, j'avais rien compris non plus et j'ai eu une réaction identique à la tienne, la blague en moins. Dès que je l'ai revue, je lui ai dit qu'être loin de sa chance m'avait angoissé puis, quand j'ai compris que c'était elle et non son pouvoir, ça m'a court-circuité. Et je lui ai demandé si elle m'avait jeté un sort pour m'obséder autant.

— C'est mignon, non ? commente Lane.

— J'trouve que c'est une belle déclaration d'amour, affirme Lewis.

— Je suis d'accord, valide Donovan.

Il se tourne vers sa nana, et son sourire confiant se volatilise.

— Je ne suis pas d'accord ? il l'interroge, conscient que l'expression de Carrie évoque un canon de revolver chargé.

— Regardez-moi ces abrutis, elle grince en croisant les bras sur sa poitrine. Je devrais vous inscrire à des concours de manque de tact. Il lui a posé cette question sérieusement ! Vous ne comprenez rien, c'est affligeant !

— C'est *hard*, grimace Amelia. Pas étonnant qu'elle l'ait mal pris, ça revient à dire que tu n'as pas pu l'aimer naturellement.

Ma poitrine se comprime douloureusement.

— Je le sais, maintenant, mais c'est pas du tout ce que je sous-entendais.

J'adresse un regard appuyé à Juliet, qui se mord la lèvre.

— Quand j'ai pris conscience que j'avais constamment envie d'être avec elle, de l'avoir dans mes bras, dans ma voiture, dans mon lit... le tout en moins d'une minute, j'ai balisé. J'ai trouvé ça anormal et...

— Il est con ou c'est moi ? intervient Amy, sa bouteille de limonade près de sa bouche.

— J'avoue qu'il est un peu débile, confirme Amelia dans un haussement d'épaules.

— Les écoute pas, Junior, me sourit Lewis. Les Campus Drivers luttent toujours jusqu'au bout avant de flancher. Tu t'es bien battu, soldat.

Les quatre filles lèvent les yeux au ciel.

— Sauf Adam, chantonne Carrie.

— J'ai choisi le meilleur, les nargue la sœur de Don.

— Ils vont finir par me jeter sous les roues d'un bus, si vous persistez à louer mes qualités, il se marre. Je suis sûr qu'ils en ont envie.

— J'en ai envie, confirme Lane en le bousculant gentiment.

Adam le repousse, Lane se défend, et je les observe se bagarrer comme deux gamins. C'est Amelia qui les sépare en s'asseyant sur les genoux de son mec. J'aimerais que Tory soit là, à évoluer parmi nous avec naturel, comme à Halloween. Je consulte mon téléphone, irrémédiablement silencieux.

— T'en fais pas, Lucky, me réconforte Andy.

— J'ai jamais ressenti un truc pareil pour qui que ce soit, je soupire. Est-ce que ça s'arrête, au bout d'un moment ?

C'est Donovan qui me répond le premier.

— Hum... J'crois que t'es foutu. Je ne sais pas si ce sera clair mais j'ai l'impression que Carrie a toujours fait partie de ma vie. Je ne me souviens plus comment c'était avant elle. Avant qu'elle ne réveille une part de moi qui brille maintenant d'une flamme éternelle.

C'est très clair.

— C'est vachement beau, ce que tu dis, mec, s'émerveille Lane.

— Soyez pas naïfs, il a lu ça dans l'un de mes livres, ricane Carrie.

— Ouais, mais je le pense ! J'aurais même pu l'écrire moi-même, argue Don.

— Super... Je tombe amoureux d'une fille et, au lieu de lui en faire part, je la fous dans une colère noire.

— Attends une seconde, souffle Raf. *Oh! Dios mío*, t'es dans la meeerde, mec... Énerver Tory équivaut à chercher des noises à Sauron[18]. Elle va te marabouter, t'es un homme mort !

— Il va se mettre à baragouiner en latin, boire sa pisse et dévaler les escaliers en marchant sur ses coudes, complète Dallas. Fous ton matelas dans notre chambre, Torres, ce sera plus prudent.

J'ai l'intention de leur dire d'aller se faire foutre, mais Lewis attrape son verre d'eau, avant... de me le balancer en pleine figure. Sidéré, je reste immobile et dégoulinant.

— J'peux savoir pourquoi t'as fait ça ? j'articule en m'essuyant du revers de la manche.

— L'eau a touché mes lèvres, il m'explique. Ce qui la rend automatiquement bénite. Je viens de sauver ton âme, Junior.

Il tape deux coups contre sa poitrine et me pointe du doigt.

— Les gars, soyez pas vaches, les moralise Adam.

Il me tend une serviette en papier, compatissant.

— Quel est ton plan, Luke ?

Je secoue la tête, mes cheveux envoyant des gouttes d'eau sur mes voisins. Si j'en avais un, je serais déjà en train de le mettre en œuvre.

---

18. Personnage maléfique du *Seigneur des Anneaux*, J.R.R. Tolkien.

— Je comptais sur vous pour m'aiguiller, mais dire que c'est mal barré est un euphémisme.

— J'ai été dans ton cas, m'indique Lane. J'avais balancé des paroles horribles à Lois, bien pires que les tiennes. J'ai cherché le meilleur moyen de m'excuser, elle ne m'a pas facilité la tâche, mais j'ai réussi à la récupérer.

— Et il boit des smoothies tous les jours, maintenant, chantonne Donovan.

— Ça s'est arrangé rapidement ?

Sa grimace me donne mal au ventre.

— OK... Et t'as fait quoi, concrètement ?

— J'lui ai écrit un scénar.

— D'accord... J'crois pas qu'un scénario porno fonctionne, dans mon cas. Connaissant Tory, elle va le réduire en tout petits morceaux, le mélanger à je ne sais quelle mixture et me l'administrer par un orifice qui n'a pas de dents. Et je ne dis pas ça parce qu'elle me les aura toutes brisées avant, je parle vraiment de l'orifice auquel vous pensez.

— J'adore cette nana, prononcent Amy et Carrie d'une même voix.

— Moi aussi, sourit Juliet.

— Va la voir et discute avec elle, me conseille Adam. Explique-lui ce que tu viens de nous dire, la communication est le meilleur des remèdes.

Tout le monde le jauge en silence.

— Le roi du royaume, chantonne Carrie.

— Et c'est exactement ce que tu ne vas pas faire, contre Lewis. Tu crois que j'ai discuté avec Firebird pour la reconquérir ? Nooon !

— Elle t'aurait tabassé avant que tu n'aies le temps de lui dire bonjour, se moque Lane.

— Quel menteur ! T'es allé lui parler à l'hôpital mais t'as pas été foutu de faire ça correctement ! riposte Carrie.

Amy observe la scène en buvant son soda. Si Lewis est parvenu à se rabibocher avec un tel morceau, j'ai peut-être encore une chance.

— Comment il s'est débrouillé pour rattraper le coup ? je lui demande.

— Il a d'abord retapé ma Pontiac, puis il a fini par me kidnapper pour m'emmener dans une cabane perdue au fin fond de la Virginie Occidentale.

— Une cabane que j'ai construite de mes mains ! précise Conley en contractant son biceps.

— Un véritable conte de fées, ironise Andy.

— Il a étendu un tapis en fausse peau de raton laveur par terre, elle poursuit. Il a posé Meeko sur sa tête et il m'a bai...

— Hé ! Oh ! Hé ! l'interrompt Lewis. Ils n'ont pas besoin de tout savoir.

Il se tourne vers nous.

— Il était un peu rêche mais du meilleur effet, il nous confie sans discretion. Je vous enverrai le lien du site sur lequel je l'ai commandé, si ça vous chauffe.

Qu'est-ce que je suis censé faire de potes comme ça ?

— J'ai un plan qui pourrait fonctionner, propose alors Rafael.

Existe-t-il pire conseiller ?

— Laisse-moi deviner, je crève les pneus de ma voiture ?

Juliet redresse la tête, les yeux écarquillés. *Hé merde...*

— Qui ferait un truc pareil ? embraie Raf d'une voix trop malhonnête pour sauver ses fesses.

— J'crois que j'ai une idée de qui ferait un truc pareil ! s'exclame Crocsy. Tu as... Tu es... Espèce de... Rha ! Je m'en doutais, en plus, mais j'étais convaincue que tu aimais trop ton Alfa pour lui infliger ça !

— C'est une honte ! lance Conley.

Juliet nous passe au crible un à un.

— Vous le saviez tous ? elle siffle. Même toi, Amy ?

— Je sais toujours tout, elle rétorque. J'ai préféré ne pas t'en parler parce que Torres était insupportable quand tu l'as laissé tomber. Pas question de risquer que ça se reproduise. Désolée, mais j'ai préféré m'éviter un séjour en prison pour disparition inquiétante. T'imagines pas le self-control dont j'ai dû faire preuve pour le supporter quarante-huit heures.

— Quarante-neuf, corrige Carrie.

— Dis plutôt que ça t'arrangeait d'avoir un moyen de pression à utiliser sur moi pour te débarrasser des courses dont tu ne voulais pas, riposte Raf.

Le sourire carnassier d'Amy me donne froid dans le dos.

— T'inquiète, Rafifou, je trouverai autre chose, elle lui promet.

— J'vous assure qu'elle est nettement plus gentille allongée sur une fausse peau de raton laveur, assure son homme.

— Merci, Lewis, ça me fait une belle jambe de le savoir, répond mon coloc. Revenons au sujet principal.

On peut toujours essayer, ouais.

— Tu ne veux pas savoir comment Carrie m'a reconquis ? me propose Don.

— Si tu parles de ça, j'enfoncerai le totem dans ta gorge, le menace cette dernière.

— En gros, aucun de vous n'a eu une réconciliation classique ? je déduis.

— Bienvenue chez les Campus Drivers, proclame Carrie.

— Crocsy, tu connais bien Tory, l'interpelle Raf. Donne-nous une idée, un conseil...

Juliet gonfle ses joues et relâche l'air par à-coups en m'observant. La voyant tergiverser, je tente un sourire penaud.

— Si tu la veux, Luke, tu vas devoir trouver toi-même le moyen de la récupérer, elle me lance.

Je contemple mon verre vide en faisant basculer ma chaise sur les deux pieds arrière. M'excuser, lui déclarer mes sentiments et... lui prouver que je me fous de sa chance. OK, mais comment ?

— Attention, mec, m'interpelle Andy, je suis traumatisé chaque fois qu'une chaise craque sous ton poids. Tu te rappelles ce qui s'est passé à Tampa ?

— Comment oublier ? C'est là-bas que ma poisse a commencé.

— Ouais, alors évite de la tenter en te basculant comme ça.

— Honnêtement, je m'en f...

Je m'arrête net de parler et de bouger.

— Oh ! Mon pote, t'es un génie, j'articule.

— Ah bon ?

— J'ai trouvé ! Et j'ai besoin de vous pour tout orchestrer.

Je sais exactement ce que je dois faire pour tenter de reconquérir ma sorcière bien-aimée.

46

Tory

Assise sur ma chaise de bureau, les bras ballants et la tête rejetée en arrière, je tourne sur moi-même en regardant le plafond. J'attendais le retour de Luke pour remettre un peu d'animation dans ma vie et me voici vingt-quatre heures plus tard... inanimée. Je me sens lourde et creuse à la fois. Stupide et dépourvue de mon intuition légendaire. Triste et rongée par un poison acide.

J'arrête de faire la toupie sur mon siège et me remets face à mon bureau, sur lequel mon oracle est encore étalé. J'aurais mieux fait de ne pas ouvrir à Luke et de poursuivre mon tirage, il m'aurait certainement préparée mentalement à la gifle magistrale que j'ai reçue. Une leçon de l'univers pour me rappeler que les mecs dans son genre sont à fuir. Posée légèrement en retrait, la carte que j'avais tirée avant d'être interrompue me fait de l'œil. Ça ne changera rien que je la retourne maintenant, mais je suis curieuse.

— Vous vous foutez de moi ? je grince en découvrant l'illustration. Le rouge-gorge à une patte ?

D'une main crispée, je réunis le jeu en un tas, insère ce rouge-gorge sournois à l'intérieur et mélange le tout.

— Le rouge-gorge, mon cul ! je crache en étalant brusquement l'oracle.

Je pioche et retourne une nouvelle carte. Le rouge-gorge à une patte, encore lui.

— Vous vous foutez de moi ? je répète plus fort.

En plus de me priver de mon intuition, Luke Winchester brouille même mes tirages. Cet oiseau est signe de bénédiction et d'amour pur, autant dire qu'on se paie bien ma tête quelque part. J'attrape ma fiole remplie d'huiles essentielles, retire le bouchon et inspire un grand coup. *Ça va aller, Tory, ça va passer.*

Je migre jusqu'à mon lit et m'allonge en travers. Je ne suis pas fatiguée malgré une nuit difficile, mais j'aimerais dormir une ou deux semaines d'affilée. Je croise les mains sur mon ventre et tâche de me détendre, mais soudain, un concert de vrombissements automobiles résonne derrière mes fenêtres, comme si un cortège défilait dans ma rue. *Super !* C'est le Nouvel An, ce soir. J'imagine que la majorité des gens sont en route vers un lieu de festivité, pendant que d'autres sont en jogging dans leur chambre, à broyer du noir.

Je remue à nouveau le mélange d'huiles essentielles sous mon nez. Aucun effet, je me sens toujours aussi mal, et ce vacarme dehors ne m'aide pas à me relaxer. Je lorgne mes rideaux en pestant. *Ils ont stationné leurs caisses de malheur devant ma maison, ou quoi ?*

Je quitte mon matelas et ouvre la porte-fenêtre de ma chambre. Il fait encore jour, les rayons du soleil m'éblouissent, mais j'y vois malgré tout très clair. *Ou alors j'ai encore mal dosé les ingrédients dans la fiole que j'ai inhalée et je suis sujette à une hallucination.* Le long de mon trottoir, je décompte pas moins de neuf voitures garées les unes derrière les autres. Et pas n'importe lesquelles. Celles des Campus Drivers. Facile d'en reconnaître certaines, et leurs conducteurs me sont familiers puisque je les ai tous rencontrés à Halloween.

Une première portière claque, et un spasme désagréable ébranle ma poitrine. C'est Luke, qui a le culot de revenir sur mon territoire, qui plus est en compagnie de ses amis. Ses yeux se rivent aux miens, son sourire habituel est absent. Quant à moi, ma colère et ma peine refont surface en une seconde.

— Si tu crois que te pointer ici avec ton gang changera quoi que ce soit, tu rêves !

Il ouvre la bouche, mais je recule déjà dans ma chambre et claque la porte. Je me plie en deux en poussant un cri rageur. *Il ne peut pas me foutre la paix, merde !* Je marche d'un pas énervé vers mon canapé et m'assieds à côté de Belzébuth.

— Et si tu sautais sur Luke pour lui lacérer le visage ? je lui suggère.

Il ne bouge même pas une oreille.

— À quoi bon avoir un chat asocial et inquiétant s'il ne daigne même pas agresser mon ex-faux-petit-ami ? je grogne. Sans oublier un pigeon qui n'est pas là quand on a besoin qu'il attaque encore.

Je me demande si Wild est dans la chambre de Luke, en ce moment. *Si c'est pour couvrir son lit de fientes, bien fait pour lui !*

J'attrape un coussin et le serre contre mon ventre. Toute mon attention est portée sur les bruits ambiants. Je m'attends à ce que des coups soient frappés à ma porte et réfléchis déjà à quel bocal sera le meilleur projectile pour atteindre Luke en pleine tête. Mais je ne perçois que des portières qui claquent, des voix et des cliquetis lointains. Aucun bruit de moteur. Rien qui n'indique qu'ils se sont tirés de chez moi. *Qu'est-ce qu'ils prévoient ? Un sit-in ?*

Trop curieuse – et maso –, j'approche de la fenêtre et décale légèrement le rideau. Je dois presque coller mon visage au carreau pour m'assurer que je ne rêve pas. *Ils...* Je cligne des yeux et secoue la tête. *C'est quoi, ce délire ?* J'attrape la poignée et sors à nouveau.

— J'peux savoir ce que tu fabriques sur ma pelouse ? je balance à l'attention de Luke.

Imperméable à ma question, il poursuit son manège incompréhensible. Pendant que ses potes déchargent des échelles de leurs bagnoles, il en a déjà installé trois contre le plus gros arbre de mon jardin. Ça n'a aucun sens. Ma grand-mère serait tout à fait capable d'avoir téléphoné à son petit Luke en prétextant que Belzébuth était coincé tout en haut, mais de là à se pointer chez moi avec une douzaine d'échelles... il y a forcément une autre explication.

— Est-ce que quelqu'un peut me dire ce qu'il se passe ? j'interpelle les autres chauffeurs.

Je n'obtiens qu'un haussement d'épaules général. Raf et Andy déposent trois grands cartons par terre, avant de remonter dans leurs bolides respectifs. Comme tous les autres. Et dans un tonnerre de moteurs, ils prennent le large. Tous, sauf Luke, qui continue à installer des échelles de toutes sortes un peu partout. Lorsqu'elles sont en place, il se frotte les mains et prend une vive inspiration. Sans aucune raison, j'inspire profondément moi aussi et m'étrangle aussitôt.

— Ah ! je crie.

Luke vient de passer sous une première échelle, devant mes yeux de superstitieuse.

— Non, mais t'es malade ? je braille.

Indifférent à mes injonctions, il passe maintenant sous la deuxième, la troisième, la quatrième...

— Ça suffit, arrête !

J'en ai la chair de poule.

— Est-ce qu'on peut discuter ? il me lance, en tournant autour de l'arbre.

— Non.

Je ne suis pas prête pour un deuxième round. Le premier m'a déjà mise K.-O.

— J'me doutais que ce ne serait pas aussi facile.

Il n'est quand même pas en train de me provoquer ?

— Je veux que tu te barres de chez moi, Luke, et que tu me foutes la paix jusqu'à ta prochaine réincarnation. Peut-être que là, si ton nouveau toi n'est pas un trou du cul, je prendrai le risque de prêter une oreille aux douces paroles que tu es capable de prononcer.

— Désolé, je ne bougerai pas d'ici avant que tu ne m'aies écouté.

— Bonne chance.

Je retourne à l'intérieur, claque la porte et tombe la tête la première sur mon lit. Je hurle dans ma couette en tapant des pieds. *Il peut bien squatter toute la nuit, je ne lui redonnerai pas une occasion de piétiner mon cœur.* Il finira bien par se résoudre à rentrer chez lui. *T'as déjà oublié à quel point il peut se montrer persévérant ?* Non, malheureusement, je n'ai rien oublié, ni le bon ni le mauvais.

Soudain, j'ai une idée pour qu'il débarrasse le plancher. Je fonce à la cuisine, pousse la porte qui donne sur le garage et actionne la commande de l'arrosage automatique.

— On va voir si tu squattes ma pelouse encore longtemps avec ça, je siffle.

En revenant dans ma chambre, je tombe sur ma grand-mère qui épie Luke derrière mon rideau. *Il ne manquait plus qu'elle !*

— J'ai mal au ventre rien qu'à le regarder, elle se lamente.

— Alors, ignore-le.

— Tu vas le laisser faire combien d'allers-retours sous ces échelles ?

— Jusqu'à ce qu'il se lasse et rentre chez lui.

— Coupe au moins l'arrosage, le pauvre est trempé. Il va prendre froid, elle s'inquiète.

— J'ai besoin de te rappeler la charmante déclaration d'amour à laquelle j'ai eu droit de sa part ?

Je me serais volontiers abstenue de le raconter à ma grand-mère, mais notre dispute n'est pas passée inaperçue. Mes parents ne m'ont rien demandé, mais

Armelle Gautier ne s'en est pas privée, et je lui ai tout balancé. Le faux couple, ses enjeux et le désastre qui a suivi.

— Je lui souhaite une bonne bronchite, je conclus.

— Ne dis pas ça ! Ça se voit qu'il s'en veut et qu'il regrette. Je t'ai appris à être indulgente, donne-lui une chance de s'expliquer.

— Une chance ? Il a déjà la sienne, je leur souhaite de vivre heureux.

— Tory, ne sois pas si têtue ou tu le regretteras.

— Je n'ai plus confiance en nos narines gauches, j'objecte.

— Pas besoin de narine quand j'ai des yeux. Un garçon est en train de passer sous treize échelles, devant chez toi, pour attirer ton attention.

— Treize ? je frémis.

— Il ne serait pas si courageux s'il n'était pas amoureux. Tu as conscience que s'il continue jusqu'à minuit, il finira par ouvrir un passage obscur d'où s'échappera un millier d'âmes tourmentées ?

Elle pivote vers moi.

— Tu veux vraiment que mille âmes tourmentées tourbillonnent autour de notre maison ?

— Non, je soupire. J'ai déjà la mienne à gérer.

Elle reprend son espionnage, avant de se reculer en jurant dans sa langue maternelle.

— Qu'est-ce qu'il y a, mamie ?

— Luke vient de déposer cinq miroirs par terre !

Ses prunelles terrorisées me foudroient. *Cinq ?* Je fonce à côté d'elle et arrache quasiment le rideau de sa tringle. Trempé jusqu'aux os mais loin de baisser les bras, Luke s'apprête à passer au niveau supérieur. *Oh mon dieu !*

— Là, il va trop loin !

J'ouvre la porte-fenêtre et me rue vers lui.

— Ne t'amuse pas à briser ces miroirs, Luke Winchester !

La masse qu'il tient dans ses mains s'immobilise à cinquante centimètres d'une psyché. Il lève la tête vers moi et m'adresse une œillade assurée.

— Qu'est-ce que je risque ? D'avoir la poisse ? Qu'elle vienne, je l'attends ! Cinq ans de malheur, même pas peur.

— C'est sept ans, espèce d'ignare insupportable !

— Sept ans, OK.

Il lève son arme au-dessus de sa tête, prêt à asséner le coup de grâce.

— Mais putain ! je beugle en le chargeant.

Je percute son torse, l'angoisse de la superstition et l'herbe humide me donnent suffisamment de force pour le repousser deux mètres en arrière. Les mains sur mes genoux, je reprends mon souffle en l'examinant. Ses fringues sont gorgées d'eau, et ses cheveux mouillés lui tombent sur le front.

— Donne-moi cette masse, j'ordonne, dégoulinante moi aussi.

Il ne bouge pas. Je me redresse et la lui arrache des mains.

— T'as pété un câble, en fait... je commente.

— Non, je suis très lucide.

Mon rire hystérique résonne autour de nous.

— Lucide ? Regarde ce que tu as fait de mon jardin.

Je désigne son terrain de jeu maudit.

— Pourquoi tu fais ça ?

— J'me porte la poisse, il réplique calmement.

— Oui, ça, j'avais compris. Mais dans quel but ? Me faire encore plus regretter d'avoir donné de ma personne pendant douze semaines ?

— Je savais que tu ne m'écouterais pas sans un peu d'aide, alors j'ai décidé de te prouver que je me fous de la chance. Que je me fous de la poisse. Que la seule chose qui m'intéresse, c'est toi, Tory. Juste toi, et sans la moindre potion magique.

Un hoquet dédaigneux m'échappe.

— C'est pas ce que tu disais hier soir.

Il avance d'un pas et essuie une goutte d'eau sur ma joue. Si vite que je n'ai pas le temps de m'écarter. Si tendrement que j'en perds mes moyens.

— Je suis désolé d'avoir sorti une connerie pareille, Tory. Je ne voulais pas te blesser ni t'humilier. Je croyais que tomber amoureux était quelque chose qu'on sentait arriver. Comme un orage qui gronde pour prévenir du déluge qui va se déverser. Mais avec toi... peut-être que l'amour était si familier que je suis passé à côté sans le remarquer. Honnêtement, je ne sais pas quand mes sentiments ont changé ni pourquoi j'ai tout interprété de travers quand ils m'ont explosé au visage. Mais je suis sûr de deux choses. La première, c'est que je n'ai pas pensé une seule seconde qu'il te fallait user d'un philtre d'amour pour rendre quelqu'un amoureux de toi. Quant à la deuxième, je préfère une existence entière de malchance avec toi qu'une vie de chance sans ta présence.

Une fois encore, les paroles de Luke me percutent. J'inspire lentement par le nez, avale ma salive puis lui tourne le dos.

— Tory ?

Je pousse un cri rauque.

— Par pitié, j'ai pas encore dit quelque chose qu'il fallait pas ?

— Donne-moi une seconde.

Je réutilise exprès la phrase qu'il a prononcée hier quand son cerveau était en ébullition.

— Bien sûr, il souffle.

Avec des excuses comme ça, comment lui résister ? Elles sont incroyables et terriblement sincères. Dès le premier jour, j'ai tout de suite perçu cette honnêteté chez lui et j'avais fini par l'occulter, aveuglée par la peur de n'être qu'un bracelet de plus accroché à son poignet. Finalement, moi aussi, j'ai laissé le chahut de mes sentiments dicter certaines de mes réactions.

— Treize échelles et cinq miroirs, je grommelle sans me retourner. Toujours aussi obstiné...

— Je mettrai des habits neufs tous les vendredis, il renchérit. J'ouvrirai un parapluie à l'intérieur chaque matin. Je croiserai les doigts, même si t'es la seule à penser que ça porte malheur. Je ferai tout ce qui est possible pour me porter la poisse, si tu me donnes juste une chance d'être avec toi.

Il avance encore, jusqu'à ce que le bout de ses chaussures bute contre mes talons.

— Je te jure que c'est la seule chance au monde que je souhaite, il murmure dans mes cheveux.

Son torse se colle à mon dos, et ses bras se referment autour de mon ventre.

— Je suis barbant, sceptique, carrément aveugle sur les bords, maladroit et...

— Tu joues au base-ball, je termine à sa place.

— Je gardais le pire pour la fin, il rit.

Ses mains se décalent sur mes hanches, et il me remet face à lui.

— C'est...

Il s'interrompt et déporte son regard au-dessus de ma tête.

— Bonsoir, Armelle ! il la salue.

— Tu devrais retirer tes vêtements, mon petit Luke. C'est mauvais de porter des habits trempés, tu vas t'enrhumer.

Je pivote vers elle, son faux sourire bienveillant ne leurre personne.

— Va te trouver quelqu'un de ton âge, *Granny*, au lieu de reluquer mon copain.

— Est-ce qu'elle vient de te faire un doigt d'honneur ? demande Luke.

— Elle déteste que je l'appelle comme ça.

— Est-ce que tu viens de dire que je suis ton copain ? il ajoute en souriant.

— Pourquoi es-tu si surpris ? On avait dit six mois, il en reste donc encore trois.

— Tu avais dit quatre.

— Tu le reconnais enfin !

— Peu importe, on n'a respecté aucune de nos règles, il ne reste plus que celle-ci à enfreindre.

Luke repousse mes cheveux mouillés et se penche vers ma bouche. Mon index se dresse entre nous, le faisant froncer les sourcils.

— Luke Winchester, tu viens de passer sous treize échelles des dizaines de fois. Tu penses que je vais t'autoriser à m'embrasser sans avoir d'abord purifié ton être tout entier ? Ton discours de guignard était très convaincant, mais si tu oses le mettre à exécution, les rituels que j'ai pratiqués sur toi jusque-là te sembleront inoffensifs comparés à ceux qui t'attendent.

Il éclate de rire.

— Où avais-je la tête, bien s...

Il s'interrompt encore, pose ses yeux sur son épaule puis haut dans le ciel.

— On est d'accord que Wild vient de me chier dessus ? il me prend à témoin.

Au-dessus de nous, notre compagnon ailé vole jusqu'à ma chambre et s'engouffre à l'intérieur.

— Affirmatif, je pouffe. Mais remercie-le, je murmure en attrapant le col de son tee-shirt. Ça porte bonheur, il nous a rendu un grand service.

— Ça veut dire que je suis autorisé à embrasser ma petite amie ?

— Et plutôt deux fois qu'une.

Épilogue

Luke

Garé sur le bas-côté et penché au-dessus du coffre ouvert, je cherche mes outils entre l'énorme sac de Tory et la glacière contenant ce que nous avons préparé pour célébrer le 4 juillet.

— On avait vraiment besoin d'apporter toutes ces bougies ? je lance à ma copine.

Nos amis nous attendent dans un petit coin tranquille déniché par Adam, loin des plages bondées de North Beach. Mais, au lieu d'être déjà là-bas, un hot-dog dans chaque main, je me retrouve avec un pneu à plat et une petite amie qui, en plus d'ignorer ma question, fait du stop au bord de la route pour manifester sa compassion.

— Tory... je grogne en mettant enfin la main sur mon cric. Si tu ne baisses pas ce pouce insolent immédiatement, je t'assomme et te balance sur la banquette arrière.

— Vu ton karma aujourd'hui, tu manquerais ta cible en trébuchant sur une pierre. Tu tomberais par terre, et un alligator se jetterait sur toi pour t'entraîner dans les marécages.

Je suis amoureux d'une femme extraordinaire.

— Je crois que c'est ce que j'aime le plus chez toi, j'ironise. Ce soutien inconditionnel dans les épreuves.

Elle se retourne et arque un sourcil. Avec ses cheveux rouges qui semblent flamboyer sous les rayons du soleil et sa longue robe légère qui vole au vent, elle est définitivement la plus envoûtante des sorcières.

— OK, juste après tes seins percés, j'admets.

Elle croise les bras sur sa poitrine et me scrute d'un regard noir.

— OK, encore juste après... toi tout court.

— Moi, ce qui arrive en tête de liste chez toi, c'est que grâce à ton boulot, on n'a aucun risque de se retrouver coincés au bord de la route sous trente degrés.

— J'te signale que j'y suis pour rien si mon pneu a éclaté.

— Bien sûr que si ! Je t'avais prévenu qu'à trop invoquer la poisse pour me séduire, il y aurait des conséquences.

Elle désigne ma roue crevée, avant de hausser les épaules.

— Heureusement qu'on a prévu de rester ensemble seulement jusqu'au mois de mars.

Je rigole tout seul en desserrant le premier boulon. Ça fait neuf mois qu'elle dit ça.

— Tu te souviens qu'on est en juillet ?

— Je n'ai pas précisé l'année, elle contre.

— Je comprends pourquoi tu t'entends si bien avec Francis, je pouffe. Quoi qu'il en soit, ce désagrément automobile est un épisode isolé, je la contredis. Ça n'a rien à voir avec la poisse.

C'est vrai qu'après ma prestation le soir du Nouvel An, j'ai continué à pousser le bouchon un peu loin les mois qui ont suivi. Je voulais lui prouver qu'elle pouvait me faire confiance, mais je ne suis pas pour autant devenu superstitieux. Ni même guignard, d'ailleurs. Enfin, si, peut-être un peu, mais pas autant que l'automne dernier. De toute façon, maintenant que Tory partage mon existence pour de vrai, ça ne m'atteint plus comme avant. Lucky Luke ne me manque plus, celui que je suis aujourd'hui me convient parfaitement. Même avec une roue crevée et une copine qui fait du stop pour me faire enrager.

— La seule conséquence que je vois, c'est que tu es folle de moi grâce à mes provocations cosmiques, je lui souris par-dessus mon épaule. Et que cette fameuse malchance dont j'ai été victime t'a mise sur mon chemin.

Je l'entends approcher derrière moi et s'accroupir dans mon dos.

— T'es vraiment insupportable, Luke Winchester, elle marmonne en m'étreignant. Je me demande encore comment je peux t'aimer si fort, espèce d'inconscient.

Lorsque nous atteignons enfin le point de rendez-vous, tout le monde est déjà installé.

— Ils sont là ! crie Lewis. Je vous attendais pour jouer aux mimes !

— Par pitié, laisse-moi boire un coup avant de m'achever, je le supplie.

Donovan me tend une bouteille de bière en souriant, je la saisis bien volontiers et m'assieds à côté de lui.

— Conley m'a dit que ton équipe s'est bien débrouillée cette saison, félicitations.

— Ouais, les Panthers ont le meilleur *pitcher* des États-Unis, je frime.

Tory s'installe entre mes jambes et se cale contre mon torse.

— Qu'est-ce que vous comptez faire, cet été ? nous demande Amelia.

— Luke vient en France avec moi, lui indique Tory. J'ai hâte de traduire n'importe comment tout ce que ma famille française lui dira.

— Ton père me soutiendra, je contre.

— Mon père va surtout se frotter les mains qu'un nouvel Américain prenne sa place dans l'arène.

— Des vacances de rêve, se marre Lane.

— Il me reste encore un mois pour prendre des cours intensifs de français. Tu pourrais avoir des surprises, je menace ma petite amie.

— Super ! Tu sauras sans problème demander où sont les toilettes.

Nous discutons tranquillement de nos projets pour les vacances quand soudain, le vrombissement d'un moteur couvre nos voix. Nous nous tournons tous vers ce bruit qui résonne de plus en plus fort et voyons approcher une voiture à vive allure. Le genre de caisse qui ne passe pas inaperçue chez nous.

— On attendait un autre chauffeur ? j'entends Juliet demander à Raf.

— J'crois pas, mais qui d'autre se pointerait ici au volant d'une Chrysler 300 absolument…

— Sublime ! termine un Andy émerveillé. Quelle année, à votre avis ?

— 1971, lance Amy sans hésiter.

— Vous avez déjà trouvé le successeur de Firebird ? je questionne Adam.

Cette dernière a terminé son cursus universitaire, ce qui signifie qu'elle ne fera plus partie des Campus Drivers de FIU à la rentrée prochaine.

Étonné qu'Adam ne me réponde pas, je lui lance un regard curieux. Les sourcils froncés et le goulot de sa bière à deux centimètres de sa bouche, il a l'air étrangement absorbé par la vision de cette Chrysler marron clair.

Je reporte mon attention vers la cylindrée et suis des yeux le mec qui en sort. Il tire sur son tee-shirt noir, fouille dans son jean et en sort un paquet de cigarettes. Il s'en allume une et survole notre groupe des yeux en tirant une longue bouffée. Quand l'un de ses bras couverts de tatouages se lève dans notre direction, je cherche spontanément le regard de mes potes. *OK, il a un bolide de malade, mais...*

Tous les chauffeurs ont les yeux plissés, les filles la bouche ouverte.

— Oh.Mon.Dieu, articule Amelia.

— Joli recrutement ! approuve Lois.

— C'est clair ! confirme Juliet.

— On n'a encore eu aucun vrai *bad boy* chez les Campus Drivers ! se réjouit Carrie.

Ce mec-là va bien au-delà de l'image que je me figure d'un *bad boy*.

— Avec le départ d'Amy, l'équipe de Miami retombe à quatre chauffeurs, souffle Tory. Si ce mec est son remplaçant, vous redevenez cinq... C'est un mauvais présage.

Au moins une qui ne le reluque pas !

— Mais je ferai une exception pour lui, elle ajoute d'une voix suave.

— On ne vous dérange pas trop ? se marre Lane.

— Oh ! Ça va ! se défend sa copine. On ne fait que regarder.

L'inconnu commence à s'approcher. Je sens Tory frémir contre ma poitrine.

— Quoique... elle chuchote en tripotant son collier. Il a une aura d'apocalypse. Je retire ce que je viens de dire.

— C'est qui, ce gars ? Une vieille connaissance à toi, Hitman ? ironise Lewis.

Je ne connais pas les détails du passé new-yorkais d'Amy, mais tout le monde se doute qu'il devait être plutôt animé. C'est pourquoi nous la regardons tous dans l'attente de savoir qui est le propriétaire de cette Chrysler flambante, qui semble tout droit sortie du même gang qu'elle.

— Pourquoi tu ne nous as jamais parlé de lui ? lui lance Carrie en lui tapant le bras.

Elle hausse les épaules en portant sa limonade à ses lèvres.

— Parce que je n'ai aucune idée de qui est ce type.

— Mais il t'a fait coucou, s'étonne Lois.

— Je n'ai jamais autorisé qui que ce soit à me faire coucou, elle rétorque.

L'homme mystérieux s'immobilise et écrase son mégot contre sa semelle.

— Adam ! il aboie tout à coup en faisant signe à ce dernier de le rejoindre.

Adam ? Mon boss lâche un juron bien salé, ce qui ne lui ressemble absolument pas.

— Attends, c'est toi qui le connais ? hallucine Donovan.

Je partage sa stupeur.

— Je reviens, il soupire en se remettant debout.

— Veto !

On est quatre à avoir crié ce même mot.

— Non, non ! renchérit Rafael. Il a une bagnole d'enfer, mais je m'oppose à ce recrutement.

— Ne sois pas désagréable avec les étrangers, le moralise Carrie. Il est sûrement très sympa.

— Sympa, c'est exactement le mot, ricane Juliet.

— T'as recruté un chauffeur sans nous en parler ? Lewis interroge Adam.

— Oh que non ! Et encore moins... lui. Je peux vous assurer qu'il ne sera jamais un Campus Driver. L'université n'est pas le genre d'endroit qu'il fréquente, et ce n'est qu'une raison parmi toutes celles que vous n'avez pas envie de découvrir.

Ce n'est pas du tout inquiétant...

— Alors, qui est-il ? je demande.

Il humecte ses lèvres et arbore un air indéchiffrable que je ne lui ai jamais vu.

— Un cousin... un peu lointain.

— Quel cousin ? s'étonne Lewis.

— Attends, Ramos Fernando existe vraiment ? s'effare Lois.

Adam prend une longue inspiration.

— Oui, voilà, on va dire ça.

Playlist

Overwhelmed (Ryan Mack Remix), Ryan Mack
Really Don't Care, Demi Lovato ft. Cher Lloyd
What The Hell, Avril Lavigne
Abcdefu, Gayle
Girlfriend, Avril Lavigne
I Love It, Icona Pop ft. Charli XCX
I'm not Pretty, Jessia
10 Things I Hate About You, Leah Kate
Wannabe, Spice Girls
Thunder, Imagine Dragons
Dirty Thoughts, Chloe Adams
Ooh La La, Goldfrapp
Gotta Love It, Ruelle
Zero Feelings, Zoe Clark
Gives You Hell, The All-American Rejects
Hey Ya!, OutKast
2 Be Loved (Am I Ready), Lizzo
All Star, Smash Mouth
What Makes You Beautiful, One Direction
If We Ever Broke Up (Sped Up), Mae Stephens, Speed Radio et xxtristanxo
Let Go, Central Cee
Sweet but Psycho, Ava Max
Only Human, Ryan Mack
Fuck It (I Don't Want You Back), Eamon
You And Me, Lifehouse
Steal My Girl, One Direction
Are You Gonna Be My Girl, Jet
Black Magic, Little Mix
I Believe in a Thing called Love, The Darkness

Remerciements

On pourrait croire que les remerciements à la fin d'un livre sont seulement une forme de politesse, mais ils sont bien plus que ça. Ils sont une profonde reconnaissance emplie de sentiments forts, à la hauteur de ceux ressentis pendant l'écriture. Donner vie à une histoire est une aventure intense. C'est une passion, un moment de joie et d'excitation, mais c'est aussi un périple émotionnel jalonné de doutes, de stress et de fatigue. Durant cette période, je ne suis jamais seule et je redécouvre chaque fois un peu plus combien l'amitié et la solidarité sont essentielles pour s'accomplir.

Marine Flour, mon éditrice, mon unique capitaine quoi qu'il arrive. Je suis comme Tory, je crois au destin et en la magie. Avoir croisé ton chemin en 2016 a généré le plus puissant des sortilèges. C'est assez surnaturel de voir à quel point tu parviens à saisir ce que je souhaite mettre derrière une idée, une phrase ou un sentiment. Grâce à toi, à ta confiance, je ne me décourage jamais. Tu as toujours une oreille attentive, une parole bienveillante, un conseil avisé (et une patience à toute épreuve quand je foire mes délais). Ce livre est le dixième sur lequel nous travaillons et aucun d'entre eux n'aurait été ce qu'il est sans toi. Je ne serais pas l'autrice que je suis sans une éditrice telle que toi et je ne te remercierai jamais assez pour cela.

Flora Armonie, la meilleure des amies, la meilleure des bêtas. Tu fais partie de ces très rares personnes qui arrivent dans nos vies sans qu'on s'y attende et qui y prennent une place immense (#cafard). Pour rien au monde je ne t'échangerais contre un Edward Cullen. Toi et moi, c'est plié, prépare la chambre double à la maison de retraite. Tu es une muse démoniaque, une seule de tes phrases est capable de déclencher l'apocalypse dans mon esprit d'autrice. Tu te montres disponible à chaque instant pour répondre à mes hésitations et me pousser toujours plus loin. Pas de merci entre nous, mais on se sait. Message pour Essam : quand est-ce que tu la demandes en mariage ??

Amélie Astier, la plus motivante des co-workers. Se retrouver presque chaque semaine pour écrire ensemble a été mon coup de boost hebdomadaire. Merci pour tes suggestions, tes questions, tes retours toujours bien détaillés et tes encouragements quotidiens. Et bien sûr, merci pour tes crêpes et ton miel.

Delinda Dane, ma partenaire de sprint contre la montre. On a vécu nos dernières semaines d'écriture dans le même état, c'était génial de s'épauler et de se remonter le moral (*we did it*). Merci d'être si foncièrement gentille et généreuse, vivement notre retraite spirituelle en Écosse.

Morgane Moncomble, ma jumelle de fausses promesses. On sait l'une comme l'autre qu'on ne fera jamais de pauses entre deux manuscrits, mais on continue à se le dire quand la ligne d'arrivée semble encore trop lointaine. Tes messages adorables en toutes circonstances sont le reflet de la belle personne que tu es (même si je persiste à dire que LEVI ne se prononce pas LIVAILLE).

Laura S. Wild, mon petit pigeon préféré. Lorsque tu m'as dédicacé ton premier livre, tu m'avais dit que je serais bientôt à tes côtés. Merci, tu es l'un de mes porte-bonheur, toi aussi (beaucoup trop obsédée par Noël, mais j'ai l'espoir que tu reviennes un jour à la raison).

Ana K. Anderson et Sarah Felvie, le duo infernal franco-portugais. Notre trio déborde d'idées et d'humour, c'est tellement inspirant ! Merci de remplir mes journées de *good vibes* depuis toutes ces années.

Mathilde, la survivante du bus qui a osé m'offrir un café alors que je déteste ça. Il est temps d'accepter que tu fais partie de l'équipe, ne m'oblige pas à te le répéter, tu sais combien je peux être agressive sinon.

Cécilia, l'amie d'enfance irremplaçable. Tu as été la première à croire en moi, à me tenir la main lorsque j'ai fait mes premiers pas d'autrice en 2016 et à supporter mes lamentations et mes défauts. Merci pour tes frises chronologiques, tes Post-it et ta quiche. Vivement nos vacances à Miami.

Emilie Parizot, la porteuse de Crocs qui m'offre des poupées mexicaines flippantes. Je te félicite d'avoir lu le tome 4 (courage, il te reste encore les tomes 2,3 et 5). Et arrête de croire que je me suis inspirée de toi pour Juliet, espèce de princesse insupportable.

Emilie May, Maloria Cassis, Luna Joice, Manon Kaljar, Fanny Myjany, Marjy Noname, le gang des BamBam. Une équipe de choc depuis l'époque Fyctia, un véritable noyau d'autrices mais surtout d'amies, pour surmonter tous les obstacles.

Olivia, la plus intrépide des attachées de presse. Merci de porter mes livres toujours plus loin et de mettre autant de cœur à l'ouvrage (ne t'inquiète pas Célia, je t'aime toujours !).

Francesca, la globe-trotter inépuisable. Merci de traverser les frontières avec mes livres et de m'offrir tant d'opportunités.

Toute l'équipe Hugo. Merci de m'avoir accueillie parmi vous et de me faire confiance depuis toutes ces années.

Mes lecteurices, les meilleur-e-s qui existent. Vous avez été derrière moi à chaque mot posé, m'insufflant la motivation et le sens que je donne à l'écriture. Vous avez offert aux Campus Drivers un destin hors du commun et je vous en remercie de tout mon cœur (mention spéciale aux #fanaccount qui font vivre nos chauffeurs et leurs moitiés). Recevoir vos messages et vous retrouver lors de dédicaces est toujours un immense plaisir. Nous formons tous-tes une communauté dont je suis heureuse et fière de faire partie. La romance n'est pas seulement un genre littéraire, c'est un état d'esprit. Cultivez votre passion, diffusez de l'amour autour de vous et soyez fier-e-s de qui vous êtes.

Par la même auteure :

Burning Dance, tome 1, 2016, éditions La Condamine (uniquement disponible en ebook)

Burning Dance, tome 2, 2016, éditions La Condamine (uniquement disponible en ebook)

Burning Games, 2017, Hugo Poche

Prude à frange, tome 1, 2018, Hugo Poche

Prude à frange, tome 2, 2018, Hugo Poche

49 jours, je compterai pour toi, 2019, Hugo New Romance (2020, Hugo Poche)

Campus Drivers, tome 1, septembre 2020, Hugo New Romance (2022, Hugo Poche)

Campus Drivers, tome 2, octobre 2020, Hugo New Romance (2022, Hugo Poche)

Campus Drivers, tome 3, novembre 2020, Hugo New Romance (2022, Hugo Poche)

Campus Drivers, tome 4, mai 2023, Hugo New Romance

Fan Squad, mai 2022, Hugo New Romance (2023, Hugo Poche)

Retrouvez C. S. Quill sur les réseaux sociaux :
Facebook.com/Cami.S.QUILL
Instagram.com/c.s.quill

Et pour recevoir du contenu en exclusivité, accéder à des bonus et d'autres surprises, rendez-vous sur le site www.csquill.com !